1ª edição
5.000 exemplares
Março/2025

Coordenação editorial
Ronaldo A. Sperdutti

Capa e projeto gráfico
Juliana Mollinari

Imagem Capa
123RF

Diagramação
Juliana Mollinari

Revisão
Alessandra Miranda de Sá
Enrico Miranda

Assistente editorial
Ana Maria Rael Gambarini

Impressão
Melting Gráfica

Todos os direitos estão reservados.
Nenhuma parte desta obra pode ser reproduzida ou transmitida por qualquer forma e/ou quaisquer meios (eletrônico ou mecânico, incluindo fotocópia e gravação) ou arquivada em qualquer sistema ou banco de dados sem permissão escrita da Editora.

© 2025 by Boa Nova Editora

Instituto Beneficente Boa Nova
Entidade coligada à Sociedade Espírita Boa Nova
Av. Porto Ferreira, 1.031 | Parque Iracema
Catanduva/SP | CEP 15809-020
17 3531.4444

www.**boanova**.net
boanova@boanova.net

Dados Internacionais de Catalogação na Publicação (CIP)
(Câmara Brasileira do Livro, SP, Brasil)

Septimus, Julianus (Espírito)
Roma aos pés da cruz / [ditado] Espírito Julianus Septimus ; [psicografado por] Nadir Gomes. -- 1. ed. -- Catanduva, SP : Boa Nova Editora, 2025.

ISBN 978-65-86374-45-2

1. Literatura espírita 2. Psicografia 3. Roma - História - Império I. Gomes, Nadir. II. Título.

25-252256 CDD-133.93

Índices para catálogo sistemático:

1. Literatura espírita : Espiritismo 133.93

Aline Graziele Benitez - Bibliotecária - CRB-1/3129

ROMA
AOS PÉS DA CRUZ

NADIR GOMES
PELO ESPÍRITO
JULIANUS SEPTIMUS

AGRADECIMENTO

Agradeço ao amigo e companheiro
de tarefas Clênio de Assis e Silva pelo
trabalho de revisão de texto e pesquisa.

SUMÁRIO

PREFÁCIO

Não poderíamos deixar passar esta oportunidade de colaborar com o querido irmão Julianus, ofertando-lhe este humilde prefácio, acrescentando nossa palavra de afeto e desejos de que ele consiga levar adiante a tarefa de desvelar este passado, com vistas à libertação dos inumeráveis irmãos ainda presos às memórias enfermiças de atos transladados.

É e será sempre nossa tarefa, igualmente, colaborar com o Cristo para o saneamento do planeta. Para que isso tenha sucesso, temos que trabalhar com o largo material humano que se encontra preso, formando grossas correntes, que os têm atado vida após vida entre si, onde se debatem em vãos esforços para escaparem. Mas, debalde o esforço, a força motriz que os mantém atados se encontra afundada nas memórias subconscientes do passado, exigindo um penoso trabalho de catarse de dentro para fora, ainda que as alavancas socorristas venham de fora para dentro. Para a concretização desse objetivo, há muitas maneiras encontradas pelo Mestre, sendo estas narrativas do irmão Julianus uma delas.

É preciso elucidar que não há um só ser humano na face da terra que, tendo estado em presença do Cristo, nos idos destes dois mil anos, não traga em si a marca da culpa coletiva pelo ocorrido com O Messias!

Este numeroso grupo em particular esteve em presença do Cristo. Alguns O viram com os próprios olhos, ou, ainda, ouviram preciosos ensinamentos por meio de Sua linguagem sublime. Outros O acompanharam passo a passo, comeram e beberam de Suas mãos angélicas. Predestinados, receberam de Sua pessoa Seus próprios fluidos santificados e obtiveram curas milagrosas. Grande parte tomou conhecimento de Sua passagem pela Terra Santa naqueles dias, por terem ouvido falar maravilhas sobre Ele. Enfim, todos haviam sido avisados, preparados de antemão acerca da Presença Divina no planeta. Eram eles irmãos dispostos a aceitar o Mestre, entender Sua Doutrina de Luz e obrar, seguindo-lhe o exemplo de amor e caridade!

No entanto, chegada a hora do testemunho, tal qual ocorreu com o apóstolo Pedro, acovardaram-se e O negaram. Mas, se para Pedro a indecisão durou apenas minutos, para a maioria não foi assim.

Alguns se ausentaram do compromisso sublime em busca de outros afazeres mais leves. Outros, nublando a visão e a mente espiritual, para não darem a reconhecer que o Guia prometido já se corporificara, continuaram negando-O, e insistem em esperar o filho de Deus, mesmo depois do advento da cruz.

Há ainda aqueloutros que preferiram cuidar de seus interesses particulares, completamente esquecidos de seus compromissos com o Mestre, sem nos esquecermos também daquela grande parcela de irmãos que suplicaram pela oportunidade preciosa, com objetivos correcionais de se libertarem dos inumeráveis comprometimentos!

Tendo sido aceitas suas rogativas, igualmente foram preparados para o importantíssimo trabalho a desempenharem, mas infelizmente mais se afundaram nos desvios morais e já não mais enxergavam o Cristo com Suas Diretrizes Divinas e tampouco mantiveram na consciência seus compromissos com a reforma íntima. Deixaram-se rolar despenhadeiros abaixo, enfraquecidos e entregues às forças tenebrosas da maldade, que avançam tentando combater a luz radiosa da Boa Nova!

Enfraquecidos, sucumbiram ao mal! Chamados à atenção para com os deveres em pauta, alegaram em defesa o peso excessivo da carga.

Aflorando-lhes a memória sufocada quanto às próprias responsabilidades requeridas, usaram como desculpa a força da maldade que não acreditavam poder combater!

Chamados novamente a se apresentarem ao Cristo, já não O reconheceram mais, desconhecendo igualmente Sua sublime mensagem!

Conduzidos a novas reencarnações pelo acréscimo da bondade de Deus, revoltaram-se perante as provas expiatórias, acusando o Pai Supremo de injusto e mau!

Entretanto, a despeito de toda atitude negativa, não lhes faltaram o amparo do Cristo e a proteção dos seres celestiais a lhes tutelarem as várias experiências na matéria, a fim de que, por meio da lei de ação e reação, pudessem dissolver, na própria carne, os espinhos que espalharam em derredor de si mesmos, compreendendo a lei de justiça divina, que retorna a cada um segundo suas obras.

E o Cristo continuou a sua tarefa!

Ainda hoje O vemos atuando, não somente como um Grande Dirigente Planetário, mas como o ser que superou a si mesmo.

Hoje, nosso querido Mestre Jesus caminha entre as estrelas! Dirige mundos, responsabiliza-se por sistemas inteiros, e ainda assim não abandona este pequeno mundo, consciente de Sua promessa, de que estaria com a humanidade até o fim! Ou, melhor dizendo, até que uma que seja dessas ovelhas necessite dele!

Até que toda a humanidade esteja consciente de quem ela é! Pois, em verdade, todos somos luzes!

Ainda que temporariamente apagadas, somos luzes! Pois só o que há na verdade é a luz!

As trevas só existem onde há ignorância, e, à medida que a verdade é desvelada e prevalece, a luz refulge!

Entendemos finalmente que este longo caminho, percorrido no decorrer de inumeráveis encarnações, objetivou unicamente nos reconhecermos como potencialidades divinas.

Todas as experiências passadas de erros e acertos serviram para este despertar consciencial, colocando-nos como as criaturas divinas que somos.

Quão maravilhoso é chegarmos a este ponto da jornada e poder dizer: tudo valeu a pena! Eu sou luz, pois o Pai e eu somos um!

Assim, se faz *mister* ressaltar que este querido amigo é consciente dessa Grandeza Divina! Sei que não lhe pesa este trabalho de trazer à tona estas memórias milenares e, ao influxo da Presença Divina, puxá-las todas para a luz!

É necessário entregarmos as energias de nossas memórias de volta ao todo, e, para tanto, necessitamos limpá-las das marcas dos sofrimentos com que as impregnamos com nossos desacertos.

Que o querido irmão continue firme em sua tarefa, pois auxílio não lhe faltará, ainda que os retardatários possam gritar, ameaçar ou espernear, pois o Cristo já decretou o fim de toda energia malsã no planeta.

Urgem o tempo e a disposição para tantos afazeres, mas os fortes na fé continuarão firmes no trabalho de secundar o Cristo em sua global tarefa de evangelizar o Homem, cabendo hoje igualmente ao próprio Homem a responsabilidade de se autoevangelizar, a fim de auxiliar estes retardatários com seus bons exemplos.

A tarefa já não é somente do Cristo, mas de todos que já tenham desenvolvido um mínimo de boa vontade e amor ao próximo!

A máxima do Cristo deve estar sempre brilhando acima da humanidade: "Amai a Deus acima de todas as coisas e ao próximo como a si mesmo".

Foram necessários mais de trezentos anos para que Roma aceitasse o Cristo, e dois mil anos para que a humanidade começasse a entendê-Lo.

Já é tempo de começarmos a assumir o nosso papel como seareiros dentro da Boa Nova!

Já é tempo de cerrarmos fileiras ao redor do Cristo e agradecermos todo o amor, carinho e cuidados extremados que tem tido para conosco.

Que Sua grandiosa luz resplandeça sobre todos nós, hoje e para todo o sempre!

Lázaro de Betânia
(Página recebida pela médium Nadir Gomes
na Sociedade Espírita Terezinha de Jesus.)

APRESENTAÇÃO

E assim passaram-se mais de seiscentos anos desde que, como narrado no primeiro livro desta saga que estamos desenvolvendo, *A Grande Sacerdotisa do Antigo Egito*, quando de seu encerramento, nós, esse grupo tão endividado perante as leis divinas, tivemos a grata satisfação de ouvir da boca do próprio precursor, sob os céus de Roma, notícias alvissareiras sobre a iluminada época que se iniciaria daí a pouco, com a vinda do Messias ao planeta, ocasião em que o Governador Planetário apagaria sua altíssima luz para humildemente vestir um corpo físico e por trinta e três anos envergá-lo, bem como se sujeitar a todas as leis que regem a matéria densa deste nosso planeta.

Pela lógica, aquele corpo tão frágil para conter tanta energia não poderia ter uma vida mais longa. Por outro lado, estes poucos anos seriam suficientes para Ele deixar Sua poderosa mensagem, que, através das eras, seria responsável pela transformação da humanidade.

No transcurso da narrativa tivemos nós, no primeiro volume de *Roma*, a dolorida satisfação de vê-Lo, ainda que por momentos fugazes, percorrendo as santas estações do Seu martírio, carregando a pesada cruz representativa de todas as nossas ignorâncias e inferioridades — momentos que mexeram muito com a minha alma rústica de soldado, não dado a sentimentalismos excessivos e infantis. Ainda assim, aquele olhar salpicado de sangue e suor, mas lúcido e firme, calou fundo em meu íntimo, como a me dizer nos refolhos da consciência que aquele homem era muito mais que o simples e enigmático prisioneiro a caminho do suplício no Gólgota.

Por muitas vezes ainda naquela roupagem do grande comandante romano, eu, Julianus, tive que me haver com a Sua presença espiritual ou com Seus seguidores.

Inesquecível para mim a manifestação de Sua presença, invocado que fora por Maria de Betânia, e ali se fizera em luz, salvando minha amada esposa Náira, que padecia sem conseguir dar à luz nossa filhinha. À simples menção dessa passagem, um nó se forma em minha garganta e lágrimas jorram dos meus olhos, tal a emoção a me tomar por inteiro agora, quando tenho a certeza de que era o Cristo de Deus quem ali se corporificara, atraído pelo pedido de dileta amiga, irmã de Lázaro, a salvar minha esposa e filha, coisa que na época eu cismava comigo, sem ter convicção do que vira ou do que se passara.

Depois veio a traição, a morte para mim e para muitos companheiros de farda e seus familiares, enquanto Náira continuou sua jornada triste, mas fazendo amigos naqueles primeiros momentos do cristianismo nascente.

No segundo livro *Roma*, por subtítulo *Na Luz do Anoitecer*, trago o desfecho dessa história, assim como a minha luta nas regiões umbralinas, que se formou ao impulso da revolta dos companheiros abatidos naquela planície.

Sentindo-me responsável por eles, pela penosa situação em que ainda permaneciam, clamando por vingança, eu ali estacionei por longos anos, arrastando comigo minha querida companheira, que sofria terrivelmente naquela região, mas que não me abandonava, até que Antares, o amigo de sempre, ali aportou com numerosa caravana de luz a me orientar para sair daqueles sítios, confiar em Deus e deixar os companheiros, pois cada um tem o seu tempo de despertar.

Ainda relutante, mas sem conseguir contrariar a orientação daquele que sempre fora pra mim um exemplo de força, retidão de caráter e amor ao próximo, vi por bem segui-lo. Porém o meu olhar espiritual sempre voltava para o sítio onde a maioria dos companheiros ainda jaziam. Felizmente, aos poucos, impulsionados pela força da lei divina, viram-se constrangidos a seguirem adiante. Mas cada um seguiu marcado de alguma forma, e a falta de resignação haveria de trazer grandes sofrimentos a muitos deles.

Chego, enfim, ao terceiro livro *Roma*, o qual subtitulei *Aos Pés da Cruz*, terminando assim essa trilogia que nos propusemos a trazer do remoto período do nascimento do cristianismo. Foi preciso mais de três séculos de sofrimentos, torturas e mortes violentas para que os apóstolos, seguidores e simpatizantes da Boa Nova pudessem enfim respirar ao impulso da renovação trazida por Constantino, encerrando assim com Diocleciano aquele período bárbaro e primitivo.

Nunca é fácil sair da obscuridade para a luz. Exigem-se grandes transformações íntimas, desapegos de crenças, de ideias personalistas, de orgulhos e vaidades, assentados geralmente em tronos do poder terreno, sustentados nos ombros de milhares de seres ainda perdidos em si mesmos.

Mas a misericórdia divina e a presença de Jesus na terra sempre foram constantes. Particularmente em minha vida nunca me faltaram amparo e exemplos dignificantes, e neste livro tive um amigo que me levou a conhecer e a reconhecer o Cristo além da cruz. O Ser Divino por quem valia a pena morrer. Eu o apresento nestas páginas, assim como agradeço a oportunidade de tê-Lo conhecido.

Termino estas narrativas em que a orgulhosa e violenta Roma finalmente é vencida e se dobra aos pés da cruz!

Ave Cristo, que assim viverá também em Roma, e dali seus ensinamentos partirão para o mundo!

Ave Mestre Jesus, por ter vencido mais uma etapa do seu gigantesco trabalho de direcionar esta humanidade para a luz!

Julianus Septimus

CAPÍTULO I

A FAMÍLIA TÓRRENTES

Diante do leito, a mulher tenta despertar o esposo, que dorme pesadamente.

— Ernesto, levante-se! Você está atrasado! O pequeno almoço[1] já está posto. Ernesto! Ernesto!

Apesar do esforço da esposa, o homem não dá sinais de atividade, a não ser pelo ronco sonoro. Gentilmente, ela se aproxima e o toca.

— Vamos, Ernesto! Depois você vai reclamar quando seu superior o repreender pelo atraso.

Finalmente, depois de grande esforço, ele consegue se levantar. Era um senhor de meia-idade, ainda portando alguma

1 Pequeno almoço, ou *jentaculum*: café da manhã.

vitalidade. Entretanto, o físico já começava a se deformar por uma barriga que se pronunciava aos poucos, resultado do excesso de bebidas fermentadas e de uma certa preguiça, que lhe era característica.

Levantou-se entre resmungos e foi fazer a sua higiene. Logo após, já se preparava para a primeira refeição do dia.

— Sabe, Laura? Tive de novo uns sonhos estranhos, e por isso quase não dormi a noite toda!

— Está certo, Ernesto, eu acredito! Só que você não precisa de sonho algum para dormir mal, pois isso está se tornando regra. Também, fica até tarde em conversação com a vizinhança. Só pode dar nisso!

— Lá vem você, mulher, de novo com as recriminações. Se ainda não percebeu, essa insônia que está me matando começou com esses malditos pesadelos! Sempre me vejo rodeado por fogo. Tento apagá-lo, mas não consigo, e depois me vejo impedido de trabalhar. É como se estivesse amarrado, sei lá!

— Está bem, marido! Penso que são só pesadelos, como você mesmo diz. Acalme-se, não vamos começar com discussão logo cedo para não acordar os pequenos. Bem sabe que aqueles dois não se deitam enquanto você também não o faz. São apegados demais a você. Nunca vi coisa igual! Eu, que fico o dia todo cuidando e alimentando essas criaturinhas, pareço até não existir! Já você, basta colocar os pés dentro desta casa e acaba sendo a presença dos deuses a se manifestarem na terra! — Dessa forma, a mulher tenta desviá-lo da preocupação dos sonhos, que o deixavam extremamente mal-humorado.

— Sabe o que ocorre, Laura? É o seu excesso de zelo. Fica tão preocupada em assisti-los, cumprir com os horários, que não participa do crescimento deles. Cuide menos e brinque mais com eles, como eu faço! Logo serão dois adultos, estarão nos deixando para seguir os próprios caminhos, e você nem percebeu. Está perdendo o melhor deles: a infância!

A mulher queda num silêncio meditativo e finalmente concorda com o esposo:

— Tem razão, meu marido! Vivo numa grande exaustão lavando, cozinhando, limpando, e pouco me atenho aos dois.

— Também anda um pouco ranzinza ultimamente.

— Tem razão novamente, Ernesto. Não sei o que é, mas estou sempre preocupada demais.

— Acho que nós dois estamos necessitando de um descanso somente com os nossos filhos. Eu, esquecer um pouco essa farda, as obrigações com a Unidade, e você, se libertar dos afazeres domésticos. Precisamos aproveitar um pouco mais a vida!

— Seria muito bom, mas de que vale sonhar se nós sabemos que isto é impossível?

— Impossível por quê? Bem posso tirar uma licença! Você sabe que tenho direito a isso; só não exijo porque nosso agrupamento já está com desfalque de soldados.

— Certo! E sabe quando isto se resolverá? Nunca! Assim que surge uma solução, vem outro problema. — A dedicada esposa faz um gesto de resignação enquanto diz: — Assim é a vida! Para que nos enganarmos? Nós somos pobres, temos que aceitar as imposições naturais da existência e seguir vivendo.

— Laura, fala com tanta amargura! Depois, não somos tão pobres assim. Temos nossa casinha, eu estou bem empregado, temos dois filhos maravilhosos. Flávio já está um rapazinho, e a pequena Liz cresce a olhos vistos!

A mulher sorri à simples menção dos filhos. Seu rosto se suaviza pelo amor materno a lhe iluminar a feição.

— Tem razão, meu velho. Não sou amargurada, mas às vezes certo desencanto toma conta de mim e então sinto a vida tão vazia! Nestes momentos, só a lembrança de você, que me é tão importante, e de nossos filhos, a quem tanto amo, me dá alento e refrigério para o que sinto. Então, ao lembrar-me disso, retorno a mim mesma e um novo ânimo me envolve para seguir adiante.

— Laura, jamais imaginei que passasse por tais conflitos! Perdoe-me por não ter percebido este seu sofrer oculto!

— Sofrer? Qual o quê, meu esposo... Isso são prenúncios da velhice chegando! Nada com que deva se preocupar — ela assim exclama, tentando dissipar as penosas impressões criadas pelo seu desabafo.

Laura, uma mulher forte, verdadeira matrona em se tratando de família, esposa amorosa de extremada dedicação, jamais deixara transparecer de si aqueles sentimentos desalentadores. Era natural, portanto, que o esposo estranhasse. Já arrependida por ter aberto o íntimo, ela busca desviar o assunto:

— Vamos, Ernesto, termine o seu comer, pois já está muito atrasado!

— Tem razão! Entretanto, mais tarde vamos continuar essa nossa conversa, dona Laura!

— Ora, vamos esquecer esse assunto.

— Nada disso, minha senhora! Vamos retomar isso, não a quero dessa forma, triste e pesarosa com a vida.

E os dois estão assim nessa conversação, quando adentra o *triclinium*[2] um rapazinho de seus treze anos.

— Bons dias, meus pais!

— Bom dia, meu rapaz!

---

2 *Triclinium*: local das refeições.

— Bom dia, querido! Nós o acordamos com nossa conversação?

O garoto beija os genitores com carinho e respeito, enquanto responde:

— Necessitava acordar cedo, pois marquei um compromisso com Ângelo.

— Que compromisso seria este, Flávio?

— Nada que a deva preocupar, mamãe! Vamos à Vila Rural dos Drácius, do pai de Ângelo, pois chegaram alguns potros novos e queremos vê-los sendo domados — responde o menino, entusiasmado.

— Veja lá, meu rapaz, não me vá fazer a besteira de montar cavalo selvagem. Sabe que isso é bem perigoso!

— Fique tranquilo, papai! Eu só vou assistir, mas... Ângelo com certeza vai montar. — E Flávio se cala um tanto triste, pois o pai acertara na advertência.

— Vamos, não fique assim! Não se esqueça de que Ângelo é mais velho que você e está acostumado a lidar com cavalos.

— Sim, papai, porém estou ansioso, pois Ângelo disse que um deles é belíssimo, e o senhor Joviano falou que ele pode escolher um para si. Qualquer um! Já pensou?

— Rapaz de sorte, o Ângelo! Quando tiver mais idade, haveremos de ir lá escolher um para você também.

— Verdade, papai? É o melhor pai do mundo! — diz o jovem entusiasmado, atirando-se ao pescoço do genitor, enquanto a mãe sorri observando a cena.

— Eu bem que gostaria de ir junto, mas... o meu dia será bem outro. Vamos, Flávio, me ajude a colocar a lorica[3]!

— Sim, papai!

---

3 Lorica: couraça peitoral.

Com rapidez, o jovem se põe a auxiliá-lo com o fardamento, afivelando a lorica e passando-lhe a gálea[4]. Percebia-se a sua alegria ao fazer isto. Ao findar a tarefa, o pai o puxa para si e lhe dá um beijo na cabeça enquanto fala:

— Vá se divertir, meu menino! Vá enquanto pode, pois no próximo ano já não terá tanto tempo disponível. Não se esqueça de que irá para a academia militar.

— É o que eu mais quero, papai! — diz o menino com um largo sorriso.

O pai se despede, indo para o seu compromisso, e a mãe volta a dialogar com o filho. Na verdade, era mais uma série de alertas cuidadosos do que propriamente uma conversação. Ele se limitava a concordar com a genitora com acenos de cabeça, enquanto se alimentava.

— Mas... por que está comendo tão depressa, Flávio? E por que olha tanto em direção à escada dos *cubiculuns*[5]?

— Não quero que a Liz me veja sair. Ela há de querer ir atrás de mim!

— Pois, sim, que ela vai! Onde já se viu? Uma menininha ainda como ela é, querendo viver atrás de dois jovens! — fala a mãe, demonstrando indignação. Nisso, ambos ouvem uma voz infantil, mas determinada:

— Eu vou, sim! — E a menina adentra o *triclinium* encarando mãe e irmão com um ar de desafio.

Os dois se entreolham preocupados, sem dizer uma palavra.

— Eu vou, estou dizendo! Por que o Flávio pode sair a hora que bem quer e eu não?

Exasperado, o menino grita:

— Liz, lá é um estábulo! Só há homens e cavalos!

---

4 Gálea: capacete metálico.

5 *Cubiculuns*: quartos pequenos.

— Que me importa! Gosto dos cavalos e quero ver também.

— Gosta dos cavalos? Pois, sim, que é isto! Você quer é viver atrás do Ângelo! Mamãe, ela não larga dele. Fico até envergonhado. Mal podemos conversar, pois ela não deixa. Nem sei como ele tem paciência com essa aí! — exclama Flávio, apontando a pequena com o queixo.

— Minha filha, você não pode se portar assim. Onde já se viu se impor dessa forma ao jovem? Ângelo já é um rapaz, não há de querer viver pajeando uma criança como você. Não fica bem isso!

— Não sou tão criança assim; já vou fazer nove anos!

— Grande coisa! — diz o irmão, enquanto a garota o fulmina com o olhar.

— Ângelo gosta de mim, e eu dele!

— Gosta de você? Gosta de você?! Você não sabe de nada, Liz! Não passa de um bebezinho! Deveria estar se ocupando com outras coisas, e não querer viver atrás de alguém como o Ângelo, que já está na academia militar.

— Um militar! Mal vejo a hora de vê-lo de farda! — exclama a pequena, perdida num olhar sonhador, surpreendendo a mãe e o irmão.

— Veja se pode isso, mamãe.

— Que conversa é essa, Liz?

— O que foi? O que eu fiz de mal? — pergunta inocentemente, sem ter noção da profundidade do sentimento expressado para alguém de tão pouca idade.

A mãe faz um gesto para que o rapaz saia, e, como a menina tenta segui-lo, a genitora a detém:

— Liz, venha cá, minha querida. Precisamos conversar um pouquinho.

— Mas, mamãe, Flávio se vai! Mande-o me aguardar, por favor!

— Ouça primeiro o que eu tenho a lhe dizer, minha filha.

Contrariada, a menina se deixa levar pela mãe.

— Venha, sente-se aqui!

Mas ela se torna arredia e cabisbaixa, e a mãe, com meiguice, insiste:

— Venha, minha ninfa, sente-se aqui! Vamos conversar um pouquinho.

Em silêncio, ela se senta, e a mãe se põe a alisar a vasta cabeleira negra da menina. Ela era de uma beleza rara: cútis clara, traços perfeitos e dois lindos olhos verdes quais duas gemas esmeraldinas. E, para completar, aquela cabeleira negra! Tudo isto num corpinho frágil de menina recém-saída da primeira infância. Apesar da pouca idade, era detentora de uma vontade forte e determinada, fazendo com que todos os familiares se dobrassem à sua vontade! Quando isso não ocorria, como naquele momento, ela silenciava, ressentida e magoada, e assim ficava até que todos, pais e irmão, se dessem por vencidos a se entregarem à sua vontade, vindo até ela, que então se derretia, cheia de amor e carinho por todos. Devido a esse seu caráter melindrado, eles evitavam contrariá-la, mesmo porque ela era também a alegria da casa. Sempre sorridente e amorosa, distribuía seus carinhos prodigamente a todos!

Com muito jeito, a mãe tenta esclarecê-la:

— Querida, diga-me: você gosta muito dele, não é?

Pressentindo aonde a mãe queria chegar, ela se fecha mais ainda.

— Não tenha receios, isso é normal na sua idade! Depois, Ângelo é um belo rapaz. Que moça não gostaria de tê-lo ao seu lado? Mas você, minha querida, ainda é muito pequena para ter tais sentimentos. Ainda irá conhecer muitos jovens...

— Nunca! Nunca irei gostar de nenhum outro!

A mãe fica espantada com a impetuosidade e a determinação da menina.

— Veja bem, você não pode se impor assim ao rapaz. Uma coisa é ter amizade por ele, outra é constrangê-lo dessa forma. Você não está respeitando a amizade que ele nos oferece. Ângelo é uma pessoa benquista nesta casa. Conhecemo-lo desde que nasceu. Conheci sua mãe, de quem fui grande amiga. Nossas famílias, no passado, foram muito íntimas. Sendo assim, minha filha, não vá estragar isso com sua insistência sobre ele!

Ante as palavras da mãe, os olhos da garota se enchem de lágrimas, que lhe escorrem pela face enquanto diz:

— Eu não quero estragar nada. Só gosto dele! Por que não posso gostar? — E desata num choro sentido.

Sem argumentos, a mãe nada diz, apenas a abraça fortemente. Aquela mãe extremosa, que amava a família acima de tudo, naquele instante, em percebendo o sofrimento da filha à simples perspectiva de ter que se afastar do jovem eleito do seu coração infantil, fica sem saber o que fazer. Põe-se a acariciar a negra cabeleira da menina, enquanto ela desabafa num misto de amargura e revolta por perceber os sentimentos em perigo.

— Vamos, querida, não fique assim! Você precisa brincar mais, se divertir. Está agindo como um adulto e sequer viveu ainda. Não sofra, minha menina, você mal começou a vida! Haverá muitas oportunidades de ser feliz! Ainda conhecerá muitos jovens...

Mas é cortada bruscamente pela menina, que exclama exaltada:

— Pensa que não sei, mamãe, que daqui a alguns anos você e papai me empurrarão para algum homem sem nem pedirem a minha opinião?

— De onde tirou isso, Liz? Acaso já falamos sobre esse assunto, para você nos julgar assim?

— Nada ouvi de vocês, mas Maria Helena me disse outro dia que já está prometida a um jovem que ela sequer conhece! Ela só é dois anos mais velha que eu! E Aurélia? Lembra-se dela, mamãe? Sumiu, não é? Maria Helena me contou, ainda, que os pais a casaram. Casaram, ouviu? E ela foi para longe, para a casa do marido!

— Menina, você anda dando muita atenção aos falatórios!

— Maria Helena, então, é faladeira? O que ela diz é mentira?

A mãe, bem sabendo que tudo aquilo era real, silencia por um tempo, buscando inspiração para acalmar aquele coração na flor da idade e já tão amargurado.

— Desculpe-me! Realmente tudo isso pode não ser fruto de falatórios, mas precisa ter mais fé em nós, sua família. Eu e seu pai jamais cogitamos casá-la em tão tenra idade. Portanto, fique tranquila e esteja em paz!

— Entenda, mamãe, não sou contra me casar. Sei que vai chegar essa hora, mas não gostaria de ser entregue a qualquer desconhecido como se eu fosse um objeto comum!

Dona Laura estava sumamente espantada, desconcertada mesmo, diante do raciocínio lúcido da pequena filha. Ela sempre dera mostras de inteligência, mas a mãe jamais a supusera tão madura.

— Entendo, querida, e concordo com você! Não se preocupe com o seu futuro, posso lhe garantir que jamais a obrigaremos a fazer algo contra a sua vontade, algo que a faça sofrer. Agora... não quer me auxiliar na limpeza? À noite teremos o nosso *cena*[6] e creio que o seu "amigo" também virá comer conosco.

A garota sorri por entre as lágrimas e concorda em seguir a mãe, que resolve deixar aquela situação à mercê do tempo, crendo que este seria o melhor condutor de tudo. Pediria a Flávio ser mais discreto quanto àquele "assunto", tratando a irmã com o devido respeito, sem expô-la a melindres ou constrangimentos.

Sim, farei isso, pensa a mãe sorrindo.

Com o tempo, a menina decerto tiraria aquela ilusão da cabeça. Aquele alerta fora bom. Percebe que deveria se manter mais próxima da filha; deveriam sair mais juntas, e ela lhe daria oportunidades para conhecer outras pessoas, outros companheiros. Enfim, deveria prepará-la melhor para o futuro. Nada falaria ao esposo do que se passava. *Tudo se resolveria bem, com certeza*, meditava a mãe, esperançosa.

E assim, dando por encerrado o assunto melindroso, mãe e filha se põem a conversar amigavelmente sobre as notícias do dia, trabalhando na limpeza da casa.

Aquela se tratava de uma moradia num dos morros de Roma. Logo, o terreno, adquirido por meio do trabalho árduo do senhor Ernesto dentro das forças romanas, era um declive acidentado. A parte mais alta, onde se encontravam as duas mulheres, dava para a rua de cima, e, alguns níveis inferiores, acompanhando o terreno, havia outra entrada para uma rua abaixo, tendo portanto a casa duas entradas. Para quem a visse pela parte de cima, parecia ser térrea. Somente um grande salão, tendo um *compluvium*[7]; poderia se dizer que aquele

---

6 *Cena*: principal refeição do dia, servida ao anoitecer.

7 *Compluvium*: abertura na parte de cima por onde entram sol e ar, e se coleta água da chuva.

espaço era o *atrium*[8]. Agregados a ele estavam a cozinha e o local das refeições — na verdade, uma pesada mesa de madeira e uma grande varanda dando para a frente. Entretanto, para quem a observasse pela rua de baixo, por trás, veria uma ínsula, que eram na época moradias populares muito comuns, tendo vários andares, mas muito mal construídas, o que ocasionava incêndios e desmoronamentos constantes, vivendo as pessoas desses locais num estado de tensão e medo.

Mas ali não era esse o caso, pois a moradia do senhor Ernesto fora toda construída sobre alicerces terrenos. Em cima de cada andar, um terraço recuado, e, acompanhando o terreno, novos cômodos; tudo feito aos poucos, no transcurso dos anos. Nesta parte de trás, seguindo o primeiro, o segundo e o terceiro patamares da casa, havia ainda pequenos jardins, ornamentados por frondosas parreiras que subiam paralelas à casa. Na primeira entrada ficava uma grande sala, utilizada pelo senhor da moradia para guardar inúmeras coisas. No segundo patamar ficavam os *cubiculuns* e, no terceiro, esta parte que já descrevemos acima, além de uma grande sala recuada.

Enfim, era uma casa de pessoas humildes, mas muito bem estruturada, organizada, limpa e arejada. Junto aos pés de uvas estavam posicionados alguns bancos de madeira, onde os moradores gostavam de passar as tardes, principalmente quando recebiam visitas, aproveitando o frescor que as videiras lhes proporcionavam, observando o movimento dos transeuntes e a bela vista da cidade ao longe. No local, havia também pequena horta com verduras, legumes e alguns temperos, que perfumavam docemente o ambiente, enriqueciam a alimentação e auxiliavam a aumentar o orçamento da casa, já que dona

---

8 *Atrium*: é uma sala de estar e de reuniões quadrada, situada depois da entrada e do vestíbulo. Parte mais importante da casa romana.

Laura costumava trocar e até vender algumas daquelas hortaliças para a vizinhança. A bem da verdade, era mais trocar isto por aquilo que vender propriamente. Seja como for, era aquela hortinha o grande prazer de dona Laura.

À noite, quando todos chegam para a ceia, encontram um ambiente sereno e as duas mulheres numa grande alegria, colocando-se então a servi-los entre risos e brincadeiras fraternas.

CAPÍTULO II

ACORDOS ESPIRITUAIS

Era comum encontrar Ângelo naquele lar. Filho de um conhecido criador e comerciante de cavalos, Joviano Drácius, ele usufruía de uma situação econômica estável naquela Roma complexa, de grandes contrastes políticos, econômicos e religiosos. Entretanto, comprazia-se em estar sob o teto daquela família humilde. Era grato pela amizade a si oferecida, pois também trazia no coração juvenil afetos sinceros por todos aqueles. Era imensamente feliz ali. Dona Laura lembrava-lhe a própria mãe; e, como não tivera desde tenra idade o aconchego dos braços maternos, aquela senhora, com seu amor fraterno, compensava de certa forma a falta da genitora. Já no senhor Ernesto encontrara um segundo pai, apesar das diferenças, pois o pai era um tipo alto, delgado, de alma tranquila e pacífica, enquanto o senhor Ernesto era o oposto: do tipo forte, sanguíneo e um tanto desleixado, mas por baixo daquela capa grosseira Ângelo conhecia o homem: sempre voltado à família, amoroso e bom para com todos. Muitas das vezes, pecava por ficar extremamente indignado com as situações erradas. Exasperava-se e até passava mal diante delas. Naqueles momentos, somente a tranquilidade da esposa e a paz do lar lhe devolviam a serenidade. E havia ainda Flávio, com quem convivera desde a primeira infância. Era ele o irmão com o qual sonhara. Não via sua vida distanciada daquelas pessoas.

Mas, guardada no íntimo do ser como um precioso medalhão, estava a figurinha infantil de Liz. Nem ele mesmo sabia o porquê do estranhado amor por aquela menina. E, toda vez que o velho pai, o senhor Joviano, cogitava apresentá-lo a alguma jovem promissora, ou mesmo negociar seu enlace com ela, algo sempre ocorria, cortando a possibilidade, deixando-o liberto de qualquer compromisso, o que muito o felicitava. Não se sentia bem quando o genitor se preocupava com o seu futuro querendo comprometê-lo com alguma jovem.

Há algum tempo, Ângelo tivera um sonho peculiar, fazendo com que aquele sentimento pela menina se tornasse ainda mais forte. Lembrava-se perfeitamente dele...

Era uma noite silenciosa, perfumada pelas centenas de flores que ele via à sua volta naquele jardim etéreo por onde ele andava. Uma alegria intensa o tomava por inteiro, e ele caminhava sem questionar o local, pois com certeza lhe era conhecido. Sentia-se mais velho e maduro. Seguia com determinação para algum lugar específico. Em dado momento, ele estaca. Não muito distante, divisa alguns bancos numa pracinha, ornada por caramanchões de rosas. Num desses bancos, está sentada a mais bela criatura que já vira! Aproxima-se sorrindo, enquanto ela também sorri enternecida para ele. Numa grande naturalidade, ela se levanta, se abraçam e se beijam com muito amor. Ficam assim, um momento nesse abraço apertado de almas que se conhecem e se pertencem há muito tempo.

— Meu querido! Conseguirá me esperar? — pergunta-lhe ela.

— Com toda certeza, amada! Já estamos juntos, não vê?

— Mas... ainda sou uma criança! E se algo ocorrer?

— Silêncio! — diz ele, colocando o dedo com ternura sobre a boca da jovem.

— Aquiete os seus anseios, nada nos separará, pois temos uma tarefa já traçada, não lembra?

— Sim, contudo não consigo deixar de temer. Você já é um jovem, e tão formoso! E se outra mulher aparecer?

— Vamos, minha querida, deixar esse "se" de lado! Lembre-se de que nossos "maiores" estão a nos guiar! Temos já compromissos assumidos com irmãos do mundo das almas, como também já na carne; então é confiar e seguir adiante. E há algo fundamental que você jamais deverá esquecer: o nosso amor! O nosso amor tem vencido as eras e inúmeras barreiras! Lembra-se?

— Sim, amado meu! Perdoe-me pela fraqueza, sempre me sinto angustiada por constatar quantos obstáculos teremos pela frente!

— Quem pode afirmar isto, não é? O futuro a Deus pertence, minha amada! Vamos confiar Nele e em nossos irmãos "maiores", que jamais nos abandonarão.

— Sim, meu amor! Vou procurar me fortalecer e confiar! Trago muitas dificuldades e preconceitos arraigados, e temo não conseguir vencer as provações! Quando estou aqui neste mundo maravilhoso e etéreo, consigo ver com clareza, mas, quando volto para o corpo, tenho medo!

— Dificuldades, quem não as tem, não é? Vamos amar e confiar, só isso!

— Necessito ir agora!

E a jovem foi se modificando até se transformar naquela menina que lhe sorri ternamente. Ângelo a toma pela mão e em um segundo estão no *cubiculum* dela. Ele a auxilia a deitar-se no leito, onde seu corpinho dorme placidamente. Mandando-lhe um beijo com a mãozinha infantil, ela se apossa do corpo e principia a se remexer.

Em sua casa, Ângelo acorda de modo abrupto, ainda trazendo vaga lembrança do sonho, mas a parte em que a jovem se transformara em Liz permanecia clara, e ele ficou extremamente intrigado com aquilo.

Nos últimos tempos, estando o pai adoentado, o seu irmão Antônio vinha tomando as rédeas do comércio dos equinos da família e sempre convocava o mais moço a assumir novas responsabilidades — o que este aceitava com dedicação, conquanto as tarefas extras não atrapalhassem sua vida militar. Tinha Ângelo a certeza de que seu futuro estava nas fileiras romanas. Já trazia esse pendor, e tudo que dizia respeito àquele assunto lhe era de fácil entendimento, nada lhe sendo estranho ou difícil. Por conta disso, ainda iniciante na academia, já era observado com interesse pelos oficiais, que sempre buscavam entre aqueles alguém que demonstrasse algum valor maior, que se sobressaísse da massa soldadesca comum.

Mas nem tudo era fácil na vida do jovem Ângelo, pois aquele seu irmão não o estimava como deveria. Na realidade, Antônio sofria de uma inveja violenta do caçula, sempre considerando que aquele era o preferido do pai e, assim, detentor do melhor tratamento. O que ele não percebia, para a sua infelicidade, é que ele próprio era o responsável pelo suposto desamor do pai. Sua natureza egoísta, violenta e invejosa não lhe abria espaço para um sentimento mais nobre, qual o do filho que ama e respeita os genitores. Então, ele próprio criava com o seu temperamento aquela situação difícil entre si e o pai! Sempre revoltado e ciumento, não percebia a dedicação desvelada do genitor, tanto para consigo quanto para com o irmão. Assim, Ângelo, que era de natureza mais sensível e serena, tudo fazia para compensar o velho pai da dureza do irmão, sendo natural, portanto, que os dois se mantivessem mais unidos, compartilhando um sentimento que o outro não conseguia alcançar, como ocorre com todo aquele que só quer receber, mas não se dispõe a dar.

Ângelo procurava contornar a melindrosa situação, sempre seguindo de boa vontade as determinações do irmão. Já Antônio jamais aceitou a ida do jovem para a academia militar, contudo nada dizia, pois sabia que os familiares se orgulhavam de tal fato. Aquela não era uma família de militares. Ao contrário, no início eram simples camponeses, até que o avô se aventurara no comércio de cavalos. É certo que não eram considerados pertencentes à Ordem Equestre, mesmo porque ninguém daquela família, até então, tinha se interessado pelas forças legionárias, mas o que ganhavam com os cavalos lhes proporcionava uma situação bastante sólida, da qual todos se compraziam. Ângelo era apenas um iniciante na academia, mas, assim que se formasse, querendo, poderia vir a ser um cavaleiro, pois tinha recursos para se sustentar como tal. Vivia com a família numa grande vila rural, num subúrbio privilegiado às portas da cidade: local arborizado por inúmeras árvores frutíferas, além do grande pasto dos cavalos, como ainda ornamentado por grandes jardins: o orgulho do senhor Joviano. Muito diferente das rústicas vilas dos camponeses.

Assim, aquelas duas famílias iam seguindo em relativa tranquilidade naqueles tempos, quando o povo romano, como qualquer outro, vivia na sua faina cansativa pela sobrevivência.

Paralelamente a esse modo simples e natural de sobrevivência, havia outro, no qual predominava uma luta constante pela manutenção territorial, conquistada por guerras sucessivas, obrigando Roma a sustentar uma eterna política defensiva a fim de manter o que fora açambarcado através das conquistas bélicas. Então, a classe mais importante daquela época era a das forças armadas, pois dela dependia a continuidade da ordem interna e externa do império.

Porém, já não existia solidez naquele império, e quem governava na verdade eram os militares, que ora elegiam um general para o governo, ora elegiam outro, e da mesma forma também os matavam quando se tornavam um entrave para eles.

Estamos no ano 264 d.C., quando Ângelo, então com catorze anos, entra para a academia do exército e um ano depois se torna um legionário, servindo sob o governo de Galliano[1], por se mostrar em apenas um ano de escola militar um soldado altamente competente — época em que Flávio, igualmente com catorze anos, inicia na academia.

---

1 Galliano: com seu pai, Valeriano, Publius Licinius Egnativs Gallienus foi coimperador de 253 a 260 d.C., e imperador de 260 a 268 d.C.

Ernesto comandava um pequeno destacamento e Ângelo passou a fazer parte desse contingente. Ernesto era um homem rústico, só suavizando o seu jeito um tanto grosseiro junto à esposa e aos dois filhos, a quem amava com devoção e fidelidade. Como militar, era pessoa benquista pelos vizinhos e, apesar do temperamento rude, tinha muitos amigos, pois sua maneira de ser era comum entre a população masculina daquele período. Sendo a maioria soldados, dir-se-ia que a vida dura do exército os embrutecia. Em contrapartida, de forma geral sobrava-lhes um grande orgulho, como costuma ocorrer nas nações dominantes, até nos dias atuais.

Mas aquela era uma época de grandes incertezas e angústias, pois Galliano, enfraquecido pela morte do pai, Valeriano, com quem subdividira o governo até a morte deste último, e acrescentando-se a peste avassaladora que ceifara muitos romanos, entre eles, soldados sem conta, não conseguiu manter sozinho a unidade do império. Invasores e usurpadores surgiam de todas as partes, e dessa forma Galliano acabou se descuidando da Gália oriental, que foi tomada por Póstumo[2], também considerado imperador, o qual governou parte do extenso império do ano 260 até 269. Mas a luta mais encarniçada de Galliano foi contra os bárbaros, na qual Ângelo teve participação, fato que lhe rendeu pequena promoção.

Galliano passou a manter parte do reino sempre com muita dificuldade, até que, aproximadamente em 268, ele foi assassinado.

A grande preocupação do povo da época se centrava nestes altos e baixos do governo e nas suas necessidades específicas, como alimento e moradia. A cada subida de alguém ao posto máximo de dirigente do imenso território romano, as pessoas renovavam as esperanças de que, enfim, a situação delas melhoraria; de que, enfim, a fome e o desalento acabariam. Era um

2 Póstumo: imperador Marcius Cassianus Latinius Postumus, de 260 a 269 d.C.

contrassenso a ser observado por especialistas sociais, pois de nada adiantavam as conquistas; a situação do povo não mudava. Quem era pobre continuava na penúria; quem era rico continuava rico; e quem ficava no meio via sua situação sempre oscilando. Por um receio fundamentado de cair na situação da maior classe, a dos pobres e miseráveis, eram estes os que mais se movimentavam dentro da política imperial. Graças a eles, o comércio crescia e os artesãos se especializavam, já que a competição era imensa e o progresso acontecia. Em contrapartida, também eram os dessa classe os que mais cometiam erros, enganando, roubando, ludibriando, tudo numa luta para manter o nível social — algo muito semelhante ao que ainda hoje ocorre entre os povos. Por isso, as ideias cristãs, em grande expansão na época, mexiam tanto com eles. Elas lhes mostravam quanto ainda teriam de se melhorar moralmente, a ponto de amar o outro como um irmão, quando muitos sequer eram capazes de amar a própria família.

Mas, é necessário que se diga, nem todos compartilhavam tais preocupações. Havia uma grossa camada do povo que apenas procurava ir vivendo cada dia. Mesmo sem serem cristãos, seguiam exatamente certa orientação do Messias, quando ensinava a viver cada dia, pois ao dia bastava o seu mal. Sim, aqueles pensavam exatamente assim! Iam cumprindo zelosamente com suas obrigações, sem esperar muito da vida, convictos de que estavam fazendo o seu melhor. Os camponeses simples e humildes, que recebiam do rude trabalho com a terra as compensações com a colheita farta; que oravam aos céus para que o tempo lhes fosse propício; que fizesse sol e chovesse na medida certa, e isto lhes bastava, ainda que na inconsciência, seguiam os ensinamentos cristãos. E assim iam pelo caminho adiante. Para os ricos e poderosos da época, aqueles eram considerados seres rudes e ignorantes, mas, em termos de avaliação espiritual, eram os camponeses simples os que mais evoluíam, pois a lida no campo lhes facultava uma sensibilidade que os outros, imersos nas ilusões do poder e do dinheiro, estavam longe de perceber.

Também vamos encontrar esta sensibilidade nas mulheres, que, operosas e protetoras de forma geral, lutavam pelo bem-estar da família — ressaltando-se a figura da mãe, sempre buscando proteger os filhos — e, nessa faina educativa, evoluíam enormemente, pois muitas vezes esqueciam-se de si mesmas em prol da prole numerosa. A mãe, que cumpre o seu papel recebendo em seu seio criaturas divinas, e que, além de amamentá-las, busca cercá-las de carinho e atenção até que se tornem aptas a seguirem com os próprios pés — a estas Deus reserva Seus louros e bênçãos. E são elas, em sua maioria, as que mais têm se destacado na história da humanidade, por se fazerem luz na vida dos filhos e amá-los além da vida física, já que não são poucas as mães que sem medo adentram as trevas a fim de arrebanhar os filhos do coração, perdidos nos cipoais de suas construções danosas. Para estas mães gloriosas, Maria Santíssima tem um lugar especial reservado junto de suas auxiliares: as abnegadas tuteladas da divina mãe de Jesus.

E, seguindo neste nosso raciocínio, voltamos para o desenrolar desta narrativa a falarmos mais um pouco justamente de uma mãe: dona Laura! Dona Laura era o que se pode definir como uma matrona à antiga. Mãe extremosa, acompanhava atentamente a vida dos filhos. Mas havia nela aquela preocupação constante com o futuro deles, principalmente do filho, por conta da futura profissão. Já vivia aflita e temerosa pelo esposo, embora não admitisse, pois para os romanos a vida militar significava uma vida de honra. Sua preocupação aumentou com a entrada de Flávio nas forças romanas.

Aquele povo era extremamente orgulhoso de sua honra! Faltasse-lhes tudo, e eles conseguiriam ir vivendo, mas, se faltasse a honra, era-lhes um caso perdido. Neste setor, eram raros aqueles que conseguiam seguir em frente da forma que consideravam humilhante. Até o escravo se sentia honrado em pertencer a esta ou àquela família, dependendo de sua importância! À vista disso, dona Laura jamais deixava transparecer aquele temor oculto, uma vez que para o vulgo deveria ser uma mulher orgulhosa e privilegiada por ter na família dois soldados!

Sempre pressentia um futuro funesto; se analisasse friamente ou buscasse a causa de suas más impressões, nada encontrava, mas o temor persistente lá estava. O temor inconfessado e oculto.

Assim é a vida na Terra. Passa a humanidade pelos tormentos de ter que se haver com os resultados do plantio passado. Por conta disso, até nos dias de hoje, quantos irmãos atravessam momentos tortuosos, conflitantes, porque sempre o passado influirá no presente, pesando, cobrando por aquelas ações perpetradas lá atrás! Uma vaga intuição faz com que boa parte da humanidade viva em sobressalto, temendo o amanhã que terão de enfrentar.

Contudo salientamos que há muitas e muitas formas de se resolver o passado, sem nos esquecermos de que as experiências adquiridas por nossas ações, até as equivocadas, sempre resultarão num bem maior ao final de tudo, pois essas passagens, embora tragam alguns sofrimentos, também nos despertam para a nossa realidade superior.

Assim, dona Laura, como mãe de família amorosa, não fugia à regra. Desejando o melhor para os seus, temia pela sorte futura deles. Não raro a encontrávamos aos pés do altar caseiro, sempre buscando junto aos inumeráveis Deuses o amparo e a proteção para todos.

Júpiter era o favorito, e a família lhe rendia cultos semanais. Entretanto, nos últimos tempos, de modo quase imperceptível, sua mente ia para o Deus único, aquele venerado pelos cristãos, talvez por não encontrar mais alento na velha e desgastada religião romana. A verdade é que a preocupada senhora estava em conflito entre os velhos conceitos e as novas ideias bafejadas pelos cristãos, mas a vida transcorre, como sempre deve ser. A despeito dos "nossos" temores e receios, não escapamos do que tivermos que enfrentar. Entretanto, quantos não sofrem demasiadamente por apreensões desnecessárias? Quantos, se tivessem um pouco mais de fé e confiança no futuro, deixariam de sofrer, teriam mais paz e seguiriam rumo às realizações das quais já se fazem capacitados? Assim, percebemos que o temor pelo futuro acaba sendo uma energia paralisante que não deixa a criatura evoluir, ressecando-lhe as reservas íntimas, deixando-a qual um ser inerte, semiadormecido à beira das estradas comuns, entregue à sorte fortuita, que pode ou não lhe ser favorável!

Certo dia, depois de um trabalho estafante na unidade em que servia, Ângelo chega a sua casa e depara com o irmão discutindo com o velho pai. Argumentava aquele:

— O senhor não percebe que é hora de vender parte do rebanho? Precisamos de dinheiro, de mais escravos...

— Mais escravos? Não acha um contrassenso vender cavalos e comprar escravos? O que farão, enfim, os escravos? Os que temos já não bastam? Ainda mais numa época como esta, quando boa parte daqueles que ainda os têm estão libertando-os, por não poderem sustentá-los!

— O senhor sabe que pretendo fazer melhorias em nossa propriedade, e para isto necessito de um pessoal mais especializado.

— Já lhe disse que estas melhorias são supérfluas! Por que gastar com mansões? Nossa casa já não nos serve mais?

— Pai, não podemos estacionar na vida. Temos que prosperar!

— E para isto vamos vender de uma só leva centenas de nossos cavalos, que são o nosso ganha-pão, para embelezar a casa? Chama isso de prosperar?

— Não entende, pai, que numa casa melhor atrairemos pessoas de posse, patrícios ricos, e o negócio vai prosperar ainda mais? Em curto espaço de tempo, garanto que triplicaremos os nossos ganhos!

— Não concordo, Antônio. Jamais recuperaremos o que gastarmos nesta casa luxuosa que você quer construir. Depois, somos pessoas simples; por que ostentar o que não temos?

— O senhor, meu pai, não tem visão de futuro como eu tenho! Precisamos arriscar em outros setores, além dos cavalos.

— Antônio, você quer arriscar, como diz, algo que não é somente seu! Eis aí o seu irmão, que também pode opinar, e não se esqueça do tio Jacinto, que é igualmente dono disto tudo.

Ângelo bem sabia que o velho pai, cansado daquelas investidas do filho mais velho, pedia-lhe socorro naquele momento, e, apesar de perceber que o irmão jamais o ouviria, busca ficar ao lado do pai, ao menos como uma maneira de confortá-lo.

— O pai tem razão, Antônio! O mercado comercial está incerto e creio que não é o momento de dispormos de tantos cavalos, correndo o risco de não recuperarmos mais esse investimento. Quanto à casa, também gostaria de ter uma melhor. — Isso ele diz como forma conciliadora, para não provocar a ira do irmão, pois, como o pai, ele também tinha natureza simples e jamais se imaginara vivendo como um patrício. Então, tenta apaziguar aquela discussão, completando: — Mas isso pode aguardar até termos a certeza do mercado. No que, além da casa, iríamos aplicar o que ganhássemos com a venda dos cavalos, a fim de recuperar este dinheiro investido?

— Ora, Ângelo! O que entende você de mercado, valores, lucros?

— Entendo que as preocupações do pai são reais e justas!

— Vocês dois sempre se unem contra mim. Ambos não têm visão! Eu quero o melhor para nós!

— Vamos, Antônio, ninguém está contra você. Só não quero precipitações. Antes de se aventurar em algo desse montante, temos de estar certos do que faremos! — completa Ângelo.

Ante a resistência encontrada, Antônio, irritado com ambos, sai pisando forte.

— Bem... Ao menos por um tempo vamos ter um pouco de sossego! Não é, meu filho?

— Sim, papai. Até que ele volte novamente com a mesma história.

— Onde já se viu tal ideia? Vender grande parte dos cavalos para construir uma mansão! E ele ainda se acha um homem de visão!

— O senhor sabe, papai, que o que ele almeja na verdade é poder participar e desfrutar dessa corte, na qual os ricos e degenerados patrícios se regalam!

— Será que ele não percebe a distância que há entre nós e esses ricos romanos? Por que não se contenta com o que tem?

— O pior, e que me preocupa demais, é ele ficar atormentando o senhor, meu pai!

— Não se preocupe, meu filho. Eu sei lidar com ele.

Assim ele dizia, contudo Ângelo bem sabia e sentia que o velho pai já andava cansado de tantas exigências daquele filho, sempre tão insatisfeito e invejoso. O pai igualmente se preocupava, pois sabia que aquele filho não amava o irmão mais novo. Antes, não suportava as qualidades que Ângelo já desenvolvera e que lhe faltavam. Então, aquele pai temia pelo futuro dos dois irmãos.

E o pai estava certo em temer, pois Antônio saiu dali ruminando ódio contra o irmão. Ainda mais agora, ao vê-lo lutando para progredir no exército, ostentando aquela farda, sentindo-se, a seu ver, como alguém importante.

Como Antônio odiava aquilo! Ele haveria de crescer, mostrar a todos que não era um simples tratador de cavalos, como a maioria pensava. Haveria de ter uma casa de fazer inveja! Aplicaria parte daquele dinheiro talvez em construção, um ramo de negócio que estava crescendo; depois pensaria mais alto, talvez se aventurando na construção naval, quem sabe! Quando fosse íntimo dos ricos romanos, saberia como empregar seus valores e ter lucro certo, com certeza! Aqueles haveres, conquistados tão arduamente pelo avô, pelo pai e pelo tio, ele os faria crescer mais ainda. Isto se o pai não atrapalhasse com os seus medos infundados. Enfim, o pai não viveria para sempre... Talvez fosse só questão de ter um pouco mais de paciência!

Assim ele pensava, mas infelizmente paciência era algo que ele não possuía.

E, assim, aquele filho ingrato, longe de perceber quanto recebia do trabalho da família, só pensando nas ilusões do poder, da grandeza, esperava o dia em que pudesse administrar à sua maneira todo o pecúlio familiar. Sequer se lembrava das necessidades do irmão mais novo, tampouco do pai já idoso. Como todo egoísta, só pensava em si mesmo, antevendo o momento em que pudesse demonstrar ao mundo "suas" ricas posses.

O velho Joviano sofria com as atitudes deste filho. Muitas vezes se cobrava, pois, como a mãe falecera cedo, ele se considerava culpado por não ter sido capaz de educar os filhos como deveria. Mas, quando comparava as atitudes do mais velho com as do mais novo, pensava consigo: *Com Ângelo jamais precisei me preocupar. Então, se falhei com um, por que não com o outro? Será que os criei de modo tão diferente assim? Sempre procurei tratá-los da mesma forma, entretanto, Antônio desde pequeno demonstrou essa ânsia por mais, sempre insatisfeito. Lembro-me de que, quando minha querida Helena ainda era viva, já o repreendia por isso! Então, apenas continuei o que ela iniciou. Busquei dar a ambos bases legítimas para serem homens de bem. Enquanto um já traz uma moral elevada, o outro vive imerso em preocupações tão mesquinhas, tão primárias! Onde estarei errando? Onde?*

E o pai prestimoso se angustiava tentando obter respostas para questões além de sua compreensão, permanecendo longo tempo imerso naqueles sentimentos, buscando encontrar uma saída para auxiliar o filho revoltado.

Mas Antônio vinha de uma série de encarnações em que falhara justamente nas questões materiais e sensuais, alicerçadas no orgulho e na vaidade, sempre buscando se firmar por meio da posse, do ter cada dia mais. Infelizmente, naqueles tempos idos, a maioria de nós ainda navegava nas fortes emoções causadas pelo poder, em detrimento dos valores morais, sumamente escassos. O que fazia a maioria feliz era poder ter e ostentar. Desse barro era feita a poderosa sociedade romana. A elite já não se compunha somente dos patrícios, mas de quem possuísse mais. Pouco a pouco, a unidade social familiar vinha se esfacelando e os valores, mudando.

Naquele tempo, embora Roma ainda fosse um império poderoso, as bases nas quais nascera já não existiam mais; ao contrário do passado, quando para fazer parte daquela corte seleta tinha-se que ter um nome patrício, ser procedente de uma *gens*[3] familiar reconhecida e valorizada, nestes dias bastava ser rico para que todas as portas se lhes abrissem. Era isso que Antônio buscava.

Aquelas dificuldades entre pai e filho eram constantes, razão das preocupações de Ângelo, que via o pai ir definhando dia a dia ante as insistências desabridas do irmão. Mas... que fazer? Ele ainda era muito jovem para enfrentar o outro, seis anos mais velho. Este último sempre o tratara como criança. Essa foi uma das razões que fez Ângelo optar pela carreira militar. Muito embora as forças romanas fossem naquele tempo uma miscelânea de gente das mais variadas procedências, era uma força respeitável, pois Roma ainda era uma potência temível. Portanto, Ângelo esperava se graduar de maneira rápida, tornando-se assim capacitado a enfrentar de forma adulta e responsável os desvarios do irmão. Depois daquela discussão, Antônio os deixou por um bom tempo em relativa paz!

---

3 Gens: conjunto de pessoas que usam o mesmo nome familiar, muito comum na aristocracia romana.

CAPÍTULO III

A POLÍTICA ROMANA E OS CRISTÃOS

Poucos anos se passaram sem nada digno de nota, estando Roma sob o império de Claudio II, no ano 270 d.C., com Flávio já um garboso soldado, seguindo os passos do pai e do amigo nas forças militares, e Liz a desabrochar numa encantadora mocinha.

Diferentemente das jovens de renome, as das classes humildes tinham mais liberdade para ir e vir. Ainda irrequieta, Liz costumava sair para longos passeios a sós. Gostava de andar, pensar, era como explicava à mãe quando esta ralhava com ela, falando dos perigos de sair sozinha. Naqueles tempos, os raptos de pessoas, bem como assassinatos fortuitos e sem motivo aparente, eram muito frequentes. Quantos não desapareciam sem deixar rastros, por terem sido mortos ou vendidos como escravos? Os escravos eram material amplamente utilizado, algo normal entre os povos de então. Por conta disso, logicamente a família se preocupava com as longas caminhadas da mocinha. Próximo à localidade onde moravam existia uma vasta floresta de pinheiros, e nesse dia, distraidamente, Liz se dirige para aqueles arredores, senta-se numa pedra de costas para a floresta e se põe a divagar por tempos, até que fortes estalidos atraem sua atenção. A moça se levanta na intenção de investigar a causa do barulho e depara com a mata pegando fogo. O que se iniciou com um pequeno foco logo se alastra floresta adentro. Como se estivesse magnetizada pelo que via, Liz ali permanece por um tempo, olhando aquelas chamas vermelhas e os rolos de fumaça que subiam para o céu. Ela só desperta quando ouve alguém gritar seu nome:

— Liz! O que faz aí parada? Não vê o fogo, minha irmã?

— O quê? — ela pergunta a Flávio, despertando daquele alheamento.

— Vamo-nos daqui! Não percebe as chamas se espalhando?

— Vamos sair daqui, pois a Guarda Pretoriana vem aí com os bombeiros a ver o que se passa! — diz Ângelo apressadamente, arrastando os dois irmãos pelos braços. — Vamos! Vamos! Se nos virem aqui, vão nos interrogar sobre isso!

Eles saem dali bem a tempo, pois logo após começa a chegar muita gente atraída pelo desastre.

Ao chegar em casa, Flávio questiona Liz acerca do ocorrido:

— Liz, por que estava ali, parada daquela forma? Viu algo?

— Não! Só o fogo!

— E por que não saiu logo? Não percebeu o perigo?

— Não sei! Parece-me que sumi olhando o fogaréu. Perdi a noção!

— Graças aos Deuses chegamos a tempo de tirá-la dali! Poderia ter se queimado, ou sido pega pela guarda — ralha o irmão com ela.

— Mas... Eu não fiz nada! Apenas estava olhando!

— Não percebe, Liz, que o fogo não surgiu sozinho? Deve ter sido obra criminosa! — sugere Ângelo

— Acha que alguém o ateou, Ângelo? — questiona Flávio

— Mais que provável! Entretanto, sendo criminoso ou não, vai haver investigação e quem for pego por perto vai ser interrogado.

O grande incêndio devastou a frondosa floresta por não haver uma estrutura preventiva, tampouco um corpo de bombeiros eficaz. Havia grande preocupação por parte do governo em combater a formação de grupos específicos, associações, chamadas à época de heterias, pelo receio do fortalecimento desses agrupamentos, e de virem a se tornar uma força dentro do Estado capaz de combater o próprio Estado. A única força existente era a militar, mantida pelo governo para servi-lo. Inexistia um corpo de bombeiros estruturado. Muito poderia ter sido salvo naquele incêndio se o socorro não tivesse transcorrido numa "quase" improvisação. Fosse outra a situação, o incêndio, talvez, não houvesse se alastrado tanto quanto sucedeu.

A previsão de Ângelo assim ocorreu: a procura pelos responsáveis foi intensa. Pessoas eram presas, interrogadas, algumas soltas depois. No entanto, certos andarilhos acabaram levando a culpa e amargaram seus dias nas Galés romanas como culpados. Os verdadeiros responsáveis, entretanto, que fizeram o que fizeram por puro vandalismo, eram filhos da elite abastada e nada sofreram pelo ato criminoso. O principal deles era um jovem de nome Hernani, pessoa de má índole, extremamente cruel. Ria-se com os "amigos" ao ver como a polícia local se esforçava por punir os culpados, e dos muitos inocentes que sofreram interrogatórios humilhantes, sendo espancados para confessar o que não tinham feito. Finalmente, os jovens sentiram-se aliviados quando os andarilhos foram julgados como culpados por aquele ato criminoso deles. Corações inescrupulosos, não sentiam quaisquer resquícios de remorso. Os pais dos jovens, gente da elite patrícia, foram dos que mais gritaram por justiça àquele ato de vandalismo, sem sequer sonharem serem os próprios filhos os culpados.

A humanidade teria que caminhar muito ainda para desenvolver sentimentos nobres de amor e misericórdia para com os semelhantes, e principalmente senso de responsabilidade perante seus atos, já que estes, cedo ou tarde, seriam um peso a ser cobrado na balança da justiça divina. Se bem que Deus não nos cobra nada, mas a consciência da culpa não deixa em paz aquele que quer evoluir, enquanto não retorna aos atos equivocados para as devidas reparações.

Quanto ao assunto dos agrupamentos, apesar da pressão contrária do governo, teimosamente eles continuavam a se formar, justamente numa tentativa de união para defender seus direitos. Havia várias associações surgindo e se firmando: vendedores de tecidos, vendedores de azeite e queijo, negociantes de bebidas e de especiarias, e por aí afora.

Dentro dessa intolerância contra os agrupamentos mais comuns, meditemos no que figuraria, ao Estado, grupos de cristãos se reunindo aqui e ali, e construindo seus templos, cada vez maiores e mais vistosos.

O que mais incomodava os romanos era a moral cristã, com seu conjunto rígido de regras — condições que para eles poderiam ser almejadas por pequenos grupos de estudiosos e filósofos, mas jamais pela massa humana comum, em sua maioria pobre e ignorante como o eram os cristãos.

Para a elite intelectual da época, aqueles sentimentos expressados pelos cristãos, como fraternidade, caridade e amor, eram admissíveis somente nos setores dos pensamentos e devaneios utópicos, nunca estando ao alcance da turba miserável, obscura, equivocada e herege. Portanto, aqueles ideais professados pelos seguidores do Crucificado eram repelidos com violência. Aquela nata social jamais aceitaria algo vindo destes, quanto mais ideias tão nobres, que na verdade os rebaixariam, pois era sabido que ninguém daqueles tempos, principalmente romanos, vivia sob tais ideais. Os romanos consideravam os ideais pregados pelos cristãos como atitudes impossíveis de serem praticadas. Para eles, os cristãos demonstravam com semelhante procedimento muita arrogância, pois aquilo que diziam não poderia nunca ser vivenciado. Deveriam ser calados para não mais humilhá-los com os ditos ensinamentos cristãos. Que morressem, era o desejo doentio da maioria. Jamais, jamais aceitariam que alguém se manifestasse na carne fazendo-se de Deus!

Eles não conseguiam entender a profundidade dos ensinamentos por se aterem somente à superfície deles, e com isso ainda mais se revoltavam. Não criam na reencarnação, que na época citada era conhecida como ressurreição, portanto muitos dos ensinamentos ficavam sem sentido e se perguntavam inquietos: como as pessoas se deixavam matar por tão pouco? Só deveriam ser insanas, e os insanos costumam ter ideias doentias; portanto, para acabar com aquelas ideias tresloucadas era necessário acabar primeiro com o foco de onde elas partiam. Era necessário acabar com os cristãos.

Entretanto, não era somente aquele o móvel da terrível perseguição aos cristãos, encetada pelos próprios governantes. Para imperadores, generais e a elite dominante, além de usar a perseguição a fim de acalmar o povo em suas revoltas, aproveitava-se o ensejo com o objetivo de subtrair-lhes os bens. Ocorre que, por essa época, os cristãos possuíam muitos bens. Eram aluguéis de vários imóveis e casas comerciais, tudo advindo de doações dos fiéis. Existia entre eles um sistema bancário bem administrado, em que parte dos ganhos ia para as construções dos templos, que por sua vez arrebanhavam mais fiéis contribuintes, sendo grande parte desses ganhos destinada a obras em favor dos pobres, como moradias, alimentação, roupas e remédios. Enfim, havia entre os primeiros cristãos o verdadeiro sentimento da caridade. Numa época em que o Estado empobrecia devido à má administração; ao dispendioso exército defensivo contra as invasões crescentes, isso aliado às epidemias, que vez ou outra se alastravam sem controle; e ao dinheiro minguando, era natural se voltarem para aqueles que administravam melhor as posses: os cristãos! Fossem outros os tempos, talvez a perseguição não ocorresse tão danosa como foi. Talvez um acordo entre as partes resolvesse a questão.

Entrementes, apesar de os cristãos possuírem bens materiais, não havia dentro do Estado nenhuma lei que os protegesse. E, ainda que em seu meio houvesse gente de todas as classes, a maioria se compunha de pobres e escravos, mulheres e doentes. Os cristãos da elite sumiam, numericamente falando, diante desse enorme contingente humano. E o agravante é que eram tímidos diante da luta e devido a suas escolhas religiosas, então, acabavam sendo alvos de perseguições, possibilitando ao império açambarcar, "dentro da lei", suas economias. Embora os cristãos fossem cruelmente perseguidos em todas as localidades romanas, como ainda entre os povos limítrofes, entre os quais também florescia o cristianismo, não havia uma lei criminal contra eles. Na verdade, o governo tentava ignorá-los, não os defendia nem os atacava, mas, quando o povo se inflamava contra eles, geralmente as autoridades faziam vistas grossas, deixando-os entregues à fúria popular. Por isso, nas grandes calamidades, por mais de uma vez os cristãos foram usados como bode expiatório para acalmar os ânimos. Concluindo: o que pesou mais para que os tais andarilhos fossem condenados por aquele incêndio na floresta foi o fato de serem cristãos.

Por conta daquele desastre não natural, um dia Liz vê o pai subindo a ladeira para sua casa em companhia de dois oficiais, com um deles carregando um pergaminho enrolado. Como conhecia demasiado o sentimento do velho genitor, ela o percebe nervoso e amargurado, sinal de que estava enfrentando alguma dificuldade. Suas apreensões eram fundadas, pois, assim que ele se abeira do lar, pegando rispidamente o pergaminho da mão do oficial, desenrola-o, enquanto grita exaltado para todos ouvirem:

— Vejam, vizinhos! Estou sendo gentilmente convidado a sair do exército, esta força militar à qual dei o meu sangue e a maior parte de minha vida! Pensam que eu não sirvo para mais nada e me afastam como um trapo velho!

— Não é assim, Ernesto! Veja bem, o império não quer prejudicá-lo — diz um dos oficiais.

— Não? E o que vem a ser isto, então? Tiram-me o direito de ganhar o pão e ainda querem que eu seja grato, compreensivo?

— Apesar de estar sendo afastado da corporação, ainda receberá parte do soldo pelos bons serviços prestados.

— E quem disse que é isso que eu quero? Ser um inútil! Vivendo com um minguado salário, quando ainda me sinto forte e capaz! Mas... eu sei bem o porquê disso! Querem me jogar nos ombros a responsabilidade daquele incêndio criminoso, não é? No entanto, até vocês sabem muito bem quem era o responsável por aquele setor! Mas aquele lá é intocável, pois não? É parente do pretor Silas! Já o pobre do Ernesto... Quem é por ele? Vamos afastá-lo, assim acalmaremos os ânimos dos exaltados que pedem solução e justiça, não é mesmo?

— Não se trata disso, Ernesto!

— Trata-se do que, então? — grita o homem, já colérico.

Alguns amigos, em se aproximando ante o alarido, tentam acalmar o velho soldado.

— Vamos, Ernesto, não se agaste com isso! Toma cá esta bebida para se acalmar — diz um deles, batendo amigavelmente no ombro do velho homem, enquanto lhe oferece a caneca cheia de cerveja.

— Isto! Beba um pouco, Ernesto, e pense que poderá usar o tempo ocioso daqui para frente como bem entender!

— Que farei, meus amigos? Só sei ser um soldado!

— Para tudo se dá um jeito!

E Ernesto, acabrunhado, adentra o lar seguido pelos oficiais e amigos, onde dona Laura já os aguarda, também muito apreensiva ante o que ouvira. Ernesto a abraça enquanto diz:

— E agora, Laura? O que será de nós? O que farei?

— Fique calmo, Ernesto. Haveremos de dar um jeito. Não se preocupe!

Liz também se aproxima e, abraçando o velho pai, fala carinhosamente:

— Papai, ouça o que diz a mamãe! Não se preocupe!

— Oh, minha filha! Como posso não me preocupar? Não sei fazer outra coisa. O exército sempre foi a minha vida.

— Eu sei, papai. Quem sabe poderemos recorrer dessa decisão? Não podemos? — questiona a jovem em direção aos oficiais. Um deles, demonstrando franca admiração no olhar, sinal de que já a conhecia e esta lhe interessava muito, aproxima-se apressadamente e diz, prestativo:

— Quem sabe, Liz! Podemos tentar falar com o pretor Silas; talvez ele possa nos auxiliar com este caso.

— Faria isto por nós, Amaro?

— Sim! O que você me pedir, eu faço com imenso prazer! — responde o oficial, pegando as mãos da jovem, ato que não passa despercebido a dona Laura. Esta observa aquilo com preocupação, enquanto a jovem devolve a gentileza com um sorriso.

Mais tarde, quando chegam Flávio e Ângelo, já sabedores do ocorrido, buscam confortar o velho servidor militar, assim como analisar o ocorrido:

— É bem da forma como vê as coisas, senhor Ernesto! Por não terem conseguido pegar os verdadeiros culpados e tampouco mexerem com o responsável por aquele setor, eles agora, acuados, buscam culpados naqueles mais convenientes.

— É! Agora que sou um velho alquebrado, eles pensam que podem dispor de mim como algo imprestável!

— Não pense assim, papai! Embora tenham tomado essas medidas, o senhor sempre foi um bom servidor. Se o considerassem culpado, por mínimo que fosse, nunca lhe dariam essa pensão, ainda que pequena — adianta Flávio.

— Embora eu possa entender, não consigo aceitar essa medida arbitrária e injusta que me impuseram.

— Não se revolte, meu velho. Isto só vai lhe fazer mal! — fala dona Laura, cheia de preocupação.

Mais tarde, no findar daquele dia, dona Laura, chamando Liz de lado, lhe diz:

— Minha filha, o que foi aquilo com o oficial Amaro?

Mas a jovem, fazendo-se de desentendida, responde com uma pergunta:

— O que quer dizer, mamãe?

— Sabe muito bem do que falo, Liz! Por que envolveu Amaro daquela forma?

— Envolvi? Mamãe, só procurei ser simpática, a fim de que ele auxiliasse papai.

— Acha isso digno? Sabe muito bem do interesse que ele nutre por você!

— Então! Por isso mesmo! Se ele fosse indiferente à minha pessoa, com certeza não iria nos auxiliar, mas... — E a jovem para, como a dizer que o interesse do jovem era o instrumento para atingir seu alvo, que era o auxílio ao genitor.

— Minha filha, não pode incentivar um sentimento ao qual não corresponde. O que dirá Ângelo quando souber disso?

Demonstrando alarde, a moça responde:

— Mamãe, isso que aqui se passou foi coisa sem importância. Não creio que devamos mencionar algo disso a quem quer que seja, muito menos ao Ângelo.

— É assim, então? Contanto que ninguém saiba, poderemos tomar qualquer atitude?

— Não disse isso!

— Gosta de Ângelo, não é mesmo?

— A senhora sabe que sim!

— Lógico! Desde a mais tenra meninice não fez outra coisa senão correr atrás do rapaz.

— Soa-me vulgar quando a senhora fala assim, minha mãe!

A senhora, sorrindo a essa observação, e com ternura de quem só quer o bem da filha amada, responde-lhe:

— Desculpe-me, querida! Não foi minha intenção agredi-la, mesmo porque os seus sentimentos tão aflorados, ainda na meninice, eram-me algo terno e carinhoso, com os quais não raro eu me comovia, vendo-a tão compenetrada neles. Jamais tinha visto um amor tão forte e fiel qual o seu por Ângelo. E exatamente por isso deveria se resguardar mais, não utilizar os sentimentos dos outros para tirar vantagem ou proveito para si, ainda que a causa seja nobre.

— Não pensei nisso, mamãe! Só queria auxiliar papai!

— Sei disso, querida. Contudo, é bom que saiba que tudo tem um preço! Acha que o oficial Amaro, conseguindo qualquer coisa a favor do seu pai, não irá querer algo em troca? Nós, de maneira geral, somos ainda criaturas muito egoístas. Pouquíssimas pessoas conseguem amar de forma desprendida. Em nome de um amor ainda tão carnal, geralmente escravizamos o ser de nossos afetos numa franca exigência de que o sentimento e a própria pessoa nos pertençam exclusivamente. Em vista disso, como esperar auxílio de alguém a quem não estamos dispostos a pagar o recebido? Na verdade, quando se trata de sentimentos, todo cuidado é pouco! Raros de nós têm a visão universalista dos cristãos!

— Cristãos? Por que me fala dessa gente?

— Porque creio que, comparando nossas crenças com as deles, as nossas se tornam pueris, pois não ouvi antes definições sobre a vida de tamanha grandeza quais as que eles ensinam.

— Nossa! Agora fiquei curiosa com o que dizem eles; será algo tão importante, a ponto de mexer assim com a senhora?

— A questão sobre a qual está assentada a base principal dessa doutrina é a caridade, segundo eles, ouvida pela boca do próprio Jesus, nesta máxima: "Fora da caridade não há salvação"! Então, filha, que há de mais legítimo que essa verdade? Pergunto a você, porque sei quanto tem o coração bom!

Apesar de a jovem concordar com a genitora, surge em seu rosto uma expressão de contrariedade; mas, não querendo magoar a mãe, que a alertava com tal delicadeza, diz-lhe simplesmente:

— A senhora tem razão quando diz que somos, ainda, muito egoístas! Realmente, para mim, nada há de mais importante que a minha família. Por vocês eu farei tudo o que estiver ao meu alcance.

— Isto é louvável, entretanto, jamais deve se deixar levar pelo exagero, pois do que vale um sacrifício em prol da família quando, para alcançar tal objetivo, comprometemo-nos moralmente?

— Mas... mamãe! Penso que exagera! Só porque fui simpática com o oficial Amaro, traz à baila até a fala dos cristãos. Cuidado com essas ideias, pois bem sabe quanto elas são malvistas por todo o império!

— Isso não é verdade, filha! A Doutrina do Nazareno cresce dia a dia. Sei de muita gente poderosa dentro desse império que é cristã.

— Pode ser; contudo, ninguém tem coragem de declarar isso publicamente, sinal de que sabem o risco que correm.

— Preconceitos e perseguições não mudam a verdade, pois quando ela vem à tona nada a empana! — responde a mãe com gravidade.

Com visível preocupação, Liz procura mudar de assunto. Nem ela mesma saberia dizer por que qualquer menção aos cristãos a deixava tão mal. Um medo secreto a atormentava. Era um misto de amargura e tristeza que emergia de seu íntimo mais profundo, e ela sequer entendia. Assim, resolve dar por encerrada aquela conversa com a mãe, que já estava penosa para ela.

— Desculpe-me pelo mau comportamento, mamãe! Mas... agora que o oficial Amaro se dispôs a auxiliar papai, não sei que atitude tomar caso ele consiga algo favorável ao que lhe pedi.

— Pode deixar, minha filha. Pedirei ao seu irmão que fale com ele, desobrigando-o de qualquer procedimento em relação a Ernesto.

— Dói-me o coração, mamãe, não poder auxiliar papai!

— Vamos confiar, Liz! Ninguém sofre em vão nesta terra! Depois, tudo se resolve.

— Espero que sim, pois o que faremos só com Flávio trabalhando e recebendo esse soldo mínimo?

— Haveremos de dar um jeito. Se for necessário, trabalharemos!

A jovem fica pensativa, mas a seguir reage com energia ao pessimismo:

— Tem razão, mamãe. Posso vender hortaliças no mercado, ou costurar, talvez.

— Não se preocupe, minha querida, seu pai não é homem de ficar parado, chorando o leite derramado. Daqui a pouco encontrará qualquer coisa para fazer que nos dê recursos para sobreviver, e ainda há a pequena pensão. Não estamos na miséria, felizmente. Temos o nosso lar, temos saúde, estamos juntos, e é isso que nos importa.

— Tem razão, mamãe! — diz a mocinha, aproximando-se da genitora, e as duas se abraçam carinhosamente.

Realmente assim se dá, pois o homem se ocupa com rapidez, fazendo pequenos biscates aqui e ali, complementando o minguado soldo recebido. Enfim, a vida seguia em frente, demonstrando que para todas as dificuldades havia uma solução.

CAPÍTULO IV

INIMIGOS DO PASSADO

Um tempo depois deste episódio, Ângelo chegou com um presente para a garota. Ela, lépida, desceu as escadas para recebê-lo, enquanto um cachorro de porte médio latia alvoroçado à volta dele.

— Um cão! Como é belo, Ângelo! É seu?

— Não! Comprei-o para você!

— Para mim?

— Sim! Aceita?

— É lindo, Ângelo! Mas... por que o está dando a mim?

— Bem, sei que não podemos segurá-la em casa, gosta de sair, de andar pelos campos; então necessita de um guardião.

Eis aqui o seu companheiro de caminhada — diz ele sorrindo e apontando o animal.

— Ah, Ângelo, eu preferia a sua companhia, porém...

— Porém eu tenho de trabalhar, principalmente para ter condição de um dia termos uma vida em comum.

— Como me sinto feliz ao ouvi-lo falar assim, Ângelo! Às vezes, você se mantém tão distante que temo não querer nada comigo.

— Como pode pensar isso, minha amada? Sabe quanto eu te amo! Não a posso expor, pois ainda não falei com seu pai sobre nós. Entretanto, aguardo ansioso o dia em que poderei gritar para todos ouvirem o meu amor por você.

A essas palavras dele, a jovem ri divertidamente e o abraça forte, enquanto o cão aguarda, paciente, olhando-os com a ternura característica dos animais domesticados.

Logo após, os dois adentram o lar da jovem com o cão a segui-los alegremente.

— Papai, mamãe, vejam o que Ângelo me deu de presente! Vejam!

— Só o que nos faltava: mais uma boca para alimentar! — diz o senhor Ernesto, com fingida contrariedade.

— Ora, papai, veja! Ele gosta do senhor! Percebe como está feliz aqui em casa?

— E por que não gostaria? Sou um homem decente, honesto!

— Para os animais, o que importa é o amor que damos a eles, papai. É isto que ele está sentindo do senhor. Veja como é lindo! Qual é o nome dele, Ângelo?

— Tobias!

— Ah, não gosto! Acho que vou chamá-lo de Tob! Será que ele vai me atender?

— Ora, chame-o para ver! Com certeza, ele se acostumará com a nova vida, que com certeza será melhor, já que vivia na rua com o seu dono. E não se preocupe, senhor Ernesto, eu ajudo a alimentá-lo.

— Deixe estar, meu rapaz, eu estava brincando. Realmente ele é um lindo presente!

— Quero que ele acompanhe Liz quando ela sair.

— O melhor seria se esta andarilha ficasse mais em casa ao invés de perambular por aí!

— Quer que eu seja uma prisioneira, então?

— Quem está dizendo isso, menina?

— Eu entendo que Liz goste de passear, senhor Ernesto, e não vejo mal nisso. Entretanto, preocupo-me com sua proteção. Vivemos em uma época em que há muitos seres maldosos. Precisamos nos precaver.

— Também me preocupo com isto, meu rapaz! E você acha que este cão conseguirá protegê-la? É pequeno demais!

— Ele vai crescer muito ainda; só tem alguns meses. E todo cão é fiel a seu dono. Temos vários no batalhão; precisa ver como são amigáveis com os soldados que cuidam deles, conquanto sejam agressivos com estranhos.

— Muito bem, então! Será bom para Liz ter este belo companheiro, que a protegerá com certeza.

E, assim, Tob, como passou a ser conhecido daquele dia em diante, ganhou uma nova família que o amaria até o fim de seus dias. Ele cresceu muito, tornando-se acompanhante assíduo não só de Liz, mas de todos eles. Tob gostava de sair com o senhor Ernesto, com os rapazes e também se deixar ficar deitado à beira do fogão enquanto dona Laura cozinhava, além de ser o amigo fiel de Liz. O cão acabou por se tornar um membro querido da família.

Conquanto aquele tempo passasse rápido, o caso sobre o incêndio permanecia estacionado. Por mais que o pobre Ernesto solicitasse revisão para reaver seu cargo, nada conseguia. Parecia ao vulgo que aquele fato se encerraria sem solução; entretanto, os prejudicados não se esqueciam. Além de Ernesto, havia ainda outros soldados que sofreram penas e foram rebaixados de posto, sem contar os presos inocentes. A bem da verdade, Ernesto foi o que se saiu melhor daquela situação, embora sempre mantivesse esperança de que a verdade viesse à tona, para poder retornar ao seu antigo posto na milícia romana. Enquanto isso, começou a auxiliar em construção aqui e ali, e ainda tirava um tempo para mexer com madeira, fazendo móveis simples, algo de que sempre gostara, e, ainda que não reconhecesse, inconformado com sua saída forçada das fileiras romanas, estava conseguindo tirar até mais do que ganhava na milícia.

O estado amargurado do pai mexia com o bom ânimo de todos eles, mas cada um, a seu modo, procurava ir levando a vida adiante, e dessa forma até muito natural o amor entre Liz e Ângelo desabrochou como a mais bela das flores! Era um sentimento tão lindo e harmonioso que chegava a emocionar os familiares da jovem, que compartilhavam discretamente da vida dos dois enamorados. Não raro, dona Laura se pegava fitando-os, entre feliz e espantada por constatar que sua menina crescera, e o sentimento nascido na infância, parecendo já ter nascido com ela, pois que amava o jovem desde a mais tenra meninice, ali estava; crescera, tal como a própria Liz! Hoje era um amor maduro, intenso, que os unia de forma inabalável.

Impressionava-a igualmente dona Laura sentir quanto o rapaz gostava dela, sendo ele um jovem que poderia ter um melhor partido: muito bonito, de condição social razoável, e ainda bem mais velho que sua filha. No entanto, ela percebia com que cuidados ele cercava Liz, sempre preocupado com o seu bem-estar, tendo infinita paciência com o temperamento nervoso e melindroso da jovem. Lembrava-se a mãe de singelas passagens da vida dos dois, sempre acompanhados de perto por Flávio, irmão prestimoso e amigo sincero do outro.

Coincidentemente, neste mesmo dia, quando a mãe está entregue a essas doces recordações, Ângelo se abre com o companheiro, falando-lhe de seus nobres sentimentos para com a jovem eleita de seu coração. Ao término, Flávio diz simplesmente:

— Bem, que posso dizer eu que você não saiba, já que Liz sempre "cantou" aos quatros ventos o amor dela por você? Quantas vezes mamãe foi obrigada a ralhar com ela, que sempre se excedia nas demonstrações do afeto sentido? Quando em público, se alguma jovem se aproximava de você, era difícil conter o ciúme dela, que logo queria tirar satisfações, como se você fosse seu prometido.

Diante das revelações de Flávio, Ângelo sorri embevecido.

— Quanto a mim, Ângelo, você sempre foi e será um irmão, aquele que eu jamais tive! Portanto, me dê cá um abraço, meu futuro cunhado, e vamos festejar!

Os dois se abraçam felizes, porém, logo após, Ângelo cai num silêncio inquieto. Preocupado, Flávio pergunta:

— Então? Por que o silêncio, se já lhe confirmei o amor de Liz por você?

— Estou receoso! Sei quanto o senhor Ernesto gosta da filha; será que vai me aceitar como genro?

— Ângelo! É difícil um pai não gostar de uma filha. No entanto, você não tem com que se preocupar; sempre foi íntimo da casa! Ao concretizar sua relação com Liz, só estará formalizando o que todos nós aguardamos há algum tempo. Você será um membro querido de nossa família! Particularmente para mim, será uma honra tê-lo como cunhado! Graças ao seu incentivo, estou me saindo bem nesta farda. Você sabe que eu, por dever do Estado, não poderia ser outra coisa senão soldado; o pai segue o filho. E sabe igualmente quanto eu receava essa hora, sem poder desabafar, pois meu pai jamais entenderia os meus receios. Entretanto, graças a você estou me saindo melhor do que esperava.

— Só o que lhe faltava, Flávio, era ter mais confiança em você mesmo. Confiante, está se saindo melhor a cada justa ou desafio que lhe vem pela frente.

— Pode ser, mas não me esqueço de quanto tem me auxiliado. Sou-lhe muito grato!

Em um dia especial, depois daquela conversa com Flávio, munido de toda coragem e acompanhado pela família, Ângelo colocava ao senhor Ernesto os seus sentimentos para com Liz. Dona Laura, aquela mãe que sempre desejava o melhor para os filhos, sentia-se tomada pela emoção.

Vencendo a timidez, com simplicidade, Ângelo diz ao dono da casa:

— O senhor já deve ter percebido o que sinto por sua filha, mas gostaria de externar quão profundo é esse sentimento: não consigo conceber a minha vida sem Liz, ou, igualmente, afastado de todos vocês, a quem considero uma segunda família. Ainda pequeno, pelo que me lembro, já trazia este sentimento por ela, então é natural que queira esta união mais que tudo. Contudo, sei que Liz, por sua grande beleza e graça, poderia conquistar um pretendente melhor que eu!

Exasperada pela extensa, em sua opinião, explanação dele, Liz intervém com gravidade:

— Alguém melhor? Que diz você, Ângelo? Está a falar asneiras, pois eu jamais vou querer outra pessoa, e para mim não há ninguém melhor que você!

— Aquiete-se, menina! Deixe o rapaz falar — ralha com ela o pai.

— Bem, é isto, senhor Ernesto. Se permitir o meu enlace com Liz, serei o homem mais feliz desta terra! Sei que ainda não posso arcar com os encargos de uma família, mas prometo me esforçar ao máximo para ter essa condição e, muito em breve, poder fazer parte desta família que tanto amo, tendo ao meu lado a esposa escolhida do meu coração.

A essa gentil e amorosa declaração, a jovem sorri, extremamente feliz e radiante, e não se contém:

— Sim! Sim, meu Ângelo! Eu quero ser sua esposa!

— Ora! Pelo que entendo, ele está perguntando isto a mim, e não a você, Liz — diz o pai, mais para mexer com ela que qualquer outra coisa.

— Pare de fazer suspense, papai! O senhor sabe quanto eu gosto de Ângelo!

— Sim, minha filha. Sei quanto gosta dele, contudo, vamos fazer as coisas direito? Quer ter um pouco de paciência? Este é um momento único a ser vivido; deve ser saboreado de forma doce e calma, e não intempestivamente.

Liz acaba se encabulando com as palavras do pai; lembrando-se da família de Ângelo ali presente, abaixa a cabeça e silencia. Ante aquele constrangimento dela, Ângelo sente o coração se apertar e tenta dissipar seu mal-estar dizendo:

— Tenha calma, Liz, sabemos que o nosso amor é verdadeiro e intenso, entretanto devemos respeitar as formalidades e permitir que nossos entes queridos possam igualmente vivenciar este momento conosco!

— Sim, Ângelo, eu o entendo. Mas não foi minha intenção desrespeitar meu pai.

— Eu sei. O que eu quero dizer é que ambos sabemos do nosso amor, mas devemos deixar que aqueles a quem amamos possam também estar conosco, participar dos nossos sentimentos. Isso fará bem a eles e a nós, pois sempre poderemos contar com eles. Isto é viver em família.

— Você está percebendo quanto ela é geniosa? Tem certeza de que é isso mesmo que quer, meu rapaz?

— Papai, pare com isso! O que pensarão de mim os familiares de Ângelo? Eles não sabem quanto o senhor gosta de brincar.

E o pai, assim como Ângelo, se põe a rir por conta da vexação da jovem.

— Sim, senhor Ernesto, ela é exatamente quem eu quero. Liz é para mim tudo o que sonhei! E, quanto ao gênio dela, eu sei que estes rompantes são só aparência, pois no íntimo é uma menina doce e suave.

— Bem, se é assim, quem sou eu para impedir a felicidade de vocês, não é? Seja feita a vontade dos dois! Aproximem-se.

Os dois jovens se achegam enquanto o senhor Ernesto pega-os pelas mãos e as entrelaça, selando ali o compromisso formal entre eles, dizendo:

— Vocês estão noivos! Aproveitem esse período róseo e cheio de esperança para um futuro feliz, e que, os Deuses permitam, seja realidade!

Depois das formalidades, todos se felicitam e, para marcar a celebração, um saboroso lanche é servido. A tarde transcorre suave, tranquila e feliz com o singelo acontecimento, que veio unir mais ainda as duas famílias.

Mas... "A felicidade sem mácula ainda não é deste mundo"[1]! As alegrias e felicidades de uns, às vezes, estimulam a inveja e o ciúme de outros. Ocorre que aquelas duas famílias eram velhas conhecidas; as matronas foram grandes amigas no passado, e dona Laura sofreu muito quando Helena, a mãe de Ângelo, veio a falecer. Naquela época, ela estava grávida de Liz; então Ângelo e Antônio conheceram-na desde o nascimento. Antônio jamais perdera tempo prestando atenção na garota, mas, revendo-a neste dia como prometida do irmão, inflama-se de paixão por ela. Passa a tarde toda silencioso e ausente, como se aquilo tudo não lhe dissesse respeito, mas Liz percebeu o tempo todo o olhar de fogo dele sobre si, sentindo-se extremamente mal com a presença do futuro cunhado. Raciocinava consigo mesma que aquele mal-estar era devido à animosidade de Antônio em relação a Ângelo. Sabia quanto o amado sofria com o desamor do irmão mais velho. Ele pouco reclamava, mas Liz sentia sua tristeza por viver com aquele problema em família.

A pequena recepção terminou sem mais delongas, indo-se a família Drácius para o lar, onde o silêncio soturno de Antônio continuou, fato que nem o pai e tampouco o irmão estranharam.

Por conta da paixão desenfreada que lhe principiou a abrasar a alma, Antônio passou a rondar as imediações da casa de Liz, inteirando-se da rotina da jovem. Sabedor de que ela gostava de dar aqueles longos passeios, começou a espreitá-la sempre que podia. Em sua mente febril achava que, se a jovem soubesse daquele amor inflamado, o escolheria em vez do irmão.

---

1 Frase extraída de *O Evangelho segundo o Espiritismo*, de Allan Kardec. Capítulo V, item 20.

Na sua imaginação tortuosa e fértil, ela jamais ficaria com Ângelo sabendo do seu interesse; acreditava que ela iria querer tê-lo ao invés do outro. Saboreava a sensação de tirá-la do irmão, acabar com aquele sonho de felicidade que existia entre os dois.

Como são ingênuos! Ainda creem em felicidade e amor eterno! Como Ângelo é estúpido!, pensava ele consigo mesmo. *Se conseguir meu intento, eu farei um favor àquele idiota, lhe ensinando que o nosso não é um mundo de ilusão. Aqueles dois precisam acordar para a dura realidade do que é esta vida.* Passava os dias ruminando estes pensamentos.

Num daqueles dias em que Liz se entretinha nas suas longas caminhadas, chega a oportunidade que Antônio aguardava. Ele segue a jovem passo a passo. Liz, sem se dar conta do mal que a rondava, segue feliz com seu companheiro de quatro patas e vai lhe atirando pequenos gravetos, chamando-o quando se afastava um pouco mais. A jovem se encantava com o campo que se abria à frente, recoberto por flores rasteiras, as quais ela se deliciava em colher para encher a pequena cesta que carregava. É neste momento, quando o cão está distante e a jovem, debruçada colhendo as flores, que traiçoeiramente Antônio sai do esconderijo e se atira sobre ela. Liz quase tem um infarto com o susto e fica inerte por alguns segundos, tentando concatenar as ideias para entender o que se passava. Quando reconhece o agressor, fica estarrecida, mas encontra forças para reagir. Começa a lutar ferozmente contra ele, porém o homem, muito mais forte, passa a beijá-la com ferocidade, tentando convencê-la a se entregar passivamente:

— Fique boazinha, você vai gostar muito, eu não sou aquele fraco do Ângelo! Tenho certeza de que até agora ele não a fez feliz como eu vou fazer.

— Você é um louco! Largue-me! Sou a noiva do seu irmão. Respeite-me!

— Mas vai deixar de ser depois de me conhecer!

— Largue-me! Socorro! Socorro!

— Não adianta gritar. Eu não vou machucá-la se você se aquietar.

E os dois rolam pela relva rasteira, entremeada por pequenas moitas aqui e ali, com Liz sempre gritando, enquanto sente a pele sendo arranhada pelos galhos secos e pelas pedras do caminho. Desesperada, ela tenta agarrar alguma coisa com a qual possa se defender. Quando as forças estão já lhe faltando, uma ajuda providencial surge: Tob, atraído pelos gritos de sua jovem dona, atira-se sobre Antônio ferozmente, enterrando-lhe os dentes no braço. Pego de surpresa, ele é obrigado a largar a moça a fim de se defender do animal.

— Ah, cão maldito! Tinha me esquecido de você!

— Pegue-o, Tob. Pegue-o! — grita Liz, já se recompondo.

Embora ele lute para se libertar, o cão, já bastante desenvolvido, solta de um lado e agarra o homem do outro. Desesperado e ensanguentado, Antônio se põe a berrar. Passado o susto pelo ataque sofrido, a jovem agora teme por ele, lembrando-se de que, apesar de tudo, aquele era o irmão de seu noivo. Em pânico, tenta tirar o cão de cima do homem.

— Chega, Tob! Largue-o! Largue-o, Tob!

Como ele não desiste, ela se põe a correr e a chamá-lo.

— Vamos, Tob! Aqui! Aqui! — O ardil dá resultado; o cão larga Antônio e corre ao encontro de sua companheira.

Já distante e chorando muito, ela abraça o cão, dizendo:

— Obrigada, meu querido amigo! Você me salvou da sanha peçonhenta daquele ser. Como pode tal criatura ser irmão do meu amado Ângelo? Este tão gentil, tão humano! Deuses, como podem seres tão diferentes ter saído do mesmo ventre?

E assim, para se acalmar e tomar fôlego, ela se deixa ficar por ali alguns minutos; mas, temendo que o outro venha também pelo mesmo caminho, levanta-se resoluta e se põe a correr novamente. Quando está perto de casa, tenta se recompor e se acalmar. Procura observar se o pai está por perto; não o percebendo, tenta entrar de mansinho para que não a vejam. Corre para o seu refúgio, o *cubiculum* onde dorme, e se atira ao leito; mas a mãe, percebendo-a, vai em seu encalço:

— Liz! O que aconteceu? Por que entrou assim, se escondendo?

— Ah, mamãe! Mamãe! — grita a jovem, agarrando-se à mãe e chorando desesperada.

— Minha filha! Pelos Deuses, o que houve?

Mas ela só chora, sem coragem de falar. A mãe a abraça fortemente, consolando-a.

— Vamos, vamos, acalme-se! Eu estou aqui. Seja o que for que houve, agora você está em segurança. Está em seu lar, querida, acalme-se!

E dona Laura, com o coração apertado por ver o estado em que sua menina se encontra, toda cheia de arranhões, a roupa rasgada, percebe que algo grave houvera, mas tenta se conter para ter condições de acalmar Liz e saber o que aconteceu com ela. Aos poucos ela se acalma, mas guarda silêncio.

A mãe se põe a acariciar seus cabelos, estimulando-a a desabafar:

— Olha só, folhas em seus cabelos; parece até que rolou pela relva! Também está toda arranhada. Caiu, meu amor? Ou será que alguém a atacou?

Ao acertar em cheio, a jovem se põe a chorar novamente.

— Foi isso, então? Oh, minha querida, fizeram-lhe mal? — pergunta a mãe, olhando significativamente nos olhos da filha.

— Tentaram, mãe! Mas ele não conseguiu seu mau intento!

— Graças aos céus. Mas me diga: quem foi o miserável? Conhece-o? Seu pai há de acabar com ele!

— Mamãe, não podemos contar! Se souberem, vai haver uma desgraça. Eu não quero!

— Quem é este infeliz, Lizbela?

— Foi Antônio, mamãe!

— O irmão de Ângelo? Não é possível! Não pode ser, minha filha — exclama a mulher, estarrecida ante a realidade.

— Sim, mamãe, foi ele! Me disse coisas terríveis! Que me faria esquecer Ângelo! Que era melhor que ele!

— Pelos Deuses, que horror! Este infeliz tem ciúmes do próprio irmão! Tem certeza de que ele não conseguiu seus intentos, Liz?

— Sim, mamãe! Só me machucou, mas Tob me salvou.

— Tob? Que providencial Ângelo tê-lo dado a você! Mal sabia ele que o cão a salvaria do ataque do próprio irmão. Mas você tem razão, minha filha, não podemos contar nada, pois não sabemos qual seria a reação de Ângelo.

— Boa não seria, com certeza, mamãe. Não quero ser a causa de uma desgraça entre os dois. Não podemos contar a ninguém!

— Sim, querida. Este será o nosso segredo. Mas o que diremos a eles sobre o seu estado?

— Direi que escorreguei, rolei pela encosta.

— Boa ideia, mas seja convincente, Liz! Ângelo, seu pai e tampouco seu irmão não podem sequer desconfiar da verdade. Você também não poderá mais sair para o campo sozinha.

A contragosto, a garota concorda.

— Tem razão, mamãe! Procurarei me cuidar. Não irei mais para lugares solitários.

E assim sucedeu. Tanto o pai quanto o irmão ficaram consternados com o ocorrido com Liz, mas o mais inconformado foi Ângelo:

— Não consigo crer que um simples tombo a deixou neste estado, Liz! Estas manchas em seu braço parecem mais marcas de uma mão apertando-a.

— Pare com isso, Ângelo! Está fantasiando. Eu só caí e pronto!

— Está certo, mas procure ser mais cuidadosa nestes seus longos passeios.

— Fique tranquilo, mamãe me fez prometer não andar mais pelos campos. Doravante, meus passeios se resumirão às vilas e ao centro da cidade.

Como ele a olhasse incrédulo diante do que falava, para acabar com suas suspeitas referentes ao ocorrido, ela diz, sorrindo:

— Pelo menos por um tempo!

Os dois sorriem e não tocam mais naquele assunto, mas Ângelo guarda uma leve suspeita de que ela está escondendo algo.

CAPÍTULO V

AMAR AO PRÓXIMO

Liz, cumprindo o prometido, depois de algum tempo do ocorrido reiniciou suas saídas. Ela aproveitava muito bem o tempo livre; depois de auxiliar a mãe nos afazeres domésticos, principiou a passear pelo centro da cidade. Já os passeios pelos campos e bosques de Roma, grutas e quiosques naturais recobertos graciosamente por densa vegetação composta de flores variadas e perfumadas, assim como seus esconderijos secretos, lugares que só ela conhecia, verdadeiros recantos espirituais, onde a sensibilidade vinha à tona diante de tanta beleza — esses locais ela passou a desfrutar somente na companhia de seu amado.

Num desses dias, vamos encontrá-la passeando pelo mercado central, onde foi adquirir algumas encomendas para sua mãe. No reboliço do lugar onde tudo se vendia, encontramos muito barulho e todo tipo de gente. Porém, para a jovem era um lugar pitoresco, onde sempre havia novidades, pessoas exóticas e objetos estranhos. Ela se deliciava com a movimentação. Chama-lhe a atenção um homem com características e roupagem egípcia! Ela se perde num devaneio, observando aquele ser peculiar, sua roupagem diferente, a cabeça coberta por aquele pano listrado[1]. Por alguns segundos, se vê noutras terras, também trajando roupas egípcias, o que lhe causa um grande mal-estar. A jovem tem um estremecimento e retorna à realidade, percebendo que sua curiosidade fora do normal estava incomodando o homem, que a encara ferozmente.

Naquele momento, Liz se transportara momentaneamente para a encarnação egípcia, quando fora Néfity[2].

Nem bem ela se recobra, começa uma balbúrdia na praça: uma mulher enfurecida e violenta agarra uma jovem pelos cabelos e, aos gritos, a arrasta até alguns pretorianos, responsáveis por manter a ordem naquele local.

— Esta ladra estava me roubando!

— Não é verdade! Me larga! — grita a jovem, tentando se libertar. Mas a mulher, demonstrando grande força, a manietava tenazmente. O fato causara agitação e muitas pessoas gritam:

— Segurem a ladra! Acabem com ela!

— Por favor, me soltem, não roubei nada!

— Roubou, sim! Pegou frutas de minha barraca e pão da banca do Tenório!

---

1 Pano listrado: refere-se ao protetor de cabeça de nome cáfta.

2 Néfity, personagem do livro *A Grande Sacerdotisa do Antigo Egito*, do mesmo autor espiritual e psicografado pela mesma médium.

Os soldados, já munidos de chicotes, começam a gritar:

— Afastem-se! Vão cuidar da própria vida! E vocês duas, se acheguem aqui. Conte-nos o sucedido, mulher!

— Ela me roubou!

— É verdade o que ela diz? — inquire um velho soldado com maneiras ríspidas.

— Por favor, não fiz por mal! Foi só uma fruta e um pão para minha mãe doente!

— Vá trabalhar, sua vadia! Quer viver à custa dos outros? — rosnava a mulher enfurecida.

— Você sabe a pena por roubo, não sabe? — pergunta o militar grosseiramente.

— Por favor! Por favor! Eu já devolvi as coisas! Deixem-me ir!

— O que nos diz, velha?

— Se a deixar ir assim, amanhã ela estará aqui fazendo o mesmo novamente.

— Pelos Deuses, eu prometo que não aparecerei mais por aqui! Me deixem ir!

— Quero justiça! Ela me roubou e tem que ser punida.

Liz ouvia tudo aquilo e tinha ímpetos de se intrometer a favor da jovem, dizendo que no final ela não ficara com o produto do roubo. Mas os soldados a arrastam rispidamente até uma pedra, enquanto o oficial lhes diz:

— Apliquem-lhe punição moderada.

E os soldados, sem se importarem com os gritos da jovem, estendem sua mão direita sobre a pedra e a esmagam com um porrete. A moça desmaia de dor e a acusadora sai, rindo-se vitoriosa, sendo a jovem desmaiada abandonada ali, com a mão ensanguentada. Liz a olha pensando no quanto sofreria ao voltar do desmaio. Mas sua atenção é atraída para outra coisa, e ela, assim como os demais, afastam-se daquela cena comum, encarada como algo que não lhes diz respeito.

Mais tarde, naquele mesmo dia, Liz se encontra nas imediações de sua casa, observando o entardecer, quando as colinas se tingiam de laranja pela luz solar poente. Estava assim, embevecida e meditativa, quando sons de gemidos lhe chamam a atenção. Buscando a origem daquilo, embrenha-se por uma ruela conhecida e, escondida entre alguns escombros, reconhece a moça do mercado, que fora ferida por haver roubado. A pobre jovem segura a mão enrolada em trapos ensanguentados, tremendo de dor e angústia. Liz se aproxima dela cheia de piedade. Como a jovem se encolhe toda com muito medo, ela lhe diz, fazendo menção de tocá-la:

— Calma! Não tenha medo! Não vou lhe fazer mal!

A jovem a olha com esperança e lágrimas lhe escorrem pelo rosto.

— Venha cá! Deixe-me ver sua mão.

— Não! Não me toque! Dói muito!

— Eu sei! Vi o que lhe fizeram na praça hoje pela manhã.

A moça a olha aterrorizada, mas Liz tenta acalmá-la:

— Não se preocupe! Não estou aqui para julgá-la. Venha comigo até a minha casa. Minha mãe é muito boa em curar com ervas! Já a vi curar até quebraduras! Vamos!

Procurando distrair a jovem do seu sofrimento enquanto se põe a caminhar, amparando-a pelo braço, Liz lhe pergunta:

— Como se chama?

— Cláudia é o meu nome!

Compadecida pela situação dela, Liz a conduz ao seu lar, onde, em lá chegando, a mãe, igualmente compadecida, dispõe-se a macerar ervas para um curativo benéfico.

— Pelos Deuses, até quando teremos que nos haver com a desumanidade nesta terra, não é, mamãe?

— Creio que ainda por muito tempo, minha filha! O homem, em sua maioria, é destituído de tolerância fraterna. Então, ao menor deslize do outro, põe-se a gritar acusações e a clamar por justiça sem pensar no amanhã, quando poderá cair no mesmo erro que julga com tanta severidade.

A jovem agora chora não só pela dor do ferimento, como também por haver encontrado pessoas amigas, dando assim vazão à angústia represada por tempos e tempos.

— Então, amiga, poderia contar-nos um pouco de si, se achar conveniente? — pergunta-lhe Liz, mais uma vez procurando desviá-la da incômoda dor, enquanto a mãe limpava a ferida.

Embora o suor escorresse pelo rosto, Cláudia lutava para não gritar, buscando forças para conversar.

— Sou uma pobre jovem que sempre viveu lutando pela sobrevivência, desde a morte prematura do meu pai. Até o momento em que minha mãe era saudável, nós duas conseguíamos ir vivendo com certa dignidade. Mas as dificuldades crescentes acabaram por lhe minar a saúde. Hoje, me vejo às voltas com sua doença e a minha própria incapacidade para sobreviver.

— Por que diz isso, Cláudia? É jovem e robusta, e sempre há trabalho para quem é disposto!

— Contudo, senhora Laura, sempre me defrontei com aproveitadores, homens sem escrúpulos que se sentem no direito de me escravizar. Não sou escrava! — grita a jovem, demonstrando todo o seu desespero.

— Decerto que não, minha filha! E isso não será uma graça, já que há tantas como você, e que não são donas do próprio destino? — diz dona Laura com bom senso.

— Não sei se estou em graça, já que minha vida tem sido uma sucessão de tormentos e infortúnios.

— Querida! Veja os sofrimentos como fonte de fortalecimentos, pois, se observarmos bem, todos sofrem neste mundo.

— Todos? Não creio! Como a senhora pode me dizer isto, quando tantos vivem na opulência? O que é dessa corte rica, voluptuosa e corrupta? Nada lhes falta! Como podem estes estar sofrendo?

— Minha filha, não percebe que quem vive na opulência e na corrupção gera vícios e maldades? Como podem não sofrer? Mais que isto, estão doentes! Então não é o não ter que trará ou não qualquer tipo de sofrimento. Possuir não é garantia de felicidade!

— Porém a senhora há de convir comigo que para alguns de nós a vida é de tal forma áspera, que mal conseguimos sobreviver!

— Não nego! Ainda assim uma porta sempre se manterá aberta, possibilitando às pessoas nestes estados uma forma de sobrevivência: o trabalho!

— Dona Laura, eu sempre quis trabalhar. Não temo o esforço e até gostaria de ser útil, mas que fazer se, quando me disponho a trabalhar, querem me escravizar?

— O que você crê ser escravo, minha filha?

— Querem que eu trabalhe feito uma mula pelo prato do dia. A senhora acha isso justo?

— O mundo não é justo! No entanto, se nos dispusermos a servir como pudermos no hoje, as dificuldades poderão se transformar em soluções para amanhã. Veja, minha filha, se pudermos conseguir um prato de alimento com o nosso trabalho honesto, para que quereríamos mais?

— Nisso até posso concordar, dona Laura, mas há outros agravantes! A maioria dos homens com condições de empregar uma mulher nem sempre aceita só o trabalho, querem algo mais!

— Entendo! Entretanto, uma conduta digna se encarregará de afastar os mal-intencionados.

— Há homens muito perversos, senhora!

— Decerto que os há, mas isso não deve nos paralisar.

Porém, naquele momento, a nobre senhora é obrigada a parar sua explanação, pois a jovem se põe a soluçar copiosamente, seja pela dor física que sentia, ou pela dor emocional diante dos maus-tratos que a vida vinha lhe impondo. Prestimosa, dona Laura se apressa em terminar o curativo, cheia de cuidados. Percebia que, além dos machucados, havia feia quebradura que, se não fosse tratada corretamente, no futuro deixaria a jovem com a mão imprestável. Procurou espalmá-la bem, dando assim condições para que os ossos pudessem se recompor. Utilizando pequenos pedaços de madeira, amarrou a mão, firmando-a. A seguir, com ervas fez uma pasta, colocando-a nos locais feridos, e enfaixou a mão até o antebraço. Um rústico trabalho, contudo muito bem-feito, levando em consideração a época. Também deu à jovem chá analgésico e calmante. Além desses cuidados, procurava auxiliar no reerguimento moral da moça.

— Ah, Cláudia! Você necessita ter mais fé na vida, nos nossos Deuses protetores. Tem orado, minha filha?

— Confesso que não, dona Laura!

— Pois então, como podemos viver assim? Nossas preocupações não devem se resumir em alimentar-nos, abrigar-nos.

— Concordo! Contudo, quando nos faltam estes quesitos, sentimo-nos desarvorados.

— Busque confiar mais nos Deuses. Vá ao templo fazer suas preces.

— Dona Laura, até para ir a esses templos é complicado. Nem roupa adequada eu tenho para isso. Nas vezes em que ali tentei entrar, me senti estranhamente observada. Vi nos olhares a crítica e até repulsa pela minha mísera condição.

Dona Laura percebia que a jovem trazia grande orgulho dentro da sua pobreza e não havia aceitação de sua condição humilde, portanto sofria! A matrona se perguntava intimamente: *Como despertar na jovem o amor-próprio? Fazê-la se amar mais, se respeitar mais, sem melindrá-la?*

— Menina! Lembre-se de que o mais importante é o que trazemos no íntimo, e não o externo. Roupas finas e elegantes não querem dizer nobreza de caráter.

— Concordo! Entretanto, quem pararia na rua por alguém como eu? Já se eu fosse uma jovem bem-nascida, patrícia, bem-vestida, qualquer um se orgulharia de me acompanhar, palestrar comigo. Enfim, embora eu concorde com a senhora, sobre o que somos ser mais importante do que o que possuímos, os bem-nascidos sofrem menos, e ninguém quer viver sofrendo, não é?

— Às vezes, sofrimentos não passam de processos para o amadurecimento. Nada é mais importante que sermos respeitados, não pelo que possuímos, mas por sermos pessoas dignas. Que nos importa se não formos admiradas, se não temos um batalhão de pessoas a nos bajular? Tudo isso, filha, não passa de interesse e hipocrisia! Os gananciosos se acercam daqueles que possuem mais, não por amá-los, mas sim por querer açambarcar o que lhes pertence. Em vista disso, seria bom avaliar para que queremos tanto. De que vale vivermos rodeados por abutres bajuladores? É melhor não possuir nada e viver só, como diz ser o seu caso, somente com a mãezinha, e ainda doente! Agradeça, menina, pois o que chama de indigência é uma proteção para sua alma.

— A senhora falando assim chega a me perturbar!

— Por que vive ansiando por ilusões nefastas? Busque ser útil onde quer que esteja e verá como não há de passar fome, e ainda atrairá recursos para auxiliar a sua mãezinha! Faça se respeitar, mesmo coberta por andrajos, e verá como rapidamente os sequazes do mal se afastarão de você. Agora vamos, terminei o curativo; tome esta sopa, pois deve estar faminta.

— Até este momento a dor era tanta que sequer percebi a fome, e veja que estou sem comer nada desde ontem. Agora, graças à senhora, a dor está amenizando.

— Então, querida, vamos comer! Depois iremos com você até a sua casa levar também algum alimento para sua mãezinha.

— Mas... moro numa pocilga horrível!

— Que importa isso, querida? Um lar será o que fizermos dele. — E, voltando-se para a filha, diz: — Liz, faça um bom farnel para nossas duas irmãs, sim?

— Já aprontei, mamãe, sabia que a senhora iria me pedir isso — diz a jovem solícita a sorrir.

— Vamos levar alguns remédios também, quem sabe poderemos amenizar o sofrimento dessa idosa.

— Vou pegar as ervas, mamãe!

— Diga-me, Cláudia, o que sente realmente sua mãe?

— Creio ser problema respiratório. Ela está muito magrinha pela falta de alimento, e frágil.

— Vamos confiar na melhora da vossa mãe! Sugiro que nada conte a ela do que aconteceu com você. Estando tão fraca, tal notícia não há de lhe fazer nenhum bem!

— Já tinha pensado nisso. Direi que caí sobre a mão, simplesmente.

Antes de saírem, Liz, cheia de boa vontade, dá algumas de suas vestes para a jovem. Apesar de não ser rica, tinha belos vestidos, pois tanto os pais quanto o irmão e o noivo prometido estavam sempre lhe presenteando com algum mimo, o que atestava quanto era amada por todos. Talvez por isso compadecia-se imensamente da situação da outra! Decidiu que a auxiliaria quanto pudesse, e, ao ver a mãe com o mesmo empenho, ela sorria feliz.

— Evite esforços por enquanto, Cláudia, eu levarei as coisas para você. E amanhã também irei a sua casa, se mamãe assim o permitir.

— Por certo, querida! Se for lugar perigoso, pediremos ao seu pai que a leve, está bem?

— Sim, mamãe. Embora eu não creia ser necessário ocupar papai com isso.

Cláudia não pôde deixar de notar quanto aquela jovem estava rodeada de carinho e afeição. Um nó se forma em sua garganta, e ela engole o choro, pois não quer ser mal-agradecida, já que está sendo tão bem tratada. No entanto, não consegue impedir que uma onda de inveja venha à tona ao lembrar sua vidinha de jovem pobre e desamparada.

Tanto a mãe quanto a filha, percebendo o estado de ânimo depressivo da jovem, a abraçam. Assim, as três se embrenham por um dos mais pobres bairros de Roma.

Mãe e filha nada comentam, mas, por conta do lugar onde adentram, percebem que a situação daquela jovem é bem pior do que imaginavam. Em dado momento, Cláudia diz:

— Senhoras, finalmente chegamos! Perdoem-me, entenderei se não quiserem entrar, pois o local onde moro é miserável.

— Viemos até aqui, não viemos? Depois, não somos de fazer as coisas pela metade, não é mesmo, filha?

— Certíssimo, mamãe! Deixe de acanhamento, Cláudia, e diga-nos onde você mora. Será ali, onde há luz naquela janela?

— Infelizmente, não! Temos que entrar nesta viela; moro nos fundos, em um cômodo onde o senhorio já nos ameaça botar para fora, pois estamos devendo vários aluguéis. — E seguiu em frente, sempre acompanhada de perto pelas duas trabalhadoras do bem. O local era úmido e escuro, mal dando para divisar o que havia lá dentro. Mas, assim que os olhos se acostumaram à penumbra reinante, depararam com mirrada mulher, prostrada em cama tosca e coberta por sórdidos andrajos. O local cheirava mal.

Aqui há que se fazer uma ressalva para explicar as reais condições de grande parte da população daquela tão decantada cidade. Roma fora, por centenas de anos, conhecida e exaltada por mais da metade do mundo então conhecido. Suas imensas galeras singravam os mares, ora conquistando a todos por onde passassem, ora vendendo, trocando ou comprando os produtos que faziam as delícias do grande império. Assim sendo, era comentada até nos lugares mais longínquos. Eram muitos aqueles que sonhavam conhecer cidade tão majestosa, famosa nos quatro cantos do mundo, onde supunham, numa ilusão infantil, que todos eram felizes, usufruindo daquela riqueza opulenta. Mas, sem negar a beleza de seus suntuosos edifícios, a grandeza de suas casas palacianas, a imensa maioria do povo vivia na mais extrema miséria. Felizes aqueles que possuíam alguma ocupação que lhes rendesse um salário, por mínimo que fosse, para um viver digno e livre. O restante, porém, sobrevivia dos restos e da caridade alheia. Portanto, no hoje, quando ainda vemos tanta mendicância, não se iludam quanto ao passado, pois naquele tempo a situação sempre foi muito mais precária. Muitos morriam por lhes faltar o básico para sobreviver, outro tanto se vendia à escravidão, já que seus donos tinham a obrigação moral de alimentá-los. Alude-se muito ao "pão e circo" para acalmar os exaltados, entretanto, alguns daqueles pobres nem a isso tinham acesso.

Encerrando esse comentário elucidativo quanto à situação reinante naquele passado, retornemos à idosa mãe de Cláudia, que ali, naquela cama infecta, jazia demonstrando grande padecimento. Encontrava-se numa magreza extrema e tossia sem parar. Assustando-se com a chegada da filha e suas acompanhantes, debalde tenta se levantar, dizendo:

— Filha, quem são estas pessoas? O que você fez?

— Acalme-se, mamãe! São pessoas amigas!

— Mas o que houve? Está ferida? O que aconteceu?

— Caí, mamãe. Machuquei-me muito! Felizmente Liz me socorreu. — E, pegando na mão da referida, a traz mais perto do leito. — Ela me levou para sua casa, onde a mãe dela me tratou.

— Oh, senhoras, agradeço! Que os Deuses lhes sejam favoráveis! Peço perdão por não poder me levantar, e também pela situação reinante — diz a pobre mulher, muito envergonhada. Dona Laura, evitando o constrangimento por ver tanta imundície naquele quarto onde a doente jazia, responde:

— Não se preocupe, minha amiga. Estamos aqui para nos auxiliarmos mutuamente. Tenho certeza de que fosse eu a necessitada vocês estariam me estendendo a mão, portanto, nada faço de mais.

— Trouxemos-lhe remédio caseiro que será muito bom para essa tosse — argumenta Liz, adiantando-se para dá-lo à doente.

Mas a idosa, talvez já cansada de sofrer, responde num certo desânimo:

— Não sei se servirá de alguma coisa, pois sinto o corpo já depauperado. Creio ser difícil me recuperar.

Diante das palavras da mãe, Cláudia se põe a chorar.

— Vamos! Vamos! É preciso ter confiança, afinal, quem somos nós para sabermos do amanhã? — diz dona Laura com energia, buscando dissipar aquela atmosfera de pessimismo.

— Mamãe, como ela está muito fraca, não será melhor tomar o caldo que trouxemos antes do remédio?

— Bem pensado, filha! Assim há de fortalecer o estômago e conseguirá reter o remédio. Vamos, minha amiga, tome que lhe fará bem!

E as duas mulheres, com imensa paciência, levantaram um pouco a doente, escorando-a sentada, a fim de que pudesse tomar a sopa. O estado de fraqueza era tal, que a pobrezinha tremia. Como uma criança, aceitou aquele auxílio reconfortante, algo precioso que há muito tempo não recebia.

— Venha você também, Cláudia, tome um pouco!

— Será melhor guardar para depois, já tomei em sua casa.

— Depois faremos outra sopa. Não se preocupe, esta é para hoje! É bom que a tomem toda, ou há de se estragar.

Acompanhando a mãe, Cláudia também passa a se alimentar. Liz e dona Laura se entreolham felizes pela boa ação prestada.

Sempre agitada, Liz já se antecipava e ia ajeitando o quarto, pegando peças de roupas sujas que havia nos cantos e fazendo uma trouxa.

— O que está fazendo? — questiona Cláudia.

— Vocês não têm água por aqui, não é mesmo?

— Realmente, o senhorio não nos permite usar da calha. Tenho que ir buscar no poço distante, ou aparar da chuva.

— Nós não temos este problema lá em casa. Vou levar estas roupas para lavar, e amanhã à tarde já as trarei limpas e secas.

— Minha jovem, é muita roupa! Você há de se cansar!

— Não se preocupe, dona Inez. Minha filha é jovem e forte; se quer ajudar, eu só posso ficar feliz com isso.

— Não me custa, depois Cláudia não poderá fazer nada até sarar da mão. Nós auxiliaremos, não é, mamãe?

— Sim, minha querida! Dona Inez, a senhora aceitaria algumas roupas, ainda que usadas?

— Como não? Eu e minha filha só possuímos trapos. Assim mesmo, ainda sou grata por tê-los.

— Amanhã trarei algumas roupas, então — comenta Liz, ainda na faina de colocar ordem no *cubiculum* onde as duas vivem.

Depois de alimentar e medicar as mulheres, dona Laura faz com que se deitem. Vendo-as já acomodadas no leito pobre, ambas com o aspecto melhor, ela sorri pensando em quanto o amor caridoso produz milagres. Agora, já as quatros mulheres conversavam amigavelmente, como velhas conhecidas.

Tendo a noite avançado, mãe e filha se despedem no intuito de partirem, mas Cláudia intervém:

— Esperem, aqui é muito perigoso! Chamarei um garoto vizinho para acompanhá-las.

— Aguarde, Cláudia, que eu mesmo chamarei o menino. Qual é o nome dele?

Assim que Liz grita o nome mencionado por Cláudia, um adolescente surge à porta:

— O que foi, Cláudia?

— Heitor, acompanhe estas duas senhoras até a saída da vila para mim?

— Como não? Vamos, senhoras! Com Heitor estarão em segurança — diz o garoto estufando o peito, em um ato de demonstrar coragem.

As duas riem e Liz, entrando na brincadeira dele, faz uma encenação teatral:

— Oh! Estamos encantadas com tal fortaleza ao nosso lado, Heitor. Amanhã, em agradecimento, eu lhe trarei um grande cacho de uvas. Aceita?

— Ótimo! — responde ele, estalando a língua, já antecipando o sabor da fruta.

E lá se vão os três, palestrando amigavelmente até o local demarcado, onde se despedem, e as duas, lépidas, retornam ao lar, onde encontram o velho Ernesto aflito.

— Podem me dizer por onde andaram as duas? Faz horas que estou aguardando-as! Já começava a me preocupar.

— Olá, papai! — corre Liz, abraçando o genitor e aos atropelos contando todo o ocorrido naquele dia.

— Mas... quanta temeridade! Como foram as duas se meter em local tão perigoso?

— Ora, papai, é nestes locais onde há mais necessidades!

— Muito bem! Façam o que quiserem por estas estranhas, mas não vão mais para lá à noite, entendido?

— Sim, senhor meu marido. Perdoe-nos pela preocupação causada, mas não sabíamos que era tão longe, e, depois, se visse a situação das pobrezinhas! Estavam doentes e morrendo de fome! Como deixá-las ali, entregues a tal desamparo?

— Pelos Deuses, que fiz eu para merecer estas duas, com corações de manteiga? A todos querem ajudar e jamais se preocupam com este velho, que trabalha sem cessar.

— Como está rabugento hoje, meu pai! Sabe que isso não é verdade; estamos sempre preocupadas com o senhor, mas sabemos que está forte e saudável. Não se aborreça, pois trabalharei para ajudar aquelas duas. Nossa caridade não lhe pesará às costas!

— Minha filha, venha cá! — diz o velho, chamando a filha para perto de si. — Desculpe a minha grosseria. Não sou tão egoísta assim, querida — acrescenta Ernesto, abraçando carinhosamente a filha, já arrependido daquele arroubo de mau humor, enquanto a mãe os observa sorrindo, pois conhecia bem o companheiro e sabia-o extremamente dramático, mas de bom coração. — Bem, o que mais vocês pretendem fazer, além do que já fizeram?

— Eu vou amanhã cedo para lá. Levarei mais remédios para Cláudia e limparei melhor aquele cômodo. É um chiqueiro, papai!

— Então, querida, por mais pobres que sejam, não necessitam viver no meio do lixo, concorda?

Mas a mãe intervém:

— Tem razão, meu velho! Entretanto, veja bem, às vezes a pobreza é tanta que tira o ânimo das criaturas.

— Vá bem! Vá bem! Vocês sempre me convencem.

— Sabe, papai? O melhor mesmo seria poder tirar as duas daquele local imundo.

— Verdade? E por acaso está pensando em colocá-las onde? — pergunta o velho, já antevendo a resposta.

— O cômodo dos despejos lá embaixo é mil vezes melhor que aquele local onde as duas vivem.

— E logicamente você já está pensando em instalá-las ali, sem consideração nenhuma com as minhas necessidades, as minhas ferramentas e onde guardá-las.

— Ora, papai, pessoas são mais importantes que ferramentas.

— Verdade? Pois lembre-se de que sem as ferramentas ainda seríamos animais vivendo em cavernas.

— O senhor entendeu o que eu quis dizer, papai!

— Entendi muito bem! Querem trazer estas duas para cá e repartir com elas o pouco que temos!

— Eu trabalho, papai, quanto necessário for, para ajudar.

— Vai agora se escravizar para ajudar pessoas que você nem conhece, minha filha?

— Só quero dar um pequeno auxílio, até que Cláudia melhore e possa cuidar de si e da mãezinha!

— Pense bem, Liz! Antes desse acidente, elas já viviam assim. Quem lhe garante que sarando ela mudará?

— Creio que ela só precisa de estímulo, papai.

— E você, Laura, ouve tudo isso e não diz nada?

— Sei que tem razão, meu velho, porém, partiu-me o coração ver aquela senhora sofrendo tanto! A maior doença ali é simplesmente a fome! Sei que temos pouco, contudo, nunca nos faltou o necessário. Será que tudo isto não é um sinal de que devemos fazer algo por elas?

— Por que perco o meu tempo com vocês duas? Ao final, sei que acabarão fazendo o que querem, como sempre! Pelo menos falem antes com Flávio. Se ele concordar, tudo bem; se não, busquem outra solução para o caso.

Mãe e filha se entreolham sorrindo, sentindo que a batalha já estava ganha, pois ambas saberiam convencer o jovem, que jamais dizia não à mãe ou à irmã.

No dia imediato, após essa conversa, já vamos encontrar Liz dando ordens e mais ordens ao irmão Flávio e a Ângelo na arrumação daquele cômodo para onde pretendia trazer as suas duas protegidas.

— Liz, eu não acredito que no dia da minha folga você está me fazendo trabalhar como um burro de carga!

— Ai, como você exagera, meu irmão! Carregar umas "coisinhas" daqui para ali! Depois, perceba que é para uma boa causa! Não pensa assim, Ângelo? — pergunta a jovem, buscando o auxílio daquele que jamais se negaria a auxiliá-la, pelo muito que a amava.

— Vamos lá, Flávio, com um pouco mais de esforço acabaremos antes do pôr do sol!

— Grande consolo, Ângelo! O dia se finda e com ele a minha folga. Depois... será bom para nós trazer duas estranhas para morar aqui conosco?

— Fique quieto, Flávio! Quer que papai o escute? "Depois", você concordou, lembra-se? Não pode voltar atrás agora!

— Da maneira como você e mamãe me acuaram, que outra atitude eu poderia ter tido?

— Olha, é melhor pararmos de conversar, que já estamos perdendo tempo! Vocês não querem terminar logo? Agilizem, então! Vocês se sentirão muito bem ao perceberem que estão ajudando pessoas que sofrem muito.

E assim, com o entusiasmo de Liz, eles terminam a arrumação, deixando o cômodo habitável, com certeza bem melhor que a moradia de Cláudia e da mãe.

Desnecessário dizer do assombro e da alegria das duas mulheres, que estavam a um passo de irem morar na rua, serem amparadas com tal desprendimento. E, como previra Liz, os três homens também acabaram por se compadecer da situação da idosa. Sabiam que sem auxílio ela não duraria muito. Mas, apesar de silenciar, Ângelo não simpatizou com Cláudia. "Algo" nela o desagradava estranhamente. Ela, por sua vez, sentiu-se atraída e teve curiosidade pelo rapaz, talvez até pela indiferença com que foi tratada por ele, diferentemente do senhor Ernesto e de Flávio, que, gentis, faziam de tudo para que as duas mulheres se sentissem bem naquele novo lar.

Flávio, dando expansão à sua masculinidade, pressuroso, buscava amparar Cláudia, cobrindo-a de gentilezas. Talvez porque a jovem trazia certa beleza, e isso despertou o interesse do rapaz: moça de tez amorenada, o que lhe caía muito bem, com longos cabelos que, se bem tratados, seriam uma bela auréola a lhe emoldurar o rosto. Um bom banho e roupas de qualidade deixariam a moça bastante apresentável. Porém, uma vistoria mais atenta perceberia naquele par de olhos ligeiramente oblíquos uma criatura interesseira. Mas, com exceção de Ângelo, ninguém mais notou a personalidade dupla por trás da mulher pobre e andrajosa. Já Flávio estava exultante. Sempre fora de natureza tímida; agora ali, sentia-se na condição de amparador e isso fez com que se soltasse mais. Prestativo, tratava Cláudia com atenção, algo que a jovem jamais houvera recebido, o que lhe fazia grande bem. Não demorou e os dois iniciaram um relacionamento discreto.

Em pouco tempo as duas mulheres se ambientaram naquele novo lar. Dona Inez se sentia extremamente agradecida a todos, especialmente a dona Laura, e logo começou a melhorar. Como se diz, uma boa alimentação e atenção amorosa fazem um verdadeiro milagre. Ela passou a ser útil, auxiliando nas pequenas tarefas da casa, enquanto as duas jovens, assim que Cláudia se curou da quebradura, começaram a se dedicar à arte da costura, conseguindo em pouco tempo alguma clientela, o que veio a melhorar o orçamento da casa.

Tudo corria de forma tranquila, e as duas jovens se entendiam perfeitamente. Liz sempre buscava fazer a outra se sentir em pé de igualdade consigo mesma, evitando tudo o que pudesse melindrá-la, pois já a percebera bem suscetível e orgulhosa. Só havia uma preocupação em seu coração: sentia que Flávio estava se interessando pela moça, contudo não concordava com aquilo, pois, embora não confessasse nem a si mesma, tinha preconceitos. Queria alguém melhor para o irmão a quem tanto amava. Mas algo escapara a Liz: embora fosse observadora e arguta, ainda não percebera o interesse secreto que a jovem Cláudia mantinha por Ângelo. Mas ele percebera. Quando Cláudia estava por perto, ele sentia o seu olhar intenso, os sorrisos convidativos, e sempre se incomodava com aquilo. Procurava então se afastar com alguma desculpa. Preocupava-se também com o relacionamento de Flávio com a jovem, pois sentia que aquela não correspondia ao afeto sincero e fraterno do seu futuro cunhado.

CAPÍTULO VI

A JOVEM ARIADNE

Enquanto isso ali se passava, em casa de Joviano, Antônio está em franca conversação com o pai:

— Como o senhor pode perceber, é do meu interesse essa ligação com a família de Ariadne!

— Filho, uma relação nunca dará certo quando assentada em bases de puro interesse material!

— Ora, meu pai, todas as relações entre casais são formalizadas por interesses comuns.

— Você pelo menos gosta dessa moça, Antônio?

— Por que não? É jovem, bonita, com uma boa posição social!

— Isto não responde propriamente a minha pergunta, filho. Sei que não levará em conta o que eu penso, mas não me custa alertá-lo! Cuidado! Sei de muita gente que vive infeliz por visar na vida somente os valores materiais.

— Mas, papai, tudo gira em torno desse tipo de interesse! Todos os casamentos são arranjados pelas famílias com vistas a somarem suas riquezas. Então, o que o senhor espera que eu faça? Preocupo-me somente em aumentar as nossas fontes de renda!

— Meu filho, eu fui um homem feliz por ter me casado com a mulher certa, embora, como você diz, fosse um casamento nos padrões da época, arranjado. Mas, como não queria impor a você ou a seu irmão uma situação que pudesse lhes causar contrariedades, procurei não os constranger a coisa alguma, principalmente em se tratando de um relacionamento dessa natureza, onde os envolvidos necessitam se entregar por inteiro, já que formarão os alicerces para a futura família que deles advirá. Um filho, Antônio, necessita de bons exemplos para ser um homem de bem.

— Sei disso e alegro-me por poder fazer as minhas próprias escolhas, já que a vida é minha!

— Bem, entendendo que sua decisão já está tomada, só me resta desejar-lhe sorte e que seja muito feliz — exclama o velho pai com sinceridade.

Assim, alguns dias depois, vamos encontrar a residência do senhor Joviano com ar festivo, recebendo a família da moça para a formalização do compromisso entre os dois jovens. Ariadne era uma bonita jovem, mas um tanto faceira, de riso fácil e que gostava de aproveitar a vida ao máximo. Era alegre por natureza, contagiando todos ao redor. Também era dona de grande dose de sensualidade, fato que “mexia” com os homens à sua volta, o que ela sabia explorar muito bem para ter sempre seus desejos atendidos, pois era dengosa e cheia de mimos. Gostava de Antônio, em quem encontrava semelhança de gostos e interesses. Embora de boa família, não se contentava com o que possuía. Aspirava muito mais que frequentar algumas casas bem-nascidas. Planejava ser presença constante onde o imperador e família eram assíduos e até fazer parte da corte imperial. Pela ambição de Antônio, ela sonhava que com ele galgaria degraus até atingir o cume social daquela época. Nessa expectativa, aceitara aquele compromisso, baseado unicamente em interesses materiais.

Ângelo não se encontrava na pequena recepção por estar em serviço no dia, e Antônio muito se aliviou com isto, pois, sem admitir nem para si mesmo, sentia-se inferiorizado perante o irmão. Prevalecia por ser o mais velho e tudo fazia para prejudicar Ângelo perante o pai, mas o senhor Joviano, conhecedor da natureza humana, percebia as intenções ocultas do filho primogênito e buscava sempre estar atento, protegendo o mais moço daquela sanha agressiva e invejosa que Antônio despejava sobre ele. De certo modo, Joviano também se sentia aliviado por Ângelo não estar presente.

Para agradar o filho, numa forma apaziguadora, o senhor Joviano fez o melhor, gastando considerável soma naquela recepção. Antônio, transbordando satisfação, mostrava à jovem prometida, a seus pais e aos irmãos Fred e Rodney toda a propriedade. Expunha considerações e planejamentos como se fosse o único responsável pela herdade. O senhor Joviano a tudo aceitava com tolerância resignada.

Dizia Antônio com ênfase:

— Eu tenho conversado com o pai em vender parte do rebanho para aplicar o dinheiro.

— Não acha isto arriscado, meu jovem? — inquire com conhecimento o senhor Lucinus. — Pode perder dinheiro se não tiver uma boa visão do mundo dos negócios.

— É o que tenho dito a ele — formaliza Joviano.

— Estou estudando o mercado — exclama o jovem, cheio de orgulho e vaidade.

— Então só venda algo se tiver a certeza do lucro!

— Outra coisa de que Antônio jamais deve se esquecer é que tudo aqui pertence igualmente a Ângelo, assim como ao tio de ambos, meu irmão Jacinto.

Àquela simples menção ao irmão, Antônio franze o cenho contrariado, mas Ariadne, sem perceber, indaga cheia de interesse:

— Diga-me, senhor Joviano, como é Ângelo? Antônio mal toca no nome dele.

— É um bom rapaz, minha jovem.

— Ouvi dizer que é um valente soldado — diz o pai da moça.

— Sim! Meu filho tem se destacado bravamente e já comanda um pequeno agrupamento. Em uma conversa com o comandante de seu destacamento, aquele me disse que Ângelo é um comandante nato! Age sempre com bom senso e grande responsabilidade. Tem grande visão de comando, parecendo ter sido sempre um soldado, embora seja tão jovem.

A Antônio aquela conversa desagradava, e ele tenta desviar o assunto:

— Então, senhor Lucinus, qual é a sua visão sobre o mercado financeiro atualmente?

— Posso dizer, de acordo com os meus negócios, que não está em sua melhor fase. — E, mudando de assunto, diz, virando-se para Joviano: — Sabe, meu caro? Sempre quis servir nas forças armadas, mas infelizmente a saúde um tanto frágil nunca me permitiu. Também procurei incentivar ao menos um dos meus rapazes ao serviço militar, no entanto, até agora não consegui lhes despertar o interesse para esse fim.

Os dois jovens, que até então permaneciam em silêncio, demonstrando quanto aquela visita estava lhes enfadando, pois gostariam de estar tratando de seus interesses e não ali, naquele compromisso familiar forçado, se manifestam.

— Eu, por minha vez — diz Fred —, não tenho realmente nenhum interesse nesta ocupação. Não sou capaz de viver preso a compromisso dessa ordem, ainda mais sendo mandado daqui para lá, de lá para cá! Não, não mesmo! Isto não é para mim!

E Rodney, o mais jovem, também se adianta explicando:

— Confesso que jamais parei para avaliar se vale a pena tal empreendimento.

— Meu rapaz, se está se referindo a dinheiro, aqui não é o caso, pois o nosso exército paga muito mal aos seus legionários. Embora necessite deles para guardar nossas fronteiras, bem como para manter a ordem interna ou sair nas campanas em busca de comércio ou localidades promissoras, fato é que o soldado comum, que leva o regimento nas costas, ganha muito mal se comparado aos graduados.

— Sair em campanas em busca de novas conquistas, não é, senhor Joviano? — diz Ariadne com fina ironia.

— Como queira, minha jovem! Não foi sempre assim? Roma se fez por meio de conquistas, não é?

— Sei disso! Mas é tudo tão repetitivo, não concorda? Não quis compromisso com certo oficial, apesar da insistência dele, por saber que mulher de soldado passa mais tempo sozinha que com o marido. Não é por acaso que grande parte delas tem amantes!

— Ariadne, que conversa é essa, minha filha? Estes são assuntos para serem trazidos à baila em casa de seu noivo? — exclama a mãe, muito contrariada.

Mas, em vez de se envergonhar, a jovem se põe a rir enquanto diz:

— Perdoe-me, senhor Joviano, perdoe-me, meu futuro marido, mas faço questão de que me conheçam como sou, pois se há algo que não tolero é a hipocrisia. Todo o mundo sabe disso, mamãe! Não entendo o porquê do alarde!

— Admiro sua espontaneidade, minha jovem! Realmente, é mais fácil tratar com pessoas verdadeiras que com as falsas, que se escondem numa aparência honesta e recatada, quando na verdade não são o que aparentam. Entretanto, ouso contradizer a sua fala, pois, se isto que nos conta ocorre nos meios patrícios e abastados, já não é o mesmo entre as classes mais pobres, nas quais as mulheres cheias de filhos, ainda têm que trabalhar duramente na ausência dos maridos soldados, se não quiserem passar fome. Nestes casos, não vejo como estas pobres senhoras ainda teriam condições ou interesse em manter relações com prováveis amantes!

— Pelos Deuses, senhor Joviano! Está se mostrando um ingênuo, pois mulher, seja rica ou pobre, quando está interessada em um homem, arruma tempo e disposição para ir atrás.

— Vamos acabar com esta conversa, Ariadne? Não viemos aqui para cairmos nestes assuntos indecorosos sobre os costumes perniciosos de alguns romanos! — fala a mãe da jovem, exasperada pelo rumo daquela conversação.

— Alguns romanos, mamãe? Não me faça rir! Vocês homens ficariam escandalizados ao constatarem quanto a mulher romana é ardorosa, jamais conseguindo ser fiel se distante de noivos ou esposos!

Enquanto os pais franzem os cenhos, irritados com a filha, os irmãos de Ariadne sorriem, achando aquilo divertido.

Antônio diz irônico:

— Terei de vigiá-la então, minha bela Ariadne?

Ela ri às gargalhadas enquanto responde ao noivo:

— Não, amor! Pode ficar tranquilo, eu sou uma das poucas fiéis!

Aquela conversa, embora transcorrendo em meio a brincadeiras, trouxe certo constrangimento para a maioria deles, pois a consciência diante daquele assunto os condenava. Ambos os irmãos da jovem mantinham ligações com mulheres casadas, e Antônio igualmente mantinha um caso com certa dama suspeita. A senhora Rosália também mantinha relações fora do lar. Senhor Lucinus, ainda que hoje se mantivesse isento daquele tipo de relação, isso se dava por conta de sua saúde. Mas, no passado, houvera muitas transgressões naquele sentido, tanto que seu casamento passou por fases delicadas, e dona Rosália começou a se envolver com outros homens na esperança de ser feliz.

O único ali de moral ilibada era o senhor Joviano. Apesar de viúvo há alguns anos, jamais esquecera a esposa, a quem amara com devoção! Quanto a Ariadne, era uma jovem libertina, se assim podemos defini-la, pois não tinha escrúpulos em seduzir ou se deixar seduzir por quantos lhe interessassem. Por conta de consciências tão pesadas, o assunto tomou outro rumo, voltando ao exército com a pergunta de Ariadne:

— Tem certeza mesmo, senhor Joviano, de que Ângelo não há de voltar dos seus afazeres?

— Não tão cedo, minha menina!

— Mas que lástima; queria tanto conhecê-lo!

— Por que essa insistência, Ariadne? Deixe disso, pois o dia que você tiver que o conhecer, conhecê-lo-á, não é preciso ficar nesta afobação toda! — exclama Antônio com impaciência.

— Antônio, se depender de você eu jamais conhecerei Ângelo! Já percebi que você tem ciúmes de seu irmão, e isso me deixa muito curiosa.

— Ciúmes? Enlouqueceu, Ariadne? Por que eu teria ciúmes daquele pirralho?

— Pirralho? Um soldado? Duvido!

— Pronto! Saímos de um assunto desagradável e entramos em outro? Vamos, por favor, mudar isso, Ariadne, ou irei-me para casa, está bem?

— Acalme-se, mamãe. Só estamos conversando.

— Vamos, senhor Joviano, quero ver o seu formoso jardim. Deixe esses dois se digladiando. Não fazem outra coisa além disso!

— Isto não é nada bom para quem ainda nem se casou, não é mesmo? Se já brigam nesse tempo, quando a relação deveria ser doce e cheia de amorosidade, levando os futuros esposos a arrebatamentos de pura emoção para, posteriormente, enfrentarem com mais firmeza os desafios naturais da vida a dois, então que lhes restará para esse futuro se brigam na fase rósea? Mas vamos, senhora! — completa o senhor Joviano, levando Rosália para seu pequeno, mas primoroso jardim, enquanto os noivos ali ficavam resolvendo suas questões. Nesse ínterim, os dois irmãos de Ariadne se aproximam do pai, ansiosos por se debandarem dali.

— Queríamos ir embora, pai! Cremos que ninguém sentirá a nossa falta.

— Filhos, isto não é de bom-tom. Viemos aqui para passar a tarde e estreitarmos laços fraternos com a família do noivo de sua irmã.

— Veja a situação, pai! Os "noivos" só sabem discutir. Que interesse há para nós aqui? Liberte-nos deste compromisso, por favor! — solicitam os jovens.

O senhor Lucinus, não vendo como retê-los, lhes dá permissão para irem embora, o que eles fazem rapidamente e com grande alívio, safando-se daquilo que consideravam uma obrigação enfadonha.

Contudo, apesar dos pequenos percalços depois daquelas querelas, a tarde de confraternização das duas famílias acaba transcorrendo em relativa tranquilidade. O pai da jovem Ariadne era possuidor de senso prático e honestidade. Já a mãe demonstrava ser pessoa orgulhosa e arrogante, o que lhe dava um ar distante. Parecia que nada a agradava, mas apesar disso o senhor Joviano soube conquistá-la com sua fala simples, porém inteligente. Ariadne, ainda que transbordasse alegria e vivacidade, deixando todos à vontade com suas brincadeiras, exibia também frivolidade e leviandade um tanto exageradas. Preocupava-se em ser o centro das atenções. Desde o início manifestara grande curiosidade em conhecer Ângelo, mas se decepcionara por ver suas expectativas anuladas perante a ausência dele.

Depois do lanche, os pais partiram, e Ariadne, com brejeirice e de braços com o futuro sogro, passeando pelos jardins da casa, crivava-o de perguntas sobre Ângelo:

— É assim, senhor Joviano, Antônio não me fala nada sobre Ângelo! Já lhe pedi diversas vezes que me levasse ao batalhão onde ele serve, a fim de que eu possa finalmente conhecê-lo, mas ele sempre desvia o assunto. Percebo que não gosta que eu fale de Ângelo. Não entendo isso! Penso ser natural querer conhecer o meu futuro cunhado. Gostaria muito de conviver com ele, considerá-lo um irmão!

— Cara menina! Eu entendo seus desejos e intenções, mas aconselho-a a não forçar qualquer aproximação com Ângelo. Infelizmente, os dois irmãos não se dão tão bem quanto eu gostaria. Em vista disto, creio que é melhor você se concentrar em seu futuro marido e se preocupar em serem ambos felizes, que é isso que importa, afinal!

— Não me diga, senhor Joviano, que serei obrigada a me manter afastada de meu futuro cunhado?

— Será melhor assim, se quiser viver em paz com seu futuro marido.

— Penso, ao contrário, que talvez eu até consiga afastar essa desavença que há entre os dois! Onde já se viu dois únicos irmãos viverem como inimigos? — exclamava a jovem, cheia de indignação. Entretanto, Joviano pensava lá consigo mesmo: o único inimigo naquele caso era Antônio, porquanto Ângelo jamais demonstrara qualquer réstia de desamor ao irmão, pelo contrário, lutava intimamente para acabar com a rinha entre os dois. Mas, conhecendo a dureza de coração do outro, ultimamente optara por se afastar e silenciar, como ele próprio assim procedia de longa data, diante da agressividade gratuita do filho. Porém, jamais diria isto à jovem. Não queria ser ele a estragar a esperança de felicidade com Antônio, que ela mantinha. Como um bom pai, torcia para os dois serem mesmo muito felizes. Assim, talvez Antônio acabasse por se esquecer do irmão, deixando-o levar a sua vida em paz. No entanto, respondeu simplesmente à jovem:

— Espere, minha filha! O tempo dirá e a direcionará para a melhor atitude! Por enquanto, será prematuro forçar qualquer aproximação entre os dois.

A moça silencia, mas no íntimo não aceita aquele alerta repleto de bom senso que recebia do futuro sogro. Planejava consigo mesma que na primeira oportunidade se aproximaria de Ângelo. Queria muito o conhecer e não aceitaria viver longe, como uma estranha. Haveria de aproximar os dois irmãos, pensa resolutamente, muito embora, lá no íntimo, sente que Antônio não aceitará sua decisão. Mesmo assim, arquitetava consigo investigar quando Ângelo estivesse em casa, para vir de surpresa a fim de conhecê-lo.

Todavia, Ângelo seguia com sua vida sem imaginar que sua pessoa levantasse tanta curiosidade por parte de alguém que ele sequer conhecia. Seus dias, como sempre, transcorriam na dedicação ao trabalho e, quando esse findava, vamos encontrá-lo com Flávio chegando ao lar deste último. Fato corriqueiro em sua jornada, já que ali parecia ser seu verdadeiro lar, o lar espiritual. Excetuando o amor extremado pelo pai, Ângelo jamais se sentiu bem na própria casa. Desde a meninice, sua vida se passou em companhia de Flávio, que o tinha como a um irmão. No lar dos Tórrentes estava a razão de sua vida: Liz!, além do afeto dos pais e do irmão dela, todos muito queridos.

Quando no próprio lar, só se sentia bem se o irmão estivesse ausente. Caso contrário, este não o deixava em paz! Lembrava-se de quanto ele lhe fora áspero durante a infância, chegando até a agredi-lo por conta de insignificâncias.

Ângelo, que de início sempre procurava seguir Antônio, fato normal entre dois irmãos, de tanto sofrer violência, afastou-se totalmente do outro, chegando mesmo a se esconder dele, buscando sempre a companhia do pai.

O genitor, que procurara unir os dois, muitas vezes deixando o pequeno sob a tutela do mais velho, confiando que iria ser bem cuidado, chocou-se com as atitudes grosseiras de Antônio. Não raro, era obrigado a intervir para que o mais velho não acabasse ferindo o mais novo. Essa interferência aumentou o desamor de Antônio, que culpava Ângelo pelas atitudes defensivas do pai, as quais ele declarava serem ataques injustos à sua pessoa, alegando que só desejava fazer do menino um homem; que aquela excessiva proteção do pai iria acabar deixando-o fraco e efeminado.

Assim sendo, entende-se a decepção de Antônio quando o irmão espezinhado começou a se interessar pelas forças armadas, acabando por fazer parte delas. Parece que até a natureza conspirava para aniquilar o orgulho de Antônio, que era de estatura baixa e atarracada, com um semblante sensual e grosseiro, enquanto o outro era o oposto: alto, atlético, semblante bonito e sereno, com profundos olhos cor de mel a refletir grande sensibilidade.

Não bastasse isso, existia para Antônio um motivo a mais para odiar o irmão: Lizbela! Embora não confessasse nem a si mesmo, não conseguia tirá-la da cabeça, sentindo imenso desejo lascivo por ela. Quando a avistava, sabia que lhe causava mal-estar. Desde aquele ocorrido, Liz não disfarçava mais a aversão e o ódio que sentia por ele, demonstrando-os claramente. Por diversas vezes, Antônio tentara se aproximar dela, desfazer o acontecido, resgatar a amizade, no que foi repelido com aspereza, pois não conseguia esconder o interesse grosseiro que sentia por ela. Liz só disfarçava seu ódio quando estava perto de Ângelo e de seus familiares, pois não gostaria que soubessem quem era Antônio, tampouco queria ser a causa de alguma desgraça dentro daquela família. Por conta disso, ele passou a odiá-la, e mais ainda ao irmão, por ser o detentor do afeto dela!

Quanto à jovem Lizbela, às vezes ficava meditando na situação daqueles dois irmãos e pensava em quanto eram diferentes um do outro. Amava Ângelo com devoção, e só por conta disso tolerava a presença de Antônio, mas evitava lhe falar e só o fazia quando os familiares estavam por perto, pois não queria que desconfiassem do segredo guardado. Contudo, sentia-se mal por mentir. Incomodava-se muito com aquela situação, mas buscava não pensar no assunto e evitá-lo tanto quanto possível. Quando os dois enamorados estavam juntos, esqueciam-se de tudo o mais. Liz estava acostumada a ser cortejada, pois era muito bela. Seus intensos olhos verdes conquistavam facilmente, ainda que os observados, depois de um tempo, se sentissem pouco à vontade quando ela os encarava, pois o olhar inquiridor parecia ler o fundo da alma das pessoas. Ângelo lhe dizia ao observá-los:

— És uma ninfa das matas, minha querida, pois seus olhos refletem toda a beleza da natureza.

Ela, sempre encantada com as palavras do amado, respondia:

— O único que quero refletido em meus olhos é você, Ângelo, pois isso me dirá que está ao alcance de minhas vistas, e não consigo sequer imaginar minha vida sem você. Mas, já que é para elogiar nossas belezas, você também tem lindos olhos, Ângelo, a lembrar dois trigais maduros.

Ao que ele respondia, enamorado:

— Meus olhos são comuns, ninfa! Só se tornam belos ao mirá-la!

E os dois amantes se deixavam ficar assim, observando-se e se deliciando um com o outro; sentimentos só entendidos por quem já muito amou, ou por quem anseia ter este sentimento pleno, ardente e verdadeiro. Os dois jovens teciam planos de casamento assim que Ângelo tivesse condição de construir um lar para ambos, muito embora o senhor Ernesto os convidasse constantemente para morarem ali mesmo, pois o velho não queria sequer cogitar viver longe de sua menina.

CAPÍTULO VII

AFETOS E DESAFETOS

Como Ariadne prometera a si mesma, percebendo que seu noivo jamais a levaria para conhecer o irmão, um dia ela vai procurar Ângelo em sua unidade de serviço. Em lá chegando, anuncia-se ao guarda de plantão:

— Olá, prontidão! Gostaria de me entrevistar com o encarregado deste setor.

— E quem seria a senhora?

— Uma amiga!

Ao receber o comunicado, Ângelo exclama:

— Que estranho! Não tenho nenhuma amizade que me procuraria em pleno serviço, nem mesmo Liz costuma vir aqui.

Quando vai atender o chamado, surpreende-se com aquela moça bem trajada, bonita, mas que ele nunca vira antes. Com simplicidade, diz:

— Tem certeza de que é comigo, senhora? Eu a conheço?

Toda deslumbrada com a beleza do rapaz, ela responde sorridente:

— Sei que você não me conhece, mas muito em breve seremos cunhados. Meu nome é Ariadne, creio que você já ouviu falar de mim.

— Naturalmente que ouvi. Pelo nome, entendo que você é a noiva de meu irmão. Então, algo está ocorrendo com ele ou com meu pai, por isto você está aqui?

— Não! Não se preocupe! Minha visita é social. Sempre quis conhecê-lo, mas parece que Antônio faz questão de me manter afastada.

— E por que você crê nisso? — questiona Ângelo, ainda estranhando a presença da mulher ali.

— Por quê? Ora, há quanto tempo já venho frequentando sua casa, e quando nos encontramos? Acabaria me casando com Antônio sem o conhecer se não tomasse a providência que tomei hoje!

— Entendo, mas acha prudente isto, vir aqui me procurar sem a presença de seu noivo?

— Confesso que não sou uma mulher muito prudente. Antes, sou audaciosa e sempre vou atrás do que quero!

Sentindo-se seriamente observada por ele, ela se cala, incomodada pelo olhar inquiridor. Como ele nada dizia, a fim de romper o constrangimento ela se põe a falar:

— Estou espantada ao comparar vocês dois. São completamente diferentes um do outro.

— No entanto, somos irmãos, como pode constatar.

— Mas você não vai me cumprimentar, já que brevemente seremos parentes?

— Parabéns! Que você e Antônio sejam felizes. Quem sabe com você ele possa melhorar! Ele necessita de boas influências em sua vida.

— Boa influência, eu? — E a jovem se põe a gargalhar. Mas novamente se constrange ante o silêncio de Ângelo.

— Por que ri dessa forma? Não se considera uma pessoa boa?

— Bem, sim, ou melhor, tenho ciência de que não sou perfeita.

— Mas sempre temos algo valoroso dentro de nós. Às vezes, negligenciamos tal fato por não o perceber devido a termos outros interesses. E aquela pequena qualidade fica camuflada, sufocada, e acabamos a existência sem ter percebido quanto tínhamos de bom dentro do coração, quanto poderíamos ter feito em prol do mundo e de nós mesmos. O que sempre será uma pena!

A jovem fica espantada com aquelas palavras; acostumada a viver sempre cercada por pessoas frívolas e vazias, sem jamais pensar no amanhã ou questionar a vida no sentido moral, preocupando-se somente com os valores materiais, olha-o espantada, sem acreditar, pensando tratar-se de algum tipo de brincadeira. Porém, diante do olhar compenetrado, ela percebe que ele não brincava. Para quebrar o mal-estar que sentia, ela diz:

— Nossa! Quem é você, afinal, um soldado ou um sacerdote?

— Não é preciso ser sacerdote para sabermos o que é certo ou errado; o que é bom ou mal; o que nos convém ou não!

— Você é um cristão, por acaso? Só esse povo fala assim!

— Na verdade, não, mas simpatizo muito com seus ensinamentos, pelo menos com o pouco que conheço deles.

— Pelos Deuses, assim você está se colocando em uma situação temerária! Quer ser perseguido, meu cunhado?

— Logicamente que não, contudo não podemos negar o que é certo por conveniência!

— Até posso concordar, mas daí a compactuar com seres dessa espécie... Isso é colocar a corda no pescoço.

— Como assim, seres dessa espécie? Você se considera acima deles, melhor que eles? Em que, por exemplo?

— Ora, Ângelo, somos romanos de estirpe! Basta ver nossa bela cidade, nossos costumes aprimorados, nosso intelecto lúcido, nossos inúmeros talentos! Nada nem ninguém se compara a nós, muito menos estes seres rudimentares que se intitulam cristãos! Para mim, todos que assim se apresentam estão se deixando fanatizar pelas crendices desse povo bárbaro, estes hebreus! Onde já se viu cultuar um pobre carpinteiro com delírios de grandeza, morto na cruz? Quer algo mais humilhante e decadente que isto? Se os ditos seguidores forem romanos, não merecem tal honra!

— Você vive uma ilusão perigosa, cara futura cunhada! Nós não somos melhores que ninguém, pelo contrário, somos um povo vaidoso, embora a maioria viva na miséria, regida por uma corte perdulária e despótica. Esta é a nossa realidade. Bem, se satisfez sua curiosidade a meu respeito, creio que já podemos nos despedir, pois eu tenho serviços me esperando.

— O que é uma pena, Ângelo! Gostaria que tivéssemos mais tempo para nos conhecermos melhor.

— Com certeza teremos muito tempo, já que seremos parentes, como você diz.

— Espero que não se afaste de mim, como fez até agora.

— Está enganada! Eu sequer cogitei isso. Mas, conhecendo meu irmão, não será bom para você se encontrar comigo sem ele por perto, ainda que os motivos sejam sinceramente fraternos. Portanto, é melhor não vir mais aqui, mesmo porque isto não há de ficar bem para nenhum de nós.

— Nossa! Quanta história por conta de uma visita inocente!

— Inocente ou não, peço-lhe que não venha mais aqui!

— Onde poderemos nos ver, então? — exclama a jovem, mirando-o languidamente.

Muito irritado, Ângelo redargui asperamente:

— Em lugar algum, cara futura cunhada, ou melhor, muito em breve nós nos veremos novamente, pois estou para me casar e com certeza você e seus familiares serão convidados; isto se você e meu irmão não se casarem antes.

A estas palavras dele, Ariadne faz uma cara estranha, como se aquele futuro não a agradasse. Como Ângelo se mantivesse silencioso, ela se aventura a dizer:

— As coisas podem mudar, Ângelo, o futuro não está escrito, e tudo pode acontecer para nos levar noutra direção.

— Para você, talvez, que demonstra desagrado ante o que buscou para si. Mas, para mim, este futuro o qual aguardo ansioso foi planificado com muito amor e carinho, portanto serei grato aos Deuses pela sua concretização.

Como a jovem se mantivesse em silêncio, contrariado, ele vê por bem terminar aquela entrevista.

— Bem, você me desculpe, mas por ora creio que nós já conversamos o suficiente. Vamos dar esta conversa por encerrada, pois tenho muito o que fazer.

— Caro cunhado, não queria atrapalhá-lo. Pelo contrário, meu intuito foi conhecê-lo e estreitarmos os laços familiares, pois sinto como se já o conhecesse há muito tempo. Espero que me perdoe se fui inconveniente, mas sou assim mesmo, natural e espontânea, entretanto, sem maldade. Não me queira mal, Ângelo.

Percebendo sinceridade naquelas palavras, o rapaz se apieda da jovem e ensaia um meio-sorriso, enquanto diz:

— De maneira alguma, Ariadne! Aliás, prefiro pessoas como você, que se mostram como verdadeiramente são, ao contrário dos hipócritas, que se escondem numa falsa aparência de educação, honradez e dignidade, enquanto por dentro estão longe do que querem aparentar. Eu os abomino! Talvez cheguemos a ser amigos, quem sabe, não é? Principalmente se houver respeito entre nós!

Sem outra opção, ela se despede, mas no íntimo com o firme propósito de ali retornar, o que fez por várias outras vezes, para inquietação e desagrado de Ângelo.

A curiosidade também leva Ariadne até a porta da residência de Liz.

A velha mãe de Cláudia corre até dona Laura a informá-la da visitante:

— Está aí uma mulher com ares de grande dama, procurando por Liz.

— Uma mulher? Alguém que conhecemos?

— Nunca a vi antes!

— Quem será? O que quererá com minha filha?

— Não será melhor atender para saber?

— Tem razão, Inez. É melhor ir logo ver do que se trata, que ficar aqui conjecturando.

E assim ela procede, seguida de perto por Inez.

— Pois não, senhora. O que deseja?

— Estou procurando a casa da costureira. É aqui?

— Aqui é a casa da família Tórrentes, mas temos uma filha e sua amiga, que estão iniciando no ramo da costura. Entretanto, como são iniciantes, não sei se terão condições de fazer algo para a senhora.

— Creio que é aqui mesmo; quanto à capacidade delas em me atender, veremos.

E Ariadne, cheia de desenvoltura, vai descendo da viatura, exclamando asperamente ao jovem que a guiava:

— Ajude-me aqui! Rápido! — Adiantando-se para dona Laura, diz: — Chamo-me Ariadne, já deve ter ouvido falar de mim.

— Creio que me lembraria se a conhecesse, senhora.

— Estou ciente de que não nos conhecemos pessoalmente, mas o meu nome não deve ser estranho, já que sou a noiva de Antônio.

Dona Laura tem um ligeiro mal-estar ao ouvir aquele nome; desde o ocorrido com Liz, ela nunca mais conseguiu olhar Antônio da mesma forma. Embora tentasse perdoá-lo, estava longe de o conseguir. Não confiava nele e, quando a filha se ausentava, ficava desassossegada enquanto não a via sã e salva no lar, pois tinha medo de que Antônio a atacasse novamente. Vencendo aquele instante de preocupação, ela procura atender a moça com atenção:

— Desculpe minha ignorância, senhora. Venha, vamos entrar.

E Ariadne vai entrando, reparando em tudo e no íntimo se ressentindo com a humildade da residência. Acostumada com o luxo de sua vida, considerava aquela casa simples, uma tapera de pobres ignorantes. Não se conformava por saber que era ali que Ângelo passava a maior parte de sua vida, e mais, que pudesse ter interesse por alguém que vivesse em tal miséria.

Que mulher seria aquela sua noiva? Com certeza uma rude e maltrapilha camponesa.

Mas suas conjecturas vão por água abaixo quando a mãe chama pela filha e ela surge à sua frente.

— Liz, venha cá, minha filha! Esta senhora deseja os seus serviços de costureira.

— Pois não, minha senhora. Se pudermos ser úteis! — diz a jovem, seguida de perto por Cláudia, que curiosa mede Ariadne da cabeça aos pés.

Ante a beleza helênica e a segurança demonstrada pela jovem, que ela supunha grosseira e sem atrativos, Ariadne fica por instantes sem ação, mas, reagindo fortemente, busca aparentar uma tranquilidade que não sentia e vai exclamando de forma até descontrolada:

— Então é você a futura cunhada de Antônio?

— Antônio? — repete Liz com estranheza.

— Pois então não estamos, ambas, noivas dos dois irmãos?

Como a outra mantivesse um alheamento silencioso, Ariadne exclama com certa irritação:

— É você a noiva de Ângelo, ou não?

— Conhece Ângelo?

— Logicamente que sim, Ângelo é meu cunhado, pois sou noiva de Antônio. Somos grandes amigos.

Agora é a vez de Liz ficar irritada ante a maneira familiar com que a mulher se referia a Ângelo: *como era arrogante! Como ele jamais lhe falara de tal criatura? Por que escondera que a conhecia?*

Ariadne percebe que conseguira atingir a jovem, deixando-a enciumada, já criando fantasias onde estas não existiam; então se aproveita da ingenuidade dela e exagera sua ligação com

Ângelo. Fora ali exatamente para conhecer aquela que considerava sua oponente. Não conseguia atinar por que o jovem soldado a afastava de si sempre que o visitava no quartel, não lhe dando brechas para estreitar os laços afetivos. A resposta estava ali à sua frente. Com certeza ele se deixara envolver pelo ar inocente daquela jovem rústica. Era bela, sem dúvida, mas não se igualava a ela, que além da beleza trazia refinamento, cultura e família aristocrática. Ariadne considerava a sua pessoa, avaliando-se: *Esta jovem não é páreo para mim, e, se quisesse mesmo, poderia vencer o orgulhoso Ângelo e conquistá-lo.*

Pode parecer estranho tais pensamentos na mente dessa jovem, tentando conquistar um homem quando estava prestes a se casar com o irmão dele. Infelizmente, naqueles tempos passados, isso era muito comum. Num povo ainda destituído de uma moral mais elevada, conquanto suas torpezas não fossem conhecidas, de resto, estava tudo bem. Viviam pelas aparências, como muitos de hoje ainda vivem. Estamos em plena era do Espírito, mas o homem anda tão imerso na matéria que muitas de suas ações não passam de feitos a enaltecer a ilusão do orgulho e da vaidade. Então, quem somos nós para julgar o passado de quem quer que seja?

Sem conseguir evitar o nervosismo, Liz se dirige à outra:

— Bem, a senhora veio aqui querendo alguma peça de roupa ou somente para me conhecer? — questiona Liz, no íntimo desejando que a outra fosse embora, mas Ariadne responde com segurança:

— As duas coisas. Queria mesmo conhecê-la, pois estava curiosa por saber que tipo de mulher conseguiu tocar o coração de Ângelo. Contudo, vejo que vocês devem passar por muitas necessidades, então, para ajudá-los, quero contratá-la para me confeccionar alguns vestidos.

A fala da outra a irritava muito. *Quanta arrogância*, pensa Liz, que rebate dizendo:

— Se queria me conhecer, já conheceu, e, quanto a ajudar-nos, não se preocupe com isto, pois ainda não estamos necessitando da caridade alheia. Nesta casa, todos nós trabalhamos. Levamos uma vida simples, mas digna. Não somos ricos, tampouco somos miseráveis! Entretanto, já que a senhora tem um coração tão bom e se preocupa com os necessitados, eu posso levá-la onde estes existem às centenas, e aí então poderá fazer uma caridade ampla e plena. O Esquilino[1] é logo ali!

Ouvindo-a, Ariadne range os dentes de raiva, mas responde desafiadoramente:

— Como não? Aonde você vai, eu também posso ir. Se você se acha boa, caridosa, eu também posso ser.

— Escute! Ariadne é o seu nome, não é? Eu jamais disse ou me supus boa, caridosa; foi você quem disse ter vindo aqui "ajudar", portanto... Mas se estiver mesmo disposta a doar algo, eu a levarei onde você poderá ver com os próprios olhos a verdadeira miséria.

— Falaremos disso depois; agora, se puder me mostrar algo do seu trabalho, eu agradeço.

A contragosto, Liz leva a jovem para dentro e a introduz no seu recanto de trabalho. Lá Ariadne pega as peças que ela lhe passa às mãos e as observa fazendo ares de pouco-caso.

— Bem, a costura não é das piores, mas o tecido é muito simples. Você não tem algo mais fino, mais leve?

— Não, minha senhora. Para as minhas clientes, este material é aceitável, então é o que eu tenho.

1 Esquilino: bairro pobre em uma das colinas de Roma.

— Faremos o seguinte — fala Ariadne —, eu comprarei os tecidos do meu gosto e os trarei para você costurar para mim.

Tal acerto não agradou a Liz. Era muita responsabilidade, pois, se a outra não gostasse de seu trabalho, como iria restituir o valor dos tecidos? Apreensiva, diz isso à mulher, que responde com pouco-caso:

— Ora, não se preocupe. Mesmo que não gostar do seu trabalho, eu lhe pagarei o tratado e levarei o produto, nem que seja para doar aos necessitados — exclama ela sorrindo.

Dona Laura se aproxima trazendo um refresco, conversando naturalmente sobre o tempo que armava chuva, mas com o intuito de acalmar Liz.

Logo após, Ariadne se despede e se vai. As mulheres ficam confabulando sobre o verdadeiro motivo daquela visita. Diz Liz:

— Não gostei nada dela! Tomara que não me apareça mais aqui!

— Não fale assim, minha filha, tem de deixar de ser tão desconfiada.

— Que desconfiada o que, dona Laura! Essa outra aí está é interessada em Ângelo — fala Cláudia.

— Está louca, Cláudia? De onde você tirou essa ideia? — exclama aflita a jovem noiva, que já sentira um mal-estar indefinido perante a visitante.

— Não estou não, Liz! Tenho experiência nestes assuntos. Essa tal aí só veio aqui para conhecê-la e verificar se pode medir forças com você, pois está louquinha pelo seu noivo.

— Cale-se, Cláudia, não sabe o que diz! Não é ela a noiva de Antônio? Que ninguém a ouça falando este disparate, menina! — exclama, apreensiva, dona Laura.

Mas, apesar das palavras contrárias da mãe, lá no íntimo Liz sabia que a mulher era uma rival. Sabia que o tempo todo ela a analisava e avaliava, e se sentiu muito mal com aquilo. Não se conformava por Ângelo jamais ter mencionado conhecer tal criatura. Quedou num silêncio pensativo, enquanto a mãe e a amiga a encaravam, preocupadas. Não se contendo, dona Laura, que a conhecia como ninguém, alerta:

— Não vá agora colocar coisas em sua cabeça, minha filha. Custa-me crer que essa moça possa ter tal índole! Seja como for, você sabe muito bem quanto Ângelo a ama! Não me vá dar ouvidos a desconfianças e estragar sua felicidade.

— A senhora sabe que não me deixo levar por impulsos, mamãe! Mas pergunto-me por que Ângelo não me falou dessa mulher.

— Não será melhor perguntar a ele em vez de ficar aí se preocupando, colocando ideias na cabeça?

— É o que farei!

— Veja bem como vai conversar com ele, minha filha. Talvez ele nem tenha tanta intimidade com esta mulher quanto ela quis fazer crer!

Infelizmente, Liz não tem tempo de tirar suas dúvidas com o noivo, pois ele estava já há alguns dias de plantão e, pelo visto, aquilo ia se arrastar por mais tempo ainda. Por outro lado, suas esperanças de não mais encontrar a moça se desvanecem quando, no dia seguinte, Ariadne retorna àquela residência. Chega tão cheia de si e vai despejando às mãos das duas jovens costureiras tecidos e mais tecidos, a fim de testar a habilidade das duas. Eram peças maravilhosas e caras.

Liz estremece ao se ver às voltas com a responsabilidade daquela pequena fortuna em suas mãos. Percebe claramente que a intenção daquela outra era colocá-la em situação melindrosa e talvez até deixá-la como sua devedora.

— E então? — questionava Ariadne sem esconder o entusiasmo. — Sei que não estão acostumadas com tecidos desta qualidade, mas fiz questão de trazer o melhor, pois creio que a experiência será ótima para vocês. Afirmo-lhes que, se gostar do serviço, terão uma boa propaganda e poderão ter uma clientela que valerá a pena.

As palavras da jovem irritavam Liz, que percebia ali uma boa proposta, mas mesmo assim ela não se continha.

— Isto não nos preocupa! Eu não almejo nem pretendo ser uma especialista de costura. Faço isto neste momento, mais para me ocupar do que ter lucros.

— Ah! Você é uma daquelas que quer casar e se ocupar do lar — afirma ironicamente a outra.

— O que de mal há nisto? A maioria de nós, mulheres, não somos educadas para isto? Cuidar do lar, dos filhos, do marido?

— E a maioria também acaba sendo um peso para eles! — diz ela com desdém, procurando ferir Liz.

— Não há peso algum quando há amor! O prazer em amparar e auxiliar aquele que amamos é maior que qualquer coisa. Depois, sou uma pessoa útil e trabalhadeira, jamais pesarei nos ombros de meu noivo, e, para sua informação, tanto eu quanto ele não temos necessidades de grandezas e superficialidades; a vida simples e honesta nos basta.

Liz se irritava consigo mesma por perceber que estava se justificando perante a outra, mas não conseguia evitar.

Ariadne dá de ombros, mas no íntimo se sente vitoriosa por ter conseguido atingir a jovem; e, remexendo naqueles tecidos, vai descrevendo o que quer, enquanto Cláudia toma nota com uma pedra de carvão e uma folha, feita de vegetais secos e prensados, fazendo as vezes de um rústico papel. Os mais elaborados não estavam ao alcance dos pobres.

Dona Laura, pressurosa e preocupada, pois sabia quanto a presença da jovem perturbava os nervos de Liz, acompanha tudo atentamente. Sua presença de certa forma inibiu um pouco a arrogância de Ariadne, que também tinha a intenção de passar uma boa impressão.

Algo singular ocorria no íntimo dela: queria se tornar próxima daquela família. Não só para estar perto de Ângelo, mas porque aquelas pessoas despertavam sua curiosidade. Jamais estivera próxima do povo simples; sua realidade era o convívio com as famílias ricas da época. Estava familiarizada apenas com todos os costumes corruptos da época, que arrastavam a quantos se deixassem envolver em suas malhas perniciosas!

Quando Liz pensa que aquela entrevista está terminada e a jovem irá embora, ela se volta e diz sorrindo, triunfante:

— Acertada esta parte de nosso trato, vamos agora à segunda parte.

Como Liz a olha surpresa, sem entender, a outra exclama:

— A visita aos pobres!

Liz, em franco desespero, olha para a mãe, que sorri, acalmando-a, enquanto Ariadne continua:

— Pois você não me desafiou a ir levar prendas aos pobres? Então, minha *carruagem* está na entrada, cheia de presentes para levarmos aos *seus* necessitados — profere, frisando as palavras com ironia.

Dona Laura, tomando a frente, busca auxiliar a filha, que não esperava aquela atitude de Ariadne. Jamais suporia que ela fosse levar adiante tal ideia. Reconhecia que tinha se excedido na resposta a Ariadne e agora via-se constrangida a cumprir o desafio.

— Que atitude maravilhosa, Ariadne! — diz dona Laura. — Se me permitir, eu irei com vocês levar este auxílio aos necessitados.

Liz olha para a mãe, cheia de gratidão pela interferência preciosa.

— Claro que pode vir também, dona Laura! Vamos todos nós fazer a tal caridade. Não é isso que vivem pregando esses cristãos? — diz a jovem, e se põe em gargalhada.

— Bem... creio que a caridade cabe a todos nós, pois também gostaríamos de ser ajudados caso estivéssemos na situação de quem precisa.

— Tem razão, mamãe! Você quer vir também, Cláudia?

— Não perderia isto por nada, Liz! — diz a amiga sorrindo, já antevendo a aflição de Ariadne ao se embrenharem pelas ruelas fétidas do subúrbio mais pobre da região, lugares que ela conhecia de sobejo e ao qual faria questão de guiá-las. Adiantando-se, fala: — Se vocês me permitirem, eu as conduzirei, pois sei onde moram os mais necessitados, os mais esquecidos pela opulência romana.

— Vamos lá, então! Se tem que ser feito, é melhor começarmos logo — diz Ariadne.

E, assim, a pequena comitiva se põe a caminho. Ariadne ia à carruagem vagarosamente, enquanto as três mulheres preferiam seguir a pé, já que não havia espaço para todas elas, somente para uma. Ariadne insiste:

— Venha comigo, dona Laura. Bobagem andar quando podemos ser carregados.

— Ah, minha filha! Eu estou acostumada a andar, e isto só me faz bem!

— Como queira, então! Está muito distante este lugar, Cláudia? — A cada momento do trecho, pergunta Ariadne.

— Só um pouco mais, senhora!

— Por mim, eu distribuiria estas coisas por aqui mesmo. Vejam estas casas; estas pessoas; para mim são todos pobres.

— A senhora ainda não viu o que é pobreza! Mais um pouquinho de calma, e logo chegaremos aonde suas prendas serão mais que bem-vindas. Ali há pessoas que passam dias sem comer.

— Só de pensar nisto me arrepio toda. Por que estas pessoas não fazem algo para mudar a vida delas?

— A senhora acha que elas vivem assim porque querem?

— Sei que não é isto, mas acredito que se quisessem poderiam mudar sua situação. A meu ver, o homem pode tudo se tiver vontade firme e soberana, sem se deixar abalar por nada. Somos donos de nossos destinos.

As ouvintes ficam irritadas e até um tanto revoltadas ao ouvirem as afirmativas de Ariadne. Elas eram típicas mulheres do povo, estavam sempre contra o governo reinante e culpavam os poderosos pela situação dos mais pobres. Mas, embora inconsequente, Ariadne acabara de afirmar uma verdade inconteste.

É dado a todos nós o poder de ação para mudar nossa vida, porém ocorre que muitos se entregam ao desalento, ao cansaço, ao comodismo, à revolta, ou, o que é pior, entregam-se nas mãos dos outros, crendo que são, eles mesmos, incapazes de se direcionarem para o melhor. Não confiam em si, transferindo as responsabilidades de serem Espíritos imortais a caminho da luz ao escolherem se colocar nas mãos de outros poderes. Optam por viverem na alienação da matéria, sob o jugo dos próprios instintos, ou servindo a outros tão equivocados quanto eles mesmos.

Mas há que se entender e respeitar as dificuldades nos tempos citados. Havia já uma chama ardente, convidando-os a saírem do entorpecimento mental e moral em que viviam. Era a luz dos conhecimentos cristãos, elucidando todos quanto à imortalidade, bem como ao renascimento — ou vidas sucessivas —, conceitos que anos depois seriam habilmente deturpados ou retirados dos escritos evangélicos pelos poderosos da Igreja recém-formada. Aqueles iriam incitar as mudanças ou reformas sempre a seu favor, e, como os incautos tudo aceitavam de boa mente, as ideias corrompidas iam se instalando com o cristianismo que vinha à luz! Era o joio se misturando com a boa erva. As Igrejas recém-criadas brigavam entre si, sem se entenderem muito bem. Questões pueris eram debatidas ardorosamente, enquanto o verdadeiro conhecimento começava a ser sufocado dentro de tantas teorias. E, para dificultar o despertar, havia ainda o medo, uma vez que ser cristão era perigoso — assim como acordar pode ser encarado como perigoso para aqueles que preferem viver sonhando ilusoriamente.

Aquele lugar por onde as mulheres se embrenham é realmente muito ruim. As ruelas estreitas, casas em cima de casas, o povo agrupado aqui e ali, vivendo sem nenhuma higiene. O cheiro é terrível de se suportar.

Ariadne não quer admitir, mas está sufocando naquele local infecto.

Dona Laura e Liz, como já conhecem aquelas redondezas, não estranham, mas se entreolham, preocupadas com a rica jovem que as acompanha. Chegando a um local onde o veículo não tinha passagem, Cláudia exclama:

— Daqui em diante teremos de ir a pé!

— A pé? Está louca se acha que vou me aprofundar por aí. Vamos parar aqui mesmo e distribuir as coisas que eu trouxe.

— Mas... os mais pobres vivem lá pelos fundos das casas.

— Que diferença faz mais ou menos pobre? Para mim, tudo aqui é miserável, e não vou dar mais nem um passo. Chame logo estas pessoas para eu entregar as coisas.

— A senhora não pode fazer isto! Se eles perceberem que está distribuindo algo, a turba vai nos tomar de assalto e podemos até sair feridas na turbulência.

— Bem, eu não vou entrar nestas ruelas; ficarei aqui com o meu escravo e vocês vão levar as coisas a quem quiser, mas andem rápido, pois já estou ficando nervosa neste local inóspito!

— Ariadne tem razão, meninas. Vamos, Cláudia, nos guie até as pessoas mais necessitadas.

— Sim, farei isto, mas antes chamarei uns conhecidos para guardar o veículo e a senhora, caso contrário, podem ser atacados enquanto nos afastamos.

Assim, conhecendo muita gente por ali, Cláudia chama uns desocupados, que se aproximam rindo e exclamando:

— Ora essa, se não é a Claudinha! Por onde tem andado, menina? Ficou bem e esqueceu a gente, é?

— Tanto não esqueci que aqui estou! Peço que me ajudem guardando esta senhora enquanto levamos algumas coisas para as famílias de Heitor, do Robson, que está doente, e alguns outros mais.

— E nós, Cláudia, ganharemos o quê? Você sabe que nossa situação está difícil, não temos ocupação, logo, estamos sem salário — diz o mais velho deles.

— Fiquem tranquilos! Se nos ajudarem, vocês também ganharão alguma coisa.

Enquanto o pequeno grupo sai e Ariadne ali fica com os seus novos guardiães, ela os observa, curiosa.

Um deles, o mais jovem, também a observa, entre irônico e divertido.

Ariadne, de início, sente-se insultada pela ousadia daquele quase mendigo, porém, olhando-o bem, via-se ali algo mais. Atrás daquela sujeira desmazelada estava um homem forte, de olhos profundos e dono de uma beleza rara.

Ela se surpreende com aquele sujeito. Acostumada a lidar com o sexo masculino, e mais, dominar qualquer situação, vê-se constrangida pela segurança e firmeza com que aquele a fita!

— Como se chama? — questiona-o com autoridade.

— Quem quer saber? — devolve o rapaz, com a mesma arrogância.

— Você não está sendo muito petulante, não? Para que quer saber quem eu sou?

— Ora! Posso lhe fazer a mesma pergunta! Você pode saber quem eu sou, mas eu não tenho o mesmo direito? Por quê? Será que é porque você está bem-vestida e eu, não?

Ariadne se espanta com a desenvoltura dele. Percebe que debaixo daqueles andrajos há alguém com algum conhecimento. Deixando-se levar pela curiosidade, resolve contemporizar e se apresenta:

— Chamo-me Ariadne.

— Assim está melhor! Trate-me simplesmente por Guilherme.

— É o seu verdadeiro nome?

— Talvez! Mas diga-me: o que vocês fazem por aqui?

— Como pode ver, estamos fazendo caridade!

— E quem é a caridosa, você?

— Sim!

— Em troca de que está se dando a este trabalho? Vir a um local tão miserável trazer alimentos para pobres esfomeados.

— Pela caridade, apenas!

À resposta dela, ele solta uma sonora gargalhada que, em vez de irritá-la, deixa-a deslumbrada por ver tão belos dentes num sorriso maravilhoso.

— Está achando graça por quê? Não me acha caridosa?

— Bem, você não me parece uma piedosa, não! Sinceramente, acho que não é do tipo caridoso. As outras que a acompanham até podem ser, mas minha velha amiga Cláudia e você, não!

— Então você é amigo dessa tal Cláudia?

— Sim! Já nos conhecemos há alguns anos.

— O que você faz por aqui? Por que vive assim?

— Assim como?

— Como um mendigo!

Ele ri e responde:

— Mas eu sou um mendigo!

— Porque quer ser, então, pois posso afirmar que possui conhecimentos e poderia ser qualquer coisa que almejasse.

— Quem sabe? Talvez eu prefira ser um vagabundo. Não ter compromissos com nada!

— Pode ser. No entanto, parece-me que é alguém se escondendo nesta roupagem esfarrapada. Está fugindo ou espionando alguém?

— Ah, Ariadne! Permita-me tratá-la assim. Você está fantasiando. Eu sou só isso aqui que você vê! — exclama ele, apontando-se com ambas as mãos.

— Não creio, mas... em todo caso, se quiser mudar de vida, me procure. Tenho muito serviço em casa e conheço bastante gente que poderia empregá-lo bem.

— Realmente é muito generosa, Ariadne! Vou pensar no assunto.

Durante a conversação, que se alonga entre os dois, Liz, acompanhada da mãe e de Cláudia, vão e voltam várias vezes até o carro para pegar os víveres para as doações aos conhecidos de Cláudia. Já na primeira viagem, o menino Heitor vem junto, ajudando-as até o término das coisas. A família dele é uma das beneficiadas pela ação de Ariadne.

Não passa despercebido a Cláudia o entrosamento entre o casal. Um misto de ciúme e ironia aflora em seus olhos ao observá-los. A beleza de Guilherme decerto havia despertado o interesse até da orgulhosa Ariadne. Cláudia bem sabia quanto as mulheres corriam atrás dele, se oferecendo. Ela mesma não fez o mesmo? Mas, para desencanto de todas, desde que ele surgira ali, anos atrás, sempre se mantivera solitário. Visitava as mulheres da taverna, contudo não mantinha um relacionamento sério com nenhuma delas. Dizia sempre já ser um homem compromissado. Ele era um grande mistério. Nunca falava sobre si mesmo, de onde viera ou de sua família. Entretanto, soubera cativar a população local, sempre buscando ser útil, e fazendo pequenos biscates ia sobrevivendo. Dormia em qualquer canto e estava sempre de bem com a vida. A opinião geral era de que ele se fazia de um deles, mas era homem de outro nível, de outra estirpe. De fato, o jovem Guilherme era um mistério, e não faltavam mulheres querendo desvendá-lo. Mas, até aquele momento, nenhuma delas conseguira nada.

Enfim, as três senhoras, sempre auxiliadas por Heitor, terminam a tarefa. Estão suadas e cansadas, pois o sol bate a pino. Dona Laura se dirige a Ariadne:

— Terminamos, minha filha! Uma pena você não estar presente para receber os agradecimentos daquelas famílias. Algumas não tinham nada para o dia.

— Não é necessário agradecimento, dona Laura. Porém, sei que não cumpri minha parte por inteiro, pois jamais conseguiria entrar nestas ruelas sujas. Ainda bem que para vocês foi fácil.

— Fácil? Não é fácil nem para mim, que morei aqui!

— Você morou aqui, Cláudia? — exclama a outra com espanto.

— Sim! Só saí daqui pela ajuda de Liz e sua família.

Neste trecho da conversa, Guilherme entra no meio, dizendo:

— É, Cláudia, a sorte sorriu para você, pois está muito bem!

Antes que Cláudia respondesse, Ariadne se dirige a ele nestes termos:

— Pode sorrir para você também, basta querer!

Novamente ele solta uma gargalhada, curva o corpo e as cumprimenta:

— Senhoras! — E se afasta, sempre observado pelo grupo feminino.

— Quem é esse homem, Ariadne? Você já o conhecia?

— Não, dona Laura. Mas Cláudia, sim, não é mesmo? — comenta, dirigindo-se à jovem.

— Sim! Guilherme é um velho conhecido.

— Não me parece um mendigo. Muito bem-apessoado e bonito, não acha, filha?

Mas Liz dá de ombros, retrucando:

— Não lhe prestei atenção, mamãe!

— Sua mãe tem razão, Liz. Este homem não é o que quer aparentar — argumenta Ariadne.

Liz o olha se afastando e novamente dá de ombros. Gostava de fazer caridade, distribuir as prendas, feliz por ajudar aquelas pessoas que viviam à míngua, mas se sentia inquieta e amargurada com a presença de Ariadne e não era capaz de pensar em mais nada.

O retorno das mulheres é penoso e, por insistência de Liz, dona Laura aceita vir na carruagem, pois está deveras cansada. Ariadne vem entabulando conversação com Cláudia, pois quer tirar informações sobre o homem que acabou de conhecer. Ao chegarem, convidada a entrar, Ariadne não se faz de rogada e espera até a merenda, sempre conversando animadamente, fingindo não perceber o mau humor e o ar soturno de Liz, tão diferente da costumeira e espontânea alegria. Já é noitinha quando ela se decide a ir embora, dando assim alívio à tensão em que Liz se encontrava.

CAPÍTULO VIII

A HISTÓRIA DE GUILHERME

Quando o plantão de Ângelo termina e ele pode se avistar com a noiva em seu lar, na primeira oportunidade a sós, Liz desabafa com ele:

— Como é arrogante esta noiva de seu irmão, não?

— Quem? — pergunta admirado o rapaz.

— Essa tal de Ariadne!

— Você conhece Ariadne?

— Ela tem vindo aqui. Aliás, faz sempre questão de me atirar no rosto quanto o conhece, quanto vocês são íntimos!

Ângelo, preocupado, franze o cenho, pois percebia o terreno melindroso em que estava. Tinha que ter muito tato para se entender com Liz.

— Não acredite em tudo o que ouve, Liz! Ariadne é muito exagerada. Vimo-nos pouquíssimas vezes, e não somos íntimos. Pelo contrário, eu a evito o quanto posso, pois não quero ter problemas com Antônio, que costuma ver maldade em tudo.

Às palavras do noivo, a jovem se cala, pensativa. Sabia que o que ele lhe dizia também lhe servia, pois estava desconfiada daquela amizade deles. Sabia igualmente que Ângelo tudo fazia para evitar se confrontar com o irmão, e não seria diferente naquele caso. Pois bem, no noivo ela confiaria, mas naquela mulher, jamais! Promete isto a si mesma e muda de assunto.

Apesar da clara resistência de Liz à sua presença, Ariadne passou a ir assiduamente àquele lar. Chegava sempre cheia de alegria e com grande entusiasmo. Com a desculpa de ver o andamento das costuras, foi impondo sua presença a todos. Conquistando-os com sua vivacidade e atenção, trazia presentes e coisas úteis, mas a Liz ela não conquistava. Sempre arredia, a moça demonstrava claramente não confiar na visitante. Ariadne ria, bem-humorada, fingindo não perceber a aversão de Liz. Cláudia também não se deixava enganar, entretanto, como estava ganhando presentes caros, coisas que jamais sonhara possuir, igualmente fingia uma simpatia que estava longe de sentir.

Quando sozinha com Liz, as duas confabulam:

— O que será que Ariadne quer aqui, Cláudia? Ela não me deixa em paz!

— Eu já te disse! Ela está interessada em seu noivo!

— Mas está comprometida com Antônio, como pode?

— Que, aliás, perde feio para o irmão, então não a culpe por tentar.

— É claro que a culpo! Isto é imoral! E você também não está se portando nada bem, Cláudia. Não gosta dela, mas finge por conta desses presentes, não é?

— Ora! Que posso fazer? Já viu as roupas lindas que ela me trouxe? Acha que vou perder isso, Liz? Você, eu sei que não precisa. Tem pais, irmão, noivo, todos tratando-a como a uma princesa. Já eu não tenho ninguém por mim, portanto necessito agarrar qualquer coisa que me ofereçam!

— Cláudia! Isso é interesse e igualmente imoral! Como pode?

— Posso e devo! Por que se escandaliza, Liz? Ariadne também é uma fingida, portanto, estamos quites. Não estou fazendo nada de mais! Ela pensa que compra a minha amizade, e em troca desses presentes eu a deixo acreditar que sim.

Liz balança a cabeça, demonstrando o seu desagrado, e vai cuidar das costuras, enquanto a outra fica examinando o seu pequeno tesouro. Algumas peças de roupas, uma pulseira; pequenos presentes, todos ganhos de Ariadne.

Ângelo também não gostava nada daquela presença constante da prometida de seu irmão, contudo agradecia por isso se dar quando ele não estava presente. Então, os dois raramente se encontravam por ali. Ele preocupava-se com a noiva, pois percebia-a sempre tensa e nervosa. Dizia-lhe com o intuito de acalmá-la:

— Liz, querida, não se preocupe com a presença de Ariadne. Pelo que sei, ela, apesar da família, é moça solitária, não tem amigas. Talvez por isso insista tanto em vir aqui.

— Não creio nisso; ela vive se vangloriando das festas das quais participa, do quanto sua vida social é ativa. Às vezes fico propensa a aceitar o que Cláudia fala...

— É? E o que essa outra desmiolada fala?

— Por que a chama assim?

— É o que ela é! Só você e Flávio não enxergam isto! Vive suspirando por aventuras, é bastante egoísta e não pensará duas vezes para abandonar a mãe e tudo isso que vocês fazem por elas se aparecer algo que a atraia mais.

A jovem silencia, pensando nas palavras de seu companheiro. Realmente já tivera provas da leviandade de Cláudia, contudo via aquilo mais como infantilidade do que maldade.

— Mas, diga-me: com o que Cláudia tem enchido sua cabecinha?

— Ela afirma que Ariadne está interessada em você. Que vem aqui somente para medir forças comigo.

O jovem fica boquiaberto com o que ouve. *Não é que a desmiolada acertou? Mas isso não é de estranhar, pois os semelhantes se reconhecem.* Assim ele pensa, mas diz à noiva outra coisa:

— Não dê ouvidos a Cláudia, minha querida! São intrigas que não merecem sua atenção. Quero que você saiba de mim, e não por qualquer outro: Ariadne foi me procurar no agrupamento militar a fim de me conhecer, já que, das vezes em que esteve em minha casa, eu lá não me encontrava. Posso afirmar que, além do que já falei, nada mais sei sobre ela. Eu a recebi com a melhor das intenções, dei-lhe a atenção devida, a qual daria a qualquer um que lá fosse me procurar. Mas daí a dizer que ela ficou interessada em mim, no mínimo é dizer que ela é uma desvairada. Sendo assim, será alguém que vou querer bem distante de minha pessoa. Ainda mais sendo quem é: noiva do meu irmão!

Ele acrescenta:

— Meu amor, não deixe que estas pessoas que estão se agrupando ao nosso redor interfiram em nossa vida. Nós nos amamos sinceramente, e sentimento qual o nosso sempre vai sofrer assédio da maldade. Não deixe, minha querida, que algo venha a ferir você. Confie em mim e, sobretudo, confie em nós, em nosso amor, e tudo venceremos.

Neste ínterim, Liz chora baixinho enquanto ele a abraça, carinhoso, insistindo:

— Vamos, querida! Confie!

— Está bem, Ângelo! Vou me esforçar para não me deixar envolver na maldade que nos cerca. Prometa-me, por sua vez, não se envolver em demasia com essas duas, pois até das atenções de Cláudia em relação a você eu já senti ciúmes!

— Percebe que nesse ponto as duas comungam das mesmas intenções, dos mesmos sentimentos?

— Você dizendo isto faz-me quase me arrepender de ter abrigado Cláudia aqui em casa.

— Não, minha querida, você fez bem! Fez o que o seu coração lhe pedia. Depois, penso eu que será sempre mais proveitoso trazer aqueles capazes de nos fazer mal para perto de nós do que mantê-los distantes. Em os tratando bem, coibimos um pouco as ações más que eles possam ter. Eu acredito nisto.

— Tem razão, Ângelo! Eu também penso assim, mas, quando se trata de você, eu perco o controle; aliás, o pouco que eu tenho.

— Como é tolinha, minha querida! Você não se conhece, pois a vejo bem equilibrada, embora muito sensível. Muitas vezes, sofre por conta dessa sensibilidade aflorada demais. Quanto a mim, acalme-se, pois sou todo seu e jamais a farei sofrer por quem quer que seja!

Depois deste acerto entre os dois, Liz passou a não se importar tanto com a presença de Ariadne. Não podia negar que Ariadne estava ajudando muito ao trazer roupas para elas confeccionarem, como também suas conhecidas, mulheres da classe abastada que não se importavam em gastar para estarem bonitas, bem-apresentadas, pois a vaidade tem um preço alto. Liz, Cláudia e dona Laura, que também passou a auxiliar, estavam se tornando exímias costureiras das ricas mulheres romanas.

Para Liz, aquela fonte de renda extra tinha um propósito a mais, já que os dois jovens teciam planos de casamento assim que Ângelo conseguisse uma nova promoção, que lhe possibilitasse construir um lar para ambos. Mas a instabilidade do governo dificultava o pretendido, e, como o senhor Ernesto tentava de todas as formas convencê-lo a morar ali, Liz pretendia persuadi-lo a isto, embora uma reforma fosse necessária. Neste caso, tudo o que ganhasse poderia ser de grande ajuda.

Sem conseguir esquecer o homem andrajoso que conhecera, Ariadne se achega a Cláudia em uma de suas visitas à casa de Liz e lhe diz discretamente:

— Cláudia, tem visto aquele seu amigo?

A outra, sabendo bem de quem se tratava, ainda assim disfarça, devolvendo a pergunta:

— Amigo? A quem a senhora se refere?

— Refiro-me àquele pobre mendigo! Sabe que eu me compadeci muito da situação dele? Gostaria de ajudá-lo.

— Refere-se a Guilherme, não é?

— Exatamente!

— Ele sabe se virar, não creio que deva se preocupar com ele, senhora!

— Admira-me muito logo você, que se diz amiga dele, falar assim! E a tal caridade, como é que fica?

— Guilherme nunca foi de se acomodar em um só lugar. Creio que não gosta de compromissos sérios. Hoje come aqui, amanhã ali, portanto, não creio que necessite de nada.

— Ainda assim, gostaria de tentar ajudá-lo. Você poderia levar-lhe um recado?

— Se insiste!

— Insisto! Tenho uma colocação para ele. Já falei com meu pai, o qual concordou em empregá-lo se ele tiver interesse e mostrar competência.

— Levarei seu recado, senhora.

— Pode me chamar de Ariadne, afinal, temos quase a mesma idade, não é? Depois, quero ser sua amiga, Cláudia.

— Não sei se estou à altura de usufruir de sua amizade, mas agradeço, Ariadne.

— Bem melhor assim! Então, diga a Guilherme para me procurar. Diga-lhe também que não se arrependerá, pois o que tenho a lhe oferecer mudará a vida dele. Pensando bem, é melhor anotar o recado e você o passará a ele.

A contragosto, Cláudia cumpre o desiderato. Mas no íntimo o faz por interesse como também curiosidade sobre o andamento daquela situação.

Ao receber o recado, sinceramente surpreendido, Guilherme exclama:

— Então a elegante senhora não me esqueceu, minha amiga?

— É! Parece que você causou uma profunda impressão nela.

— Realmente, ela é muito caridosa.

— Caridosa? Não me faça rir, Guilherme. Você sabe muito bem o porquê de ela se interessar tanto por você!

— O que quer dizer, Cláudia? Só pode ser por sentimento genuíno de caridade, pois não sou eu um mendigo?

— Ora! Você só pode estar querendo elogios, mesmo. Aquela mulher não passa de uma interesseira! Só porque tem dinheiro, crê que pode comprar todo o mundo com sua falsa caridade. Interessou-se por você como qualquer mulher se interessa assim que o conhece!

O rapaz se põe a rir divertidamente, enquanto diz com fina ironia:

— O que tenho eu de mais, Cláudia? Sou um pobre homem que não tem onde cair morto.

— Você é pobre porque quer! Sei de diversas mulheres interessadas em melhorar a sua vida. Mas tome cuidado com essa Ariadne. Ela não é flor que se cheire, não!

— O que sabe dela, Cláudia?

Como a outra se mantém em silêncio, ele insiste:

— Vamos, menina! Diga-me o que sabe dela, afinal, somos amigos ou não?

— Você está pretendendo atendê-la, então?

— É como você diz... para sair dessa situação em que me encontro, tenho de aceitar a ajuda de alguém!

— Mas... tinha que ser justamente dessa tal mulher?

— O que tem contra ela, Cláudia? Ela já a prejudicou?

— Não, pelo contrário. Ela tem me ofertado muitos presentes. Mas eu sei que é para me comprar. Tenho certeza de que quer me usar contra Liz.

— Liz? Quem é?

— A outra moça que estava conosco naquele dia.

— Ah! Recordo-me dela, uma bonita jovem!

— É! Quando se trata de mulher, você não deixa escapar nada, mesmo!

— Sou apenas observador, Cláudia. Mas vamos, conte-me tudo a respeito dessa mulher.

Com relutância, Cláudia se põe a falar, até como desafio ao homem que lhe interessava.

— Se quer mesmo saber, Ariadne já é noiva, e tem mais: está tentando prejudicar Liz, pois sinto que está interessada no prometido da minha amiga. E veja se não tenho razão quando digo que não passa de uma aventureira: o noivo dela é irmão do noivo de Liz.

— Que interessante notícia, minha amiga! E sua amiga, sabe disso?

— De tanto eu a alertar, ela está desconfiando dessa constante presença da outra em sua casa. Mas Liz é uma tonta. Se fosse comigo, eu já a teria posto para correr. Liz vive tensa e nervosa por conta desta mulher!

— E você, gosta dessa Liz?

— Por que não haveria de gostar? Ajudou-me, e à minha mãe! Se não fosse por ela, acho que minha mãe já teria morrido de doença ou de fome.

— Pois então, Cláudia, jamais se esqueça disso, caso algum dia sua amiga venha a necessitar de sua ajuda.

A outra o olha sem entender o alcance de suas palavras.

— Cláudia, podemos ser uns inúteis, oportunistas e até ladrões, mas jamais podemos virar as costas a quem nos socorreu sem interesse algum. Isto para mim seria um crime lastimável!

Cláudia abaixa a cabeça pensando nas palavras do amigo, que continua a interpelá-la sobre Ariadne.

— Você se interessou mesmo por ela, não foi?

— Não da forma que você imagina, Cláudia. Eu tenho me mantido neste lugar à espera de um sinal, de algo que me diga ter chegado a hora de começar a agir. Creio que esta mulher me trouxe a resposta.

— Como assim, Guilherme?

— Vamos dizer que chegou a hora de eu mudar a minha vida!

Intrigada com as palavras do amigo, Cláudia retorna ao lar.

Alguns dias depois, vamos encontrar Ariadne conversando com Guilherme em uma taverna discreta.

— Estou muito contente por você ter aceitado minha proposta!

— Ainda não aceitei de fato. Mas, se estiver falando de um trabalho digno, estou à disposição, Ariadne. Entretanto, antes necessito saber qual é esta ocupação que está me oferecendo.

Ao observá-la, Guilherme percebeu que a amiga trazia um grande pacote às mãos.

— Bem... Meu pai gosta muito de cavalos. Recentemente comprou alguns de meu noivo, mas não há entre nossos serviçais alguém com maior experiência para lidar com eles. Interessa-lhe?

— Cavalariço? Não sei bem se é com o que desejo me ocupar...

Diante das palavras dele, Ariadne se põe a rir.

— Do que está achando tanta graça?

— Você crê que está em condições de escolher uma ocupação? — pergunta irônica.

— Prefiro ficar como estou a desenvolver algo de que sei que não gostarei.

Percebendo que ele falava sério, a jovem procura suavizar a observação:

— Desculpe-me, não quis ofendê-lo. Você não gosta de cavalos?

— Sim!

— Pois então. E mais: você não será um simples cavalariço, e sim o responsável pelo bem-estar dos cavalos. Poderá ter alguns auxiliares.

— Bem, a proposta está melhorando.

— Tenho certeza disso! E vai melhorar mais! Meu pai é um homem justo. Se gostar de seu trabalho, poderá torná-lo encarregado de todos os nossos empreendimentos da vila. Ele anda descontente com o atual encarregado. Caberá a você mostrar boa vontade, pois competência eu sinto que você tem.

— Como pode ter tanta certeza? Mal me conhece, e não passo de um mendigo.

— Conheço as pessoas. E, a respeito de sua situação, há de entender que não posso apresentá-lo ao meu pai nestas condições. Trouxe-lhe roupas decentes e também já paguei uma estadia aqui mesmo, para você tomar um banho e se arrumar dignamente. Depois, poderá dormir em nossa herdade, pois temos espaço de sobra. Mas tudo a seu tempo. Agora... eu irei para casa e o esperarei lá, pois não ficará bem aos olhos paternos eu chegar com você, entende?

— Você pensa em tudo, minha amiga! Farei como diz, então.

E, assim, ela o deixa a cuidar de si mesmo, enquanto retorna ao lar, ou, para ser mais exato, ao campo, onde a família possuía uma bela vila. Como já havia falado ao pai sobre o rapaz, logicamente omitindo sua real condição e exaltando as qualidades que presumia ele possuir, neste momento, sentada tranquilamente com o genitor no *atrium* de entrada, tomava um lanche com ele, enquanto dizia:

— Tenho certeza, papai, de que gostará muito de Guilherme. Sei que tem excelentes qualidades e saberá desenvolver bem a tarefa que o senhor lhe passar.

— Onde mesmo você conheceu este rapaz?

— Em casa de Eulália, papai.

Ariadne, como era de esperar, inventara toda uma história em torno do rapaz, para que o pai aceitasse os seus serviços. Para tanto, recorrera a uma velha amiga, uma viúva que perdera o consorte para a guerra, contudo deixando-a muito bem financeiramente. Conquanto Eulália sentisse a morte do marido, procurava levar a vida adiante da mesma forma, fazendo assim valer a sua filosofia de vida: de que se deve viver e valorizar tudo, porque dia virá em que tudo deixaremos e não sabemos o que será de nós, ou o que nos restará!

Embora a maioria daquele povo pensasse que "morreu, acabou", Eulália trazia outros conceitos no imo da alma, mas dificilmente os externava, pois não seria compreendida. A senhora romana era uma digna patrícia com um casal de filhos adolescentes, Karina e Adriano, a quem amava com devoção. Vivia comodamente com eles e alguns serviçais numa confortável vila, nos arredores da cidade.

Quando havia possibilidade, ela participava da vida em sociedade, mais para marcar presença em alguns eventos do que apreciar mesmo aquela movimentação social, em que se via sempre sendo obrigada a fugir dos pretendentes, mais interessados no que ela possuía que outra coisa. No íntimo, ela era adepta da paz e da quietude do lar, cuidando dos seus jardins, suas árvores frutíferas e toda sua herdade em companhia dos filhos bem-amados. Era de surpreender sua amizade com a frívola Ariadne, mas, conhecendo-a de pequenina, sentia-se como uma irmã mais velha desta. Gostava realmente da jovem, embora a considerasse um tanto doidivana, a quem buscava orientar sempre que possível.

Era dessa pessoa que Ariadne falava ao pai, que lhe responde com segurança:

— Bem, se Eulália responde por ele, então o rapaz deve ser confiável.

— Com certeza, papai. Você verá que Guilherme é pessoa de bem! Ouça! O alarido dos cães! Venha, papai. Com certeza é Guilherme quem chega!

E, assim dizendo, ela se precipita porta afora, seguida de perto pelo genitor, espantado pelo entusiasmo da filha por um quase desconhecido e simples serviçal.

Mas, assim que chegam à área social, ele entende o porquê. Ali diante deles, escoltado por um dos servos da casa, estava um belíssimo homem! Vestido de forma impecável, barbeado, limpo e perfumado! Ariadne custa a reconhecer Guilherme, mas sua intuição a guia em direção a ele. Encantada por aquela figura de Apolo, ela sorri, oferecendo-lhe a mão, e diz:

— Guilherme?

— Sim, minha senhora! Esperavam-me?

— Certamente! Eu e meu pai o aguardávamos. Mas venha conhecê-lo. Veja, papai, este é Guilherme, o senhor de quem lhe falei.

— Esqueceu-se de me dizer que ele tinha a aparência de uma estátua grega! — comenta o pai sorrindo, enquanto cumprimenta o rapaz. — Vamos entrando, meu rapaz. Vamos conversar um pouco.

Enquanto caminham para a entrada da casa, o senhor Lucinus não pode deixar de notar o encantamento da filha pelo jovem homem, e naturalmente franze o cenho com preocupação, lembrando-se do futuro genro, Antônio. Que pensaria aquele vendo o entusiasmo da noiva perante um quase desconhecido? Entretanto, o sorriso franco do rapaz também o tinha conquistado.

— Então, senhor Lucinus, necessita de alguém para cuidar de seus cavalos?

— Realmente! Só não sei se você seria a pessoa certa!

— Acha que não darei conta? Por quê?

— Parece-me um patrício de alta estirpe. Como poderia trabalhar igual a um simples serviçal? Pertence à qual família, meu rapaz?

— Pertenço à *gens* dos Tertulianus. Como pode ver, o senhor acertou sobre a importância de minha família. Mas nem todos dessa linhagem possuem riquezas, senhor Lucinus. Vamos dizer que eu pertenço ao segmento pobre da família. Em vista disso, estou disposto a desenvolver qualquer serviço que me dê o suficiente para viver com dignidade.

— Tertulianus! — repete o senhor Lucinus, pensativo, buscando recordar algum fato. — Não é esta família que vem sofrendo com várias tragédias desde há alguns anos?

— Exatamente, senhor Lucinus! Mas, para que entenda, é necessário contar a história desde o início.

“Meu avô era um homem poderoso e muito rico. Tinha cinco filhos homens, entre os quais meu pai, e mais duas filhas. Enquanto ele viveu, conseguiu manter todos unidos, ainda que percebesse nítidas diferenças entre eles. Os quatro mais velhos eram seres belicosos, egoístas e avaros. Já o meu pai, que era o caçula, ao lado de duas irmãs, ficava sempre à parte. Filhos de mães diferentes, já que a primeira esposa falecera, não eram benquistos pelos outros meios-irmãos. Quando o velho Tertulianus morreu, iniciou-se uma guerra entre os quatro primeiros pela posse das riquezas deixadas, que deveriam ser divididas entre todos. O atrito foi crescendo, até que mortes começaram a surgir. Hora um aparecia acidentado, hora outro. Tudo muito bem arquitetado por quem almejava colocar as mãos em toda a herança deixada pelo velho patriarca.

"Embora meu pai e suas irmãs se mantivessem afastados de toda aquela desavença, percebiam o ódio crescente por parte dos parentes mais afastados. Mas meu avô, sabendo de antemão do desamor entre os filhos, se precavera, passando ainda em vida uma pequena parte das posses para os três caçulas, filhos de sua amada segunda esposa. Agiu em sigilo, para os outros de nada desconfiarem. A atitude tomada por ele foi providencial, pois, passado já algum tempo de sua morte, os três não haviam recebido um centavo da herança, além do pouco a eles deixado pelo meu avô. De comum acordo, meu pai, as irmãs e o marido delas procuraram se manter à parte, esperando que os meios-irmãos resolvessem suas diferenças, para só depois disso tentarem dialogar, a ver se conseguiam pelo menos parte do que lhes cabia por direito. Mas, quanto mais o tempo passava, mais escabrosa ficava a situação da antes poderosa família dos Tertulianus. Os acidentes continuaram a ocorrer, e mortes de tios e primos foram se amontoando, misteriosas e sem explicação."

Guilherme se cala enquanto os dois se mantêm na expectativa. Como o silêncio se prolonga, o senhor Lucinus resolve perguntar:

— E então, meu rapaz? Como sua família se saiu perante situação tão melindrosa?

— Repentinamente, senhor Lucinus, me dei conta de que estou falando demais.

— Não se preocupe, Guilherme, você está entre amigos. Não é, papai?

— Sim, rapaz. Entendo suas precauções. Agora estou me inteirando de seus parentes... Gente muito poderosa, não é? Isso se você confirmar o seu parentesco com o patrício Pancrácius.

— Este é exatamente o meu tio mais velho!

— Já tive contato com esse homem, ainda que superficialmente. Pareceu-me de natureza dura, orgulhosa e extremamente arrogante.

— Sem dúvida alguma é este o tio que eu conheço. Sei que não posso acusar sem prova, mas para mim ele é o autor de toda a desgraça que se abateu sobre nós. Primeiramente fez intrigas com todos os irmãos consanguíneos contra os seus meios-irmãos. A seguir, começou a abater os mais fortes, aqueles que futuramente poderiam vir a enfrentá-lo. Os que estão vivos só o estão porque concordam com tudo que ele arquiteta. Têm medo dele, como também são da mesma índole. Na verdade, parece uma disputa em que cada um fica observando quem morre; conquanto não seja a si próprio, tanto melhor, pois é mais proveitoso dividir a herança com o menor número possível de herdeiros. Mas tio Pancrácius é o mais esperto. Ora ele atinge quem está mais próximo de si, ora alguém mais distante, aquele que não ousaria enfrentá-lo, sempre criando subterfúgios para afastar de si mesmo as suspeitas. Dessa forma, dez membros da minha família já pereceram.

— Mas diga-me, Guilherme, que é feito dos seus familiares diretos, pais, irmãos?

— Meus pais pereceram de forma muito conveniente, num simples acidente. Sem mais nem menos, a carroça que eles usavam para levar o produto do que plantavam ao mercado despencou de um barranco, e os dois foram esmagados pelo veículo pesado.

— Que idade você tinha quando tal fato ocorreu?

— Eu era apenas um menino de doze anos. Na época, eu e minha irmã fomos viver com uma das tias e seu esposo, além de seus três filhos.

"Comprovando as minhas suspeitas de que alguém estava abatendo um a um os meus familiares, passados apenas dois anos, também estes que nos receberam caridosamente vieram a falecer, bem como o filho mais velho. Agora, éramos quatro órfãos a depender da misericórdia dos familiares restantes: eu, minha irmã e os primos deixados pelos recém-falecidos. Os adultos restantes, tia Amélia e o esposo Benício, que já tinham um filho, nos ampararam, como era de esperar. Entretanto, a situação foi ficando cada dia mais complexa. Eu confesso que, no auge da juventude, era um poço de revolta. Penso que tio Pancrácius sentia isto nas raras vezes em que nos avistávamos, pois os meus olhos ardentes de ódio e vingança o acompanhavam por toda parte. Assim, apesar dos alertas constantes de meus tios, eu vivia à espreita daquele que estava nos causando tanto sofrimento. Contudo, para o meu benefício, pois se assim não fora hoje eu já seria um assassino, não conseguia romper a barreira de seus inúmeros asseclas, e tio Pancrácius se tornava dia a dia mais poderoso. Seu nome importante se ligava somente aos mais influentes de Roma.

"Embora houvesse comentários maliciosos por trás, junto a ele ninguém tinha coragem de tocar no assunto dos acidentes. Muitas vezes, nas exéquias, às quais ele fazia questão de comparecer, inclusive arcando com todas as despesas se necessário, os bajuladores e interesseiros o cercavam, cheios de considerações e cuidados, como se ele fosse o maior prejudicado e sofredor das tragédias familiares. Ele interpretava bem o papel do irmão cuidadoso e do tio prestimoso diante do populacho hipócrita e servil. Representava tão bem esse papel, que nessas ocasiões muitos que suspeitavam dele acabavam saindo de sua presença plenamente convencidos de sua inocência."

— Entendo! Devo confessar que eu mesmo fui um destes. Quando analisava as notícias que me chegavam de mais uma morte entre os Tertulianus, logo me punha a meditar sobre o possível culpado e sempre chegava à conclusão de ser ele, Pancrácius. Mas, buscando sondá-lo com algumas perguntas discretas sobre as tais ocorrências, o ar compungido e sofrido dele ao relatar em público detalhes que ninguém sabia, a maioria dos que o ouviam, e eu era um destes, acabava acreditando em sua inocência. Agora, com você aqui, me relatando tudo isso, sei que minhas suspeitas sempre estiveram na direção certa. Realmente esse seu tio Pancrácius é um grande criminoso, um ser destituído de qualquer moralidade, já que não titubeia em trucidar a própria família por conta da ganância. Mas e você, meu rapaz, nunca sofreu nenhum atentado?

— Já ia chegar lá! Creio que meu tio começou a perceber as minhas desconfianças e o ódio crescente, que sem perceber eu demonstrava. Comecei a sofrer vários atentados. Por sorte, escapei ileso. Como não me sentia forte o suficiente para enfrentá-lo, afastei-me dos familiares. Mudei o nome da minha *gens*, tornando-me um andarilho; contudo, sempre à cata de informações e provas que pudesse usar algum dia contra ele. Assim estou vivendo todos estes anos.

— Coincidência ou não, soube que houve mais uma tragédia entre os seus recentemente, não foi?

— Sim! Exatamente por isso resolvi voltar. Desta vez, ele me atingiu de forma mais direta, pois, ao atentar contra os meus tios, acabou ferindo gravemente minha irmã Suelen.

— Que lástima, rapaz! Como ela está?

— Minha irmã ficou paralítica. Creio que nunca mais poderá andar. Minha pobre irmãzinha... Afastei-me justamente para que eles não sofressem. Tinha ilusões de que tio Pancrácius iria parar com seus desatinos, mas, pelo que sei, Benício, meu tio por força de seu casamento com minha tia Amélia, diante das necessidades por que passava a família, foi falar com ele, ver se o comoveria com a narrativa da carência angustiosa. No entanto, acabou sendo maltratado e escorraçado para fora daquela propriedade, que em verdade pertence a todos nós por direito. Alguns dias após a entrevista malsucedida, ele, seu filho, os primos, mais minha irmã, quando trabalhavam na lavoura de um pedaço de terra, adquirido justamente com aquele dinheiro passado a nós em segredo pelo meu avô, foram rudemente atacados por um bando de homens. Todos apanharam muito; o filho deles e um dos meus primos adotados morreram. O tio Benício está muito mal, e minha irmã virou uma aleijada. Veja o drama em que ficou minha tia Amélia: com o esposo e a sobrinha doentes e um dos meus primos adotivos adolescente, que pouco pode fazer. Na verdade, ela mal teve tempo de chorar a morte do filho. Está levando a situação por conta da caridade alheia.

Guilherme fica silencioso, e seu belo rosto se contrai diante da situação; assim é observado com preocupação por Ariadne e pelo dono da casa.

— Sinto, senhor Lucinus, que já é tempo de fazer alguma coisa a fim de acabar com a insânia desse celerado que é o meu tio Pancrácius. É por isso que aceitarei esse trabalho em sua casa, se for contratado. Necessito retornar à sociedade, me aproximar novamente dos familiares, mas sem me deixar reconhecer.

— Não lhe tiro a razão por querer vingança, entretanto, você precisa tomar muito cuidado, pois seu tio é homem muito poderoso. Veja que, apesar de tantas mortes, ninguém se atreveu a acusá-lo.

— Nem é vingança propriamente o que eu busco, senhor Lucinus. Penso que é mais uma necessidade de justiça. Diante de tudo isto, alguém precisa deter o meu tio de uma vez por todas. Creio que só sobrou eu para isso.

— Realmente já é tempo de esse homem pagar pelo que tem feito. Mas tome cuidado, rapaz, muito cuidado, pois este terreno é qual areia movediça, e você precisa ser bastante cauteloso para não afundar nele.

— Não desconheço o perigo existente, mas nada temo.

— Sei que é corajoso, pois, se não o fosse, não estaria me contando tudo isso. Bem, você necessitará ser um estrategista para chegar aonde quer. Precisa pensar muito, avaliar cada situação. Entre seus conhecidos não haveria alguém que possa auxiliá-lo?

— Para ser sincero, senhor Lucinus, mal tive tempo de viver em sociedade. Conheço muito pouca gente, e aqueles com quem tentei conversar sobre o assunto se afastaram temerosos.

— Eu sei de alguém que não temeria investigar esta situação — diz Ariadne.

— Ah, sim? De quem fala, minha filha?

— De Ângelo, irmão de Antônio.

— O irmão do seu noivo? Por que pensa que ele se interessaria em se envolver em situação tão melindrosa?

— Não sei! Ele simplesmente me veio à mente. Talvez porque seja uma pessoa muito honesta, corajosa; enfim, é um militar, e, como tal, poderia fazer uma investigação discreta.

— Minha filha, não deve dar esperanças ao seu amigo Guilherme, pois não sabemos se Ângelo poderá fazer alguma coisa diante desta situação.

— Não custará nada perguntarmos, não é, papai?

— Mas... como reagirá seu noivo ao saber que você está se envolvendo em tal situação, e mais, buscando a ajuda de Ângelo?

— Sei aonde quer chegar, papai! Realmente, o meu noivo é um tipo peculiar e não gosta muito de se envolver em problemas, mas acho que ele não se oporá contra aquilo que não sabe.

— Como? Pensa então em nada contar a ele? Acha isto correto?

— Papai! O senhor bem sabe que eu não gosto de mentir, mas igualmente não gosto de deixar de fazer o que quero e o que acho correto; sendo assim, não aceitarei ser podada por ninguém.

Preocupado com o rumo da conversa, Guilherme se adianta:

— Ariadne, eu não quero ser causa de problemas entre você e seu noivo. Você já está fazendo muito por mim. Trouxe-me para conhecer seu pai e, quem sabe, depois desta entrevista, estarei empregado, trabalhando para vocês. Isto já é uma grande ajuda! Quanto ao resto, vamos aguardar, dar tempo ao tempo. Tenho certeza de que surgirá a oportunidade certa para o ajuste de contas.

— Ele tem razão, minha filha! Procure se manter afastada dessa história, pois, se bem conheço o seu noivo, irá ter sérios problemas com ele caso insista nisso.

— Antônio não me preocupa, papai. Ele não fará nada que possa dificultar o nosso casamento. Mas o senhor tem razão, entretanto gostaria de auxiliar Guilherme.

— Vou tentar sondar no senado. Quem sabe descubro alguém que também tenha contas a ajustar com Pancrácius e possa se aliar a você, Guilherme.

— Não quero trazer problemas para vocês!

— Não se preocupe, serei discreto.

— Aguardarei suas medidas, papai, mas, se nada conseguir, eu mesma falarei com Ângelo.

Lucinus franze o cenho, preocupado, sabendo que Ariadne não iria esquecer aquela história e com certeza se meteria dentro dela, criando problemas com o noivo temperamental. Mas... que fazer? Já que conhecia bem a filha, voluntariosa que era, nada nem ninguém a impediriam de fazer o que decidisse. Ele sabia quanto Antônio se indispunha com o irmão, sendo-lhe claramente hostil, tanto que aquele evitava todo contato com a futura cunhada e os familiares. Lucinus somente chegara a conhecê-lo porque, num dia qualquer, passeando com a filha, esta avistara o rapaz e correra a apresentá-lo ao pai. Tal entusiasmo por parte dela não passou desapercebido ao genitor.

Ele sentia um imenso amor pela filha; era ela, entre toda a família, a detentora de sua maior afeição. Mas ele reconhecia sua índole inconsequente e aventureira. Quando a via assim, tão cheia de entusiasmo por outros homens que não o noivo, temia pelo seu futuro, principalmente porque já detectara nos olhos de Antônio lampejos de ódio quando ela se mostrava indócil ou intolerante quanto aos seus desejos. Quantas vezes o senhor Lucinus não tentara dissuadi-la daquele compromisso, pois sentia que ela não amava o noivo quanto deveria. Mas qual, ela ria dizendo que Antônio era uma reserva, pois mais lhe valia ficar com ele que sem ninguém. Que não se preocupasse, pois sabia lidar com o noivo.

Agora, ali, vendo-a tão entusiasmada com a causa do seu jovem amigo, e ainda o brilho em seus olhos ao falar em Ângelo, ele pensa consigo: *Será que minha menina realmente sabe o que é o amor? Será que conseguirá ser fiel a alguém algum dia?* Aquelas eram questões sem respostas para o momento, mas quem sabe o tempo as traria? E, assim, o senhor Lucinus aquieta suas preocupações, esperando que o amanhã resolva tudo para o melhor.

A fim de mudar o rumo da conversa, bem como levar ao assunto que trouxera Guilherme ali, o senhor Lucinus conduz o rapaz a conhecer seus cavalos.

— Eles são de fato preciosos, senhor Lucinus. Se me der a oportunidade, com certeza cuidarei muito bem deles.

— Na verdade, Guilherme, estou precisando de alguém de confiança para cuidar de toda a propriedade.

— O senhor vive aqui com a família?

— Esta é a minha vontade, mas, pela família, acabo vivendo em nossa casa bem no centro de Roma. Meu coração vive nestes sítios. Se pudesse, não sairia daqui, cuidando de meu pomar, meus animais; contudo, minha esposa, assim como os filhos, estão acostumados com o movimento da capital. Passamos aqui apenas algumas temporadas durante o ano. Bem... e você? Acha que se adaptará aqui?

— Não poderia haver melhor arranjo para mim. Este local afastado me possibilitará ficar longe de meu tio e da corja que o segue. E sempre posso correr pela noite e chegar ao centro atrás das informações que busco, e retornar num átimo. Me apraz a vida no campo!

— Façamos o seguinte — sugere o dono da propriedade —, concentre-se no seu trabalho aqui, busque aprender tudo o que puder. Avalie as suas ações e tenha o bom senso de escolher sempre as corretas, pois o outro encarregado está com seus dias contados comigo. Não estou satisfeito com o trabalho oferecido, tampouco com suas ações fraudulentas. Ele pensa que me engana: rouba-me descaradamente. Mas o tenho mantido por não dispor de outro no momento. Então, meu rapaz, avalie bem a tarefa, se é algo que lhe interessa de fato. Se assim for, logo poderá estar fazendo bem mais por aqui do que só cuidar dos cavalos.

E, dando prosseguimento, Lucinus chama dois jovens e lhes diz:

— Rapazes, este é Guilherme! A partir de hoje ele é o encarregado das estrebarias. Procurem atendê-lo em tudo.

Um dos jovens, meio sem jeito, se adianta:

— Mas... senhor, e se Roberval não gostar?

— Não se preocupe, do Roberval cuido eu.

Despedindo-se dos jovens, ele entra em seu escritório, sempre acompanhado por Guilherme, e, indicando o assento a ele, manda alguém chamar o encarregado. Logo após, entra um homem rústico e mal-encarado, que mede Guilherme da cabeça aos pés, atestando que ele já "sabia" do papel do outro ali.

— Roberval, quero que conheça o novo encarregado das estrebarias.

— Por que precisamos de mais um encarregado, "seu" Lucinus? Acaso não estou trabalhando a contento?

— É sempre bom termos mais gente, você não concorda?

— Sim! Mas esse moço aí não é gente patrícia, não?

Aquela pergunta soava mais como uma zombaria, pois naquela época, onde os valores antigos já não eram tão prezados, a questão do patriciado era usada com menosprezo pelas classes humildes. Era mais uma piada, pois os antigos patrícios não trabalhavam.

— E o que tem isso?

— Bem, nessa pose toda, dará ele conta do recado?

— Isso é o que veremos! E então? Estamos entendidos?

— Como o senhor quiser. Aqui quem manda é o patrão.

Em saindo, e após lançar uma olhada desrespeitosa a Guilherme, ele fala entre dentes:

— Quero ver como vai ficar essa frescura toda em meio às fezes dos animais.

Guilherme não pode deixar de sorrir ante a impertinência do outro. Lucinus também sorri, comentando:

— Creio que ele vá lhe dar um pouco de trabalho, meu rapaz. Mas fique firme, será por pouco tempo. Agora venha conhecer toda a propriedade.

Guilherme se encanta com aquele recanto precioso. Além das inúmeras árvores frutíferas, havia ainda belas e fartas hortas, e jardins rebordados de preciosas flores formando elegantes desenhos, como um tapete tecido por artistas celestiais.

Ele respira profundamente o inebriante perfume que é levado com mansidão para toda a propriedade. Depois eles se encaminham para o *triclinium,* onde algumas mulheres arrumam pães cheirosos, recém assados, sobre uma mesa baixa. Dirigindo-se à mais idosa delas, Lucinus diz:

— Mirian, este é Guilherme. Doravante trabalhará conosco. — E, voltando-se para Guilherme, elucida: — Foi Mirian quem me criou, Guilherme! Ela é a pessoa mais importante para mim. Enquanto os meus pais estavam ausentes, com ela eu sempre pude contar.

A idosa sorri muito sem jeito, procurando calar o homem.

— Deixe disso, "seu" Lucinus. Só fiz a minha obrigação.

— Não, Mirian, você fez muito mais! Não só cuidou; você me amou, e não era obrigada a isto.

— Sempre foi uma honra cuidar de você e não tem nada a me agradecer, meu rapaz! Quanto ao senhor Guilherme, seja bem-vindo! Ele pernoitará aqui, senhor? — questiona a idosa, já voltando à formalidade entre os dois, mas o carinho existente demonstrava que o sentimento amoroso era recíproco entre eles.

— Sim! Ele morará aqui. Faço questão disso. Arrume-lhe um bom quarto perto do meu *tablinium*[1].

— Eu ficarei grato, pois creio que será difícil arrumar moradia por aqui.

— Fique sossegado! Temos dependências para os empregados, mas prefiro que se acomode aqui mesmo, assim será mais fácil ficar de olho em tudo. Depois, esta casa é muito grande, e, como eu já disse, vimos pouco aqui.

Mais tarde, já alojado em seus novos aposentos, Guilherme se põe a examinar o ambiente. Não tem nada a ver com uma dependência de empregado, ao contrário, é um *cubiculum* amplo,

---

1 *Tablinium*: um tipo de escritório de trabalho.

sossegado e tranquilo. O local ideal para trabalhar, anexado a um *tablinium*.

Ariadne já havia partido para o centro romano, mas Lucinus decidira pernoitar ali também. Depois do cena, que fora gratificante ao jovem, os dois ainda conversavam na varanda olhando a noite avançar.

Lucinus se mostrava cada vez mais admirado com o senso de responsabilidade e retidão de caráter do rapaz, o raciocínio rápido e a inteligência arguta demonstrada na conversação. Ele estava acostumado a lidar com os homens, era profundo conhecedor da alma humana. Via naquele ser jovem ainda uma maturidade rara. E, por conta disso, decide em seu íntimo auxiliá-lo no que puder. Às vezes seu pensamento vagueava para os filhos numa comparação sofrida, pois percebia quanto os seus eram fúteis e vazios, perante a índole boa e valorosa daquele rapaz.

— Quero ser sincero com sua pessoa, senhor Lucinus. Até bem pouco tempo, eu era um andarilho. Vivia pelas ruas numa forma de me esconder e ao mesmo tempo conseguir informações. É impressionante como este povo mais simples é bem-informado. Tenho obtido mais deles que das classes mais abastadas.

— Talvez, meu amigo, seja porque os mais pobres nada têm a perder, enquanto os abastados, como diz, vivem se resguardando, se protegendo, e não se envolvem com algo que pode lhes trazer algum tipo de prejuízo.

— O senhor pode estar certo!

— Tenha a certeza disso. Para descobrirmos algo de valor, temos que buscar as pessoas certas. Prometo que tentarei fazer algo por você, mas tenha paciência. Tudo muito bem pensado e a seu tempo, para não colocarmos a perder nossa investigação.

— Aguardarei, senhor Lucinus! Mas não quero que o senhor ou Ariadne se compliquem por minha causa.

— Não se preocupe. Agora convém irmos repousar. Amanhã lhe passarei a tarefa com mais detalhes.

Os dois homens se despedem, indo cada um ao seu recanto para o merecido repouso.

CAPÍTULO IX

NOVOS CAMINHOS

Guilherme inicia o seu trabalho tratando dos cavalos, mas, a pedido do proprietário, vai pouco a pouco se inteirando de todas as ocorrências da vila.

Demonstrando ser um exímio administrador, logo comprova que Roberval realmente furtava o senhor Lucinus.

Como era de esperar, o encarregado não gosta nada daquela intromissão em seu trabalho, pois percebe que o outro está aprendendo muito rápido. Um surdo rancor começa a tomar conta do homem, que teme que suas falcatruas sejam descobertas, sem saber que já o tinham sido. Ele passa a se sentir desvalorizado, pois os rapazes começam a se debandar para o lado de Guilherme. Roberval range os dentes de raiva, rosnando para si mesmo:

— Esse maldito ainda vai me prejudicar. Preciso arrumar um jeito de expulsá-lo daqui. Mas como? É espertinho, porém... posso apostar que é um covarde.

E, com essas conjecturas, Roberval passa a maquinar um plano para fazer Guilherme fugir dali.

Na velha Roma, como em todos os lugares, sempre existiram lendas baseadas em fatos antigos, sucedendo como nos dias de hoje: quem conta um conto aumenta um ponto, e os falatórios acabavam dando origem a histórias absurdas, mas que se tornavam populares, descambando para as superstições. Roberval se apropria de uma que causava muito temor ao populacho local, para tentar amedrontar Guilherme.

Certo dia, aparece na propriedade uma cabra estripada. Preocupado, Guilherme orienta os homens a enterrarem os restos do animal, no que é interpelado por Roberval.

— Enterrar? Mas por que desperdiçar a carne? Não vê que está fresca ainda? Depois, Mirian já havia me pedido que abatesse uma cabra.

— É mesmo? Que conveniente, não é? Escolheram justamente uma cabra para estripar. E para que, se não comeram nada dela e tampouco a levaram consigo?

Temerosos, os rapazes se aproximam do animal cheios de perguntas:

— O que será que causou isto, senhor Guilherme? — questiona um deles.

— Ou quem, você quer dizer! — retorna Guilherme.

— Para mim, isto não foi obra de gente, não. Veja isto! Uma garra rasgou a barriga deste animal de cima a baixo — comenta outro rapaz. — Parece ser uma garra!

— Parece! Mas nada podemos afirmar até provar. Vamos enterrar o pobre animal — reponde Guilherme.

Mas Roberval se inquieta cada vez mais.

— Não acho que seja para tanto! Vamos aproveitar a carne. Está boa, isto dá para ver!

— Você pode se arriscar a comê-la! Eu não, até descobrir o que houve. E, como isto pode demorar, não vamos deixar o pobre animal se deteriorando a céu aberto. Enterrem! — determina Guilherme.

Espumando de raiva, Roberval não tem outra saída, a não ser obedecer. Ele o faz maquinalmente, até esquecido de que era ele o gerente e poderia se negar. Isto não passa despercebido a Guilherme, o que veio a fortalecer sua suspeita de que Roberval tinha encenado tudo aquilo com o fito de amedrontá-lo. Não fosse a perda do animal, o fato o divertiria, pois estava estupefato com a ingenuidade do homem, achando que ele acreditaria naquela dramatização infantil.

Mas bastou a dedução equivocada e apressada dos rapazes para que os boatos começassem a fervilhar. Logo toda a redondeza estava comentando o fato. Os mais antigos diziam:

— Isso só pode ser obra do demônio devorador! Lembro que meu avô contava sobre o ataque de um, lá onde ele morava. Acabou com o rebanho.

Assim, um contava um caso, outro enfieirava mais um, e o assunto foi rendendo. Guilherme estava preocupado com o andamento da situação. Procurava em cada canto a possível arma utilizada para matar o animal, mas o local era muito grande. Vendo que iria precisar de ajuda, começou a avaliar os rapazes da vila. Dentre eles, havia um adolescente de nome Gabriel, com o qual Guilherme muito simpatizou por seu olhar cândido e franco, como os vemos nas criaturas ainda não corrompidas pelas fraquezas e vícios, tão comuns na maioria.

Com discrição, aproxima-se do jovem, sondando-o:

— E então, Gabriel, acredita nessa história que estão a esparramar por aí?

— Não, senhor Guilherme. Tais criaturas não existem!

— Folgo em saber, pelo menos você tem bom senso! O que pensa ter ocorrido, então?

— Alguém matou o bicho com algum propósito.

— Tem ideia de quem poderia ter sido?

— Isso eu não posso afirmar, não! — diz o jovem abaixando a cabeça, o que leva Guilherme à certeza de que Gabriel suspeitava de alguém, assim como ele. Resolve se abrir com o garoto.

— Gabriel, eu preciso de ajuda. Alguém está fazendo isso para me prejudicar. Quer me ver longe daqui, e não sei com quem posso contar. Falo a você porque senti que é honesto.

— Eu auxiliarei no que for preciso, senhor, mas...

O jovem titubeia.

— Pode falar, não tenha receios!

— Se souberem que o estou ajudando, poderão me prejudicar.

— Roberval?

— Sim, mas não só ele.

— Quem mais?

— Somos em seis, contando com Roberval. O senhor só pode confiar em dois: em mim e em meu irmão Haliel.

— Impressão minha ou vocês têm nomes hebraicos?

— Sim! Nossa mãe foi uma escrava trazida da Judeia; a velha Mirian é nossa avó, mãe dela.

— O pai?

— Romano!

Como o jovem nada mais disse de pessoal, Guilherme respeitou sua discrição.

— Estou satisfeito que tenha confiado em mim, Gabriel. Diga isso também ao seu irmão. Não estou aqui somente como um cavalariço, mas para observar e aprender tudo.

— Já tinha deduzido isto, senhor.

Guilherme sorri, percebendo quanto o jovem era observador.

— Ótimo! O que posso lhe adiantar é que o senhor Lucinus não anda satisfeito com o trabalho atual. Mudanças vão ser feitas. Passe isto ao seu irmão, mas cuidado e discrição. Ajam naturalmente como sempre, pois os outros não podem desconfiar de nada. Quero que vocês me ajudem a achar a possível arma que matou a cabra. Qualquer coisa, não falem comigo diretamente; vão até Mirian, pois ela também desconfia de Roberval.

Assim, ali se formou uma aliança, que iria durar muito tempo.

Menos de um mês do ocorrido, gritarias e corre-corre chamam a atenção de Guilherme, que se apressa a ver o que se passa.

— O que houve, Roberval? Por que tanto alvoroço?

— Desde ontem, um dos potros estava desaparecido, e agora...

— Desaparecido? E como não me avisaram?

— Foi à noitinha e esperávamos encontrá-lo logo, sem necessidade de aborrecê-lo com isto.

— Este é o meu trabalho, e o que me aborrece são ocorrências graves como esta, que vocês me esconderam. Acharam o potro? Onde está?

É Gabriel quem se adianta:

— Eu e Haliel o encontramos, senhor. Está lá perto do poço d'água; estripado.

— Outro? Não é possível! Vamos lá!

Todos se dirigem ao local, onde constatam que o pobre animalzinho está morto. Roberval, transtornado, grita:

— Vejam! Vejam! Digam se isto é obra de gente! Com certeza, não. É o monstro que anda por estas bandas!

— Como assim, monstro? Que monstro é este em que vocês acreditam? — questiona Guilherme.

— Falem! Falem para ele, rapazes! — grita Roberval.

— É o que estávamos dizendo antes, senhor Guilherme. Com certeza é o mesmo que matou a cabra — responde um dos rapazes.

— Dizem que ele está andando por estas bandas. Um ser que não se sabe o que é, mas que mata sem piedade! — completa um outro.

— Dizem! Dizem! Quem diz isto? — questiona Guilherme, irritado com a histeria confusa dos rapazes.

— Todos estão dizendo! — fala Roberval.

— Se todos dizem, se todos sabem, por que ninguém sai à cata do tal ser? — Guilherme pergunta.

— E coragem para isto? — diz Haliel de cabeça baixa, mas Guilherme nota uma fina ironia na fala do jovem. — Não acredito que vocês, homens formados, dão ouvidos a essas sandices infantis. Acham que eu sou tolo? Isto é alguém querendo me amedrontar.

— Amedrontar? Para quê? — pergunta Roberval.

— Ora, existe gente capaz de tudo! E os motivos podem ser variados!

— O que você quer dizer com isso, Guilherme? Que motivos alguém poderia ter em querer nos amedrontar?

— Não a vocês, mas a mim! Quanto ao motivo, me diga você!

— De minha parte, não tenho motivos para encenar nada.

Guilherme sorri intimamente ao perceber como o homem era infantil e ingênuo. Estava praticamente se entregando com aquele jogo patético. No entanto, ele se ressente pela morte do pobre animal. Abaixa-se para olhá-lo melhor, no que é imitado pelos rapazes. Um daqueles diz, apontando para a garganta do potro:

— Veja ali! Uma garra rasgou sua garganta.

— Uma ferramenta dentada — afirma Guilherme, procurando interromper o pânico a que todos estavam propensos, com exceção de Gabriel e Haliel, que se mantinham afastados e atentos.

Gabriel começa a procurar em derredor. A morte do potro era recente, pois ele e o irmão andavam fazendo turnos de vigia. Levantava-se sempre antes dos outros e ainda com esperança de encontrar a arma que matara a cabra. Ele a procurava quando escutou um barulho estranho. Correu ao local, mas já encontrou o animal agonizante. Por pouco teria pegado o responsável em flagrante. Até buscar o socorro, o potrinho acabou morrendo. Mas... talvez a arma ainda estivesse por ali, pois, se o responsável era quem ele suspeitava, não tinha tido tempo de dar fim a ela.

Guilherme percebe a intenção de Gabriel e resolve auxiliá-lo, mantendo a conversação com Roberval, a qual sabia inútil, porém cujo objetivo era chamar a atenção para si, a fim de que o rapaz conseguisse seu intento.

— Vocês não podem se deixar levar pela imaginação, ela cria fantasmas e monstros onde eles não existem. Como você vai explicar para o senhor Lucinus a morte do potrinho, Roberval?

— Eu não sei! Ele não vai gostar nada, nada da perda deste animal.

— E com razão, não é? Parece-me algo para me incriminar, afinal, eu sou o responsável pelos animais das estrebarias.

— Só pelos animais de montarias! Este ainda era muito pequeno e não estava na estrebaria, sua mãe é animal de carroça.

— Sim, mas me sinto responsável por todos. Como deixaram este animal solto, sozinho?

— Todos foram colocados no curral. Contei-os ontem à noite!

— E como só este pequeno escapou?

— Isto eu não sei dizer.

— Bem, é melhor começar a pensar, pois vou falar com o senhor Lucinus.

— Podemos dizer que algo o tirou do curral, arrastou-o até aqui e o matou.

— Que "algo", Roberval? — pergunta Guilherme, irritado.

Aquele dá de ombros, mas Guilherme o questiona novamente:

— Você também não está pensando que algum ser sobrenatural ou um monstro qualquer o matou, não é?

— Por que não?

— Porque isto não existe! Este animal foi morto, sim, mas por alguém mal-intencionado.

— Se você acha!

— Foi exatamente isto que ocorreu.

Neste ponto, Gabriel, distante do grupo, chama-o:

— Senhor Guilherme!

Entendendo do que se tratava, Guilherme dá ordens para os outros levarem o animal para a área da casa e corre ao encontro de Gabriel. Desconfiado, Roberval o segue mais atrás.

Ao chegar próximo de Gabriel, este diz num sussurro:

— Encontrei, senhor Guilherme!

— Esconda! Vamos para casa!

E os dois continuam em desabalada correria, até alcançarem as dependências da moradia. Lá dentro, o rapaz retira de dentro da camisa o objeto ensanguentado. Tratava-se de um tipo de garfo metálico, com três dentes virados para dentro. Guilherme o agarra triunfante e diz:

— É isto! Com esta ferramenta mataram os pobres animais! Conhece-a, Gabriel?

— Parece-me que é do senhor Lucinus. Já o vi utilizando uma assim no jardim.

Roberval ronda o ambiente, mas não tem coragem de entrar ou perguntar o que está havendo. Essa atitude dele faz Guilherme ter certeza de sua culpa. Guarda aquela arma e imediatamente manda chamar o senhor Lucinus, que já estava a par dos problemas, pois Guilherme já o tinha informado da morte do primeiro animal. Ao seu conselho, Guilherme aguardou que o malfeitor desse o segundo passo. E ali estava...

Depois do malfeito, Roberval começa a entrar em pânico. Percebe que estão desconfiados dele e, como culpado que é, sente-se acuado.

Algumas horas depois, chega o senhor Lucinus. Imediatamente manda reunir os trabalhadores, mas não encontram Roberval. Após uma busca por toda a propriedade, percebem a falta de algumas coisas, inclusive de um dos cavalos.

— O miserável fugiu! Por este ato já deu para vocês perceberem quem foi o responsável por essa confusão toda, não é? — diz Lucinus diante dos rapazes, que se mantinham silenciosos e de cabeça baixa.

Aqueles que trabalhavam diretamente com Roberval e participaram de algumas de suas falcatruas estão temerosos, pois não querem perder o emprego. Lucinus continua:

— Como já devem ter percebido, Guilherme não está aqui por acaso. Já faz algum tempo que venho notando que Roberval estava me roubando. Tomei a resolução de contratar outra pessoa, mas ainda dando oportunidade a ele de repensar suas atitudes, apesar de ter certeza do seu mau-caráter. Vejam bem! Eu sabia que ou ele se reformava ou punha tudo a perder no momento em que visse mais um encarregado aqui. E assim sucedeu. Infelizmente, dois de meus animais tiveram que morrer para ele se denunciar. Mas não importa! Roberval já não faz mais parte do meu quadro de serviçais. E aqueles dentre vocês que compartilhavam das ideias dele, e talvez até o ajudassem nos atos errôneos, estão livres para se irem. Eu não vou despedir ninguém, mas, se souber que sumiu uma agulha do que me pertence, o culpado será entregue à justiça. De hoje em diante, Guilherme é o administrador desta vila. Gabriel, que o ajudou a descobrir o causador dos problemas, será o seu auxiliar direto. Quanto ao restante: trabalhem direito e honestamente, e estarão bem aqui. Caso contrário, é melhor partirem.

Todos optam por ficar, mesmo porque sair naquele momento seria um atestado de culpabilidade.

Com o tempo, os que eram mais achegados a Roberval acabaram partindo, mas os que ficaram eram dedicados ao trabalho e respeitavam o novo encarregado. Enfim, aquele foi um ótimo arranjo para Guilherme. Arrumou uma casa decente para morar, tinha o seu ganho, muito mais do que esperara, e dava para auxiliar a tia, que passava apuros cuidando dos familiares, especialmente de sua irmã. Porém o principal é que passou a ser útil, em vez de viver como um andarilho. Amava a vila e tudo fazia com boa vontade. Assim, foi levando a vida, enquanto não resolvia o espinhoso problema de sua família.

Preocupada com a mentira que inventara ao pai sobre Guilherme ser amigo de Eulália, na primeira oportunidade, Ariadne vai à herdade da amiga e lhe conta o caso.

— Quer dizer então, Ariadne, que você não titubeou em me enrolar nessa história? Menina, você não tem jeito mesmo! Não está com os dias marcados para o seu casamento? Como pode estar se envolvendo assim com alguém que você mal conhece?

— Você diz isso, Eulália, porque não conhece Guilherme. É um rapaz fino, educado e, apesar de trabalhar para sobreviver, é de descendência patrícia. Mas... diga-me, amiga: não está brava comigo pela história inventada para o meu pai, está?

— Isto depende! — exclama a bela mulher, sorrindo.

— Depende do quê?

— De este jovem ser tudo o que você falou dele. Já pensou se dou o meu aval para essa amizade fictícia e ele vem a falhar com o seu pai? Como fico eu nesta história?

— Quanto a isso, pode ficar sossegada. Eu confio plenamente em Guilherme, e você também confiaria, se o conhecesse como eu.

— Pois então está resolvido! Traga-o aqui para eu conhecê-lo e depois lhe darei a resposta, certo?

— Se quer assim, assim farei!

— Será um prazer para mim conhecer este primor de homem!

— Não vá se interessar por ele, ouviu?

— Ora, por que não? Você já não tem o seu noivo? Não há de querer todos, não é, minha amiga?

Ariadne ri, divertindo-se, mas lá no íntimo não se sente bem com a brincadeira de Eulália.

Mais tarde as amigas se despedem, ficando acertado que Ariadne levaria Guilherme assim que surgisse a oportunidade.

CAPÍTULO X

SONHO REALIZADO

Era o ano de 273 d.C., estando sob o reinado de Claudio II. Contava Ângelo então com vinte e três anos, e Liz com dezesseis. Neste dia de primavera, quando a brisa fazia com que o perfume das flores se exalasse em derredor dos jardins, levando o doce aroma para além; neste maravilhoso dia, cheio de sol e de alegria no ar, dois personagens tomados pela felicidade o vivenciavam plenamente. Eram eles Ângelo e Lizbela! Era o dia em que ocorria o tão esperado enlace dos dois.

O humilde *atrium* de entrada da casa da noiva estava todo enfeitado com flores! A contragosto do senhor Joviano, Ângelo resolvera aceitar o convite de seu sogro e morar naquele lar.

Um cômodo novo fora acrescentado à parte de cima da casa para ser o gabinete e o *cubiculum* do jovem casal. Lizbela não conseguia conter a felicidade. Estava radiante em suas vestes de noiva virginal. E Ângelo, muito compenetrado, se postava sempre ao lado da esposa em sua elegante farda cerimonial, estando igualmente radiante! Flávio não se cansava de abraçar o amigo e cunhado, assim como a irmã, dizendo-lhe:

— Sua persistência deu resultados, não foi, maninha? Ângelo não teve a menor chance de escapar de você.

— Não fale asneira, Flávio! Do jeito que diz parece que estou obrigando Ângelo a fazer o que não quer!

— Quanto a isso fique sossegada, minha querida! Casar-me com você sempre foi o meu maior sonho. Temia que surgisse alguém e a levasse de mim! — responde Ângelo de forma apaziguadora, abraçando os dois carinhosamente. Ao vê-los assim, pareciam três irmãos, unidos pelos laços fraternos do amor mais puro.

Como não poderia deixar de ser, os familiares de Ângelo estavam presentes ao evento, assim como a prometida de Antônio, que não conseguia disfarçar o despeito por ver quanto o futuro cunhado era apaixonado pela esposa. Não conseguia deixar de comparar os dois irmãos, e Antônio perdia longe na sua análise. Ariadne se irritava muito com aquilo, e o pobre noivo não conseguia entender por que razão ela se encontrava tão mal-humorada, principalmente naquele momento, em que ele queria suplantar o irmão ostentando sua rica e bela noiva, muito embora, no íntimo, estivesse se corroendo, pois jamais pudera esquecer que Liz o recusara, não se conformando ao vê-la se casar com Ângelo.

Enquanto os noivos se entregavam felizes àquele momento tão aguardado, os pensamentos de Ariadne eram todos dirigidos a Ângelo. Pensava ela: *Se ao menos tivesse eu tido a oportunidade de tê-lo conhecido antes dessa simplória, jamais teria me comprometido com Antônio e poderia ter me dedicado a vencer a muralha que Ângelo ergueu entre nós.* Ela assim refletia consigo, pois por diversas vezes o buscara secretamente na unidade militar, onde aquele desempenhava suas funções de soldado, tentando envolvê-lo em artimanhas amorosas.

Mas Ângelo se esquivava como podia; ora se desculpava alegando compromissos e se afastava, ora nem comparecia ao chamado, dando-se por ausente. E assim ia levando a situação, já que percebia claramente as intenções da mulher e não queria se comprometer perante a noiva a quem amava, nem perante o irmão, com quem já tinha muitos problemas. Ele ficava abismado com a atitude de Ariadne. Sendo homem simples, Ângelo não estava acostumado com aqueles que viviam de aparências, considerados "bem-nascidos", aparentando honestidade, quando na realidade viviam de forma promíscua e libertina. Contudo, ele procurava não se envolver naquela situação em particular, considerando que não lhe dizia respeito. O irmão que se casasse com quem bem entendesse. Ele, por sua vez, procuraria se manter o mais afastado possível de Ariadne, pois a sentia capaz de tudo e já padecia o suficiente com o irmão, mesmo fazendo o possível para viver bem com ele.

Entretanto, naquele momento, nada disso ocupava sua mente. Seus pensamentos eram somente para a criatura amada: Lizbela! Finalmente estavam realizando o sonho da vida deles, e ele jamais tivera dúvidas de que um dia aquilo ocorreria. Era em estado de graça que ele conduzia a esposa pela mão a cumprimentar os amigos e familiares, que ali estavam para desejar felicidades ao casal. E assim se dera aquele acontecimento, aguardado com ansiedade pelos dois apaixonados e protegido por aqueles que regem os destinos da humanidade em marcha.

Porém, como já salientamos, a felicidade de uns traz inveja a outros: Ariadne e Antônio ruminavam despeito, ciúmes e rancor nos corações contra os jovens nubentes. Ângelo não pôde deixar de notar os olhares desdenhosos do irmão sobre si e Liz, no entanto não estava disposto a deixar o desamor dele interferir na sua felicidade. Pelo menos naquele dia, ele o ignorou completamente, e a imensa felicidade do pai pelo seu casamento compensava tudo.

E assim aquele dia maravilhoso para os jovens esposos e aqueles que os amavam chega ao fim, quando os convidados se despedem e rumam para seus lares. Com um último brinde à felicidade, também os esposos se recolhem aos seus aposentos. Entre juras de amor eterno, concretizam o amor que sentiam um pelo outro e adormecem felizes.

Passado algum tempo, uma boa notícia para a família: Liz anuncia a sua primeira gravidez, o que alegra muito o casal e aqueles que o amam. Ângelo não se contém de felicidade, e seu coração guarda muita gratidão pelo momento mágico por que passam.

Rememorando o passado, Ariadne não conseguia evitar se sentir humilhada ao se lembrar das desculpas que Ângelo arranjava para não falar com ela nas inúmeras vezes em que tentara vê-lo no batalhão. Certa feita ficou tão revoltada, que teve ímpeto de armar um escândalo, complicando-o diante de seus superiores. Felizmente o bom senso falou mais alto e ela, ainda que bastante irritada, retirou-se. Mas no dia imediato retornou.

Algo estranho ocorria com ela, pois não conseguia aceitar que Ângelo a desdenhasse. Nesta nova investida, ele a recebe resolvido a colocar um final naquela insistência dela. Vai de imediato perguntando:

— O que você busca aqui, Ariadne? Por que insiste tanto nisso?

— Você bem sabe o que eu busco, Ângelo!

— Eu imagino que você sinta a sua vida tão vazia e sem sentido, que, na tentativa de dar um novo colorido a ela, não hesita em se colocar à força na vida dos outros. Não percebe que isto é degradante?

— Ângelo, não me trate assim! Não percebe os meus sentimentos?

— E você, não percebe os meus? Sabe que eu amo Lizbela; por que insiste em querer complicar a minha vida?

— Não! Nunca tive a intenção de prejudicá-lo! Só queria que você me percebesse!

— Até posso acreditar que essa não seja a sua intenção, mas é o que está ocorrendo! Desde que você começou a ir à casa de minha noiva, ela anda cismada, desconfiada de que ando escondendo algo dela. E estou, pois como dizer que a noiva de meu irmão vem periodicamente aqui, em meu trabalho, me visitar? Entenda de uma vez por todas: eu amo Liz e nada nem ninguém vai mudar isto!

A mulher sente-se amargurada ao ouvi-lo, pois percebe quanto ele é sincero em suas palavras. Ângelo não era um homem volúvel, muito menos manipulável. Ela notava nele uma maturidade muito além da idade. Aos seus olhos, ele era um homem muito diferente da maioria. Não era dado a frivolidades, luxo, tampouco era amigo da vida fácil. Era um soldado em toda a extensão da palavra. Estava acostumado à rude vida do exército e demonstrava ser extremamente adaptado a ela. O conforto e os prazeres da vida mundana não o atraíam. Era um homem até ríspido em sua sinceridade e inimigo da hipocrisia, tão comum naquela Roma do passado. Mas, para quem o conhecesse além da superfície, o admiraria como alguém que lutava por ser íntegro, reto e zeloso dos seus deveres. Para Ângelo não havia tempo nem disposição para uma vida falsa e de aparências. Ansiava por concretizar o sonho de uma vida a dois com Liz, quando iria ter um lar simples e humilde, mas feliz! E aquela mulher, com suas atitudes levianas e sem medir as consequências dos seus atos, irritava-o profundamente. Ele ficava a imaginar o desastre que enfrentaria se o irmão, destituído do raciocínio lógico e do bom senso, viesse a descobrir os "passeios" da noiva atrás dele no batalhão. Pensando no velho pai e no quanto ele sofreria se tivesse que presenciar mais uma desavença entre os filhos, Ângelo vê aí uma forma de chamar a moça à razão e lhe fala:

— Ariadne, você bem sabe quanto Antônio é agressivo comigo! Ao longo da vida sempre tivemos dificuldades de entendimento. Por inúmeras vezes tentei vencer o desamor dele por mim, buscando ajudá-lo em tudo. Contudo, o que eu fazia sempre o desagradava. Constantemente irritado e violento em relação a mim, mais de uma vez exigiu a intervenção do meu pai a meu favor, evitando que eu saísse machucado de suas mãos.

— Por que se preocupa com isso agora? Você é muito mais forte que ele!

— Você parou para analisar o que disse? Acha que quero brigar com o meu irmão? Eu quero viver em paz, Ariadne! Para isso me afastei dele e até do meu lar! Só vou a minha casa para dormir e ver o meu pai. É um alívio quando dou plantão na unidade. Meu pai, Ariadne, já não suporta mais estar sempre entre nós dois. Não tem mais idade e tampouco saúde para isto! Por conta disso tudo, e também por não haver sentido nestas suas vindas aqui, eu lhe peço: não venha mais! Se me quer como um futuro amigo, respeite a minha privacidade e eu a respeitarei como minha cunhada, assim como a considerarei uma amiga. Amizade fiel e sincera é a única coisa que posso lhe oferecer.

Diante das palavras dele, a jovem se sente até envergonhada, o que era raro em sua vida. Percebe que estava forçando uma situação e se tornando desagradável. Fica até comovida ao pensar no velho Joviano sofrendo entre os dois filhos. Gostava muito dele, e promete a si mesma jamais fazer algo que pudesse magoá-lo. Com sinceridade, diz a Ângelo:

— Eu o compreendo. Que pena, Ângelo, não o ter conhecido antes. Se é o que você quer, assim seja, não virei mais aqui. Não o perturbarei mais. Entretanto, permita-me dizer quanto eu gosto de você! Antes eu tinha até a ilusão de ser feliz com Antônio, mas, depois de conhecê-lo, sei que jamais serei feliz com ele. Ouso dizer que com nenhum outro homem. Contudo, me comprometi com ele e honrarei isto até o fim.

— Acha que vale a pena isso? Continuar num relacionamento em que sabe que será infeliz?

Ela o olha profundamente e responde:

— Jamais serei plenamente feliz, Ângelo, pois estou vendo este sonho voar para longe! Mas sou uma mulher prática, me contentarei com o prazer que puder tirar da vida. Só lhe peço uma coisa em troca de silenciar o meu amor por você. Deixe-me ao menos ficar por perto. Quero usufruir de sua amizade, compartilhar da família de sua noiva. Pode até parecer estranho, mas gosto deles. Admiro Liz e prometo que jamais serei inconveniente.

Ainda com certo receio, ele lhe responde:

— Não sei se isto será bom, mas, se é o que quer, assim seja!

E, depois daquele acordo formal, Ariadne o deixou em paz, mas era comum encontrá-la no lar dos Tórrentes. O noivo não a entendia e tampouco gostava daquela estranha amizade dela com aquela família. Depois do ocorrido com Liz, ele evitava quanto podia qualquer um daqueles, pois percebera que não era bem-vindo e que dona Laura sempre o fitava de maneira hostil. Já Liz o ignorava totalmente. Covarde que era, temia que os homens viessem a saber o que ele fizera. Temia inclusive o irmão, pois o tempo em que ele o subjugava já ia muito longe, porque Ângelo não era mais um garoto, e sim um homem formado, forte, resolvido e destemido, para decepção do irmão, que sempre tentara impingir-lhe uma imagem fraca e até mesmo efeminada. Nem ele mesmo conseguia entender por que o odiava tanto. Era uma inveja tormentosa que o sufocava.

Antônio, aos poucos, aproveitando-se do silêncio de seu irmão, foi tomando conta de todos os bens da família. Hoje ele sequer conseguia conversar com Ângelo. A barreira entre eles crescera enormemente desde que, sem autorização do pai, ele malbaratou metade do rebanho para construir a sua mansão dos sonhos, não dando nenhuma atenção às rogativas do velho genitor, que, para salvaguardar algo daquele patrimônio para Ângelo, acabou por vender também parte do rebanho e, juntando as joias da esposa, passou tudo secretamente às mãos do filho caçula. Embora Ângelo não quisesse aceitar nada daquilo, acabou por fazê-lo pela insistência do pai.

— Não se acanhe, meu filho, só estou lhe dando parte do que lhe pertence. Isto que lhe oferto é seu por direito. Na verdade, é só uma pequena parte, mas é o que posso dar a você neste momento. Inclusive seu tio Jacinto está lhe deixando também a chácara dele.

— Pelos Deuses! Qual é a causa dessa preocupação de vocês? Estão se preparando, ambos, para morrer e me deixar?

— Não é isso, filho! Mas nunca se sabe. Eu e seu tio estamos velhos; o que esperar mais da vida? Eu, por minha vez, só quero que fique amparado.

— Fico grato, meu pai! A você e ao tio Jacinto. Irei visitá-lo com Liz. Ela sempre quis conhecer a casa dele. Mas... não queria que vocês se preocupassem dessa forma comigo. Eu tenho o meu trabalho e estarei bem!

— É minha obrigação como pai. Sinto não ter tido mais energia para lidar com seu irmão e evitar esses desatinos dele.

— O senhor não tem culpa de ele ser do jeito que é, papai. Fez muito por nós dois e eu sou-lhe grato por tudo.

— Sou eu quem agradece aos Deuses, pois, se com Antônio tive um filho difícil, com você fui recompensado e só tenho do que me orgulhar. Quanto ao seu tio, vá sim visitá-lo! Vá enquanto pode, pois Jacinto, depois da partida da esposa, tem se entregado cada dia mais. É... vejo meu irmão se preparando para partir, e eu...

— O senhor, por favor, não quererá segui-lo, não é? Não se esqueça de que será avô. Não quer conhecer o futuro neto?

— Claro que sim, meu filho! Espero ainda ter essa alegria!

Eles encerram a conversa, mas Ângelo guarda penosa impressão com o desânimo do pai. Não consegue sequer cogitar sua perda. Já passara a maior parte da vida sem a mãe; e se o pai também se fosse?

E este homem, acostumado à dura vida militar, nem por isso deixa de sofrer diante das perdas familiares. Mas lembra então que agora ele também era um chefe de família; havia uma esposa e em breve um filhinho que dependeriam dele. Com energia, busca afastar as angústias íntimas para não cair, ele também, no desânimo pessimista que sempre ronda as criaturas neste mundo, ainda de expiações e provações necessárias.

Dona Inez, que fora morar ali por conta da caridade, acabou se tornando indispensável no auxílio a dona Laura. Prestativa e de boa vontade, ajudava em tudo, tentando dessa forma retribuir o que aquelas pessoas tinham feito por ela e por sua filha.

Nesta mesma época, Antônio, ansioso por consolidar seu relacionamento com Ariadne, a quem sentia cada dia se distanciando mais e mais dele, antecipa o programado. Busca a noiva e lhe coloca a situação pronta e definida. Ariadne, pega de surpresa pela proposta de Antônio, não consegue se esquivar e se vê comprometida com o casamento marcado para alguns meses à frente.

Havendo se passado algum tempo de sua entrevista com Eulália, Ariadne se sente na obrigação de levar Guilherme a fim de conhecê-la, e, principalmente, quer fazer isso enquanto está solteira e é dona de sua liberdade.

Para se justificar perante Guilherme, já que este mostra estranheza com o convite da moça, ela diz simplesmente:

— Ora, Guilherme não gosta de passear?

— É claro que sim! Mas não posso deixar o serviço sob meu encargo nas costas dos outros.

— Guilherme, esquece-se de que eu sou dona disso aqui?

— Não! Mas também presumo que tenho de prestar contas de tudo a seu pai, estou certo?

— Papai aceita tudo o que eu faço.

— Acredito! Entretanto, não quero decepcioná-lo, já que confiou em mim.

— Você soube conquistá-lo. Ele está muito satisfeito com o seu trabalho.

— Por isso não gostaria de me ausentar daqui sem ele saber.

— Tudo bem! Entendo sua precaução. Diga-me então quando poderá me acompanhar até a casa de minha amiga.

— Por que insiste em querer me apresentar a essa pessoa?

Não vendo outra forma de se justificar, ela lhe conta a "pequena mentira", quando havia utilizando o nome da amiga como aval para o pai.

— Foi por isso então que o senhor Lucinus me aceitou tão facilmente.

— Papai é muito ladino, Guilherme! Se eu não trouxesse uma história bem alicerçada sobre você, teria muito mais trabalho para levá-lo a te conhecer. Exagerei um pouco, confesso, mas de um jeito ou de outro eu conseguiria o meu intento. Não valeu a pena?

— Por que não lhe disse a verdade?

— Não queria correr riscos, tampouco perder tempo. Sabia do descontentamento dele com o administrador, e, percebendo seu potencial, tinha de agir rápido!

— É, você teve os seus motivos, Ariadne. Mas às vezes me pergunto o porquê de ter me auxiliado...

— Simpatizei muito com você, Guilherme. É um homem muito bonito e me atrai.

Ele fica sem jeito com as palavras e a proximidade dela; estrategicamente, afasta-se um pouco, enquanto fala:

— Agradeço sinceramente o seu auxílio. Entretanto, não se deixe impressionar pela minha aparência! Isto é só uma casca. O verdadeiro "eu" já é um homem velho e amargurado. Gostaria muito de continuar por aqui, minha amiga. Porém, sei quanto seu futuro marido é ciumento e possessivo. O seu pai já me falou muito dele, creio que por se preocupar bastante com a nossa amizade. Sinto que fica me prevenindo para que eu tome cuidado com ele. Então, já que é minha amiga, me ajude, sim! Saiba que lhe sou muito grato e não gostaria de ter que me afastar daqui, principalmente agora, quando estou conseguindo me aproximar do verdugo de minha família.

— Está bem! Está bem! Já entendi aonde quer chegar! Não precisa recear, pois não vou complicar a sua vida depois de tê-lo auxiliado. Esta visita a Eulália é só uma obrigação de minha parte. Gosto muito dela e não quero que fique magoada ou ressentida comigo. Depois, sou uma mulher de palavra. Prometi que o levaria lá, e é o que vou fazer.

— Se é assim, podemos ir, então. Hoje eu tenho a tarde livre.

— Eu sei! Por isso vim!

— Você não tem jeito mesmo, Ariadne!

Os dois amigos riem, divertindo-se.

— Mas fique descansado, não o estou vigiando. Ouvi papai falando por acaso que viria aqui hoje, por ser o seu dia de folga. Aproveitei e saí bem rápido.

— E que desculpa deu ao seu noivo?

— Nenhuma! Antônio está correndo feito um doido com a história de nosso casamento.

— Isto também não é trabalho da noiva?

— Sim, mas ele quer fazer tudo! Quem sou eu para impedir, se isto o faz feliz? — Ela dá de ombros, como se o caso não lhe dissesse respeito.

— Posso lhe perguntar algo pessoal? Se não quiser responder, entenderei.

Ao que ela aprova com um gesto de cabeça.

— Você ama esse homem?

— Mamãe vive me perguntando isso! Não sei dizer, Guilherme. Antes, até pensei que o amava, mas agora...

— Antes?

— Antes de conhecer outra pessoa!

— Mas... se você sente que ama outro, por que continua com esse compromisso?

— Porque o "outro" já é comprometido! Diante disso, tanto faz Antônio ou qualquer um. — Ela sussurra em seguida: — Casando-me com Antônio, pelo menos estarei perto de quem amo verdadeiramente.

Ele consegue ouvir e, num átimo, lembra-se de Cláudia falando do interesse de Ariadne pelo irmão do noivo. Intimamente sente curiosidade em conhecer Ângelo. *Quem seria este homem para despertar tal amor numa mulher volúvel como Ariadne?*, perguntava-se ele.

CAPÍTULO XI

REENCONTRO DE ALMAS

O caminho até a vivenda de Eulália foi extremamente agradável. Os dois amigos palestraram sobre tudo. Em lá chegando, Guilherme, que esperava encontrar uma mulher de meia-idade, rodeada pelos filhos, depara com uma linda mulher, de belos e profundos olhos a encará-lo, também deslumbrada com a beleza do rapaz. Como uma corrente elétrica, um sentimento de interesse aflora de imediato entre os dois, o que não passa despercebido a Ariadne. Num conflito entre curiosidade e ciúme, ela busca levar a conversação para as banalidades a fim de quebrar aquela corrente magnética, que parecia puxar os dois seres para uma esfera comum e mais íntima.

— E então, amiga! O que você me conta de novo? Tem saído muito? Conquistado muitos corações?

Despertando daquele doce enlevo que a envolve, Eulália responde:

— Que conversa é essa, Ariadne? Você sabe muito bem que dificilmente eu saio. Prezo o sossego e a paz deste meu recanto. Quanto às conquistas às quais alude, você é quem sempre chega aqui trazendo novidades, não é?

Um tanto desconcertada pela sinceridade da amiga, Ariadne procura dissipar o mal-estar, pois percebe que Guilherme a observa entre curioso e divertido.

— Não se agaste comigo, amiga! Sabe bem quanto gosto de brincar!

— Disso eu sei, como sei também que as suas brincadeiras sempre querem dizer alguma coisa a mais.

— Está exagerando, Eulália. Eu sou o que sou. Não costumo premeditar nada!

— Sei! Mas vamos entrar! Há um bom lanche nos aguardando. Vocês devem estar com fome, pois o caminho até aqui é longo.

— Nem o sentimos, não é, Guilherme? Viemos brincando tanto...

Agora é a vez de Eulália olhar interrogativamente para Guilherme, como buscando ver com clareza, pois as palavras da amiga sugeriam haver "algo mais" entre eles.

Conhecedor da natureza humana, Guilherme lê naquele olhar a pergunta muda de Eulália e, buscando rapidamente dissipar qualquer dúvida sobre sua relação com Ariadne, responde:

— Realmente! Grandes amigos como nós somos sempre têm o que conversar, e as brincadeiras respeitosas atestam a nossa relação fraterna. Mas diga-me, Eulália, você vive aqui somente com seus filhos?

— Não! Há também os empregados. Duas servas para os serviços domésticos, e seus companheiros, que me auxiliam no trato com a vila.

— Sua vila é muito bonita!

— Depois do lanche iremos conhecê-la melhor, se você quiser.

— Gostaria muito!

— Guilherme, creio que não teremos tempo! Tenho de voltar logo — adianta Ariadne.

— Que pena. Esta visita ficará para outra ocasião então, Eulália.

— Venha quando quiser, Guilherme. Gostaria mesmo dos seus conselhos em algumas reformas que pretendo fazer por aqui.

— Será um prazer auxiliá-la no que necessitar.

E, assim, eles acabam indo embora mais cedo do que o previsto, somente porque Ariadne se sentiu enciumada por ver os dois amigos se entrosando tão bem.

Entretanto, em sua primeira folga, Guilherme arreia o cavalo e se debanda para lá. Segue preocupado com a reação de Eulália à sua presença. Será que o interesse que lera no olhar dela era fruto de sua imaginação, ou não? Nunca se sentira assim antes, tão atraído por uma mulher, como se sentia em relação a ela. *Eulália! Como é linda! Quanta mansidão e pureza percebi em seus olhos!*, pensava sonhadoramente.

Guilherme segue com rapidez seu caminho, num estado de graça que se transforma em imensa satisfação ao ver o sorriso maravilhoso com que Eulália o recebe. Ele dissipa todas as dúvidas de seu coração tão sofrido e amargurado. Guilherme sente ali uma promessa de futura felicidade. Ele, que jamais cogitara algo parecido até então, diante de Eulália se sente o homem mais ditoso do mundo!

— Guilherme, que alegria o rever! Estava aguardando-o!

— Sabia que eu viria? Como, se eu mesmo tinha dúvidas?

— Pensei muito em você.

— Confesso que eu também.

Numa grande naturalidade, os dois se cumprimentam, e Eulália o direciona a uma confortável varanda.

— Sei que corro o risco de você me considerar insana, mas necessito lhe contar o que ocorreu conosco estas noites! Encontramo-nos em sonhos, Guilherme. Acha isso possível?

— Já ouvi falar disso, mas confesso: se tive experiências nesse sentido, de nada me lembro. Conte-me então o que sonhou!

— Desde o dia em que nos conhecemos, temos nos encontrado todas as noites! Às vezes estamos a sós, noutras, há pessoas amigas, as quais não conheço, mas sei que as quero muito bem, partilhando nossas conversas e planos de futuro. Visitamos lugares de imensa beleza. Enfim, tenho vivido numa doce expectativa desde que o conheci.

— Estou encantado com suas narrativas, senhora! Infelizmente não possuo a sua sensibilidade para lembrar coisas tão belas, mas lhe afirmo que minha vida tem sido uma sucessão de amarguras e medos, e somente vim a sentir o que poderia ser a felicidade após conhecê-la. Tenho vivido uma espécie de sonho lúcido no qual você é a figura central, trazendo-me a certeza de que é possível estar bem e em paz neste mundo!

— Sei que tem problemas sérios. Não me lembro de detalhes, mas sei que são problemas graves em família. Conversamos sobre tudo isto em sonho. Por isso sabia que você retornaria.

— Eu estou muito feliz por estar aqui!

— Eu mais ainda, Guilherme! Desculpe-me se estou sendo apressada, mas jamais supus me interessar por alguém depois do meu marido. Há seis anos vivo sozinha e nunca me permiti ter um olhar para outro homem. Estou sendo inconveniente?

— Está sendo maravilhosa, Eulália! É sincera, natural e honesta! São estas as qualidades que venho buscando em uma mulher. Entretanto...

— Por que hesita?

— Você nada sabe sobre mim!

— Sei tudo sobre você, Guilherme! Mas, por ora, silêncio; não quero assustá-lo sobre as "coisas" que ocorrem comigo. Basta dizer que, quando meu marido se despediu de mim no dia fatídico, eu já sabia que ele não iria retornar com vida. Tenho essa "sensibilidade", como você mesmo disse, que me permite abrir o véu do futuro em algumas ocasiões e ver o que ele nos trará. Percebo as pessoas, como são realmente, e não como querem parecer ser. Chego a sentir em certos locais o que ali se passou, as impressões de tristezas ou alegrias deixadas por aqueles que ali viveram. É por conta disso que evito sair de meu refúgio. Você não imagina como é penoso para mim estar em contato social, no qual, na maioria das vezes, sinto as coisas sofridas ou degradantes que permeiam a humanidade.

— Não sei como avaliar o que você me passa, Eulália, mas de certa forma nos faz perceber que deve haver algo mais além. A vida não há de ser só isto aqui, com certeza.

— Eu tenho certeza disso, Guilherme! Então, não se preocupe; sejam quais forem os problemas que o afligem, sei que saberei lidar com eles.

— Minha vida tem sido um tanto complicada, Eulália.

— Estou aqui para auxiliá-lo no que for possível.

Em poucas palavras, Guilherme expõe à jovem senhora todo o seu drama familiar, deixando-a penalizada com a situação dele.

— Percebe por que eu nunca quis me comprometer com ninguém antes?

— Devo agradecer por isso, então, mas você não deve temer por mim, se é o que quer dizer. Gostei de você assim que o vi. É como se o conhecesse desde sempre, portanto, por você aceito qualquer risco.

— Percebe o que diz? Também senti o mesmo por você, razão por que jamais me perdoaria se algo lhe acontecesse.

— Guilherme, seu tio jamais tentará algo contra mim. Não se atreveria! Sou de família influente e muito conhecida. Eu, sim, posso ajudá-lo! Será de bom alvitre manter sigilo neste primeiro momento, mas vou buscar fazer algo mais concreto por você.

— Não quero que se envolva! Não necessita fazer nada mais além de estar ao meu lado! Oh, Eulália, você é para mim o sonho de felicidade com a qual jamais sonhei. Será que posso ter esperanças de ser feliz com você algum dia?

— Sim! Você me faria imensamente feliz se tentasse. Não tenha medo, Guilherme! Nosso amor nos protegerá.

Os dois se deixam levar por aquele sentimento que lhes extravasa do ser, embora Guilherme siga cheio de temores, não por si, mas pela mulher que já sentia amar com todas as fibras do seu ser. Mas o amor fala mais alto, e aquele relacionamento entre os dois vai se tornando cada dia mais forte!

Como era inevitável, Ariadne acaba descobrindo e se irrita profundamente com a amiga.

A data de seu casamento se aproximando velozmente a conduz num redemoinho de compromissos, em meio ao qual ela só se dá conta do que vai fazer no dia do matrimônio. Presa num cipoal de sentimentos contraditórios, histérica, maltrata os escravos por qualquer bobagem.

— Saia da minha frente, sua imprestável! — grita colérica com uma jovenzinha que, trêmula, derrubara um enfeite de seu cabelo. — Suma daqui antes que mande chicoteá-la.

A mãe, alarmada com a gritaria, adentra o recinto apressada.

— Ariadne! Por que está a gritar dessa maneira? Onde estão os seus modos?

— Esta inútil quase me quebra o broche!

— Tem certeza de que é mesmo por conta disso que se sente tão nervosa, tão irritada?

— Por que mais seria então, mamãe, a não ser por estar rodeada de incapazes?

— Talvez por estar se dando conta de que está entrando numa situação sem volta?

— Nenhuma situação é sem volta, mamãe. Mas... não a estou entendendo. Está falando do meu casamento?

— Do que mais poderia ser?

— Como a senhora pode saber o que eu estou sentindo?

— Ariadne, sou sua mãe! Acha que não a conheço? Eu e seu pai evitamos dar palpites neste seu relacionamento, mas sua ligação com Antônio sempre foi preocupante!

— Não estou entendendo. Vocês não gostam dele? Estão a fingir este tempo todo, então, tratando-o com atenções, gentilezas?

— Não é isso, minha filha. Gostamos de Antônio, mas vemos quanto vocês discutem a respeito de qualquer coisa...

— Ora, mamãe! Todo casal briga.

— Não antes do casamento como vocês fazem. Ariadne, você e Antônio são completamente diferentes! Ele é um ser taciturno, dominador, jamais vai aceitar o seu jeito extrovertido, desafiador!

— Como não? Ele sabe como eu sou, jamais fingi!

— As coisas mudam depois do casamento, minha filha.

A jovem dá uma gargalhada e exclama:

— Pois eu sou o que sou! Se Antônio tem a ilusão de me moldar somente porque nos casamos, vai ter uma tremenda decepção.

— É, minha filha, você deveria ouvir o que eu lhe falo. Procure ser mais ponderada se quiser viver bem com seu futuro marido.

— Não se preocupe, mamãe, sei lidar com Antônio!

— Acaso gosta realmente dele, Ariadne?

— Sim! É um homem agradável, conhece os meus gostos e sempre procura me satisfazer.

— Isto não é suficiente para um casamento ser sólido.

— Mamãe, não se preocupe tanto! Para mim nada é eterno, estático ou sem volta. Se não der certo, cada um segue o seu caminho.

— Que seu pai não a ouça, Ariadne! Uma separação seria a desgraça da família. Depois, veja como eu tenho razão: você não gosta de Antônio como deveria, caso contrário, não estaria falando em separação no dia do casamento. Ouça, isto é só uma advertência: afaste-se de seu "amigo" Guilherme se não quiser criar um sério problema a você e ao rapaz, pois Antônio jamais vai tolerar essa "estranha" amizade de vocês.

Ante as palavras da mãe, a noiva faz uma careta de desgosto, pensando: *Se fosse Guilherme o noivo, tudo isso seria mais agradável.* Mas logo uma outra figura masculina toma conta de sua mente, e um ar sombrio desce sobre sua face acetinada e a acompanha durante toda a cerimônia.

Ariadne estava deslumbrante em suas vestes de princesa; a casa de seus pais, maravilhosa, assim como a nova mansão do noivo, para onde se dirigiria com seus convidados pessoais a fim de complementar com sua presença magnífica o cerimonial. Antônio, ricamente trajado, recebe a noiva com a residência cheia de convidados importantes, pessoas das ricas famílias e da política do país.

Como não poderia deixar de ser, Joviano faz companhia a Ângelo e à esposa, que lá estavam com Flávio, mas os pais da jovem se escusaram de comparecer por não se sentirem à vontade diante de Antônio. Os parentes estavam sendo totalmente ignorados pelo noivo.

Muito a contragosto, Liz se deixa conduzir pelo marido para parabenizar os dois, e Ariadne já se coloca como dona da casa, recebendo-os com educada simpatia. Percebendo o jeito reservado de Liz, e tomando aquilo como acanhamento, embora se tratasse de um retraimento natural devido à presença de Antônio, ela os trata com delicada cortesia:

— Sintam-se em casa. Não se esqueçam de que agora somos parentes.

— Desejamos-lhe toda a felicidade, Ariadne! — exclama Ângelo com sinceridade.

— Obrigada, Ângelo! A todos vocês! — diz ela, abrangendo o grupo. — Sei que são dos poucos sinceros por aqui! A maioria me inveja e apenas finge gostar de mim!

Assim, ela os trata com carinho e respeito, e até Liz tem de reconhecer o ato generoso. Num dia em que Ariadne é a figura central e muito requisitada por todos os convidados, ela faz questão de estar perto deles, enchendo-os de mimos e atenções especiais. Estranhando aquilo, Antônio chama a sua atenção asperamente:

— O que pensa que está fazendo perdendo tempo com essa gente?

— Como assim? É a nossa família!

— Ariadne! Hoje pretendo consolidar o nosso nome no império, por isso convidei esta elite importante. Precisamos fazer boa figura diante deles! E você, em vez de me ajudar, fica aí se envolvendo e se preocupando com eles.

— Estou apenas me inteirando de se necessitam de algo.

— Não me interessam as necessidades deles. Pelo que me consta, nem precisavam ter vindo. Não me ajudam em nada, portanto, não me dizem respeito, e muito me espanta, logo você, que sempre entendeu minhas pretensões, não me auxiliar justamente quando mais preciso.

— Antônio, eles são sua família! Como pode falar assim?

Mas ele dá de ombros, irritado. Buscando contemporizar, pois não queria um drama no dia de seu casamento, Ariadne procura acalmá-lo:

— Não se preocupe. Eu o ajudarei no que puder, mas não me peça para me afastar de sua família, pois os prezo muito. Vamos lá dar atenção aos "seus" convidados! — diz ela de forma conciliadora, embora irônica.

E assim, demonstrando ser dona de grande versatilidade, Ariadne é a sensação da festa, dispensando a todos a alegria de sua presença, sem se esquecer da família de Ângelo, pois é ele a sua grande preocupação. Por ele, ela se apegara aos Tórrentes e até conseguira desenvolver afeição por Liz, ainda que a invejasse por ser ela a esposa dele.

Há ainda outra presença marcante na recepção: Eulália. Veio acompanhada de Guilherme, que, muito elegante, estava irreconhecível; mantendo-se discretamente pelos cantos, procura sondar o ambiente e o tio odiado, que também é um dos convidados.

Eulália se aproxima da amiga sorrindo, fingindo não perceber o ar hostil com que Ariadne a envolve.

— Senti sua falta, minha amiga! Não foi mais me visitar!

— Nunca esperei tal traição de sua parte, Eulália! — responde ela em voz baixa.

— Traição? De que traição está falando?

— Não se faça de desentendida, Eulália!

— Quanta agressividade! Eu, que vim com o coração repleto de gratidão, pois graças a você estou vivendo uma felicidade jamais sonhada!

— Não me diga! Já estão assim tão íntimos, você e Guilherme? — exclama Ariadne, já curiosa e sem ressentimentos. Assim ela era: saía de um sentimento para outro numa quase banalidade.

— Sim, amiga! Ah, Ariadne! Como sou feliz por você tê-lo levado até mim. Não se entristeça comigo, caríssima! Eu já tinha desistido de ter alguém, de voltar a ser amada, mas você me trouxe essa possibilidade quando nos apresentou. Contudo, vivo preocupada com ele. Embora a relutância de Guilherme, que teme pelo nosso futuro, estamos nos entendendo muito bem! Entretanto, temos que ser muito discretos. Eu não queria trazê-lo comigo hoje, mas ele tanto insistiu... Não consigo dizer não a ele! Veja! Discretamente ele espreita o tio, este homem odioso que o persegue. Quisera poder lhe dizer que Guilherme e tampouco sua família já não necessitam de nada. Que fique com essa maldita herança, mas nos deixe viver em paz. Hoje, amiga, posso lhe afirmar que sem Guilherme eu nada sou. Tudo o que eu tenho, salvaguardando o necessário para os meus filhos, tudo o mais, eu daria de bom grado para ter paz e poder usufruir desse amor intenso que nos une.

— Jamais supus, Eulália, que você seria capaz de um sentimento tão arrebatador. Estou admirada!

— Com você posso ser sincera, Ariadne! Amei o meu marido, mas Guilherme fez brotar em mim um sentimento tão profundo, que eu sinto já não me pertencer, e sim a ele!

— Eu a invejo, Eulália. Jamais senti algo semelhante. Só há um homem aqui capaz de despertar um sentimento profundo como este em mim, mas infelizmente ele não me quis.

— Fala de seu cunhado, não é? Ariadne, este é um sentimento muito perigoso! Conhecendo esse seu marido como eu conheço, tome cuidado, minha amiga!

— Não se preocupe, Eulália. Trago isso bem sufocado no coração. Somente você e o próprio sabem desse meu sentimento! Jamais porei a perder a amizade que ele me tem. Se isso é tudo que posso ter dele, preservo como um tesouro muito valioso.

— Quero conhecer seu cunhado, se me permitir, Ariadne.

— Faço questão disso, mas antes venha cumprimentar Antônio, pois ele já está me procurando. Não me dá um minuto de sossego!

— Que lástima, amiga! No dia do casamento, e você já sem paciência com o marido.

— Não me entenda mal, Eulália. Eu consigo estar bem com Antônio! Temos interesses parecidos. De forma geral nos entendemos bem, mas não suporto a mania que ele tem de querer me controlar. Já lhe avisei que, se insistir com isso, o nosso casamento terá vida curta!

— E como ele reagiu?

— Ficou cheio de dengos! Diz que não é bem assim, que eu exagero na liberdade, enfim, faz mil promessas, mas não sei se conseguirá cumpri-las. Mas vamos seguir em frente e ver no que dá!

Eulália mal consegue crer nas explicações da amiga. Jamais tivera conhecimento de uma situação semelhante. Temia por aquele casamento, mas sabia também que Ariadne não era tola; pelo contrário, era muito ladina, e jamais seria pega desprevenida pelo marido. Na verdade, conversando com Antônio, Eulália chegava a ter pena dele. Era um pobre iludido. Sim, muito possivelmente Ariadne conseguiria manobrá-lo, senão aquele enlace bem poderia terminar em tragédia.

Levada a conhecer Ângelo e a esposa, Eulália entende as razões do entusiasmo da amiga por ele. Considerou-o um homem de grande personalidade, alto, másculo, denotando beleza e sendo detentor de um magnetismo que atraía todos à sua volta; isto se o quisesse, mas não era o caso. Embora naquela recepção houvesse muitas mulheres belas, provocantes, que o fitavam convidativas, ele parecia não notar. Só tinha olhos para a esposa, uma jovem também de rara beleza, mas muito simples. Dona de um olhar expressivo e inquiridor, mantinha-se circunspecta e parecia incomodada com tudo aquilo; não se sentia à vontade. Eulália acaba por sentar-se junto a eles, pois, de todos os convidados, aqueles eram os mais verdadeiros, exatamente como ela mesma. Logo também Guilherme se junta ao grupo, e Liz o observa interrogativamente, tentando se lembrar de onde o conhecia... Sorrindo, ele exclama:

— Estou admirado de você estar me reconhecendo!

— Sim, mas... não sei de onde o conheço!

— Já faz algum tempo, e naquela época eu não passava de um mendigo.

— Era você? O amigo de Cláudia, quando fomos levar prendas aos necessitados? Não posso crer! Sabe que mamãe ficou encantada com você?

— Tenho uma rival, então? — exclama Eulália sorrindo.

Percebendo que o grupo não sabia do que falavam, Liz começa a contar a aventura pelos bairros pobres de Roma, e bem a tempo chega Ariadne, que também participa das lembranças.

— Pois foi assim, Eulália: Liz me desafiou a levar auxílio na periferia...

— Já adivinho! Como você não resiste a um desafio, não é, aventurou-se a fazer caridade! Mas, como a conheço bem, Ariadne, eu duvido de que tenha se embrenhado por aquelas ruelas íngremes e malcheirosas.

— Não seja precipitada, Eulália! Quer me deixar contar?

— Não mesmo! Sei que você vai florear aqui e ali, e acabará narrando só o que lhe convém. Conte-me você a realidade, Liz.

— Bem... não posso negar que ela trouxe uma viatura bem abastecida de alimentos, mas só foi até o ponto em que o transporte transitava. Entregar de porta em porta mesmo, fomos eu, mamãe e Cláudia.

— Olha só! Agora as duas vão se unir contra mim? — exclama Ariadne, ao que todos se põem a rir, quebrando a formalidade e deixando os presentes mais espontâneos e à vontade. — Você deveria me agradecer, Eulália, pois foi graças a minha permanência no veículo que conheci Guilherme. E, se você está com ele hoje, é graças a mim!

— Então devo minha felicidade a você? Sou muito grata por isso, minha amiga. Você sabe quanto!

E assim, para o pequeno grupo, a festa transcorre de forma tranquila e agradável. Sempre que pode, Ariadne escapa do marido e está ali com eles, palestrando. Mas, em dado momento, Eulália estremece, exclamando:

— Valei-me, Júpiter! Pancrácius está vindo aí!

Guilherme faz menção de se levantar, mas Ariadne, fazendo gesto para que ele se mantenha sentado, diz a meia-voz:

— Acalmem-se! Aja com discrição, Guilherme. Eu vou distraí-lo!

Ato contínuo, ela vai toda sorridente ao encontro do homem e, com maestria, direciona-o para o lado do marido e os amigos deste. No grupo, no entanto, todos percebem que algo sério está ocorrendo, pois o nervosismo de Guilherme e Eulália é visível! Como eles se mantêm em silêncio, Ângelo indaga:

— O que está havendo?

O casal se entreolha, sem ânimo para responder.

— Desculpem-me a indiscrição, mas pelo que pude perceber vocês conhecem o patrício Pancrácius?

— Sim! Eu o conheço, mas ele não pode me ver aqui!

— Vejo que, como tantos outros, você também tem problemas com esse homem.

— Sim! E você nem imagina quão sério eles são.

— Talvez fosse melhor sair daqui, então.

Concordando com Ângelo, Guilherme se dirige à companheira:

— Que acha de nos irmos, Eulália?

— Bem sabe que por mim você sequer teria vindo! Pois bem, já cumpri minha obrigação para com Ariadne e o melhor a fazer é irmos embora mesmo.

— Papai, pretende ficar mais? — questiona Ângelo.

— Para que, meu filho? Seu irmão nem se dignou a vir aqui nos recepcionar. Vamos embora nós também, que não faremos falta. Vou me recolher. Só sinto por Ariadne, mas ela há de entender. Vamos! Saiamos discretamente.

Já lá fora, mais aliviados, eles continuam a palestrar, e Ângelo demonstra estar muito interessado nos motivos de Guilherme. Acompanhando o pai à antiga residência, ficam por ali algumas horas mais, em franca camaradagem:

— Vocês não podem viver temerosos com as ações deste homem. Se nada lhe devem, não podem viver fugindo dele — comenta Ângelo.

— Há algo que vocês não sabem: Pancrácius é meu tio!

— Tio? E por que tem medo dele?

— Não temo por mim Ângelo, mas por minha família e principalmente por Eulália! Receio que a história seja muito longa e que não dê para falar disso aqui!

— Eu não quero me intrometer, mas pelo que pude perceber vocês estão necessitando de auxílio — diz Ângelo.

— Com certeza necessitamos — afirma Eulália.

— Quero convidá-los para virem a nossa casa, onde poderão esclarecer tudo isso, então — diz Ângelo, abraçando Liz e englobando-a no convite.

— Por que não vêm vocês à nossa vila? Que tal passarem um final de semana conosco? — pergunta Eulália.

— Que acha, Liz?

— Não sei! Não gosto de deixar papai e mamãe sozinhos...

— Por isso não, venham todos! Nossa casa é muito grande e todos poderão se abrigar com conforto. Venham! Vocês me farão muito feliz! Haveremos de ter um belo final de semana!

— Bem, se for assim, creio que poderemos ir!

CAPÍTULO XII

A DECEPÇÃO DE FLÁVIO

Alguns dias depois, vamos encontrá-los na residência de Eulália, inclusive com Inez e Flávio. Somente Cláudia se esquivara, alegando ter costuras para entregar. Todos se encantam com a beleza do lugar e com o carinho de Eulália, que parece conhecê-los de longa data, tal a gentileza e solicitude com que os trata. Conhecem também a tia e o primo de Guilherme, que, emocionado, explica:

— Como podem ver, Eulália, por amor, não aceitou somente a mim, mas tem amparado todos os meus entes queridos, que, como eu mesmo, encontravam-se em dificuldades. Infelizmente nada pudemos fazer pelo meu tio, que muito debilitado logo veio a falecer.

— Amor é sentimento inesgotável! Quanto mais o sentimos e ofertamos às pessoas, mais ele cresce em nós. Não há como eu te amar, meu querido, e não amar aqueles que você, por sua vez, ama — exclama Eulália, com a sabedoria desprendida dos que se doam por inteiro.

— Assim, sem exigir nada em troca, ela abrigou em sua casa minha tia, meu jovem primo e minha irmã. Jamais encontrei alguém mais caridoso!

— Não me enalteça assim, meu querido. Nada faço de mais! Auxiliarmo-nos nada mais é que obrigação moral de todos. Depois, quem garante que amanhã não serei eu a necessitada?

— Perdoe-me, mas a senhora conhece a doutrina professada pelos cristãos? — pergunta dona Laura, no que é repreendida imediatamente pela filha:

— Mamãe, isso é algo que se pergunte a Eulália?

— Não se preocupe, Liz! Sua mãe pode me perguntar o que quiser.

— Não gosto quando ela começa a falar sobre os cristãos! Ela não sabe quanto isso é perigoso!

— Aqui você nada tem a temer, Liz. Vocês estão entre amigos! E eu mesma confesso: tenho parentes que são cristãos!

— Verdade? E você não tem medo? — pergunta Liz, demonstrando temor.

— Por eles, sim, mas todos nós devemos ter liberdade de professar a nossa fé, não é? De lutar pelo que acreditamos!

— Não é isso o que prega o nosso império! Pelo contrário, vez ou outra vemos perseguições terríveis contra estes que ousam desafiar o poder pelas diferentes ideias professadas.

— Não posso negar estas ocorrências, mas não podemos fugir do que achamos correto pelo medo das represálias, Liz — exclama a dona da casa.

— É isto que eu digo a eles, Eulália, mas é uma falta de fé enorme dessa minha família — comenta dona Laura.

Flávio, percebendo quanto o assunto é melindroso e deixa a irmã preocupada, procura desviar dele, perguntando:

— E sua irmã, Guilherme, por que não se junta a nós?

— Ah, Flávio! Minha irmã é paralítica. Vive reclusa, pois não se sente à vontade em meio às pessoas.

— Ela nasceu assim?

— Não! Pelo contrário, faz apenas alguns anos que se encontra nessa condição. Mas... vou contar-lhes nossa história para entenderem a relação problemática com meu tio Pancrácius.

Dessa forma, ele os coloca a par de todo o drama familiar, redundando na atual situação de Suelen. Há uma consternação geral diante dos fatos narrados, e Ângelo comenta:

— Você tem razão em temer seu tio, Guilherme! Pelo que nos narra, ele é capaz de tudo mesmo. Mas sempre há uma forma de se pegar um miserável sem escrúpulo como ele. Só temos que ter muito cuidado e levantar provas de seus crimes. Não é, senhor Ernesto?

— Realmente! Ninguém faz tanto mal sem deixar um rastro danoso atrás de si!

— Nunca quis envolver ninguém nessa história, pois sei do perigo.

— Seu tio é, sim, um homem poderoso e perigoso. Contudo, se ninguém se dispuser a enfrentar os corruptos gananciosos, logo todos os maldosos tomarão conta da sociedade! Não devemos temê-los, mas sim agir para contê-los, cientes de que temos de ser cautelosos. Não os enfrentar abertamente, mas dificultar suas ações, enfraquecê-los. Para começar, vou iniciar uma investigação sigilosa sobre ele. Vamos ver o que conseguimos.

— Eu também posso ajudar, Ângelo. Estou longe da farda, mas ainda tenho os meus contatos.

— Com muita discrição, senhor Ernesto, certo? — fala Ângelo.

E, assim, enquanto os três homens ficam ali, conversando sobre aquele assunto, as mulheres, convidadas por Eulália, vão conhecer as dependências da casa, e Flávio sai a vaguear pelos jardins. Em dado momento, sentindo-se observado, ele se vira para uma das dependências da casa e depara com uma linda jovem fitando-o de uma das inúmeras janelas. Ele se aproxima e cumprimenta a moça:

— Olá, senhora. Eu a estou perturbando com minha presença?

Ela, muito constrangida, lhe responde:

— De maneira alguma! Eu é que peço desculpas por estar observando-o. Estava tentando descobrir quem era.

— Sou Flávio, um dos convidados da senhora Eulália e de Guilherme.

A estas palavras, ela sorri meigamente, enquanto diz:

— Guilherme é meu irmão!

— Então, você deve ser Suelen!

— Eu mesma! Como sabe?

— Ele nos falou de você. Não quis se juntar a nós? — Flávio percebe que ela fica sem jeito à sua pergunta, mas insiste: — Você não deve fugir do convívio das pessoas, Suelen! Perdoe-me se sou indiscreto: Guilherme nos contou sobre o seu acidente. Você não precisa se esconder, não deve nada a ninguém e tem o direito de sair, tomar sol, respirar ar puro, enfim, sentir a vida, e não vivenciá-la atrás de uma fresta ao longo da jornada.

Mas, em vez de responder, a garota se põe a chorar. Aflito, Flávio tenta consolá-la:

— Não queria magoá-la de forma alguma, pois sei que não deve ser fácil para você; mas não se deixe abater, Suelen! Por favor, não chore! Desse jeito, eu também vou acabar ficando triste!

A jovem, que mal saíra da infância e vivia amargurada por sentir que jamais poderia ter uma vida normal como as outras jovens, sentindo-se alvo da atenção de um homem como Flávio, não consegue conter a emoção. Tem que fazer um esforço enorme para parar de chorar. E permanece um tempo em silêncio.

— E então, Suelen? Vai me deixar com esse peso na consciência por tê-la feito chorar?

— Não é sua culpa. Na verdade, vivo amargurada desde que me ocorreu o acidente. Chorar é uma forma de desabafar.

Ele não consegue deixar de sentir pena da bela moça.

— Sabe por que evito estar perto das pessoas? Não quero ser alvo da piedade delas, assim como você está sentindo agora.

Constrangido, Flávio não sabe o que dizer.

— Não se sinta mal com o que eu falei. Estou acostumada a ver isto nos olhos das pessoas. Dou-me por feliz quando não me tratam com desprezo, como se eu estivesse assim por minha própria culpa.

— Você é muito perceptiva, Suelen. E muito bonita também!

— Uma beleza que não me adianta de nada! O sonho de ser amada por alguém, de ter minha própria família, morreu para mim.

— Não diga isto, Suelen! Muita coisa pode acontecer em sua vida. Que sabemos nós do futuro?

— O meu talvez seja viver para sempre imobilizada como agora! Mas... não quero prendê-lo com o meu drama, Flávio.

— Estou aqui conversando com você porque quero, e não por uma obrigação.

— Sou grata por sua atenção! A maioria das pessoas me evita, mal me cumprimenta.

— A maioria das pessoas é covarde, Suelen! Temem estar perto de problemas realmente sérios, como o seu. Distante, iludem-se crendo que aquilo de que têm medo jamais ocorrerá com elas ou com os seus mais próximos.

Os dois jovens passam boa parte da tarde palestrando, o que é notado por Guilherme e Eulália, que observam à distância, felizes por Suelen estar se abrindo com alguém, o que era um fato muito raro.

Aquela foi a primeira de inúmeras outras visitas feitas por eles a Guilherme e Eulália. Flávio também gostava de ir, principalmente para conversar com Suelen. Sentia algo pela moça que ainda não sabia definir. Era um misto de piedade, mas havia algo mais. Sentia o coração estremecido ao imaginá-la ali, sozinha, sem ninguém exceto a família para conversar. Percebera quanto ela era carente. Sempre tentava levar Cláudia, que se escusava, inventando uma desculpa. Um dia, foi até grosseira ao responder ao seu convite:

— Eu? Por que iria a esta casa visitar gente doente? Não sei por que você está perdendo seu tempo com essa paralítica! Depois, não gosto dessa Eulália, cheia de pompa, que atraiu o meu amigo Guilherme. Não sei o que ele viu nela!

— E o que você tem com isto? Desde quando as escolhas desse homem lhe dizem respeito?

— Ora! Conheço Guilherme há muito tempo! Aliás, bem antes de conhecer você!

— E isso lhe dá direito de querer se intrometer na vida dele?

— Éramos grandes amigos, e agora ele mal me enxerga.

— Não estou entendendo você, Cláudia. Parece até que está com ciúmes de Eulália!

— Eu? Ciúmes? Você não sabe o que diz! — Dito isto, ela tinha saído batendo os pés. Flávio ficara ali, pensativo e contrariado com a atitude de Cláudia.

A relação entre os dois, que já não andava muito bem, acabou se desgastando ainda mais, talvez por Flávio já não se dedicar tanto a ela, uma vez que sempre que podia arrumava uma desculpa para visitar Suelen.

Como prometera ao pai, Ângelo decide ir com Liz até as cercanias, onde seu tio Jacinto possui uma bela e confortável residência. Sua preocupação é ir enquanto a gravidez de Liz não a impeça de viajar para longe.

Durante aquele período, a maioria das costuras ficou relegada às mãos de Cláudia, que só fazia o que lhe convinha. Ou seja, só trabalhava para quem pagasse bem, diferentemente de suas benfeitoras, que sentiam enorme prazer em auxiliar quem necessitava igualmente. Assim, a grande freguesia estava reduzida a algumas damas ricas, que ali aportavam buscando Liz, em quem confiavam para suas requintadas vestimentas. Entretanto, com seu charme e conversa desenvolta, Cláudia conseguia convencê-las e pegava as encomendas, sabedora de que iria ganhar muito, mas pouco repassava desses ganhos para as companheiras.

Diante de tudo isto, aproveitando que a casa estava mais vazia, dona Laura se dispõe a conversar com Flávio. Buscando-o em seu recanto de repouso, lhe diz:

— Como está, meu filho?

— Estou muito bem, mamãe, por que pergunta?

— Gostaria de conversar um pouco com você.

Demonstrando contrariedade, ele lhe responde:

— Já posso imaginar o contexto dessa conversa.

— Não se precipite em julgamentos, apenas ouça o que eu tenho para lhe falar!

— Muito bem. Sou todo ouvidos. A senhora sabe que jamais deixei de ouvi-la ou respeitá-la; entretanto, não acha que já sou adulto o suficiente para comandar a minha vida?

— Em alguns setores, sim! Mas, quando se trata do coração, meu filho, perdemos a noção do que é bom ou mau, do que é certo ou errado.

A mulher dá um suspiro e, tomando forças, continua:

— Veja bem! Todos nós gostamos de Cláudia, tanto que a temos amparado aqui em casa por todo este tempo.

— Mas ela trabalha! Não está aqui de graça, concorda?

— Sim, filho. Ela tem procurado ser útil, mas... Cláudia não se concentra no que faz, no objetivo; está sempre procurando algo novo, algo lá fora... Nem sempre podemos contar com ela. Muitas vezes, deixamos de aceitar encomendas por conta disso.

— Não acha que está exagerando, mamãe?

— Infelizmente, não! Às vezes ela some o dia inteiro, só chegando à noitinha, antes do seu retorno. Não dá satisfação a mim ou à sua irmã; aliás, nem à própria mãe, que passa o dia preocupada, sem saber o que fazer. Já ocorreu de Inez até sair por aí atrás da filha, sem encontrá-la. Inez vive constrangida pelo comportamento dela.

A esse relato, o jovem demonstra alarde e surpresa:

— Isto tem ocorrido muito, mamãe?

— Infelizmente, sim, meu filho. Não me tome por uma intrigante faladeira, pois não tenho nenhuma satisfação em lhe narrar tais fatos.

— Onde será que Cláudia vai?

— Não sei lhe dizer, Flávio. E não é só isso! Cláudia não é mulher para você. Ela aceita a sua corte, seus anseios de jovem apaixonado, penso eu que isto é mais por viver aqui. Fora de suas vistas, ela é uma mulher do mundo. Aceita a corte de qualquer um e aparece com presentes inexplicáveis. Além disso, há a diferença de idade. Você é jovem para ela. Não se deu a oportunidade de conhecer outras moças de sua idade. Mas... não quero que você tome qualquer atitude baseado somente no que estou lhe contando. Sonde-a, investigue e busque respostas dentro e fora de você. Flávio, você não merece viver nesta ilusão, amando e crendo ser amado quando a realidade é bem outra.

— Pensa que Cláudia não me ama, então?

— Sinto lhe dizer que não, meu filho! Esta moça não o ama, e receio que ela nem saiba o que é isto. Infelizmente, só uma coisa a move, a interessa: a posse! Ela só quer ter coisas: dinheiro, roupas, joias, presentes caros.

— O que eu faço, mamãe? — questiona o rapaz, arrasado.

— Nem sempre podemos agir só com o coração; temos de avaliar se o que queremos vai realmente ser bom para nós. Mas vamos, ânimo! Não se deixe esmorecer! Com o tempo, você perceberá a verdade e aprenderá a escolher o que é melhor.

A partir daquele dia, Flávio começou a sondar o comportamento de Cláudia. Lá no íntimo, ele sabia que a mãe estava certa. Gostava de Cláudia, mas jamais a sentira como a mulher de sua vida. Ela se mostrava sempre distante, com um comportamento dispersivo, e, quando questionada por ele, dizia-se pudica, o que ele não acreditava. Cláudia demonstrava uma espécie de tédio constante. Mas, agora que a mãe o alertara, muitas situações estranhas iam se encaixando, como um quebra-cabeça. E ainda havia Ângelo: embora ele jamais falasse algo contra Cláudia, Flávio percebia que o cunhado sentia aversão por ela. Havia algo ali! Ângelo era uma pessoa afável, compreensiva e de fácil convivência. Para ele não gostar de alguém, haveria motivos sólidos.

Poucos dias se passaram, e Flávio, conseguindo algumas horas de licença em seu serviço, chega mais cedo em casa. Como a mãe o alertara, Cláudia não se encontrava, tendo saído de manhãzinha. Impaciente, ele se senta no jardim e fica aguardando. Percebe que a mãe dela o olha de longe, preocupada. Sente pena de Inez, mas iria tirar aquela história a limpo. Exatamente alguns minutos antes do seu horário costumeiro de chegar em casa, ela também chega. Cláudia não consegue disfarçar a surpresa desagradável ao vê-lo.

— Já chegou, Flávio?

— Sim! Não está vendo? — responde rispidamente o rapaz.

Como ela se mantém silenciosa, ele a questiona:

— E você? Pode-se saber por onde andava?

— Só dei uma saidinha! Senti vontade de comer um pedaço de bolo e fui até o centro comprar.

— Bolo? E precisa sair para isto? Nossas mães não vivem fazendo bolo aqui em casa?

— Sim! Mas este de que falo é especial. Sempre o comi e senti falta. Elas já tentaram fazer, mas não acertam o ponto.

— Que estranho, Cláudia! Mamãe acabou de me dizer que você saiu cedo. Levou o dia todo para encontrar o tal bolo?

— Ora! Sou uma prisioneira agora? Os meus passos estão sendo vigiados?

— Não! Você não é uma prisioneira, mas pelo visto é uma mentirosa!

— Ora, Flávio, quer saber? Eu faço o que quero e não tenho que prestar contas a ninguém!

E a discussão entre os dois vai se tornando mais e mais calorosa. Lá dentro, as duas mulheres se entreolham, demonstrando preocupação.

— Não sei o que Cláudia tem na cabeça! Flávio é tão bom para ela. Por que não se aquieta aqui, bom Deus?

— Não fique assim, Inez. Nem sempre as coisas são do jeito que queremos.

— Ela vai acabar arruinando tudo. E está sendo muito mal-agradecida, pois jamais poderemos pagar tudo o que vocês fizeram por nós.

— Vocês não devem nada, fique descansada. Só o trabalho que você faz aqui, Inez, já pagou tudo o que fizemos por vocês.

— Mas poderíamos fazer mais, se Cláudia tivesse juízo.

— Deixe-a, minha amiga! Ela tem sonhos, ilusões, e dificilmente se aquietará aqui. Flávio não é homem para ela. Não tem experiência ou maturidade viril para contê-la.

— O que muito me entristece, Laura!

— Não se preocupe, que nada mudará entre nós — fala mansamente dona Laura, abraçando e acalmando a idosa. — Pondere, minha amiga, que não é justo para Cláudia ficar numa relação com alguém somente por gratidão.

A mulher sorri tristemente, entretanto sem concordar com o que estava ocorrendo. Na verdade, Inez se envergonhava com o proceder da filha. No íntimo se cobrava, sentindo que não soubera educá-la. Lágrimas escorrem por sua face vincada pelas rugas. Lembra-se da filha pequenina em seus braços;

logo após, caminhando; e, na medida em que crescia, o temperamento voluntarioso e ávido ia se desenvolvendo igualmente.

No pequeno jardim, a discussão entre os dois jovens se torna áspera, até que Cláudia larga Flávio ali e enraivecida se dirige ao cômodo onde mora com a mãe. Ao passar pelas duas mulheres, ela despeja sua ira sobre elas:

— Quer dizer então, dona Laura, que a senhora anda envenenando Flávio contra mim?

— Cláudia, isto é jeito de falar com Laura? Onde está o respeito, menina?

— Estou cansada de ter de respeitar todo mundo. Viver me humilhando. Eu posso ter coisa melhor que isto aqui! Posso ter homens melhores que o seu precioso filho!

— Cale-se, Cláudia! Como ousa falar assim com quem nos acolheu?

— Por conta disso, terei que viver servindo-os eternamente? Se a senhora se contenta com isso, então fique aqui! Fique com eles, para mim será bem melhor, pois não terei que me preocupar com a senhora. E também não quero que se preocupe comigo, eu saberei me virar.

Dito isso, ela sai furiosa, com dona Inez em seu encalço. Uma vez em seus aposentos, ela dá vazão a sua raiva, gritando a plenos pulmões.

Dona Laura fica aliviada por perceber que o filho havia saído e não ouvira todo o estardalhaço que a moça, transtornada, tinha aprontado.

Quando o furor silencia, dona Laura desce até lá discretamente e chama a amiga:

— Inez!

Silêncio.

— Inez, está tudo bem?

— Entre, Laura. Cláudia se foi!

Ao entrar, ela percebe que a idosa está chorando.

— Calma, minha amiga! Calma! Ela vai voltar!

— Ah, Laura! Receio que não vá voltar, não. Ela saiu muito transtornada. Já há algum tempo Cláudia vinha demonstrando descontentamento. Agora, não sei o que farei! O que será de mim, bom Deus?

— Você não fará nada, minha amiga. Vai ficar quietinha aqui, que é o seu lugar!

— Mas, Laura... sozinha não conseguirei pagar a minha estadia.

— Você já faz muito! Mas, mesmo que não conseguisse fazer mais nada, ainda assim seria bem-vinda aqui.

— Você é muito boa, minha amiga! Entretanto, que dirá vosso esposo de tudo isso?

— Ah, Ernesto não dirá nada! Também gosta muito de você. Infelizmente, Cláudia não soube conquistá-lo como você, mas mesmo assim ele jamais desejou qualquer mal a ela. Você vai ver como ficará penalizado com a atitude dela. Quem sabe, Inez, Cláudia acabe voltando atrás!

— Não creio, Laura. Não creio.

— Venha comigo, Inez. Não vou deixá-la dormindo aqui, sozinha. Se sentir alguma coisa, não ouviremos. Venha! Você ficará no *cubiculum* que foi de Liz. Lá está entulhado com nossas encomendas, mas daremos um jeito.

— Mas a menina pode não gostar!

— Não se preocupe, Liz está muito bem acomodada com o esposo.

E assim, agradecida, Inez se vê mais uma vez amparada por Laura, mulher de coração bom e caridoso. Como ela previra, o marido começou a tratar a idosa com muito mais desvelo por sabê-la abandonada pela filha. Somente Flávio passou por um período nervoso e irascível, culpando a todos pelo desfecho desastroso do seu primeiro caso de amor. Laura preocupava-se muito com o seu menino, mas Ernesto sabiamente lhe diz:

— Não se alarme, minha querida. Isso haveria de acontecer. E que Inez não nos ouça, mas só temos a agradecer pelo ocorrido enquanto foi tempo. Flávio vai esquecer. Isso vai passar e em breve ele encontrará a jovem certa para si. Aliás, estou seriamente pensando em eu mesmo arrumar alguém para ele.

— Não faça isso, meu velho! Aí sim ele ficará revoltado conosco.

— Pensa assim?

— Tenho certeza. Vamos deixar o tempo consertar isso.

— Pobrezinha da Inez! Está muito abatida, não é?

— Sim. Não é fácil para ela!

— Tenho grande carinho por ela. Lembra muito a minha mãe, que também foi uma grande batalhadora.

— Que fazer, não é, meu velho? Assim é a vida! Um dia talvez venhamos a ter respostas para tudo pelo que passamos em cima desta terra. Até lá, importa vivermos da forma mais proveitosa possível, fazendo sempre o nosso melhor. Creio que Inez está aqui para aprendermos a ser caridosos. Mas é bom que se diga: ela ajuda muito, principalmente agora que Liz vai ter um filho. Enfim, já não consigo mais conceber a nossa vida sem a presença dela aqui em casa. Eu sentiria muito se ela fosse embora.

— Por mim, ela ficará conosco enquanto quiser.

— Ela é uma idosa, você sabe!

— Um dia não seremos todos nós? Vamos ajudá-la como se fosse alguém da família, e família você não abandona para trás só porque envelhece.

— Alguns abandonam.

— Este não é o nosso caso, não é, Laura?

— Com certeza não, meu velho! Suas palavras já me deixaram mais sossegada.

— Você estava me testando, pensa que eu não percebi?

— Perdoe-me, Ernesto. Não gostaria de me aproveitar de Inez enquanto ela tem alguma vitalidade para auxiliar-nos e depois, quando não puder mais, abandoná-la ao léu!

— Pois fique descansada, isto jamais ocorrerá. Vamos cuidar de Inez até o fim! Está bem assim?

— Sim, meu velho!

O final daquela conversa é ouvido por Inez, que casualmente entrara. Como ouviu seu nome, não conseguiu se afastar, já temendo que iria ser mandada embora. Discretamente vai para o seu canto, onde chora muito, emocionada por encontrar pessoas tão boas.

Daquele dia em diante, tornou-se outra pessoa, alegre e sem amarguras. Passou a se dedicar àquelas pessoas não só por gratidão, mas também porque os amava como sua verdadeira família.

CAPÍTULO XIII

MATERNIDADE, CAMINHO PARA A RECONCILIAÇÃO

A gravidez de Liz estava correndo bem, e em vista disto eles mantiveram os planos que já tinham, de visitar o tio Jacinto.

Em casa de seu tio, a chegada de Ângelo foi providencial, pois Jacinto não andava bem, e nada contara a Joviano, seu irmão, para não o preocupar. Resumindo: em poucos dias, ele piorou muito. O passeio dos esposos, longe de ter sido um deleite, acabou se transformando em muito trabalho, pois o tio, pressentindo o desfecho de sua vida, queria deixar tudo em ordem. Ângelo fez o que pôde, agilizando os documentos que o tio solicitava. Não se sentia bem sabendo que a documentação toda era a seu favor, com o tio lhe deixando tudo o que possuía. Tentou até argumentar com o generoso ancião, o qual respondeu-lhe:

— Tudo o que faço, já o tinha planejado há muito. Tenho imenso prazer em lhe deixar isto, que é o esforço de uma vida de trabalho.

— Mas, tio, papai ainda vive. Não acha que seria mais justo, então, deixar seus pertences a ele?

— Para que, Ângelo? Para Antônio dilapidar tudo como vem fazendo? Não, meu sobrinho! Deixo tudo para você e com muito gosto. Sei que saberá dar valor e usar bem o que lhe repasso. Seu pai, embora o ame muito, não tem pulso para lidar com Antônio, nunca teve, e não vou deixá-lo dar fim ao que lhe pertence como vem fazendo. Morro em paz com você e sua graciosa esposa ao meu lado, e mais em paz estarei por deixar tudo organizado.

E, assim, foi só o tempo de Joviano chegar para prantear o irmão, e este deixou a indumentária física, rumando para a verdadeira pátria: a espiritual!

Quando o casal retorna daquela viagem exaustiva, com extrema avidez Antônio vai até a casa do senhor Ernesto tomar satisfação com Ângelo. Adentra o lar dos Tórrentes com grande arrogância, e, sem ao menos cumprimentar ninguém, vai logo dizendo:

— Ângelo! Espero que a verborragia que papai jogou em cima de mim não seja verdade! Gostaria de ver os documentos de tio Jacinto.

— Para que isso, Antônio?

— Não confio em você! Foi lá para tramar contra mim! Envenenar tio Jacinto, com certeza.

— Você não sabe o que diz, Antônio. A troco de que eu faria isto?

— Envolvê-lo manhosamente, a fim de se apossar dos recursos dele.

— Não sou homem de artifícios, ainda mais por conta de ganância. Mas, se você quer mesmo saber, tio Jacinto me passou tudo o que era dele.

— Não é possível isso!

— É! E já está feito! Quer ver os documentos? Olhe! Seu Ernesto e a família aqui estão e servirão de testemunhas.

Asperamente, Antônio agarra um pergaminho, que lhe estendia Ângelo, e o desenrola. Constatando detalhadamente as decisões do tio ali grafadas, furioso, ele o atira longe, enquanto grita colérico:

— Isto não pode ser legal! Você deve ter feito algo para convencê-lo.

— Tanto é legal que foi feito em presença de um legado[1]! E não, nada fiz para convencer tio Jacinto.

— Não acredito nisto!

— Para mim, se você acredita ou não é indiferente.

— A parte do rebanho que pertencia ao tio Jacinto você não me roubará! Eu não permitirei.

— Antônio, se vamos falar de roubo, você já dilapidou praticamente tudo o que me pertencia. Fique com esse rebanho todo, faça o que quiser, como, aliás, você tem feito, num total desrespeito à vontade de nosso pai. Destrua tudo! Mas naquela casa e em tudo o mais que tio Jacinto me legou você não porá suas mãos.

O outro, sentindo-se derrotado, como ainda humilhado diante daquela família que ele desprezava, mira um a um, cheio de

---

1 N.A.: Na Roma Antiga, legado refere-se a um cargo ocupado por homens da classe senatorial.

ódio, e sai batendo os pés. Mas, como Ângelo prometera, embora ele tenha tentado, não conseguiu se apossar de nada, além dos cavalos do tio. Precavidamente, Ângelo guardou parte daqueles haveres para alguma necessidade futura.

Para Ângelo, pouco mudou sua rotina sair da casa paterna e ir morar junto aos Tórrentes. Praticamente já vivia ali antes. Então, esta era a fase da consumação dos fatos. Hoje ele era o marido de Lizbela. Para o senhor Ernesto, Ângelo se tornou um grande auxílio, pois desde que saíra da guarda legionária a vida se lhe tornara mais difícil. Seu orgulho não o deixava depender da esposa ou da filha, que trabalhavam ativamente na pequena oficina de costura. O que entrava nas despesas por aquele meio era uma ajuda substancial, mas Ernesto a encarava como se fosse passageira. Em sua mente, em breve, tanto a esposa quanto a filha teriam de parar com aquele trabalho. O fato de elas precisarem continuar e de aquele ganho auxiliar no orçamento da família o melindrava muito. Assim, quando Ângelo passou a fazer parte da família e a auxiliar nas despesas, ele ficou muito aliviado e feliz. Na verdade, era o machismo aflorado da época, se é que assim podemos dizer. Ernesto aceitava de bom grado o que Ângelo ou mesmo Flávio traziam, mas não o que provinha das mulheres da família.

Nesse ínterim nasce Fernando, o primeiro filho do casal, uma criança calma e pacífica. Mas, poucos meses depois, Liz sofre outra síncope ao se levantar da cadeira e o pai corre a ampará-la.

— Liz! O que foi, minha filha? O que está sentindo? Laura! Acuda aqui! Nossa filha está passando mal!

Apressada, a mãe adentra o recinto.

— Liz! O que houve, Ernesto?

— Não sei! Não fosse eu segurá-la, teria ido ao chão. Venha. Ajude-me a colocá-la no catre.

Os dois genitores, preocupados, socorrem prestamente a filha, que jaz branca qual mármore. Contudo, daí a instantes, ela começa a melhorar e, abrindo os olhos, murmura:

— Mamãe, estou tonta! Com muita náusea!

— Acalme-se, filha, você vai ficar bem. Cuide dela, Ernesto! Vou fazer um remédio!

Laura sai apressadamente em direção ao seu pequeno canteiro, onde colhe algumas ervas. Faz um chá e leva para a filha, além de um galhinho fresco, que coloca nas narinas da jovem para reanimá-la.

— Vamos, Liz, cheire isto que vai lhe fazer bem!

Aos poucos a cor vai voltando para sua face e ela se senta escorada pelo pai, que a ampara, cheio de cuidados.

— Nossa, que mal-estar! Será que estou doente?

Laura oferece o chá à filha enquanto diz:

— Não creio que esteja doente, Liz. Ernesto, esse mal-estar de Liz você sabe o que é, não?

O pai, até então sumamente preocupado, olha a esposa com espanto...

— Laura! Não me diga! Você tem certeza disso?

— É a lei natural das coisas, não é? — diz a mulher sorrindo.

— Do que vocês estão falando? O que acham que eu tenho?

— Nada de mais, minha menina! Creio que muito em breve seremos avós novamente!

— Ah! Eu também estou desconfiada disso.

Instintivamente, a jovem mulher coloca as mãos sobre o ventre e fala:

— Tive um sonho estranho um dia destes. Nada lhes falei porque não conseguia entendê-lo.

— Conte-nos agora se quiser, minha filha. Eu e seu pai só queremos o seu bem.

— Pois assim se deu este sonho: eu caminhava com Ângelo, mas em dado momento um turbilhão nos separou. Eu o procurava sem encontrá-lo. Quando já principiava a me desesperar, um casal, ambos trajados de uma maneira diferente, mas impecável, aproximou-se de mim. Sorriam amigavelmente, e eu me senti mais calma. Parecia-me já conhecê-los há muito tempo. Com confiança me aproximei, já lhes falando:

"— Vocês sabem de Ângelo? Ainda agora estava comigo e algo nos separou. Por favor, ajudem-me a encontrá-lo!

"— Não se preocupe! — diz-me aquele homem. — Ele está próximo. Venha conosco, minha filha!

"E, magicamente, o local se modificou totalmente. Estávamos em um antro muito feio, escuro e com um odor nauseante. Ali, muitos seres se arrastavam pelo chão. Digladiavam-se e urravam de raiva ou dor. Não sei dizer. Eu me sentia muito mal. Queria fugir dali.

"— Que lugar é este? Por que me trouxeram aqui?

"— Lizbela, você necessita se lembrar do seu compromisso!

"— Que compromisso? — perguntei, estranhando.

"— Compromisso com aquela irmã do seu passado!

"— Qual irmã? Eu não tenho irmã! — falei aflita.

"— Sim, você tem, e, a menos que seja fiel ao seu compromisso, tudo pode mudar em sua vida!

"— Onde está essa irmã, então? Que compromisso é este que eu tenho com ela?

"Então, aquele homem de aparência tão nobre, a quem eu sabia muito amar, deslizou e pairou acima daqueles seres rastejantes. Espalmou suas mãos sobre eles e luzes desceram delas até o lodo humano. Com estranheza, eu vi um daqueles seres se destacar do grupo e, pela força daquela luz emanada por ele, o ser foi se elevando, subindo até ele, que o arrebatou em seus braços amorosamente.

"Era uma mulher. Ela permanecia inerte e totalmente inconsciente. Ele se aproximou de nós trazendo-a, e eu, instintivamente, comecei a recuar temerosa. Mas a acompanhante dele me segurou forte, dizendo-me ao ouvido:

"— Coragem, minha filha!

"Ao chegar perto de mim, o ser de luz exclamou:

"— Eis aqui o seu compromisso! De aceitá-lo dependerá o seu futuro!

"Fui tomada por um pavor crescente, e meu desejo era fugir correndo; entretanto, parecia petrificada. Confusa, tentava concatenar as ideias:

"— O que me diz, senhor? Como posso ter compromisso com tal criatura?

"Então ele calmamente exclamou:

"— Vamos adiante. Há um local mais apropriado para conversarmos.

"E novamente, de uma maneira que não sei explicar, já estávamos em outro local. Era uma sala ampla, bem iluminada, com móveis estranhos; ele colocou aquele ser em um catre muito limpo, e surgiram outras pessoas que iniciaram uma limpeza na mulher recolhida. Ela gemia bastante, e aquele homem novamente se utilizou das mãos, de onde saíam luzes, direcionando-as para a cabeça dela. Havia ainda estranhos aparelhos que aproximaram da mulher; estes puxavam aquela lama negra que a cobria. Aos poucos, a mulher começou a melhorar. Quando deu por si, não sei depois de quanto tempo, ela olhou fixamente para o homem que a auxiliava e desatou num pranto sentido. Somente ao ouvir o seu choro é que comecei a perder o temor e me acalmar. Com grande carinho, aquele ser especial a abraçava, dizendo-lhe:

"— Chore, minha filha! É bom desabafar depois desse longo tempo de reclusão nos vales de sombras e dores.

"— Por que tive de permanecer naquele local pavoroso? Por quê?

"— Consequências dos seus próprios atos, minha filha!

"— Diga antes, castigo! É isso! Eu estava sendo vilmente castigada! Mas quem me castigava assim? Quem tem essa autoridade para nos fazer passar por dores tão cruciantes?

"— Deus tem essa autoridade sobre nós por meio de Suas leis! Todas as vezes que falimos, renegando o dom da vida, fugindo de Suas leis divinas, enveredando pelos caminhos dos erros, do orgulho e das vaidades, que fatalmente nos levam para as maldades, haveremos de colher tudo o que plantamos. Não, minha filha, o que está passando não é por castigo, mas sim o resultado do que plantou. Deus é misericordioso, pois viu por bem retirá-la do lodo dos vícios em que estava mergulhada para mais uma chance. Eis que Ele lhe oferece mais uma oportunidade na vida física.

"Fazendo um sinal, o ser luminoso pediu que me aproximasse. Mesmo assaltada pelo temor, seu chamado era irresistível. Adiantei-me até ele, que gentilmente tocou meu braço:

"— Não tenha medo, Lizbela. Venha, filha! Você sabia que este momento chegaria. Coragem, pois também é uma grande oportunidade para você! É uma mulher forte, corajosa, você há de vencer. Pense em Ângelo, seu amado esposo, pois ele aceitou de bom grado essa provação. Venha! Não tema!

"Depois, voltando-se para a paciente, ele disse:

"— Veja e seja grata, pois mais uma vez renascerá. Eis aqui sua futura mãezinha.

"— Ela? Novamente nos encontramos, e eu nesta situação? Não quero! Não quero! — gritava a mulher em desespero.

"— Não seja ingrata! Ou aceita de bom grado o que lhe é oferecido, ou retornará àquele charco expurgatório.

"Ela então voltou a soluçar com grande amargura.

"— Vamos! Seja sensata! Bem sabe que podemos fazer isto à revelia de sua vontade. No entanto, preferimos que esteja consciente do fato, para que aprenda a ser grata e desenvolva a humildade.

"— E ele?

"— Não se preocupe com ele.

"— Ele me quererá? Pois tenho certeza de que é ele. Onde está? Por que não veio me buscar, me acolher? Sabem que com ele eu vou de bom grado!

"— Infelizmente você não tem méritos para ele estar aqui. E, depois, a presença de seu futuro pai não é importante neste momento, mas a da sua futura mãe, sim. É com ela que você tem de se concertar. Que fique bem gravado em sua consciência que será por intermédio dela a sua saída desse abismo em que se meteu. No passado, já foi auxiliada dessa forma, mas ainda assim preferiu se deixar levar pelo seu lado sombrio, e novamente caiu nos mesmos erros.

"Ele silenciou por alguns minutos para dar tempo de ela assimilar tudo o que se passava. Logo após continuou:

"— Agora, para continuarmos e tudo transcorrer da melhor forma para as duas, é necessária à sua resignação.

"Silêncio novamente, e só se ouvia o choro angustiado da mulher. Neste ponto, parece que eu fui perdendo a consciência, não sei. Logo após acordei. Não consegui dormir mais naquela noite. Levantei-me e me sentei no jardim. Ali, vi o dia clarear. Ângelo tinha ido se deitar tão cansado, coitado. Mas isto foi bom, pois ele não acordou com a minha inquietação."

— Que sonho estranho, não acha, Laura?

— Muito intrigante, Ernesto! E depois, minha filha?

— Isto faz uns três meses; depois comecei a me sentir mal. Não consigo esquecer o sonho, e, de alguma forma, acredito que isto aqui dentro do meu ventre é aquela mulher.

— Minha filha, não se deixe sugestionar desta forma. Para sua gravidez[2] transcorrer bem, é necessário que você ame a criança abrigada em seu ventre. Então, querida, nunca diga "isto aqui" em se referindo ao futuro filho. Não sei elucidar seu sonho, no entanto sei com certeza que você está grávida, e toda gravidez é uma bênção.

As impressões de dona Laura estavam corretas, pois daí a alguns meses já dava para perceber a barriga proeminente de Liz, embora se mantivesse magra. Liz se tornou nervosa e irritadiça, não só por conta de seu estado, mas por absorver parte da difícil condição vibratória em que se encontrava sua inimiga do passado. Aquela estava sendo uma gravidez difícil; ela passava muito mal e quase não se alimentava. Não fosse a insistência da mãe, talvez tivesse perdido a criança. Entretanto, esta nasce forte e saudável, recebendo o nome de Petúnia. Depois do nascimento da menina, a vida em comum do casal e dos familiares transcorre mais serena, e alguns anos se passam.

---

2 Nesta gravidez, Liz recebe como filha Hamazusaith, uma inimiga do passado que vinha mais uma vez, em um difícil processo expiatório, lutar para evoluir. Mais detalhes no livro *A Grande Sacerdotisa do Antigo Egito*, do mesmo autor espiritual e psicografado pela mesma médium.

CAPÍTULO XIV

LAURA E OS CRISTÃOS

Inez mostrou ser uma mulher muito trabalhadeira. Não media esforços a fim de ajudar Laura em tudo, mas também saía bastante. Os Tórrentes acreditavam que ela se encontrava com a filha. Como era muito discreta em relação ao fato, ninguém lhe perguntava nada, apenas presumiam. Entretanto, durante a gravidez complicada de Liz, ela parou de sair, e mesmo depois dos primeiros anos do nascimento de Petúnia ela ainda não retornara plenamente aos seus antigos hábitos — talvez porque o trabalho aumentara com duas crianças na família, e ela percebia quanto Laura lutava para manter a casa em dia. Pela afeição sincera que desenvolvera por esta, abriu mão de seus passeios para ajudar mais. Um dia, não se contendo, Laura lhe pergunta:

— Inez, você sabe quanto ficamos felizes com o nascimento de nossa neta. Sei que a situação melindrosa de Liz exigiu muito da minha atenção, e, não fora você, minha amiga, a nos auxiliar, não sei como nos arranjaríamos. Você tem sido de muita ajuda. Como costumava sair bastante naquela época e de lá para cá restringiu muito os seus passeios, não quero que se prive disso se preocupando conosco. Petúnia já está grande, não dá mais tanto trabalho. Então, minha amiga, pode voltar a fazer os seus passeios como antes. A propósito, como vai sua filha?

— Minha filha? Mas, Laura, eu nunca mais a vi desde sua saída desta casa.

— Verdade? Nunca mais a viu? Eu presumi que vocês se encontrassem.

— Não! Longe disso!

Como a outra silencia, Laura insiste:

— Inez, sabe que sou sua amiga, não é? Não poderia me contar aonde sempre ia, então?

— Bem, não sei se vocês aceitarão bem isto: sou cristã, Laura! Simplesmente ia às nossas reuniões. De início ia às igrejas, por isso saía mais. Contudo, vi por bem diminuir essa frequência; ficamos muito expostos nas igrejas e podemos ser perseguidos. Atualmente só vou à casa de algum cristão que abra suas portas para os bispos visitantes, disposto a dar culto sobre a Boa Nova. Uma dessas pessoas é uma boa mulher de nome Irene, em cuja moradia há reuniões de estudos regularmente.

— Verdade? Estou admirada! Sabe que isso me passava pela cabeça às vezes? Entretanto, tinha receio de perguntar, pois não gostaria de ser indiscreta. Afinal, religião é algo tão pessoal, não é mesmo?

— Bem, agora que já sabe, o que acha?

— Confesso que sempre tive imensa curiosidade sobre os cristãos, porém, nascida entre romanos convictos, nunca tive coragem de ir além. Gostaria muito de ir com você a uma dessas reuniões, minha amiga.

— Mas... e sua família? Seu esposo não há de gostar disso! Percebo quanto ele é apegado aos valores antigos.

— Pode ser; contudo, não acha você que eu tenho o direito de buscar conhecer o que é melhor para mim?

— Sim! Mas...

— Não se preocupe, Inez! Quero apenas conhecer mais sobre os cristãos. Você não imagina como eu tenho curiosidade e vontade de ir a uma dessas reuniões. Contudo, sozinha eu jamais tive coragem.

— Se é assim, eu posso levá-la. No entanto, não seria melhor antes contar para Ernesto? Não quero que ele fique agastado comigo.

— Eu assumo total responsabilidade, minha amiga! Não se preocupe.

Alguns dias depois dessa decisão de Laura, vamos encontrar as duas companheiras dirigindo-se à já mencionada reunião. A casa da cristã Irene era afastada do centro, cercada por algumas árvores frutíferas, o que lhe dava um delicioso ar campestre. A dona da casa as recebeu de forma carinhosa e muito fraterna, direcionando-as para um galpão aos fundos. Bancos de madeira grosseiros acomodavam os mais idosos, e o restante ficava de pé, recostando-se onde desse. O recanto foi se enchendo de pequenos grupos de pessoas que, silenciosas, aguardavam.

Em dado momento, um burburinho denuncia a chegada de alguém. Irene se apressa, indo ao encontro de um homem de meia-idade. Era alto, magro, com um manto branco, dono de um semblante sério, porém, bastante agradável.

— Irmão Esperidião! Quanto nos alegra com sua presença! Mal pude crer que estava em Roma!

— Sim, minha doce amiga. Tive que apressar o meu retorno, pois fui informado de sérias altercações na nossa Igreja.

— Também tenho ouvido coisas, mas procuro me centrar aqui. O irmão sabe que eu não concordo com o rumo de certas decisões daqueles dirigentes. Parecem não perceber que podem trazer a desgraça para todos nós! A meu ver, irmão Esperidião, não foi isto que Cristo deixou para nós: orgulho, arrogância, discórdia. Creio que a Igreja cristã só estará segura a partir do dia em que todos os seus seguidores forem sinceros e humildes em suas devoções.

— É exatamente acerca disto que vim lhes falar, irmã Irene. Se nossos irmãos continuarem com sua postura intransigente, corremos sérios perigos.

Embora a conversação se desse a meia-voz, todos ali presentes a ouvem. Laura cogita em seu íntimo com o que aqueles irmãos estariam tão preocupados. A um sinal de Irene, Esperidião sobe numa pequena plataforma ali colocada para que ele tivesse uma boa visão de todos e, igualmente, todos pudessem vê-lo bem. E o pregador inicia a sua preleção:

— Boa noite, queridos irmãos! Que o Amado Cristo de Deus possa estar aqui em nosso meio nos auxiliando, a fim de que nossas palavras cheguem de forma esclarecedora e consoladora a todos vocês!

“O Cristo sempre foi muito claro em suas explanações. Somente a caridade nos traria salvação. E todos nós necessitamos desesperadamente de salvação, principalmente a salvação de nós mesmos, pois temos o costume de errar achando que estamos acertando. Isto porque avaliamos tudo e todos pelos nossos olhos, sempre voltados mais para o mundo externo que o nosso próprio íntimo. O Cristo jamais se preocupou com aparências, o que nos deixou claro em se referindo aos sepulcros caiados: "brancos por fora, mas cheios de podridão por dentro!". De que nos adianta erguermos tantas igrejas quando elas não passam de construções? Nesse setor, penso que estamos querendo imitar o velho romano, cultuando seus deuses fictícios, abrigados sob templos enormes e suntuosos! Não creio que o Messias, que teve por trono a cruz, queira isso para os seus seguidores. Deveríamos voltar às raízes do cristianismo e seguir o exemplo de Pedro, com o imenso trabalho prestado em sua humilde Casa do Caminho. O que estamos gastando com nossas igrejas deveria ser revertido em mais alimentos para os pobres, remédios para os doentes e teto para os desabrigados."

Nesse ínterim, alguém no meio do grupo pergunta:

— Mas, irmão Esperidião, onde faremos nossos cultos, nossos estudos, se não erguermos as igrejas? O grande convertido de Damasco, Paulo de Tarso, não nos deixou o exemplo de quanto ele trabalhou para expandir o cristianismo, criando inúmeros grupos fortes e sólidos?

— Com certeza nosso inestimável Paulo de Tarso, quando falava dos grupos fortes de bases sólidas, não estava se referindo a construções físicas, simplesmente. Todavia, referia-se à firmeza da união com que esses grupos deveriam se manter, não por conta de paredes com um teto a abrigá-los, mas sim por uma fé inabalável, alicerçada no amor pelo conhecimento a nós deixado pelo Cristo! Isto é o que nos tornará fortes e corajosos, a ponto de não mais necessitarmos de quaisquer edifícios a fim de congregarmos em Seu nome.

Edifícios suntuosos denunciando riquezas costumam atiçar a cobiça, bem como o orgulho e as tolas vaidades, que podem pôr a perder as ideias e os ideais mais santos.

Esperidião silencia por instantes, buscando inspiração do Alto.

— Sinto presságios de nuvens escuras se aproximando, meus irmãos! Este é o momento de nos aquietarmos dentro de nossa crença, segui-la de forma simples e humilde, e não de abrir o peito, orgulhosos, num enfrentamento desnecessário aos outros credos. Nós não devemos ter a pretensão de transformar o mundo conforme o nosso modo de ver e pensar, impondo-nos ou entrando em choque com os gentios. Devemos deixar que as pessoas venham buscar sua adesão ao cristianismo de forma espontânea, e não as coagindo, forçando, ou, pior, tentando aparentar o que ainda não somos. Estamos em número menor, cercados de hostilidades e invejas gratuitas, pois temos hoje a satisfação de possuir alguns bens, o que tem suscitado ciúme doentio por parte daqueles que nada possuem, além do demasiado orgulho por esta pátria. Estes que nos perseguem hoje assim o fazem mais por ódio pela nossa condição do que por motivos religiosos propriamente. Esta Roma decadente nada mais tem a lhes oferecer! Já há algumas dezenas de anos, ela tem sido leiloada pelo maior preço. Se hoje somos regidos por essa política confusa, na qual entra e da qual sai governante sem modificar em nada a situação precária do povo, na qual as invasões crescem, derrubando as frágeis fronteiras desse imenso legado que um dia foi a todo-poderosa Roma; se nem diante dessas dificuldades deixaram de perseguir a nós, os cristãos, que haveremos de esperar deles? Mas, pela minha análise, será necessário que todo este antigo poder caia por terra, para que outro melhor possa se erguer. Finalmente, meus irmãos, compreendam que este caos político, social e religioso que aqui vivenciamos é sinal de mudanças, e nós, meus amigos, estamos no caminho dessas mudanças.

"Como todos sabem, transformações drásticas dificilmente se dão pela via da paz! Portanto, sinto ventos de grandes mudanças chegando. Mas, até que o vendaval passe, trazendo uma época de novas ideias, de ações mais conciliadoras e prenúncios de fraternidade, muitos de nós ainda hão de sofrer. Eu sinto dizer, meus irmãos, que, diante das invasões e pestilências que desabam sobre Roma, nós, como cristãos, estamos na linha de frente. Preparem-se, queridos companheiros de ideais, pois uma época de lutas bravias nos aguarda. Todavia, ao findar dela, um novo dia nascerá para os cristãos, e a Cruz do Cordeiro enfim se firmará sobre suas bases. Nesta que é hoje a capital de uma religião falida, amanhã uma nova aurora surgirá, na qual a Luz do Cristo não mais se extinguirá, e na qual ninguém mais será perseguido por vivenciar os Seus ensinamentos.

"Oremos, pois, rogando ao Mestre Jesus que nos dê forças para enfrentar com serenidade o que virá pela frente. Este é o nosso momento de provação! Como tantos outros, que no passado deram sua vida nos festivais dos grandes circos, pressinto que em tempos próximos seremos nós os chamados a dar o testemunho de nossa fé e de nosso amor ao Redentor!"

Depois das palavras sérias e proféticas de Esperidião, como a história nos provaria mais tarde, todos silenciam, meditativos. Para alguns, a luz da fé palpitava, expandindo-se como imensas labaredas, despertando naqueles uma ansiedade por poderem demonstrar a fidelidade ao culto cristão. Mas já outros estremeciam de temor ante a perspectiva de um sacrifício provatório doloroso. O medo de não serem fortes, não suportarem o que deles seria exigido, lhes apertava o plexo solar numa penosa sensação de angústia. Amavam o Cristo e a Sua doutrina, a qual procuravam seguir em sua pureza, mas não se sentiam capazes de enfrentar uma morte tormentosa, que possivelmente lhes seria exigida como um atestado da fé sincera e ardente na vida pós-morte. Temiam fraquejar no momento final.

Irene, percebendo o desalento que ameaça tomar conta do ambiente, puxa a palavra:

— Irmão Esperidião! Entendo que estes são outros tempos, afinal, mais de duzentos e cinquenta anos se passaram desde a época das terríveis provações dos seguidores da Boa Nova. Nossos governantes já não são os loucos amorais de outrora, qual Calígula, Nero e outros, que ainda, apesar dos grandes labores administrativos, não conseguiram deixar de lado o orgulho exacerbado para aceitar os humildes ensinamentos de um carpinteiro. O medo de verem tais ensinos se misturando aos credos romanos foi o móvel principal para as perseguições sangrentas de então, mas hoje os costumes são outros. O povo já não é tão ignorante. Ainda assim, o senhor acredita que corremos tal perigo?

— O que sinto, irmã Irene, é que esta sociedade está convulsionando em seus momentos finais. E, segundo as palavras do próprio Messias, aqui ele edificará o Seu Reino! Creio que, apesar do nosso grande progresso nesta terra, ainda não somos livres para pregar a nossa crença. Isto é um fato, minha irmã, e, até que ocorra algo drástico para mudar o rumo desta situação, estaremos em grande fragilidade. Contudo, nada temam! Não estou aqui para amedrontá-los! Sinto que nada ocorrerá para aquele que não está preparado. Vamos nos entregar com fervor à fé, mantendo-nos em vigilante oração, aguardando o que virá pela frente. Com certeza tudo ocorrerá dentro dos desígnios de Deus! Portanto, nada será por acaso; as situações criadas e advindas sempre estarão dentro de um propósito superior.

A partir daquele dia, Laura se torna assídua nas reuniões em casa de Irene, a cristã. Sente que ela mesma era uma cristã desde sempre. Naquelas palestras simples e humildes, encontrara as respostas que tanto procurara para as suas inquietações, suas inquirições internas perante as desigualdades e sofrimentos que via por toda a parte. Inez, porém, preocupava-se com a reação dos familiares quando soubessem. Mas nenhum deles as questiona sobre as saídas, e as duas seguem em frente no aprendizado daquela doutrina humilde, mas de bases fortes!

Alguns anos se passam...

Um dia, estava Eulália naquela casa em visita, como fazia periodicamente, já que haviam se tornado, ela e Guilherme, grandes amigos dos Tórrentes, não só pelo fato de Ângelo estar investigando Pancrácius, mas porque eram eles almas afinadas em sentimentos de simplicidade, retidão de caráter e bondade. Enfim, pessoas raras naqueles tempos idos da Roma antiga; pessoas que, quando a vida as juntava, formavam esses grupos sólidos e fraternos, verdadeiros oásis de energias positivas, beneficiando todos ao redor. E, desta feita, é Eulália quem pergunta a Laura sem rodeios:

— A senhora tem ido a alguma reunião dos cristãos?

— Por que me pergunta isso?

— A senhora é cristã, não é?

Ante a pergunta de Eulália, dona Laura fica constrangida, pois ia, mas escondida da família. Assim ela pensava, contudo todos sabiam. Porém, nada diziam para não a melindrar. Mas temiam por ela e por Inez. Na verdade, todos eles simpatizavam com as ideias cristãs, entretanto tinham medo das represálias a que aqueles estavam sujeitos. É Ernesto quem resolve abrir o jogo:

— Ela, acompanhada de Inez, tem ido a essas reuniões, sim, Eulália! E é claro que todos nós nos preocupamos com o fato. Está se tornando um tormento para nós esperá-las retornarem para casa, sãs e salvas. Sempre tememos o pior!

— Vocês sabiam?

— Ora, Laura! Estamos casados há tantos anos e você acha que pode fazer algo escondido, sem que eu saiba?

— Papai tem razão, mamãe. Se quiser saber, nós até já fomos lá à casa daqueles cristãos aonde vão vocês duas — exclama Flávio.

— Nós quem? E o que foram fazer lá? — questiona ela, alarmada.

— Eu e Ângelo! Nós as seguimos, mamãe. Para confirmar nossas suspeitas e observar se não estavam em perigo.

— Por favor, meus filhos, não se deem a esse trabalho! Não quero que vocês se preocupem conosco.

— A senhora não tem noção do perigo, minha mãe!

— Engano seu, Flávio. Os próprios pregadores já vêm nos alertando sobre os tempos difíceis que virão. Recentemente ouvimos do irmão Esperidião que a hora das grandes provações se aproxima.

— Mamãe! Se até os próprios pregadores sabem do perigo, por que continuam com isso? Vejo aí uma grande irresponsabilidade por parte deles. Nosso governo não admite ajuntamentos de quaisquer espécies, quanto mais de cristãos, pregando verdades que vão contra as leis vigentes. Isso só pode terminar mal! Eu ficaria mais tranquila se a senhora deixasse de participar disso, mamãe — comenta Liz, demonstrando quanto aquele assunto a contrariava.

— Vamos, Liz! Acalme-se! A casa aonde sua mãe e Inez vão é bem afastada do centro, um local de pessoas humildes, e não vejo tanto perigo por enquanto — comenta Ângelo, no intuito de tranquilizar a esposa. — Estamos atentos! À menor suspeita de algo anormal, tudo faremos para avisá-las e retirar as duas do local.

— Vocês não podem garantir isto, Ângelo! Trabalham e nem sempre estarão disponíveis para protegê-las!

— Nisto Liz tem razão, dona Laura. Será uma boa estratégia irem em dia e hora já demarcados antecipadamente. Dessa forma, eu e Flávio conseguiremos nos programar para a vigília — pondera Ângelo.

— Meus filhos, jamais pretendi dar tanto trabalho! Se preferem, deixarei de ir às reuniões, então. Não quero que vivam com tantos temores.

— Eu muito me alegro com sua decisão, mamãe!

— Liz, tenha calma. Esses encontros fazem tão bem a sua mãe! Talvez seja só o caso de estarmos mais atentos. Não acho justo ela se privar do que acredita somente porque estamos com temores.

Liz se sente contrariada com as palavras do marido, mas sabe que ele tem razão e resolve deixar a discussão daquele assunto para outro dia, pois não quer ser o centro de dissabores, quando todos estavam procurando aproveitar a companhia dos amigos tão queridos, Eulália e Guilherme.

CAPÍTULO XV

AS PROFUNDAS QUESTÕES DA ALMA

Ângelo andava tendo problemas com o seu superior e desconfiava de que ele acobertasse as ações de Pancrácius, pois aqueles dois mantinham fortes ligações, sendo que este último vinha sempre à base daquele comando, onde mantinham conversas reservadas e se tratavam com grande familiaridade. Somava-se a isto uma antipatia férrea e gratuita — assim acreditava Ângelo — que o oficial nutria contra ele, deixando-o muito abatido e contrariado. Ele percebeu também que, se continuasse tão próximo daqueles homens, não teria como agir na tentativa de descobrir os crimes de

Pancrácius. Poderia levantar suspeitas sobre si. Começa a cogitar então sair daquele batalhão, mudando para outro.

Seu descontentamento aumenta de tal forma que ele, já não suportando mais, desgostoso, desabafa com o sogro e o cunhado:

— Como vocês sabem, tenho tido sérios problemas com o meu oficial superior. Nada do que eu faço o agrada. Aliás, percebo que o homem sente imenso prazer em me contrariar e me destratar na frente dos companheiros. Venho pensando seriamente em solicitar a minha transferência.

— Acha prudente isto, meu genro? Onde quer que andemos, sempre haveremos de encontrar problemas e dificuldades.

— Eu tenho ciência disso, senhor Ernesto. Não sou dado a covardia e sei enfrentar os perigos, mas esse oficial Amaro, o qual sirvo, percebo que tem uma raiva concreta de mim. Não entendo o porquê!

— Já que tocou no assunto, meu rapaz, desconfio da razão dessa malquerença dele contra você. Este homem nutriu simpatia pela nossa Liz. Nada comentei em casa, pois sempre soube que vocês estavam destinados um ao outro; mas, antes de seu matrimônio, Amaro veio falar comigo, pedindo-me a mão de minha filha em casamento. Sem rodeios o dissuadi de tal propósito. Fui sincero quanto aos sentimentos de Liz por você, e lhe cortei qualquer esperança em relação a ela. Em vista disso, meu filho, seus receios têm fundamento. Já que se sente desconfortável nesta situação, nada mais justo que saia dela, aproveitando a oportunidade quando se apresentar.

— Quanto a isso não terei problemas, pois tenho certos créditos que me permitirão mudar de comando.

De imediato, Flávio entra na conversa:

— Se você vai sair, eu também vou, Ângelo!

— Veja bem, Flávio; eu tenho motivos sólidos para isso, já você, não!

— Crê mesmo nisso, Ângelo? Quem garante que, ao não ter mais você por perto para ele "despejar" sua maldade e arrogância, não se voltará contra mim? Afinal, sou irmão daquela que o desprezou!

— Que acha, senhor Ernesto? Concorda com isto?

— Bem, desde que Flávio envergou esta farda, tornou-se para mim um homem, e, como tal, com direito de decisão. Conquanto assuma as responsabilidades pelos seus atos, ele é livre para decidir sua vida como queira.

— Creio que minhas ações até aqui falam por mim mesmo. Jamais deixarei de responder pelo que faço, porém não sei se conseguirei segui-lo, Ângelo. Não creio que me darão dispensa.

— Falarei com o comandante de nossa companhia, se é isto que quer realmente, Flávio. Pedirei transferência para nós dois; pagaremos, se for preciso.

— Eu não tenho como, Ângelo!

— Estamos em família, Flávio. Tudo o que eu possuo é de todos nós, igualmente!

— Grato, meu cunhado. Não ficaria bem servindo ali sem você — exclama o rapaz, alegremente abraçando o amigo.

Ângelo também se sente feliz pela decisão de Flávio, pois seria muito bom ter ao lado um amigo em meio a tantos desconhecidos naquela nova unidade onde iria servir, caso os seus desejos se concretizassem.

Mudar de função ou de local onde servir naquele exército nem sempre dependia do valor de um homem; assim, parte daquela soma deixada pelo tio auxiliou Ângelo e Flávio a conseguirem a nova colocação. E, quando a oportunidade se apresentou, os dois se debandaram para o novo comando, fato que irritou profundamente Amaro, pois ele de fato detestava e invejava Ângelo pela sua capacidade de comandar e manter bons amigos ao redor de si. Isto, fortalecido pela recusa de Lizbela anos atrás, despertava naquele superior o seu pior lado, que, sem cerimônia, ele, com prazer sádico, despejava em cima de Ângelo. Mas teve que aceitar a não ter mais por perto aquele em quem descarregava sua ira.

E o tempo passava velozmente, com poucas mudanças. Havia aquelas situações que continuavam estagnadas, como o caso do incêndio mal resolvido, que não deixava o senhor Ernesto ter paz, fazendo Ângelo estar sempre atento, a ver se descobria algo novo para tentar remexer naquele caso, bem como o problema familiar de Guilherme, o qual, apesar do empenho de Ângelo, nada conseguira provar para levar Pancrácius à justiça. E, por mais que ele tomasse os cuidados devidos, era olhado com muita desconfiança pelos corruptos e maus-caracteres, pois aqui e ali surgiam de vez em quando suspeitas de que Ângelo seria um espião a mando de alguém!

Ângelo só se sentia bem e em paz dentro do lar. Era bastante feliz neste setor. Às vezes se preocupava com Liz, por ter tido problemas naquela sua última gravidez, não podendo ter mais nenhum filho. Mas eles estavam bem satisfeitos com os dois, que cresciam e se desenvolviam com rapidez — principalmente Petúnia, que, apesar de ser mais nova que o irmão, era maior e mais forte, de natureza determinada e até agressiva, embora muito bonita! Já Fernando, franzino, tímido e de natureza calma, era adorado por Liz, que não se dava tão bem assim com a filha. Liz jamais conseguiu esquecer o sonho que teve quando da gravidez de Petúnia. Às vezes, sentia uma angústia indefinida ao olhar para a filha. Lutava contra esse sentimento, mas nem sempre era capaz de dissipá-lo de pronto. Ângelo percebia isso e de forma natural buscava estar mais próximo da filha, para compensar e até poupar a esposa naquela situação melindrosa. Ele tinha uma intuição profunda de que o desamor entre mãe e filha era algo difícil para as duas, e que ele, de algum modo, tinha responsabilidade naquilo. A bem da verdade, isso não era real, mas ele assim se sentia, principalmente ao ver o sofrimento de Liz.

As questões espirituais mal resolvidas nos acompanham encarnação após encarnação, até que, pelo nosso empenho, boa vontade e tolerância para com o outro, vamos conseguindo extirpar o ódio e o rancor que foram criados em atos passados, quando nos deixamos envolver pelas sombras, e por meio de nossas paixões exacerbadas acabamos criando inimigos ferrenhos, que nos acompanham passo a passo — até que, cansados de muito sofrer, buscamos o auxílio do Alto e, lutando para nos melhorarmos, vamos conseguindo desfazer esses nós de nossa vida.

Sempre que podia e sua função militar permitia, Flávio corria a visitar Suelen. Apesar de ela se sentir feliz e gratificada com a presença do rapaz, ao mesmo tempo se inquietava. Preocupada, tentava alertá-lo:

— Flávio, sou muito grata pela sua presença, pela sua atenção, mas não consigo entender por que você se dá a esse trabalho! Por que gasta o seu tempo aqui comigo, uma aleijada que nada tem a oferecer?

— Suelen, antes de você ser uma aleijada, como diz, é um ser humano, merecedor de todo carinho, respeito e atenção. Não se deprecie assim como faz, por favor!

— Você não entende, Flávio, que, com sua atenção e carinho, está criando falsas ilusões em meu coração? Eu não quero sofrer mais do que já sofro, quando você cair em si e parar de vir me visitar!

— Por que você acha que eu estou despertando falsas ilusões em você? Não acredita que pode despertar amor verdadeiro em um homem?

— Que homem há de querer carregar um fardo pelo resto da vida?

— Suelen! Conheço casais que têm problemas mais graves, no entanto vivem bem, se amam...

— Por favor, Flávio! Veja bem o que você está fazendo! Eu não quero sofrer mais do que já sofro.

— Tampouco eu desejo isso para você. Pelo contrário, desejo devolver a alegria em sua vida e o riso em seu rosto. Suelen, eu serei imensamente feliz se você, ao menos, pensar na possibilidade de ter uma vida em comum comigo!

A jovem se põe a chorar, desolada.

— Flávio, pense no que você está me propondo! Eu não quero ser um fardo em sua vida. Pense em sua família; eles jamais irão me aceitar. Por favor, caia em si! Busque agir com a razão, pois eu não sou forte o bastante, e até posso aceitar sua proposta, que com certeza depois nos fará sofrer.

— Nunca estive tão certo do que eu quero para minha vida, Suelen. Eu quero você!

Ela sorri com tristeza, dizendo-lhe:

— Você não sabe o que quer! Até bem pouco tempo era apaixonado por outra, lembra-se? Como pode ter se esquecido dela? Você está com sentimento ferido, Flávio. É isso!

— Não nego que nutri grande ilusão por Cláudia, e isso já vai longe! Mas... o que eu julgava ser amor se apagou no dia em que eu te conheci. Tanto isto é verdade, que Cláudia desapareceu e eu jamais tive vontade de ir procurá-la. Pelo contrário, só quero estar aqui, com você! Tudo o que vejo, que me alegra ou entristece durante o dia, eu não vejo a hora de chegar aqui para te contar! Nunca senti tal necessidade com Cláudia.

Ele silencia por algum tempo e a seguir diz:

— É bom que você saiba que a tenho visto por aí. Contudo, sou eu quem foge dela. Não sei como pude me deixar fascinar por mulher tão vil e leviana! Ela é assídua nas tavernas, frequentadas por gente da pior espécie. Mas não quero falar mais de Cláudia. Ela não me interessa. Que faça o que quiser da vida dela! Na verdade, tenho agradecido à Providência tê-la retirado de minha vida. Falemos de nós, Suelen. Tenho certeza de que a amo! Não consigo mais imaginar a minha vida sem você!

— Flávio, por favor! Eu nada posso lhe oferecer! Jamais aceitarei ser sua mulher vivendo dessa forma em que vivo. Se quer mesmo saber, eu também o amo, e por isso mesmo jamais, jamais o constrangerei a viver com uma aleijada como eu!

Num impulso, ele a abraça forte, mas ela o empurra chorando:

— Flávio, vá embora! Por favor, vá embora e não volte mais aqui!

— Está bem! Eu vou, pois não a quero ver nervosa. Mas amanhã estarei de volta. Não falarei mais de meu amor, entretanto, não abrirei mão de estar ao seu lado, como amigo, se assim o preferir. Não me mande embora, Suelen, pois eu jamais me afastarei de você!

Daquele dia em diante, ela se torna mais triste e silenciosa. Eulália tudo faz para animá-la:

— Querida, por que não passeia mais com Flávio pelo jardim? Ele vem sempre a visitá-la, mas você não faz o mínimo esforço para demonstrar gratidão por essa gentileza dele.

— Você não entende, Eulália? Eu não posso dar a Flávio o que ele quer!

— E o que ele quer, Suelen?

— Uma mulher!

— E você é o que, minha querida?

— Uma aleijada! Jamais poderei ser uma esposa, ter uma família.

— Por que se nega o direito à felicidade, menina?

— O que eu posso oferecer a Flávio, Eulália?

— O seu amor, querida! Creio que é só disso que ele precisa.

— Como posso ser um peso para o homem que eu amo?

— Quando se ama verdadeiramente, não há fardo em auxiliar a quem amamos! Há quanto tempo ele a corteja? Isso não lhe diz nada?

— Eulália, você diz isso porque é bondosa, mas eu não quero correr o risco de ver o Flávio arrependido e sofrendo por estar preso a alguém como eu. Ele é jovem, saudável, bonito, há de encontrar uma mulher que o fará feliz.

— Não se ele a ama como eu creio que ama.

— O que faço eu, Eulália?

— Dê tempo ao tempo. Não o afaste de si, querida! Ele sofre muito toda vez que vem aqui e você mal responde a suas perguntas. Está tratando-o como a um inimigo, e ele só quer o seu bem, a sua felicidade.

— O que Guilherme acha disso tudo? Ele não fala nada. Eu vivo angustiada, Eulália!

— Seu irmão também só quer o seu bem! Ele gosta de Flávio. Acha-o um homem de valor, correto e de palavra. Não fosse isso, jamais teria deixado ele se aproximar de você. Converse com seu irmão, Suelen! Desabafe, assim como fez comigo. Ele ficará feliz em poder aconselhar você, ajudá-la. Mas, quanto à sua vida, o seu futuro... o que você decidir, nós apoiaremos!

Alguns dias depois, alertado por Eulália, Guilherme se aproxima da irmã buscando conversar. Ele também sentia imensa dificuldade em se abrir com ela. No íntimo, culpava-se por não ter estado presente naquele dia fatídico, quando ela fora ferida tão brutalmente.

— E então, minha irmã, como tem passado?

— Assim como vê! Quieta no meu canto, observando o horizonte!

— E o que busca tão longe?

— Não sei. Esperança, talvez!

— Enquanto olha para o horizonte, a felicidade bem pode estar ao seu lado!

— Felicidade? Você realmente crê que eu possa ser feliz algum dia?

— Por que não? Tantos com dificuldades iguais ou maiores que as suas vivem felizes!

— Ora, Guilherme, onde tem visto tais pessoas? Você está querendo me fazer sentir melhor ou pior?

— Não, minha irmã, estou falando a verdade. Tenho ido às reuniões dos cristãos, e você não imagina com quantas situações sofridas e constrangedoras deparo ali. No entanto, as pessoas estão felizes. São cegos, surdos-mudos e pessoas com deformidades de toda espécie, mas são conformados. Veem nas suas situações um grande propósito divino. Alguns chegam a agradecer a Deus pela deficiência, pois alegam que só depois de passarem por tal provação conseguiram encontrar um objetivo para a vida deles. E tem mais... Um dia desses, vi uma jovem como você, acamada há longos anos, sem poder andar. Depois de tocada por um ancião, bispo da Igreja cristã, onde eu me encontrava, atraído que fui por um evento especial que lá estava tendo, a jovem em questão se levantou e saiu a andar.

— Guilherme! Como pode crer em tal coisa? Isso deve ser um engodo para envolver pessoas crédulas! Admira-me você, tão inteligente, precavido e observador, deixar-se envolver desta forma!

— Exatamente por ser este o meu jeito de ser, não me deixando enganar com facilidade, você deveria pelo menos dar um crédito ao que eu estou lhe contando!

— Mas... foi verdade mesmo isto, de essa moça voltar a andar? Quem lhe garante que ela era uma aleijada?

— As pessoas à sua volta. Ela é muito conhecida e estava acompanhada dos familiares. A emoção de todos eles e o choro de agradecimento fizeram do ocorrido uma situação comovente. Nada daquilo poderia ter sido forjado, se é o que está pensando.

— Você há de convir comigo que não é todo dia que aleijados saem a andar por aí, curados!

— Realmente! Por isso o fato é digno de nota! Depois... eu jamais tocaria no assunto se não tivesse presenciado e acreditado no que estava vendo. Suelen, não quero lhe dar falsas esperanças, mas mostrar que há motivos para ser feliz mesmo sendo limitada em seus movimentos. Você continua sendo uma pessoa. Uma jovem bonita e saudável, se observarmos o conjunto, e poderia, sim, ter uma vida quase normal se quisesse.

— Guilherme, como eu poderia? Você bem sabe que, para uma jovem, ser normal é casar, ter filhos, enfim, formar uma família!

— Quem garante que você não possa ter tudo isso?

— Não quero dar falsas ilusões a ninguém!

— Suelen! O homem que se aproximar de você a conhecerá e saberá suas limitações e o que você poderá lhe oferecer. O amor, minha irmã, vence as maiores barreiras!

— Ah, Guilherme... Se isso fosse verdade!

— É verdade! Agora mesmo há alguém sofrendo por você!

— Não quero ser um peso na vida de Flávio!

— Talvez ele aguente carregar este peso! E digo mais: talvez ele queira carregá-lo!

Emocionada, a jovem cai num pranto silencioso.

— Vamos, Suelen! Tenha esperança, como você mesma falou! Dê uma chance a Flávio e a você mesma de serem felizes. Há obstáculos maiores, minha irmã! Difíceis mesmo são esses casamentos arranjados, em que as pessoas se odeiam, mas vivem juntas por conveniência. Vamos, anime-se! Você me faria o irmão mais feliz do mundo se ao menos tentasse! Eu e Eulália estamos tão felizes, que até me sinto mal perante você. Quero retribuir isto de alguma forma e prometo que estarei sempre ao seu lado. Haja o que houver, você sempre terá o meu apoio e jamais me afastarei novamente de você.

Emocionados, os dois irmãos se abraçam, selando ali um compromisso de afeto sincero que iria ligá-los pelas eras futuras, sempre se auxiliando mutuamente.

Depois daquela conversa com o irmão, Suelen começou a baixar as barreiras entre ela e Flávio, e já se podia ouvir o seu riso cristalino ecoar pelos jardins, sempre acompanhada pelo jovem enamorado, que a levava no colo para cá e para lá, provando que aquele era um fardo precioso que o fazia feliz só por carregá-lo. Mas lá no íntimo Suelen sonhava em um dia poder voltar a andar novamente. Aquela relação deles foi se tornando algo tão bonito e singelo, que, quando foi participado o compromisso aos familiares, todos se rejubilaram, aceitando-o naturalmente. Suelen, que sentia tantos temores, viu-se cercada de amor e compreensão, não só de Flávio, mas de todos os familiares igualmente. Não demorou muito para os dois se casarem numa cerimônia simples, na vivenda de Eulália, que, prestativa, colocou sua residência à disposição para o pequeno evento em que eles selaram o enlace. Flávio não cabia em si de felicidade, e a ocorrência veio a fortalecer ainda mais o laço entre as famílias de Liz, Ângelo, Guilherme e Eulália. De início, os dois ficaram morando na casa dos Tórrentes. Mas era muito dificultoso para Suelen, que precisava ser carregada escadas acima, escadas abaixo, de acordo com a discrição já feita daquela moradia. De uma forma bastante desprendida, Eulália construiu em sua vila uma casinha confortável para o jovem casal. A família se ressentiu da saída de Flávio do lar, mas por outro lado ficou feliz por vê-los tão bem instalados.

CAPÍTULO XVI

A TRISTE PARTIDA DE CLÁUDIA

Nesse tempo, Guilherme ainda trabalhava para o senhor Lucinus, gerenciando sua vila, e, embora quisesse sair para se dedicar somente à vila de Eulália, protelava, pois sabia que o senhor Lucinus o achava indispensável, visto sua capacidade de dedicação ao trabalho, e devido à gratidão pelo empregador, por ter confiado nele num momento tão crucial de sua vida. Dividia a atenção e cuidados entre as duas vilas, aguardando o momento propício para sair da primeira. Ariadne sempre aparecia por ali em busca do amigo, para conversar e desabafar suas decepções com o casamento, sempre reclamando do marido:

— Vê se pode, Guilherme! Ele agora deu para mandar me vigiar! Acha que devo sair só quando ele permitir. O infeliz não me conhece!

— Tome cuidado, minha amiga. Você sabe muito bem que neste caso a lei está do lado dele. Se alegar que você abandona o lar sem aprovação, ele pode até deixá-la sem nada!

— Quem me dera isso se desse! Pelo menos, eu teria sossego! Mas... sabe o que é pior? Ouvir minha mãe resmungando atrás de mim: "Eu não disse? Eu não te alertei?".

— Então! Ela não cansou de te alertar?

— Ora, Guilherme! Não comece com isso você também! É o único amigo que me resta. Só posso contar com você para desabafar.

— Tudo bem! Só que não quero dar de cara com o seu marido enfezado. Se ele descobre que você vem sempre aqui, pode não entender bem a nossa amizade.

— Ele sabe que eu venho. Digo sempre que é para descansar. Mas... se ele o vir, não sei o que há de pensar.

— Vai pensar o pior, com certeza! Portanto, Ariadne, evite vir para cá sozinha. Venha com o seu pai, que é mais seguro.

— Certo! Mas... deixemos este assunto para lá! Sabe quem eu vi um dia destes? Sua amiga, Cláudia.

— Cláudia? Nossa! Há anos não ouvia falar dela!

— Estava numa situação miserável! Fingi que não a conhecia, pois me encontrava com algumas amigas que jamais iriam entender como pude ter me aproximado, algum dia, de tal pessoa!

— Que pouco caridoso de sua parte, minha amiga.

— Pensa mesmo assim? Então vá vê-la! Veja o estado da criatura! E, ainda por cima, com uma barriga enorme!

— Estará grávida?

— Com toda a certeza, pois era evidente!

— Terá ela se casado?

— Como hei de saber? Só se for com algum mendigo, pois é o que ela está parecendo ser!

— Eu também era um quando me conheceu, lembra-se?

— É completamente diferente, Guilherme! Você sobressaía em meio à pobreza! Já ela, não! Parece que sempre fez parte daquela situação. Uma coisa eu devo admitir quanto a Liz e sua família: foram extremamente caridosos. No entanto, aquela ingrata não soube ser agradecida e aceitar a nova vida. Resultado: voltou para a mesma miséria de antes!

— Mesmo que você tenha razão, Ariadne, quem somos nós para julgar, não é?

— Ora, Guilherme, eu julgo pelo que vejo, não sou cega! Jamais vou tapar o sol com a peneira para amenizar a situação de quem quer que seja.

Depois que Ariadne se vai, Guilherme não consegue deixar de sentir imensa piedade por Cláudia. Lembranças vêm à tona, quando ela havia sido uma das que muito o auxiliaram. No íntimo, ele sabia que a amiga não tinha muito escrúpulo, e que sempre estava às voltas com atritos, acusada de "pegar" o que não lhe pertencia. Quando se junta a Eulália, esta percebe imediatamente o seu ar preocupado. Indagado, Guilherme lhe conta de sua amizade com Cláudia, aquela mesma que anos atrás tivera uma relação com Flávio, e da sua atual situação, segundo as palavras de Ariadne.

Decide ir procurá-la. Quem sabe poderia auxiliá-la de alguma forma.

Não foi fácil encontrá-la! Nesta sua nova roupagem, ele não era reconhecido, portanto não confiavam nele. Somente depois de muito esforço, e à custa de soltar algum dinheiro, um antigo companheiro de rua o informou onde a amiga se encontrava.

Determinado, Guilherme se veste o mais modestamente possível e retorna, embrenhando-se por aqueles recantos onde vivera por tantos anos. A cada passo, lembranças amargas afloram em sua mente. Chega a uma taverna de sórdida aparência, e lá, depois de perguntar por ela, o proprietário informa-o de má vontade:

— Cláudia está enfiada em algum buraco por aí, decerto esperando parir o filho bastardo! Vá lá procurá-la e aproveite para lhe dizer que aqui não é nenhuma casa de caridade. Ou ela volta para trabalhar assim que esse rebento nascer, ou os dois vão para a rua!

Se é que podemos trazer para a atualidade a descrição do local, diríamos se tratar de um cortiço da pior qualidade; gotejamentos e sujidades por todo canto, já que o romano pobre não possuía banheiro e tudo era atirado às vias públicas ou despejado no rio; na pior das situações, depositado em qualquer canto. Assim, desviando-se aqui e ali das sujeiras e dos moradores maltrapilhos e mal-encarados, Guilherme vai se aprofundando na rústica e miserável construção até dar em um canto, onde uma mulher deitada sobre uns trapos gemia muito.

— Cláudia! É você?

— Quem é? Quem está aí? — responde ela entre gemidos.

— Sou eu, Cláudia, Guilherme!

— Guilherme? Guilherme, pelos Deuses, me ajude! As dores são insuportáveis, não estou aguentando!

— Calma, Cláudia! Vou buscar uma parideira para ajudá-la!

— Não tenho dinheiro para pagar. Por favor, me ajude! Não me deixe aqui sozinha!

— Calma! Eu já volto!

Guilherme sai correndo, em busca de alguém para auxiliar Cláudia.

— Por favor, preciso de uma parideira!

— Parideira? Onde você acha que está?

— Por favor, necessito de auxílio para a minha amiga! Acho que está na hora de o bebê nascer!

— Tem dinheiro para pagar?

— Sim! Por favor, rápido!

— Calma! Ela não é a primeira nem será a última a ter filhos!

O homem entra e quase de imediato sai acompanhado de uma mulher mal-encarada. Mas... como não havia outra pessoa disponível, Guilherme, cheio de boa vontade, pergunta à mulher:

— A senhora conhece o ofício?

— Qualquer mulher que pariu uma vez sabe como é!

— Por favor, Cláudia está logo ali e sofrendo muito.

— Espere! — exclama o homem. — Tem de pagar primeiro!

Sem querer discutir, Guilherme derrama algumas moedas não mãos ávidas do homem e sai correndo, puxando a mulher pelo braço. Lá chegando, nota que a situação de Cláudia era sofrida. A mulher se abaixa e a examina, dentro de suas possibilidades. Passam-se algumas horas tormentosas com a mulher tentando fazer a criança nascer, mas sem sucesso.

— Não sei o que ocorre! Parece que ela não tem forças para expulsar a criança. Deve ter feito alguma coisa.

— Como assim? — pergunta Guilherme.

— Deve ter tentado dar cabo da criança, e com isto estragou a saúde.

— Cláudia! — chama Guilherme. — Está me ouvindo? Você fez alguma coisa? Tomou algum remédio para abortar?

— Sim! Mas não consegui, como pode ver!

— Não conseguiu se livrar da criança, mas arruinou a sua saúde, não é? — diz a mulher com aspereza.

— Eu não podia ter essa criança! Não posso cuidar nem de mim, quanto mais de um filho! — Mas a dor faz com que ela volte a gritar. — Por que não nasce logo? Não estou aguentando mais!

— Fique calma, Cláudia. Tente respirar profundamente.

— Não consigo! Estou tísica!

— Cláudia! Cláudia! O que você fez consigo, minha amiga?

— A vida fez isto comigo! A vida, e não eu! — exclama a jovem, cheia de revolta. Mas a cada momento gritava de dor.

Guilherme pondera consigo que ela tivera tudo para seguir outro caminho, não sendo, portanto, a vida a culpada de sua atual situação. Lembra-se da irmã, que encontrara a felicidade com Flávio, apesar da deficiência física que portava. E Cláudia, que era até pouco tempo atrás bonita e saudável, ali estava numa mísera condição. Contudo, ela própria escolhera aquela vida. A falta de aceitação diante de uma vida simples, mas digna, a fizera sair pelo mundo em busca de algo melhor. O que encontrara? Ignorância, maldade e aproveitadores. Nunca pensara que aquilo pelo que tanto ansiara poderia ter vindo à sua porta se soubesse esperar e ser agradecida pelo que já tinha recebido. Penalizado com a situação, ele busca incentivar a parideira a continuar tentando e, devido a sua experiência com os animais, passa a ajudar a trazer aquela criança ao mundo.

— Por favor, minha senhora, vamos continuar tentando. Eu a recompensarei pelo esforço.

— Vejo-me impossibilitada de fazer algo mais, não sei o que há! Na verdade, o meu trabalho é outro.

— Como assim?

— Esta daí mesmo veio buscar os meus préstimos, mas, vendo o estado adiantado da barriga, me recusei. Não quero ter problemas.

— Você nunca auxiliou num nascimento, então? — questiona Guilherme.

— Ah, sim! Já aconteceu algumas vezes, mas não sou perita! Aqui dá para perceber que há problemas.

— Tente! Por favor! Ela está sofrendo muito!

— Eu posso forçar a criança a nascer, mas não sei se Cláudia vai aguentar.

A parturiente, ouvindo a mulher falar, grita louca de dor:

— Faça! Faça o que puder! Não vê que, ficando assim, aí é que vou morrer mesmo?

A mulher corre para casa e retorna com alguns instrumentos envolvidos em um pano sujo. Agoniado, Guilherme assiste ao trabalho intenso de forçar o nascimento daquele serzinho, enquanto a mãe padece aos gritos.

Finalmente, a criança nasce! É uma menina, mas Cláudia se encontra esmorecida. Guilherme toma a bebê nos braços, cheio de piedade pela pequenina, que vinha ao mundo em tal situação!

— Bem, eu fiz o que pude, a criança está viva. Quanto à mãe, não garanto muito tempo. Ficou bastante ferida.

— Você tem algum remédio que possamos dar a ela?

— Só para aliviar um pouco as dores, mas infelizmente não possuo recursos.

— Ajude-a no que puder!

E, assim, ali ele passa a noite velando pela amiga. A mulher limpou a criança e lhe arrumou alimento, mas a entregou a Guilherme, como a se livrar da responsabilidade. O fim da noite culmina, igualmente, com o fim da vida tormentosa de Cláudia. Em vão Guilherme tenta conversar com ela, que o olha, alheia. Ele não consegue tirar dela sequer o nome do pai daquela criança.

Amanhecendo o dia, Guilherme vai atrás das autoridades para se informar a respeito de assuntos daquele teor, tomando as providências cabíveis para o caso. Assim, passa algumas horas naquele ambiente. O dono do lugar, que também é o dono da taverna onde Cláudia estava trabalhando nos últimos tempos, acompanhado pela mulher, a parteira abortiva, acabaram por se penalizar com a situação daquele homem, tão atencioso e de aparência tão distinta, para um caso de tão pouca importância como aquele. Afinal... na época reportada, mulheres morriam todos os dias ao darem à luz.

Decidido a desvendar a procedência paterna da criança, Guilherme pergunta ao homem:

— Você sabe se Cláudia tinha algum companheiro? Alguém que a visitasse assiduamente?

— Nos últimos tempos, não! Também, naquele estado, quem iria querer algo com ela? Mas a história dessa mulher é longa! Sei por informações de frequentadores do meu comércio que, antes, ela andava por aí com gente de classe. Teve até um caso com certo pretor, que logo a deixou, quando então ela passou a andar com Ernani, um homem da pior espécie. Dizem que ele era de família patrícia, mas deu fim em tudo o que eles possuíam. O pai morreu de desgosto e a mãe vive na miséria.

Enfim, este tipo explorava Cláudia. Ela não passava de uma meretriz, e ele levava tudo o que ela ganhava.

— Não será esse homem o pai desta criança?

— Não creio! Este fato que contei já tem algum tempo. Depois que Cláudia ficou doente, o tal explorador não quis saber mais dela. Isto já tem mais de dois anos. Ela passou a viver perambulando por aí, tentando ganhar a vida para não morrer de fome, mas, quando a viam tossir, a enxotavam. Foi nesse estado que ela veio bater na minha porta. Sou um homem pobre, mas me apiedei da miserável e lhe dei emprego aqui. Trabalhava na limpeza da taverna por um prato de comida, com direito a dormir nalgum canto aqui dentro. Assim foi o nosso trato, até que ela me apareceu nessa condição. Dizia ela que foi atacada por um soldado bêbado quando trabalhava aqui numa noite, sozinha.

O homem para de falar, mas Guilherme percebe que ele esconde algo. De relance, Guilherme olha para a mulher, que desvia os olhos. Percebe que eles sabem quem é o tal soldado bêbado, mas nunca iriam delatá-lo. Não querendo espantá-los nem perder o que já tinha conseguido, resolve por dar crédito, temporariamente, àquela história. Mas, se fosse possível, retornaria para desvendar quem seria o pai daquela criança.

Fingindo uma humanidade que estava longe de sentir, o estalajadeiro pergunta, com os olhos cobiçosos sobre o bebê:

— O senhor já ajudou muito! Não deveria se envolver com essa história. Se quiser, eu e minha mulher poderemos arrumar um lar decente para esta criança!

Guilherme lê nos olhos do homem a mentira, pois crianças sem conta sumiam naqueles dias, utilizadas para as mais diversas finalidades, entre elas, serem vendidas como escravas.

Instintivamente, ele aperta a criança de encontro ao peito, enquanto responde:

— Fico agradecido, entretanto, Cláudia foi uma grande amiga. Só caiu nesta situação por não conseguir aceitar as determinações da vida. Mas tem uma mãe, familiares e amigos que a receberiam de volta a qualquer momento que quisesse. Essa pequenina tem uma avó que muito a amará, com certeza! De qualquer modo, eu agradeço o que fizeram e entrarei em contato. Caso encontre notícias sobre o pai, gostaria de ser avisado.

Recompensando regiamente o casal pelo trabalho, que, ele sabia, fizera mais mal que bem à amiga, Guilherme parte levando a pequenina e antevendo os olhos espantados de Eulália quando a visse e ouvisse toda aquela dramática história.

De fato, assim ocorre. Atenciosa e com a criança no colo, Eulália ouve a infeliz história de Cláudia, rodeada pelos dois filhos adolescentes, encantados com a pequenina.

— Ela é tão bonita, não é, mamãe?

— Sim, minha filha! Muito bonita! Difícil crer que nasceu de forma tão triste.

— Talvez a vida seja diferente para ela do que foi para a mãe — exclama o garoto.

E todos passam horas rodeando a pequena, já sentindo em seus corações despertar aquele amor que devotamos aos seres frágeis e pequeninos, talvez pela carência demonstrada, ou simplesmente por ser um reencontro de almas afins. Fato é que todos acabam se apegando à bebê. Guilherme a deixa entregue a Eulália e aos filhos dela, e se debanda para a casa dos Tórrentes, onde coloca Inez a par do ocorrido com a filha. Como era de esperar, a idosa chora sentidamente pela morte prematura de Cláudia. Não consegue acreditar que ela tenha passado por tantas necessidades e sofrimentos sem buscar seu auxílio. Assim, todos partem dali para as últimas homenagens ao corpo da falecida. É um choque para eles, mas principalmente para Inez, constatar a degradação física de Cláudia. No entanto, como boa cristã que era, aceita a vontade de Deus, entregando-se à oração pelo bem-estar espiritual da filha. Depois das exéquias, todos vão para a vivenda de Eulália conhecer a pequenina. Lá a encontram rodeada pelo carinho da dona da casa e dos filhos dela.

Inez pega a netinha nos braços, sem poder conter a emoção.

— Minha neta! Jamais imaginei que iria pegar no colo uma netinha antes de morrer. O que será de você? Que poderei eu, já me abeirando da morte, fazer por você, minha pequenina?

— Não se aflija, Inez. Nós cuidaremos dela! Jamais a abandonaremos! — diz Liz com simplicidade.

Eulália e Guilherme se entreolham num sentimento cúmplice. Ele se adianta:

— Inez, se você permitir e quiser, nós queremos ficar com sua neta. Cláudia sempre foi uma boa amiga, e não nos custará amparar a criança.

— Sim, Inez! Ela será para nós uma filha — diz Eulália.

— Vocês são muito bons! Todos vocês! Mas o que eu queria mesmo era poder criar minha neta. Entretanto, sei que já não sou capaz disso. Então, decidam vocês mesmos. Só peço que não me afastem dela, por favor!

— Isto jamais ocorrerá, Inez! Gostaríamos realmente de ficar com a criança, se Liz e Ângelo permitirem.

— Guilherme, se há alguém que fez por merecer isto, foi você! Tenho certeza de que, sem sua assistência, a bebê também teria perecido com a mãe — responde Liz.

O casal sorri satisfeito com a decisão, pois já se sentiam intimamente ligados à criança.

— Inez, sua neta, de agora em diante, será nossa filha. Darei a ela tanto amor quanto dei aos meus dois filhos. E as portas de nossa casa estarão sempre abertas para você. Venha a hora que quiser e fique o tempo que desejar. Será bom para ela ter a avó por perto. Agora, gostaria que você lhe desse um nome!

— Poderia lhe dar o nome da mãe, contudo, Cláudia foi tão infeliz, que não desejo isto para minha neta. Vejo-a como vitoriosa. Então, seu nome será Vitória!

— Que tal então Cláudia Vitória Tertulianus, o nome de seus futuros pais? — pergunta Guilherme, abraçando Eulália, que sorri maravilhada, pois percebe claramente que ele a está pedindo em casamento.

Enfim, Guilherme se decidira! Aquela criança viera para fortalecer os laços entre os dois. Assim, nascida de forma tão sofrida, havia parado em braços amorosos e acolhedores, que decerto a sustentariam em sua jornada apenas iniciada. O coração de Inez, embora sofrendo pela morte tão prematura da filha, também se alegra, sabendo que a neta estaria amparada e protegida por pessoas de bem, como o eram Guilherme e Eulália.

A vida de Guilherme transcorria em meio a tanta paz e felicidade, que até a ideia de vingança contra o tio se esvaía aos poucos de sua mente. A tia e o sobrinho estavam amparados, vivendo e trabalhando nas terras de Eulália. Sua irmã Suelen estava casada e feliz, embora carregando a triste sequela daquele ataque covarde do tio. Mas tudo aquilo parecia já tão distante, que pouco se lembrava. Acertado o seu enlace com Eulália, o fato se deu ali mesmo, na vila da jovem senhora, de maneira discreta, com a participação só dos amigos mais íntimos.

Como era lógico, os pais de Ariadne, assim como ela própria e o marido Ântonio, estavam presentes. Mais uma vez, a frívola mulher se questionava sobre o porquê de outras mulheres conseguirem ter por companheiros homens tão fascinantes quanto Ângelo e Guilherme; até mesmo Flávio era preferível ao seu esposo. Antônio era um caso à parte, e, como sempre, demonstrava total descaso para com todos. Só compareceu àquela cerimônia porque os pais da esposa estariam presentes, e ele não queria ter problemas com aquela família, já que dependia deles para frequentar a sociedade da época. Romper aquele cerco social não era tão fácil como pensara de início. E o agravante era que ele não tinha tanto dinheiro quanto ostentava. Os negócios não iam bem! Perdia mais do que ganhava, e Ariadne não o ajudava em nada com os seus gastos exagerados. Enfim, Antônio não andava nada bem! O pai, cada dia mais doente, se não fosse a assistência de Ângelo, viveria por conta de servos e escravos. Ultimamente, ele estava até cogitando levar o pai para morar com eles, mas, como não era o dono da casa, constrangia-se em pedir isso ao sogro.

A solução veio de forma inesperada. Com a saída de Flávio do lar, sobrara espaço, e, nesse tempo, também Inez solicitara a Laura permissão para terminar seus dias junto da neta, no que foi atendida por ela. Laura se ressentiu muito da saída da amiga; a casa já não era mais a mesma sem ela. A velha matrona, além dos afazeres domésticos, passou a se ocupar cada vez mais com a religião, buscando assim preencher o vazio que

Inez deixara. Nunca se esquecia de quando as duas, além dos trabalhos, passavam os dias palestrando amigavelmente, e o tema quase sempre era Jesus e o cristianismo.

Diante da situação do sogro, é Liz quem traz a resolução para o coração angustiado do esposo:

— Eu sei, Ângelo, quanto você anda preocupado com o seu pai. Agora já poderemos alojá-lo no quartinho onde Inez ficava, mais próximo de nós, caso ele necessite de algo!

— Os seus pais aceitarão isso, Liz? Veja que a saída de Flávio já nos trouxe algumas dificuldades financeiras!

— Quem disse isso, meu esposo? Nós tínhamos algumas dificuldades, que se acabaram quando você veio morar conosco! E você jamais deixou faltar o necessário a nenhum de nós! Se tivermos de dividir o que temos com o seu pai, não faremos mais que a nossa obrigação. Traga-o para viver conosco o mais rápido possível, pois também me preocupo, e muito, sabendo-o abandonado, tanto pelo filho quanto pela nora, aquela mulher que só vive para si mesma.

— Não se agaste por Ariadne, minha querida. Ela é assim mesmo e não há de mudar, mas no íntimo é boa pessoa.

— Pois ela não me engana. Sei que vem a nossa casa somente por sua causa. Finge bem a amizade por nós, mas sua atenção é em cima de você. Mulher hipócrita e despudorada!

— Não fale assim, Liz. Eu a desconheço quando demonstra tanto rancor!

— Você sabe bem quanto ela me atinge!

Ângelo se põe a acalmar a esposa, que se transtorna ao falar da outra. Ele mesmo bem sabia da verdadeira intenção de Ariadne a seu respeito, no entanto aquilo não o preocupava, já que a mulher cumprira o prometido, jamais voltando a conversar com ele sobre o seu suposto amor. Isto já bastava a Ângelo, mas não a Liz, que nunca se deixava enganar pelas atenções premeditadas da "amiga".

Assim, já no dia seguinte, após a mencionada festa, a situação do senhor Joviano se resolve, com o casal a buscá-lo para morar com eles. Longe de causar quaisquer problemas ou despesas extras, o senhor Joviano muito os auxilia, trazendo consigo o pouco que conseguira guardar daqueles valores tão arduamente conquistados durante toda a sua vida, pois, se assim não fora, teriam escorrido por entre os dedos de Antônio, como estava ocorrendo com todo o patrimônio da família. Senhor Joviano só se ressentia por ter sido obrigado a se afastar de seus formosos jardins. Para compensar, passa a cuidar com esmero das plantas desta sua nova morada, entremeando algumas flores aqui e ali. Aquela casa, antes com o aspecto pobre, foi ganhando ares de beleza e bom gosto, ainda que singela e simples.

Nesse tempo, Laura passou a limitar seus encontros com os cristãos, mas vez ou outra recebia em seu lar, ainda que discretamente, algum pregador do Evangelho. Para satisfazê-la, todos os seus familiares procuravam participar, porém, ainda que os ensinos fossem claros e sublimes, não tocavam da mesma forma a todos. O senhor Ernesto nem sempre conseguia entendê-los, e, sem se aperceber, acabava sendo utilizado por gênios sombrios, fazendo perguntas descabidas e desvirtuando o assunto para outros rumos. Petúnia sumia das vistas de todos. Fernando sempre estava presente, mas todos supunham que era por ser obediente. Liz mantinha-se refratária, muitas vezes sequer ouvindo o que estava sendo explanado, só permanecendo ali em respeito à genitora. Ângelo era o que mais se sensibilizava com os ensinamentos, acompanhado pelo pai, que assim que começou a ouvi-los chegava até a chorar, dizendo sentir ao seu lado a presença da esposa falecida há tanto tempo. Realmente era o que ocorria; a companheira jamais se afastara, mantendo-se sempre ao seu lado, preparando-o para o desenlace do corpo físico que se aproximava. De alguma forma, Ângelo pressentia tudo aquilo.

Um dia, Liz expõe a ele sua preocupação:

— Ângelo, não sei se é bom o seu pai ficar ouvindo essas pregações cristãs!

— Por que diz isso?

— Você não percebe? Ele anda perdendo a noção! Você não tem receio de que acabe enlouquecendo?

— Liz, meu pai não está perdendo o juízo, não se preocupe! Ocorre que está chegando a hora de sua partida!

— Não diga isso, Ângelo. Não foi para morrer aqui que o trouxemos!

— Não será melhor morrer junto daqueles a quem amamos que abandonado? E, se você quer mesmo saber, Liz, eu também tenho sentido a presença de minha mãe.

— Por favor, Ângelo! Escute o que está dizendo! Você me assusta!

— Não é este o objetivo. Liz, você nunca se questiona quanto ao futuro?

— Como não? Estou sempre preocupada com nossos filhos! Que será deles daqui a alguns anos? Conseguirão constituir famílias, viver bem?

— Não é deste futuro que eu falo, Liz. Questiono-me sobre o porquê de nossa existência. Para onde iremos depois da morte? Continuaremos a existir ou iremos de encontro ao nada?

— De que adianta se perguntar isso? Alguém virá nos responder, por acaso?

— É aí que eu quero chegar. Segundo os cristãos, sim! Continuamos a existir, e mais, estamos sempre sendo direcionados e auxiliados por quem nos antecedeu na partida. E eu, minha querida, tenho sentido essas impressões...

— Que impressões? — indaga a esposa, um tanto assustada.

— De que alguém está sempre ao meu lado, me segue e até me fala nos refolhos da consciência. Muitas das minhas indagações íntimas são respondidas por pessoas com as quais eu me vejo conversando em pensamento. Tenho buscado orientações com sua mãe, e ela tem me esclarecido que isso é normal.

— Com mamãe? Acha prudente perguntar tais coisas a mamãe?

— Liz, sua mãe é uma mulher muito sábia. Conhece bastante dos ensinamentos cristãos e tem uma percepção muito aguçada para as coisas da alma.

— Ah, Ângelo! Preocupo-me tanto com mamãe metida nestes meios! Vejo bem como os cristãos são hostilizados! Temo por ela, só isso, e não quero me perder em ideais religiosas! Não paro para analisar ou avaliar a fala dessas pessoas. Quando algum deles está aqui em casa, não vejo a hora de irem embora. Quando se trata dos cristãos, estou sempre esperando o pior. Como podemos ter esperança no amanhã nos apoiando numa doutrina cujo criador foi morto da pior forma possível e cujos seguidores têm sofrido terrivelmente? É isso que queremos para nós? Eu não quero tal pena, para ninguém a quem amo!

— Liz! Nenhum de nós quer sofrer ou ser perseguido, mas, se você for sincera no seu modo de avaliar a evolução da humanidade, não encontrará sequer uma verdade que não tenha se alicerçado sem lutas ásperas. Depois, mudanças ocorrem a partir do momento em que a humanidade amadurece. Uma verdade de ontem nem sempre satisfará a necessidade do hoje! A evolução humana não é estática; concepções velhas e arcaicas caem para dar lugar a ideias novas, arrojadas, que elevam as criaturas a patamares mais dignos!

— Ângelo, não vejo nada disso acontecendo! Na nossa política, por exemplo, é uma mudança contínua de governo, mas a situação do povo não muda.

— Justamente! Porque a nossa política está assentada em bases superadas. Por incrível que possa parecer, as ideias de Jesus mexem com todos os segmentos da sociedade. Como continuarmos conquistando, escravizando e matando ao outro se considerarmos que somos todos irmãos, segundo um Deus único? Às vezes, uma mudança ideológica, política e filosófica pode se iniciar com uma ideia religiosa! Eu creio firmemente que o cristianismo é esse fator de mudança que tanto estamos necessitando. Mas toda ideia nova, que vai trazer grandes mudanças, encontrará muitos obstáculos pela frente.

Como ela nada responde, ele vê por bem encerrar aquela conversa, para não a inquietar mais ainda. Busca mudar de assunto:

— E você? O que tem feito para alegrar o seu dia?

— Com a vinda de seu pai, procuro sempre estar próxima, pois não quero que lhe falte nada! Quando posso, procuro ajudá-lo no jardim. Ele tem mãos de ouro! Viu como as plantas estão viçosas?

— Meu pai sempre gostou de lidar com a natureza. E Petúnia? Não a vi ainda.

A mulher suspira fundo, enquanto responde:

— Ela está se tornando cada dia mais difícil, Ângelo! Não consigo entender essa menina! Às vezes, eu a pego me olhando e leio um tal ódio em seus olhos, que me estarrece! Então eu acabo brigando com ela, que sai desembestada por aí. Fato é que na maioria das vezes não sei por onde anda. Acabo sempre pedindo a Fernando que vá procurá-la, entretanto vejo que ele não gosta nada disso. Ele sempre cumpre a tarefa, mas noto que fica desgostoso com isso, e eu não quero sobrecarregá-lo com essa responsabilidade.

— Como não? Ele é o irmão mais velho, precisa estar atento à irmã!

— Você diz isso porque não sabe quanto ela o provoca!

— Então vou precisar ter uma boa conversa com estes dois. Não quero saber de desentendimentos na família.

Desse modo, eles encerram aquela conversa.

Nessa época, Liz andava muito nervosa, pois realmente estava tendo sérios problemas com a filha Petúnia. A garota nunca aceitava o que vinha da mãe, entrando em sérios atritos com esta, pois, voluntariosa e até agressiva, jamais abaixava a cabeça ante a autoridade materna, fato só amenizado pela interferência de Laura, sempre buscando trazer paz à família. Mas, verdade seja dita, a garota era de gênio muito difícil, só aplacado com a presença do pai, a quem amava com ardor. Liz encontrava compensação no filho Fernando: alma tranquila e pacífica, procurava não se envolver nos atritos entre a mãe e a irmã, mesmo porque ele também acabava sendo vítima da intemperança de Petúnia.

Liz, vez ou outra, pegava-se analisando a sua “menina”. Enquanto era pequenina, a mãe sentia verdadeiro orgulho de sua beleza e inteligência; tentava de todas as formas acalmar aquele temperamento da garota, sempre em ebulição, e isto foi obtido durante sua infância, mas, na medida em que foi crescendo, foi vindo à tona aquela personalidade forte e agressiva. Ninguém era capaz de mantê-la em casa, e ela estava sempre às voltas pela vizinhança, perambulando pela redondeza. Quando a mãe ralhava com ela, respondia irritada e continuava agindo da mesma forma. Laura também procurava admoestar a neta, mas com bom jeito, como só uma vó amorosa como ela conseguia fazer.

— Petúnia, minha querida! Por que não ouve sua mãe? Não fica bem você vagar por aí, por estes locais mal-afamados, como se não tivesse família.

— Ora! Você mesma já me disse que mamãe também era assim, gostava de andar por aí!

— É verdade! Mas ela gostava de longas caminhadas pelos campos, a sós. Gostava muito de pensar, meditar! Já você, minha neta, envolve-se com muita gente! Conversa com qualquer um, e isto pode não ser tão seguro.

— Que hei de ficar fazendo aqui? Olhando para a cara de vocês?

— Você pode procurar ser útil! Por que não aprende a costurar?

— Não quero! Não gosto! Estou justamente procurando algo para fazer, pois quero ganhar alguns valores para mim!

— Mas não precisa sair por aí para isto! Aqui em sua casa há muito que ser feito. Veja eu, por exemplo: já não consigo ser tão útil por conta da idade e a carga dos afazeres acaba sobrando nas costas de sua mãe. Por que você não a ajuda?

— Sabe o que é, vovó? Eu não gosto de ficar com minha mãe. Está sempre me repreendendo. Nada do que eu faço está bom. Isso cansa! Por isso estou procurando algo lá fora. Também, aqui não vou ganhar nada! Se quer saber, já tenho recebido algumas propostas.

— Quais propostas?

— Bem... O Borba já me chamou para cuidar de seu comércio. Diz que me paga bem!

— Está louca? Onde já se viu uma menina na sua idade metida naquele antro de prostituição? Seu pai jamais permitiria isto!

— Acho que tem razão, vovó. Papai não há de permitir, mas vou continuar procurando.

— Não faça assim, Petúnia. Você tem o necessário aqui em seu lar. Por que não se aquieta, menina? Logo mais seu pai lhe arranjará um bom marido e estará tudo bem!

A pequena ri de forma debochada, enquanto responde:

— Marido? Vovó, não sei bem se dou para isso. Não me vejo vivendo como a senhora ou a mamãe.

— O que quer para a sua vida então, minha neta?

— Não sei ainda, vovó. Mas sei o que não quero. Quem sabe eu encontre alguém rico, que possa me levar para bem longe? Quero conhecer outros lugares, outras pessoas. Mas... — Ela silencia por alguns minutos. — Não sei se conseguirei me afastar de papai.

— E quanto a nós: sua mãe, seus avós, seu irmão, você não sente?

A essa pergunta, a menina olha a avó como se não a conhecesse. Naquele olhar, aquela avó leu a triste verdade: *Não! Ela não sentiria deixar nenhum de nós, porque, à exceção do pai, ela não nos ama.*

Petúnia seguia na vida, sempre ávida por descobertas, coisas novas, num grande descontentamento com o que tinha. Por mais que os familiares tentassem preencher aquela lacuna que ela demonstrava possuir na alma, nada conseguiam.

CAPÍTULO XVII

O CAPITÃO CRISTÃO

Alguns anos mais transcorrem sem nada digno de nota, a não ser no setor governamental. Roma passava por uma de suas piores situações: os dois últimos anos com graves conflitos internos, pois imperadores subiam ao poder e desciam dele com a mesma facilidade; em muitos casos, assassinados pelos próprios comandados.

Aliás, a situação, já de alguns anos, vinha se tornando um círculo vicioso de "tira e põe" imperador no trono romano. Ora era algum general que se empossava do cargo, ora eram os próprios soldados que elegiam seu comandante. O prestígio militar e o dinheiro podiam transformar qualquer general em imperador. Em casos extremos, surgia mais de um imperador, redundando em ásperos conflitos internos. As próprias tropas, em sua maioria composta de mercenários contratados para defender o território, saqueavam o povo nas províncias mais distantes. O senado era um órgão meramente decorativo.

Num total desprezo pela vida humana, soldados pereciam aos milhares. Sobreviver naquela época era uma questão de sorte, porém, como sabemos, sorte é algo questionável, pois nada é obra do acaso. Mesmo respeitando o livre-arbítrio, sempre houve e sempre haverá uma inteligência por trás dos destinos dos homens. Isto porque, se lhes foi dada "certa" liberdade para fazer o que lhes convier, sempre chegará o tempo em que deverão assumir as responsabilidades de seus atos. Neste momento, a Inteligência Suprema atuará em seus destinos, forçando-os a seguirem rumo à lei de ação e reação. É assim que muitos acreditam estar numa maré de sorte ou de azar, totalmente inconscientes de que as situações são apenas resultado de ações anteriores.

Foi por esse tempo que subiu ao poder de Roma aquele que a comandaria por vários anos, colocando ordem no caos: Diocleciano[1]. Sentindo que não daria conta sozinho de fazer as profundas mudanças administrativas que o grande império exigia, empossou seu primeiro-general Maximiano para governar a seu lado, passando-lhe o controle de toda a parte ocidental, enquanto ele mesmo mantinha certas prerrogativas, além do controle oriental do extenso Império Romano.

No passado, pelo seu grande progresso, Roma atraiu um grande contingente de pessoas vindas da lavoura para o comércio ou para a milícia. Mas a ilusão de mudança de vida não

---

1 Diocleciano: imperador Gaius Aurélius Valérius Diocletianus, de 284 a 305 d.C., período conhecido como Dominato ou Baixo Império. Ele criou uma diarquia, governo de dois imperadores, reservando para si o título de "augusto" e para o seu general Maximiano o título de "cesar". Posteriormente, ampliou esse arranjo para a tetrarquia, governo de quatro imperadores.

ocorria. O que ganhavam não lhes permitia sair da pobreza. Outro fator que os desgastava era a falta de reconhecimento. Essa grande massa humana do campo, que trabalhava de sol a sol, era menosprezada por desenvolver uma função tida como inferior. Recebiam o pior tratamento, abaixo deles estando somente os escravos, embora todos soubessem que sem eles não haveria alimentos. Muitos então voltavam-se para o exército, sempre numeroso para dar conta do imenso território romano. Na época, já não se tratava tanto de conquistar, mas de manter o que havia sido conquistado anteriormente.

Mas há que se salientar que os povos "dominados" já não temiam os conquistadores como antes, então era uma época de grandes levantes e revoltas constantes. Aqueles odiavam os romanos, a quem chamavam de raça depravada e bastarda, e em contrapartida eram tratados como selvagens e ignorantes pelos conquistadores. Mas as saídas para novas conquistas, ainda que raras, ocorriam, pois era necessário sempre mais para sustentar todo o aparato político-militar vigente. Contudo, "pão e circo" já não satisfaziam mais o povo, que, a despeito do medo, das prisões e das mortes sofridas, não calavam a revolta por sua situação de penúria.

A cúpula social sabia que mudanças eram necessárias e urgentes, entretanto, para obtê-las, seria preciso um grande dispêndio de posses, das quais os ricos detentores não se sujeitavam a abrir mão.

Apesar de continuarem a buscar, por meio das guerras, açambarcar as riquezas alheias, ainda assim nada daquilo chegava até o povo, que continuava a carregar a carga dos pesados tributos a ele infligidos pelo governo ditatorial, injusto e desigual.

Mas algo diferente começava a ocorrer. As pessoas estavam voltando para o campo, fugindo da miséria urbana. Para sobreviver, sujeitavam-se a retomar as lavouras, e as grandes e senhoriais vilas dos ricos romanos passaram a se transformar em grandes propriedades rurais. Ao avaliarmos essas ocorrências, não nos era difícil perceber a decadente agonia do então poderoso Império Romano.

É no meio desse conflito todo que vamos encontrar os cristãos, ainda lutando pelo direito de manter a liberdade de sua crença e fé. As perseguições e mortes infamantes continuavam a ceifar vidas, nobres e dignas, daqueles corajosos servidores do Cristo.

Nos momentos mais difíceis da luta cristã, Deus providencia uma luz para iluminar as trevas que se fazem mais densas! Este facho luminoso se manifesta na carne como um ser qualquer, que só se distingue dos demais pelas suas qualidades morais; pelo senso de justiça, amor e caridade com os quais busca auxiliar o próximo. No geral, só vamos perceber sua presença e angelitude depois que ele se foi! São seres que passam rapidamente por nós, tal qual um cometa de imensa beleza! Iluminam o céu por frações de segundo e somem, mas não por haverem se extinguido, e sim porque se distanciaram de nossa visão limitada, indo-se para outras paragens!

Assim são estes seres celestiais! Seres de almas límpidas e luminosas a se entregarem com todo o sentimento ao labor do bem, sem se preocuparem consigo mesmos ou com o burburinho contrário que causam com sua presença. Só o que lhes interessa é a prática do bem! Têm pressa em desenvolver o amor e a caridade, para doá-los a quem necessitar e for merecedor de receber de suas mãos operosas estes óbolos abençoados. Sempre ocupados no afã de servir, jamais se detêm para responder às opiniões contrárias, ou dar ouvidos às propostas indignas dos servidores do mal, às falas das vaidades ou às mesquinharias humanas. Ao contrário, quanto mais são perseguidos, mais firmes se mantêm, incorruptíveis no objetivo de servir por amor ao Cristo de Deus.

É justamente no meio mais inesperado, entre os truculentos soldados romanos, que vamos encontrar um destes seres iluminados. Descido à terra num dos momentos mais cruciais por que passava o cristianismo; disposto a servir ao Cristo e por Ele dar até a sua vida, se assim lhe fosse exigido. Este homem era um valoroso oficial romano.

E assim, sem que Ângelo tivesse a mínima noção, surge o dia em que ele iria conhecer este homem, que mudaria toda a sua vida — uma personalidade que passaria a ser para ele um marco, responsável pelas profundas modificações que se operariam em seu íntimo dali para frente.

Naquele atual comando, Ângelo também tinha problemas com o superior, como, aliás, em todo comando havia, pois no geral aqueles que estão em cargos superiores dificilmente se preocupam com os subalternos. Só querem o serviço pronto, ou que as engrenagens do processo não deem problema. Resulta que o atual superior era pessoa de um temperamento intratável. A única diferença entre ele e o antigo superior de Ângelo: este era insuportável com todos; já o outro, se habituara a jogar somente sobre Ângelo a sua carga de escárnio e ódio pelo mundo.

Em relação ao atual superior, era homem odiado, muito odiado por todos os subalternos. Um dia, ficando doente, diziam sem confirmação que por causa da peste que assolava aquelas cidades, teve de ser afastado da sua função. Como era de esperar, tal notícia causou furor e até muita alegria por parte dos soldados, que enfim se viram livres do odiado oficial, ninguém ali se ressentindo com sua saída.

Alguns dias após esta ocorrência, logo de manhã, Ângelo, que na época comandava um destacamento de pretorianos, recebeu a incumbência de ir à entrada da cidade recepcionar o novo oficial. Todos os soldados se encontravam eufóricos diante da novidade, pois aquele novo Capitão vinha recomendado pelo próprio Diocleciano para serviço pessoal junto à pessoa de Maximiano[2], o segundo diarca[3].

Ao contrário da maioria dos oficiais, sempre ladeados por vários soldados, aquele veio sozinho! Encontrava-se agachado, conversando com um desvalido caído à beira do caminho. Dificilmente seria reconhecido como um oficial, mas ele fez um sinal para o comando que chegava, a fim de aguardar; e a evidência, embora a situação insólita, levou-os a presumir ser ele aquele que tinham vindo acompanhar até a pretoria!

Levantando-se, chegou ao seu cavalo e, pegando o cantil, ofereceu água, deu alimento e também uma moeda ao mendigo. E fez algo mais inusitado ainda: tocou amigavelmente o ombro do sujeito e se despediu. Montando em seu cavalo, veio ao encontro dos soldados, cumprimentando-os com um aceno de mão.

Aturdido, sem acreditar que era ele mesmo, Ângelo lhe pergunta:

— É o novo Capitão do nosso regimento?

— Sim! Sou Sebastião! E você é...?

— Sou Ângelo, senhor! Para servi-lo!

Mais tarde, todos do batalhão dirigido por ele iriam compreender que aquela era uma prática habitual daquele seu estranho e fascinante Capitão: oferecer água, alimento e o que mais tivesse de si para mitigar a miséria por onde quer que passasse.

---

2 Maximiano: Marcus Aurelius Valerius Maximianus, de 285 a 305 d.C. Foi forçado por Diocleciano a abdicar.

3 Diarca: imperador que divide o governo com outro imperador em uma diarquia.

Demonstrando grande tranquilidade, o recém-chegado passa a falar de amenidades, questionando sobre cada ponto por onde passavam. Não se cansa de tecer elogios à beleza da monumental cidade.

Já no primeiro dia daquele Capitão no novo regimento, para espanto de todos, ele adentra o alojamento dos soldados e, sem cerimônia, inicia uma conversação com eles, buscando conhecer um a um dos que ali estavam. Numa grande informalidade, começa pedindo que cada um dos soldados se apresente, fato inusitado, já que a maioria dos oficiais sequer sabia o nome dos subordinados.

Os cunhados sentem imediata afinidade pelo Capitão. Analisando-o, Ângelo percebe ali um homem novo ainda para tamanha responsabilidade, semblante sereno, cujos olhos profundos e penetrantes traziam também lampejos de tristeza, que não lhe passaram despercebidos.

Assim que chega em casa, o sogro e o pai já o esperam impacientes para saberem das novas, e, antes de Ângelo poder lhes narrar tudo o que se passou naquele dia e as impressões que o Capitão lhe deixou, Ernesto vai logo lhe perguntando:

— E então? Ele chegou? Que achou dele? Crê que o novo comandante seja de confiança?

— Bem, senhor Ernesto, não o conheço ainda tão profundamente para tecer uma opinião, mas só ouvi falar bem de sua pessoa.

— Resumindo: o que você conseguiu descobrir, Ângelo?

— Já deve ter ouvido falar dele, senhor Ernesto. Pelo que dizem, Sebastião não é só um bom Capitão, é pessoa de moral irrepreensível. Sua extrema bondade e senso de justiça têm conquistado a muitos. Dizem igualmente que o próprio Diocleciano o convidou para servir a seu lado. Mas o que temos de concreto é que ele é um valoroso Capitão, proveniente de uma família de nobres militares. Natural da cidade de Narbone, da Gália[4], veio para Milão ainda pequeno, onde viveu toda a sua infância, mas sua origem é gaulesa.

"Pelo que nos relatou, em pouco tempo de vida militar chegou à patente de Capitão. Dizem ainda que, por ser extremamente inteligente, capaz e cumpridor de seus deveres, é querido pelos dois imperadores, igualmente.

"Sendo um nobre e tendo um comportamento exemplar, foi natural que aqueles o quisessem por perto para servi-los. Portanto, este homem, devido ao seu valor, já esteve a serviço de Diocleciano. O imperador fez questão de colocá-lo perto de si, comandando a primeira Guarda Pretoriana, unidade que, como o senhor bem sabe, é responsável por proteger o palácio e a pessoa do imperador. Agora foi transferido para cá, creio que a seu próprio pedido, no que foi atendido por Diocleciano, enviado para trabalhar junto a Maximiano."

— Um bom comandante é tudo! Pode nos levar à vitória em qualquer luta ou à derrota se não souber comandar — argumenta o senhor Ernesto, enquanto Joviano se mantém silencioso, pois se encontrava muito abatido ultimamente.

Os dois cunhados passaram a ser acompanhantes constantes do oficial, e o sentimento de simpatia entre eles pelo novo Capitão aumentava dia a dia, principalmente por parte de Ângelo. As atitudes nobres, a franqueza e o caráter íntegro daquele homem eram constante fonte de admiração para ele. Enquanto sempre esbarrara no orgulho e na prepotência da maioria dos oficiais, já aquele, respeitado até pelas pessoas

4 Gália: antigo território romano onde hoje está situada a França.

dos imperadores, junto aos soldados, era tolerante e preocupado com as necessidades deles, e na intimidade era simples e prático. Aquela cena durante as caminhadas pela cidade, de descer do seu cavalo e se agachar junto a qualquer mendigo na beira da rua, conversar longamente, passar-lhe água de seu cantil, doar-lhe uma moeda, repetiu-se inúmeras vezes. Entre seus homens, alguns não conseguiam entender aquela atitude nobre e caridosa. Sebastião jamais alterava a voz, fosse para orientar, censurar ou dar uma ordem a qualquer de seus comandados. Era sempre comedido, sem, no entanto, demonstrar qualquer sinal de fraqueza. Embora sua voz fosse mansa e agradável, seus olhos eram sempre firmes e severos, fato que o fazia ser respeitado por todos.

Num dia de conversa amena, Ângelo lhe pergunta simplesmente:

— Se me permite, Capitão, gostaria de saber por que enverga esta farda. Vê-se que é um homem extremamente caridoso, fato que não condiz com um soldado, muitas vezes obrigado a matar para sobreviver.

— Por força do nome de minha *gens*, tive de seguir o destino de meus familiares, uma vasta linhagem de militares.

— Mas, se quisesse, poderia ter pedido baixa, afastando-se para uma função burocrática.

— De início este era o meu plano, ficar à frente de alguma unidade, cumprindo assim o meu compromisso familiar, e a seguir me dedicar a alguma tarefa mais nobre. No entanto, traçamos um plano, mas... alguma inteligência superior traça outro para nós!

— Inteligência superior? O senhor não crê em nossos Deuses, e por isso fala dessa forma? — questiona Flávio.

— Não! Não creio nesses Deuses cheios das deformidades humanas. Para mim, tudo o que existe é regido por uma

Inteligência Suprema, algo que ainda não conseguimos compreender, pela nossa minguada capacidade mental. Mas... como eu dizia, as inúmeras necessidades que tenho visto nessa minha função de servidor do Estado me fizeram perceber que estou no lugar e na posição certos para ser útil ao meu próximo!

— Eu o admiro, Capitão, por conseguir pensar nos outros dessa forma. Nós mal conseguimos dar conta de cuidar da família.

— Ângelo, ao meu modo de ver, todos nós somos uma imensa família! Humanidade para mim se resume a isto: uma família! Então, o meu raio de ação, minha responsabilidade se estende a todos. Logicamente, diante de nossa pequenez, ainda podemos fazer muito pouco. Mas este pouco, feito com amor e boa vontade, já é alguma coisa diante da imensa ignorância e má vontade com que deparamos à nossa volta! No entanto, temos de ser pacientes. Um dia, todos perceberão que ao fazer mal ou menosprezar o outro estarão ferindo não só a ele, mas a si mesmos, pois tudo o que fazemos há de trazer um resultado semelhante para nós.

Sebastião era um homem bastante reservado à frente do seu batalhão, agindo sempre com muita caridade, mas de forma discreta, ciente do perigo que rondava todos aqueles que fossem pegos como supostos cristãos. E ser caridoso, humano e humilde eram atitudes que levavam os comuns a desconfiarem de tais pessoas. Isto só comprova que ser nobre de sentimentos não era fato corriqueiro naqueles dias. Mas, quando junto dos dois cunhados, Sebastião se abria mais. Era alegre, simpático e muito espontâneo. Isto porque percebia a boa índole de Ângelo e Flávio, confiava neles, mas ambos jamais o suporiam um cristão.

Até um dia em que se encontravam disfarçados em casa de uma cristã, por terem ali aportado seguindo Laura numa de suas habituais peregrinações aos cultos cristãos. Eles se encontravam semiocultos, observando as pessoas. A maioria se mantinha de cabeça baixa, entregue às orações. Em dado momento, com certo alarme, Flávio sussurra a Ângelo:

— Ângelo! Está vendo aquele homem? Aquele oculto pelo manto?

— Sim! Está nos observando já há algum tempo.

— Mas... será quem eu estou pensando?

— Flávio, não olhe! Fique quieto! Não o deixe perceber que o avistamos.

— Ângelo, aquele homem é o Capitão! Pelos Deuses, terá vindo nos vigiar?

— Acalme-se! Acha que um oficial da estirpe dele iria se dar a este trabalho?

— Com ele, tudo se pode esperar! Nunca age como os demais!

— Não a este ponto! Se fosse o caso, mandaria alguém nos espionar, com toda certeza!

— Ângelo! Ele está vindo aqui! Que faremos?

— Acalme-se! Não olhe! Finja que não o vimos!

Mas de nada adianta a precaução, pois o homem vai se aproximando, até se achegar a eles, sussurrando de forma direta:

— Posso saber o que fazem os dois aqui?

— Posso perguntar o mesmo ao senhor, Capitão? Está nos seguindo?

— Não! Fiquem sossegados! Mas ainda não me responderam!

Como os dois se mantivessem em silêncio, Sebastião continua:

— Estão temerosos? Por quê? Não são cristãos, eu suponho?

— Não! Nós não somos! Mas nos preocupamos com um familiar que o é e se encontra aqui.

— Ah! É isso, então! Assim são as nossas reuniões; muitos vêm, mas, de imediato, nem todos aderem. No entanto, com o tempo, um ou outro tem o coração tocado e percebe que está recebendo um imenso tesouro por intermédio dos ensinamentos de Jesus.

— Capitão, por que diz "nossas reuniões"? O senhor não está se enveredando por este caminho perigoso, está? — exclama Flávio, um tanto alarmado.

— Mais perigoso que viver no mundo sendo um soldado como nós somos não é, Flávio. Veja que enfrentamos a morte todos os dias! Mas, pior que a morte, é nos comprometermos com o mal, acobertados pela farda.

— Capitão, o senhor está correndo um grande risco!

— Nisso Flávio está certo, Capitão! Pertencer a esta crença é um ato temerário, e o senhor não pode se expor assim.

— Fiquem tranquilos! Sou muito discreto! Aqui, só alguns de inteira confiança sabem quem eu sou. Se me mostrei a vocês é porque, no caso, sou eu quem confia. Sim, sou um cristão! Não tem sido fácil para mim conviver dia a dia com a ignorância e a brutalidade em face da qual os companheiros de ideais são tratados. Mas... me conformo por saber que, se estes males estão por toda parte, as vítimas que já se encontram esclarecidas pelos ensinamentos do Cristo não me preocupam, e sim aqueles que sofrem e são refratários ao amoroso convite do Nazareno a nos animar incessantemente a segui-Lo. Antes, preferem permanecer nas vinditas da revolta e da vingança quando as podem praticar, crentes de que estão devolvendo os sofrimentos por que passam e encontrarão a paz. Logicamente, isso não se dará. Paz só é adquirida pela consciência tranquila, por parte daqueles que, já esclarecidos, buscam continuamente se melhorarem, renunciando aos prazeres efêmeros da carne, para alcançarem a felicidade das almas redimidas. Este é o meu caminho escolhido, e, para alcançá-lo, sei que tenho de me dedicar ao máximo! Tudo o que eu puder fazer em benefício do próximo ainda será pouco diante do que há para ser feito e da vontade que sinto em ser um fiel servidor de Jesus! Minha aliança com o Cristo é de luz e atravessa as eras! Por ele e pela implantação de seu Evangelho na Terra, tudo farei e me doarei por completo, até a vida, quantas vezes se fizer necessário! Assim é e assim será!

Diante da explanação apaixonada do Capitão, que parecia de alguma forma transfigurado, os dois cunhados silenciam num grande respeito diante do valor e da fibra daquele homem, que parecia nada temer e cuja ânsia era somente cumprir seu compromisso com o Nazareno. Para quebrar o silêncio que se prolongava, Ângelo vê por bem dizer algo:

— Estamos aqui, de certa forma, procurando proteger a minha sogra Laura.

O Capitão sorri, enquanto responde:

— Eu sei!

— Sabe? — redargui Flávio, espantado.

— Sim, Flávio! Antes mesmo de chegar a Roma, eu já me inteirei da história de todos a quem iria comandar. Assim como também procurei me informar do movimento cristão. Dessa forma fiquei sabendo por eles de todos os seguidores fiéis, e sua mãe é um deles. Era grande a minha ânsia em vir para cá, pois não há lugar algum como este, onde o movimento cristão esteja crescendo tanto! Sinto que se cheguei aqui foi por um propósito maior além de servir Roma. Na medida do possível, tenho buscado ser um bom soldado, mas acima disso está o meu compromisso cristão. Espero em Deus poder ser útil à causa, e ao mesmo tempo continuar o meu trabalho dentro das forças romanas. Entretanto, sei que cedo ou tarde terei de aceitar a provação que o ideal cristão impõe a todos os seus fiéis nesta época intolerante.

— Capitão, ainda que eu tenha uma grande admiração pelas ideias nazarenas, não consigo aceitar estes sacrifícios dos quais se tem notícias! Como alguém morto pode ser útil a qualquer causa?

— O próprio exemplo de Jesus deveria responder a sua questão, Flávio! Acredita que, se Ele não tivesse sofrido aquela morte degradante, Suas ideias teriam crescido como estamos vendo todos os dias?

— Se a ideia é boa e verdadeira, não teria força para crescer por si só?

— Sim! Mas seria apenas mais uma filosofia no mundo. Com o seu sacrifício, Jesus sedimentou como prioridade a prática! Ele foi o autor da ideia, foi o Mestre a ensiná-la, mas foi principalmente o exemplo vivo, vivenciando tudo o que ensinou até se doar por completo.

"Jesus, entre todos os grandes nomes dos conhecimentos humanos, seja na religião, na filosofia e até na ciência, entre todos, ele foi o mais completo! Não deixou nada ao acaso ou para o amanhã. Sua obra está terminada.

"Não percebemos de pronto, pois isso só se dá na medida em que adquirimos maturidade para avançar além da superfície, ou da letra, se preferirem, e nos aprofundar no cerne da questão. Na medida em que a humanidade for se desenvolvendo, perceberá que somente a prática leva à perfeição.

"Sim! É preciso conhecer a verdade, mas o fundamental é ter maturidade para perceber essa verdade, pois muitas vezes ela pode estar estampada aos nossos olhos sem que a vejamos. Jesus nos disse que seria necessário tirar primeiro a trave que trazemos diante dos olhos, para depois sermos capazes de auxiliar o irmão a tirar o cisco dos dele.

"Mas... temos de ter consciência de que há uma trave diante do nosso olho! Essa conscientização só vai acontecer quando pararmos de observar apenas fora de nós. Aprender a nos conhecer, eis a chave para o verdadeiro aprendizado. A trave, assim como o cisco, são deficiências em nossa alma. Mas por que vemos com facilidade o cisco do outro, e não vemos a trave, que é muito maior, em nós? Olhar para dentro de si mesmo pode ser bastante doloroso!

"Então, a maioria prefere apontar os ciscos dos outros, numa forma de tirar a atenção de si mesmo, como também se iludir, numa aparente superioridade em relação aos demais.

"Esta é uma situação cômoda e um tanto covarde, segundo a qual a própria vida se incumbirá de levar o indivíduo a se confrontar consigo mesmo, criando situações conflituosas e sofridas, obrigando-o a buscar outros caminhos, quando então poderá conquistar posturas mais dignas em relação ao semelhante.

"Neste estágio, já não lhe importará mais como o outro é, e sim como ele próprio reage perante as posturas alheias. Então, ele conhecerá a verdade e terá condições de trabalhar o íntimo, libertando-se dos velhos conceitos viciados. Tudo isto encontramos nos ensinamentos de Jesus, e muito mais!"

Os dois cunhados se mantêm extasiados diante daquelas explanações do Capitão. Flávio se maravilha com a verbosidade eloquente, sem perceber, no entanto, quão profundos eram tais pensamentos. Já Ângelo sente-se profundamente tocado pelo raciocínio lógico e a moral tão elevada daquele homem. Ali estavam aqueles dois, sendo exemplos vivos da explicação de Sebastião. O primeiro ouve, entende e se maravilha, mas não sai da superfície; já o segundo percebe a profundidade do que foi falado e a responsabilidade que traz consigo à compreensão.

Com o findar da reunião, todos começam a se despedir. Só então Laura percebe o filho e o genro aguardando-a. Como aquilo já se tornara habitual, ela não estranha a presença deles. Para surpresa dos dois, ela se aproxima e se dirige tranquilamente ao Capitão, sem saber quem ele era em sua vida particular:

— Irmão Sebastião, me senti gratificada com a sua pregação do outro dia. Às vezes fazemos uma reunião simples em meu lar e, se o senhor puder, gostaria muito que viesse nos visitar. Quem sabe poderia falar um pouco para os meus familiares?

— Terei imensa satisfação em atendê-la, minha irmã! Mas antes observe se não haverá nenhum inconveniente entre os seus. Diante de uma concordância geral, poderia ir, sim, pois não há o que mais me agrade que falar de Jesus e seus ensinamentos.

Assim, para espanto de ambos os cunhados, fica acertada a ida de Sebastião ao lar dos Tórrentes para dali a alguns dias.

E o dia chega, com a presença de todos os familiares, além de Eulália e Guilherme, que fizeram questão de ouvir o cristão Sebastião. Os dois cunhados silenciaram quanto à real identidade dele. Para todos os efeitos, era apenas mais um pregador que passava por Roma falando de Jesus e seus ensinamentos.

A dona da casa não cabe em si de alegria pela digna presença, e seu entusiasmo acaba contagiando a todos! Com simplicidade, Sebastião se propõe a falar de Jesus:

— Meus irmãos! Primeiramente, é necessário dizer que eu não sou nenhum apóstolo ou bispo de qualquer igreja. Sou tão somente um homem que ama Deus, o Cristo e o próximo. Diante desse sentimento, que é grande e sincero, tenho buscado na fonte, os Evangelhos, os conhecimentos que Jesus nos deixou, para me melhorar um pouco mais e falar com conhecimento de causa. Jesus tem sido para mim o maior exemplo de perfeição de que já se teve notícias! Segui-Lo é estudar os Seus ensinamentos! Aprender é se melhorar e exemplificar, doando-se em amor ao próximo!

— Irmão Sebastião, como o senhor vê essa questão que está começando a ser levantada, de que Jesus seria Deus? — questiona Laura.

— É uma questão complexa! Se O aceitarmos como Deus, Ele será apenas e tão somente uma personificação em pequena escala do Criador, sendo, portanto, insignificante tudo aquilo por que passou, que vem a ser, segundo minha visão, a parte prática dos seus ensinos. Muito amou, curou os enfermos, confortou os sofredores, expulsou os demônios e foi incompreendido, injuriado, perseguido, flagelado e, por fim, morto. Mas perdoou! Para um ser de alma e carne, isso é muita coisa para uma só vida. Mas, para um Deus, isso não seria nada. Então, ao elevarmos Jesus ao patamar de Deus, nós o exaltamos em sua essência divina, mas o diminuímos em sua expressão humana. E foi por meio dessa expressão que Ele esteve no meio de nós. Caminhou com os apóstolos, conviveu amigavelmente com eles, fez amigos em todas as classes sociais. Conversou, riu, se alimentou, enfim, foi um homem comum e só se diferenciou dos demais por Sua elevação moral! Então, é nessa expressão Dele que devemos nos ater e a qual buscar seguir, sem entrar no âmago dessa outra questão, que não temos conhecimentos suficientes para entender. De resto, creio que todos nós partimos do mesmo ponto de origem e temos a mesma rota a seguir, que é a da perfeição. Neste desiderato, Jesus é aquele que segue à frente! E o que nos atesta a sua alta condição moral é o fato de que, com certeza, ele veio primeiro. Ou seja, foi criado muito antes de nós!

— Algumas das coisas sobre as quais o irmão fala seriam consideradas heresias por parte dos ferrenhos dogmáticos da fé cristã! Mas um exame apurado, sem emocionalismo fanático, indica-nos que o irmão está correto em suas deduções — complementa a dona da casa.

— É isto que me espanta nesta causa de vocês — exclama Lizbela com exaltação. — Já não chegam as perseguições impostas pelas leis romanas, vocês mesmos não se entendem! Há muitos grupos, e vivem se contradizendo!

— A irmã está coberta de razão! — responde o Capitão cristão. — Mas, quanto a isto, só posso responder de acordo com o meu entendimento, de que a verdade ainda é rara entre nós. E, quando ela chega, como o cristianismo chegou, nos ofusca. Se não colocarmos a razão à frente, não conseguiremos compreendê-la, ainda que sem o sentimento jamais a absorveríamos. Então, há o imperativo de se buscar o equilíbrio dos sentimentos em primeiro lugar, antes de querer discutir os conhecimentos deixados pelo Mestre! Outro fator que dificulta é que nem todos buscam os ensinamentos imbuídos apenas da procura pela melhoria íntima. Muitos só querem resolver os seus problemas; esperam na figura do Cristo um ser vingador, que irá aliviá-los de suas questões particulares, castigando os supostos culpados pelos seus sofrimentos. Muito embora Jesus tenha dito a Pedro: "Embainha a tua espada, porque aquele que matar com a espada perecerá pela espada!"[5]. Enfim, minha querida irmã, somos ainda criaturas falíveis, e o fato de estarmos aprendendo o que Jesus nos deixou não quer dizer que já possuímos o entendimento. Não! Ainda falta o amadurecimento espiritual, que só a experiência irá trazer! Mas Deus não tem pressa. Somos nós que devemos nos apressar se quisermos parar de sofrer. Para

5 Frase extraída de *O Evangelho segundo o Espiritismo*, de Allan Kardec. Capítulo XII, item XII — O Duelo.

tanto, necessitamos começar a nos entender e a nos aceitar como somos...

— Irmão Sebastião, o que nos diz sobre os milagres de Jesus? Foram realmente verdadeiros? — questiona Flávio.

— Sim! Mas, quando se conhecem as leis divinas e como elas agem, tendo a capacidade de moldar a matéria como queremos, como era o caso de Jesus, essas ações deixam de ser milagres para se tornarem um fator de capacidade. Ou seja, quando se sabe como fazer, o resultado passa a ser natural, e não mais algo sobrenatural. Mas, para fazer, tem-se que ter a capacidade, o que Jesus tinha de sobra!

— Então, senhor, segundo o seu ponto de vista, qualquer pessoa pode receber um desses milagres, ainda que não seja milagre?

— Aqui vão entrar em questão outras leis. Primeiro: quem se propõe a fazer um dito milagre tem de saber e poder fazê-lo. São coisas diferentes. Segundo: isto só não basta! É preciso que a pessoa que necessita do milagre seja merecedora. Por último e não menos importante: os dois, o milagreiro e o necessitado, precisam estar imbuídos de uma fé ardente na bondade do Criador para que o milagre ocorra. Quando os discípulos correram a buscar Jesus para curar o endemoniado que *eles* não puderam curar, é preciso atentar para a exclamação do Mestre: "Ó! Raça incrédula e depravada, até quando vos sofrereis? Até quando hei de estar convosco?"[6]

"A nossa falta de fé e deficiências morais, assim como a inaptidão do servidor em ser um instrumento de Deus, podem fazer com que não se consiga o milagre desejado. Aquele que é um candidato a obter uma cura para si mesmo ou para um afeto deve primeiro iniciar uma campanha de preces, bons

---

6 Frase extraída *O Evangelho segundo o Espiritismo*, de Allan Kardec. Capítulo XIX, item I — Poder da Fé.

pensamentos e boas ações, despertando e fortalecendo a fé. Isso fará com que atraia para si algum ser angélico capacitado que o possa auxiliar, bem como, de antemão, já começa ele próprio a trabalhar na cura, crendo firmemente! É o valor da fé, meus irmãos!"

Por um momento, todos se calam.

— Vocês conhecem alguém que necessita muito de uma intervenção divina, não é?

Todos se emocionam com a pergunta afirmativa do servidor de Jesus, pois sabiam que o alvo da questão de Flávio era Suelen. Com a voz embargada pela emoção, ele exclama:

— Minha esposa está paralítica!

— Eu já tinha sentido alguém muito próximo a você e Guilherme sofrendo muito!

— Sim, meu senhor! Suelen, a esposa de Flávio, é minha irmã! Eu me culpo pelo acidente dela!

— Você não pode se culpar pela maldade dos outros, meu irmão. Sua irmã passa hoje pelo que necessita, mas o seu tio, autor da situação dela, brevemente estará a caminho de responder pelos seus atos nefandos. Ninguém que faça o mal sobre esta terra, como ele vem fazendo, há de ficar impune! Creiam que a justiça virá a seu tempo. Você, meu irmão, jamais deve manchar suas mãos buscando vingança. Viva sua vida com a bonita família que formou e deixe o algoz de sua gens familiar nas mãos da justiça divina! Creia que ela seguirá o seu curso, e não tarda!

"Quanto à jovem senhora que padece, vou estudar o caso e pedir orientações aos nossos superiores da Divindade Maior. Se algo puder ser feito... vamos aguardar! Mas, assim que possível, eu gostaria de conhecer a jovem em questão."

Desnecessário dizer quanto todos ficam admirados com as afirmações assertivas do cristão, já que ele de nada sabia sobre aqueles fatos familiares de Guilherme e Suelen. A confiança deles a partir daí aumenta enormemente, pois passam a vê-lo com imenso respeito.

A tarde se esvai, com a noite chegando mansamente sem que eles percebam, tão encantados se encontram com as palavras sábias e confortadoras do pregador cristão. A inclinação natural de Ângelo e Flávio para o cristianismo tomava força, e só não era expressa abertamente porque a situação dos cristãos se tornava cada dia mais complicada e perigosa, fato que de maneira nenhuma diminuía o contingente cristão. Pelo contrário; embora o fortalecimento da oposição, os fiéis da Boa Nova triplicavam.

O Capitão passou a ir amiúde àquele lar, onde era sempre aguardado com alegre expectativa. Aos poucos, ele acabou contando quem era de fato, confiando na discrição daqueles novos amigos, que naturalmente passaram a temer por ele, pois que estava perigosamente se colocando na boca do leão. Trabalhava com os próprios algozes do ideal cristão. Contudo, Sebastião parecia nada temer! Embora agindo discretamente, jamais deixaria de atender um pedido de socorro ou de falar dos ensinamentos de Jesus. Assim era ele!

Ângelo e Flávio acabaram se acostumando a dar guarida ao Capitão, quando aquele descia às prisões, abarrotadas de necessidades e sofrimentos de toda ordem. Ali ele chegava sempre levando algo: água, alimentos e remédios, além de palavras de conforto e esperança. Para ele descer às prisões não havia dificuldades, devido à sua alta patente, mas para os seus atos ficarem em segredo só havia dois modos: ou os carcereiros deveriam igualmente ser cristãos, ou aceitarem suborno, situação que envolvia o risco dos que aceitassem delatarem aqueles atos estranhos do oficial superior. As duas medidas eram tomadas sempre que necessário, e tanto Ângelo quanto

Flávio ficavam atentos, averiguando quem eram os guardas de plantão, com quem estavam lidando e se o Capitão podia ou não seguir em frente.

O oficial era grato àquelas precauções dos seus dois soldados amigos, mas não se preocupava tanto assim com a sua segurança. Fato é que estava sempre tranquilo, enquanto os dois cunhados viviam temerosos, buscando afastar os perigos do caminho do Capitão de todas as maneiras. Assim, sem serem ainda cristãos praticantes, já serviam, protegendo aquele que prestava um serviço maior à causa do Cristo!

Um dia, o Capitão chama Flávio e lhe diz:

— Flávio, é necessário que eu vá até o seu lar. Tenho algo a dizer a sua esposa.

Não cabendo em si de contentamento, aquele lhe responde:

— Como não, meu Capitão! Estou no aguardo de sua visita desde que me prometeu isto, naquele primeiro dia em casa de meus pais.

— Pois o dia chegou! É necessário que eu vá vê-la! Não sei o que os seres celestes querem de mim, mas vontade imperiosa me conduz a ver o estado de sua esposa.

— Quando deseja ir, senhor?

— Quanto antes, melhor!

— Hoje?

— Perfeito! Assim que terminarmos o turno, partiremos para o seu lar.

Flávio corre a falar com Ângelo, que também se decide a ir junto.

— Tem certeza, Ângelo? Vai voltar muito tarde!

— Por nada deste mundo eu vou perder esse encontro entre o Capitão e sua mulher! Vou mandar alguém avisar Liz. Se ficar muito tarde, poderei dormir em sua casa, ou, se o Capitão permitir, retornarei com ele.

CAPÍTULO XVIII

O MILAGRE DE SEBASTIÃO

E assim, para surpresa de Suelen, sua casa recebe a visita tão aguardada do Capitão cristão. Quantas e quantas vezes Flávio não lhe falara daquele homem? De sua bondade! Do verbo esclarecedor e cheio de misericórdia! Ela não tinha a fé de Flávio, de que aquele homem pudesse curar alguém, mas sentia imensa curiosidade em conhecer a quem o esposo tanto admirava. Para seu espanto, considerou-o muito jovem, bonito e de olhar cheio de brandura! O inverso dos oficiais romanos, que eram em sua maioria homens rústicos e duros, sempre se fazendo obedecer à custa de maltratar e castigar os subordinados. Aquele homem era diferente! Lia-se em seu olhar quanto respeitava o ser humano.

Avisados da visita, logo chegam também Guilherme e Eulália, que se dirigem a ele nestes termos:

— Resolveu nos visitar finalmente, Sebastião? Ficamos muito felizes em recebê-lo e queremos que vá a nossa casa depois.

— Hoje, a minha visita só tem o propósito de conversar com a jovem senhora. Num outro dia, virei com mais tempo, meus amigos. — E, voltando-se para Suelen: — Gostaria que você me contasse como se lembra deste ocorrido, que a deixou sem poder caminhar.

Com preocupação, Suelen busca o olhar do esposo e do irmão.

— Suelen, pode confiar no Capitão!

— Sim, minha irmã, desabafe!

— Eu não gosto de relembrar aquele dia!

— É importante que relembre e fale, senhora!

Com relutância, ela vai rememorando o dolorido ocorrido de anos atrás. Às vezes é obrigada a se calar, pois o choro e a revolta lhe embargam a voz. Com grande paciência, o soldado cristão a exorta a prosseguir. Ao término de sua narrativa, todos guardam silêncio.

O Capitão toma a palavra, dizendo simplesmente:

— Para voltar a andar, você terá de perdoar!

A moça arregala os olhos de incredulidade, questionando:

— Deus me retém nesta condição porque eu não consigo aceitar o que me fizeram?

— Não! Não é Deus quem a retém aí! É você mesma!

— Como isto é possível, senhor? — pergunta Flávio.

— O ódio, a mágoa e o desgosto são os elos de uma corrente maligna que a mantém atada ao seu tio algoz.

— Como posso perdoar? Como? — grita a jovem em desespero.

— Entendendo que aquele responsável por isso está em pior situação que você! Aparentemente você é uma aleijada do físico, já ele é um aleijado da alma! Minha irmã, são tantos aqueles que padeceram e pereceram por aquelas mãos cruéis, a aguardá-lo vingativas além do sepulcro. São tantos que esperam a hora da vindita, que aquele homem, para dar conta de tudo que está plantando, há de sofrer as penas mais infernais. E você, minha irmã, seria somente mais uma na imensa fila dos que clamam por vingança! É isso o que quer para si? Passar a vida nutrindo estes ressentimentos que não lhe dão paz, e, quando chegar a hora de sua partida do mundo físico, ser atraída para essa multidão enfurecida que aguarda o seu algoz, para também se vingar? Isto pode levar séculos e séculos até se resolver e cada um poder seguir em frente com sua vida! Você tem duas escolhas: permanecer nesse estado e futuramente ir se juntar ao batalhão vingativo, ou cortar o elo desta corrente agora, para viver plenamente os momentos que ainda tem pela frente, buscando ser feliz, quer ande ou não. A escolha é sua! Este é o recado do qual sou portador. O que posso fazer, além disso, é orar por você!

Ato contínuo às suas palavras, ele se levanta, vai até Suelen e lhe impõe as mãos, orando.

— Permite que eu a toque? — pergunta-lhe.

Com sua permissão, Sebastião coloca ambas as mãos em suas costas e permanece longo tempo orando em silêncio.

— Está feito! Lembre-se: perdoe e se liberte!

Da mesma forma que veio rápido, silencioso e circunspecto, Sebastião se vai. Escusa-se da companhia de Ângelo para voltar, alegando que ainda iria fazer outra visita, e este acaba ficando por ali com o cunhado e os amigos. Muito abalada, Suelen pede licença, dizendo-se cansada. Flávio a coloca na cama e retorna a fazer companhia aos parentes.

Os quatro ficam longo tempo conversando no jardim sobre as impressões do ocorrido e sobre Sebastião. Suas palavras, os ensinamentos profundos, tudo advindo dele os entusiasma.

Mais tarde, quando Flávio se recolhe, percebe que Suelen chora baixinho.

— Querida, não fique assim! Só convidei o Capitão para vê-la pensando em fazer um bem. Não quero que fique triste!

— Choro, Flávio, porque sei que ele só falou a verdade. No entanto, me é difícil pensar em perdoar. Não sei se terei forças!

— Peça ajuda a Jesus! Tenho certeza de que Ele lhe dará forças!

— Não conheço Jesus, Flávio! Como hei de pedir algo a alguém, quando sequer sei quem é?

— Tudo bem! Acalme-se! Diga-me: o que você achou de Sebastião? — pergunta-lhe, mais para tirá-la daquela aflição.

— O que ele falou mexeu muito comigo. Na verdade, sequer parecia ele falando. Nunca vi tamanha força emanada de alguém!

— Então, minha querida! Segundo ele mesmo, sempre tem se colocado como instrumento de Jesus. Talvez essa força que você sentiu nele comprove a presença de algo mais! Eu e Ângelo temos visto o Capitão fazer coisas incríveis. Mas, quando vamos falar sobre o ocorrido, ele sempre diz não se lembrar da maioria do que ocorre, e que não é ele o autor dos feitos, mas sim Jesus! É a Ele que devemos agradecer.

Dessa forma, eles passam parte da noite conversando. Afinal, adormecem. Quando raia o dia, os dois cunhados saem para o trabalho, procurando não fazer barulho para não acordar Suelen.

Após um dia exaustivo, no qual mal tivera tempo de sequer conversar com Ângelo, Flávio segue o seu caminho, não vendo a hora de adentrar o lar para descansar. Mas, em ali chegando, estaca na entrada, incrédulo e chocado! Suelen vem correndo ao seu encontro!

— Flávio, estou andando! Estou curada! Curada, Flávio! Sebastião! Foi ele! Sebastião me curou! Não sou mais uma paralítica, posso andar!

Mal podendo crer no que via, Flávio também corre para ela, e os dois se abraçam chorando.

— Mas... como? Como foi isso?

— Não sei, Flávio! Só acordei sentindo as pernas! Podia mexê-las! Ansiosa, sem acreditar, percebi que podia caminhar. Gritei tanto de alegria que assustei Guilherme e Eulália, e os dois vieram correndo para ver o que me acontecia.

A euforia dos dois acabou atraindo todos os outros moradores da vila, tornando-se uma alegria geral.

— Um milagre, Flávio! Um verdadeiro milagre foi o que presenciamos aqui hoje! — exclama Eulália.

— Minha irmã, curada! Isto era tudo o que eu queria para completar a minha alegria! Jamais poderei pagar a Sebastião o bem que ele nos fez. Quanto sou grato a Jesus por esta bênção! Doravante me considero um cristão, e tudo farei por essa causa nobre, pois é a ela que o bom Capitão se dedica! Eu serei um eterno devedor Dele!

A partir daquele dia, para alegria de todos, Suelen estava curada. Parecia nunca ter estado entrevada por anos numa cama ou cadeira. Ela passou a ser uma pessoa muito ativa, sempre participando de qualquer iniciativa em auxílio ao próximo. A vivenda de Eulália se tornou um centro de caridade para os romeiros necessitados, que ali aportavam em busca de alimentos, remédios e conforto para suas penúrias. O Capitão cristão, vez ou outra, para ali se dirigia, e só não era mais assíduo por se preocupar em não colocar o local em evidência, o que seria um risco para os moradores devido às perseguições aos seguidores da fé cristã.

Aquela ocorrência extraordinária acabou por derrubar os últimos receios nos familiares, e todos por fim abraçaram a fé cristã. Eram discretos, mas em seus corações os antigos Deuses romanos já não tinham mais espaço. O Cristo havia tomado o lugar daquelas velhas crenças, personalistas e convenientes, nas quais os Deuses nada mais eram que seres poderosos, mas dotados de todos os vícios e deficiências da humanidade de então.

Liz, entretanto, absorvia a mensagem, mas, quanto ao movimento cristão em si, mantinha-se reservada, jamais se dispondo a participar de alguma reunião ou encontro dos fiéis. Um medo a paralisava. Quando a sós, os conflitos emergiam do íntimo com vigor, só aplacados com a presença dos entes queridos e, igualmente, ao ouvir novas mensagens cristãs. Para se manter em equilíbrio, precisava estar sempre recebendo alguma nova informação, mas não se dispunha a ir buscá-la. Eram sempre os entes queridos, conhecendo-a muito mais do que ela poderia supor, que viviam correndo em seu socorro, buscando sempre animá-la com leituras, conversas ou visitas de algum novo apóstolo que surgisse pelas ruas de Roma, convidado a palestrar naquele lar. Era natural então que, embora todos os cuidados e reservas, a desconfiança dos vizinhos antagônicos àquela religião começasse a surgir aqui e ali. Mas o fato de os homens da casa serem soldados amenizava um pouco o caso, ninguém se atrevendo a falar alto o que pensava. Assim se passavam os dias, e, a despeito de toda perseguição, a religião do Crucificado crescia.

Quanto a Liz, caía-lhe muito bem a Parábola do Semeador[1], que diz: "Eis que saiu o que semeia a semear. E, quando semeava, uma parte das sementes caiu junto da estrada, e vieram as aves do céu, e comeram-na. Outra, porém, caiu em pedregulho, onde não tinha muita terra, e logo nasceu, porque não tinha altura de terra. Mas saindo o sol a queimou, e, porque não tinha raiz, se secou. Outra igualmente caiu sobre os espinhos, e cresceram os espinhos, e estes a sufocaram. Outra enfim caiu em boa terra, e dava frutos, havendo grãos que rendiam a cento por um, outros a sessenta e outros a trinta por um".

No seu caso, a boa semente caía entre os espinhos. Ela chegava a se comover perante as lições recebidas, mas a pressão sofrida pelos cristãos a angustiava e os tormentos pelos quais aqueles passavam lhe causavam pavor. Era uma seguidora do Cristo, mas ainda na infância do despertar! Ao ver a fé dos familiares, inclusive do filho querido, que ainda na primeira adolescência era um cristão fervoroso, enfim, o entusiasmo de todos perante a mensagem cristã, ela se envergonhava de sua fraqueza. Fingia um entusiasmo que estava longe de sentir. Lembrava-se com imensa saudade de sua juventude, quando ninguém da família sequer cogitava aquelas ideias, revolucionárias demais para a época, segundo sua visão limitada.

Foi por esta época que a família veio a sofrer dois abalos quase simultâneos. Primeiro o pai de Ângelo veio a falecer.

---

1 Extraído de *O Evangelho segundo o Espiritismo*, de Allan Kardec. Capítulo XVII, item V — Parábola do Semeador.

Como já andava há tempos muito debilitado, era um acontecimento esperado, mas todos sofreram, pois tinham se acostumado rápido com a presença dele naquele lar, um homem íntegro e amoroso, sempre disposto a auxiliar a todos, o que muito fortalecia Ângelo.

Antes de completar um ano desse fato, faleceu também o senhor Ernesto, ocorrência que veio a envolver todos em muita tristeza, sobretudo Laura, para quem as dores eram amenizadas apenas pelo aumento de suas idas às reuniões cristãs. Muitas vezes saía discretamente, sem ninguém perceber.

Liz, que se ressentiu demasiado da morte do pai, sofria também com as ausências prolongadas da mãe. Lá no íntimo, culpava a Doutrina Cristã por estar afastando a mãe de si.

Ângelo, que ainda não tinha se recuperado da morte do pai, abalou-se muito com a partida do sogro. Tentava se manter firme, mas a força do senhor Ernesto estava lhe fazendo muita falta. Às vezes, o desânimo ameaçava tomar conta dele, que se obrigava a esforços hercúleos para não demonstrar às duas mulheres e aos filhos a sua fraqueza. Liz e a mãe voltaram a se dedicar com afinco às costuras, pois as necessidades as obrigavam. Oportunamente, aquilo as ocupava, e Liz aproveitava esses momentos para tentar dissuadir a mãe de ir tanto às reuniões.

— Mamãe, eu vejo com muita preocupação as suas saídas para as reuniões. Sei que a senhora tem ido mais vezes por se sentir só. Mas a senhora não está só, mamãe! Sempre poderá contar comigo e com Ângelo. As perseguições estão se tornando alarmantes! Penso eu que devemos evitar as vindas dos pregadores aqui em casa, pois precisamos nos precaver. A senhora não acha?

— Sei que posso contar com vocês, minha filha, assim como com seu irmão e Suelen! Portanto, quero que você compreenda que não vou às reuniões por me sentir só. Se você bem recorda, eu já ia a elas quando seu pai estava vivo, antes de Inez ir morar com Eulália e a netinha, ou da saída de Flávio desta casa. Eu vou porque encontrei nos ensinamentos de Jesus uma razão para viver! Veja, eu sinto falta de seu pai, mas não me desespero. Sei que quando eu partir vou me encontrar com ele! Isto eu aprendi dentro do cristianismo! Há algo mais gratificante que saber da continuidade da existência depois da morte? Que poderemos nos reencontrar? Caminharmos juntos pela eternidade afora? Então, querida, sou agradecida por esta crença, que tem sido uma luz em minha vida. Sinto por você. Por não aceitá-la integralmente; vive em conflitos e fica sem o consolo que ela nos dá!

— Mamãe, eu temo pela senhora! Bem sabe quanto os cristãos são hostilizados. E se algo ocorrer com a senhora? Que farei eu da vida? A senhora é a minha força, a minha sustentação; que farei se perder isso?

— Querida! Por isso busco Jesus! Não se coloque nas mãos de ninguém, nem nas minhas, pois somos todos muito frágeis. Mas Jesus não é! Por saber disso, tenho colocado minhas esperanças em suas palavras, quando diz: "O meu reino não é deste mundo!" Entendo que o nosso também não o é! Então, filha, precisamos encontrar em quem confiar e jamais temer o amanhã, pois nada se acaba em verdade. Nem a morte nos abate! É tudo ilusão de quem só crê nesta vida física. Somos muito mais do que isto, minha filha!

— Ah, mamãe! Como eu gostaria de ser como a senhora! Crer, aceitar e ter fé! Mas... como a senhora já disse, vivo em conflitos constantes. Sou atormentada por sentimentos que nem sei de onde surgem, mas me amedrontam. É certo que também já não creio em nossos Deuses, tampouco consigo aceitar inteiramente esta fé, que em alguns parece tão poderosa, a ponto de fazê-los caminhar para a morte sem temores! Na verdade, me atemoriza a força de tais sentimentos!

E, sem chegarem a um consenso, pois nada do que a mãe falava a filha aceitava, Laura, como último recurso, a abraça fortemente enquanto lhe diz afagando seus cabelos, que já começavam a embranquecer:

— Minha querida menina! Não se atormente! Creio que Deus jamais nos desampara, e cedo ou tarde encontraremos o verdadeiro caminho e com ele a paz de espírito que tanto buscamos. Você tem um imenso tesouro, minha filha, e não se dá conta do seu valor! O amor de seu marido por você é algo que eu ainda não tinha visto.

— Eu também amo Ângelo, mamãe!

— Eu sei, querida. Mas... não sei como lhe explicar. Sinto que Ângelo a ama de uma forma tão especial, tão intensa, que faria tudo por você! Poucas mulheres já vivenciaram relação tão preciosa. Só isto, querida, já deveria fazê-la imensamente feliz! Mas... vive perturbada, sempre temendo algo funesto em seu futuro! Temos que buscar ser felizes, mesmo diante das dificuldades. Nada é pleno, mas devemos procurar tirar o melhor daquilo que nos é oferecido. Depois, ninguém é eterno. Seu pai haveria de partir, assim como eu também me vou algum dia. Esta é a ordem natural das coisas, e devemos procurar aceitar. Mas eu tenho a certeza de que tudo continua para além do sepulcro.

— Quanto a isto, eu também creio, pois sempre tenho sonhos estranhos. Vejo-me diferente, vivendo em terras desconhecidas. Vidas e situações estranhas perfilam-se diante de mim, como se eu já tivesse tido outras vidas. Ângelo também crê nisto e, cada vez mais, ele diz sentir ou perceber pessoas que já morreram. Isto tudo é tão estranho, mamãe! Será que um dia teremos respostas para estas questões que nos atormentam?

— Sem dúvida teremos, mas, enquanto isso não ocorre, não devemos deixar que esses assuntos nos preocupem. Agradeça pelo dia que se inicia e que se finda! Perceba em tudo uma vontade soberana atuando além, muito além da pequenez dos homens!

— Mamãe, nunca contei a ninguém, nem a Ângelo, mas, desde que tive aquele sonho que se concretizou com a gravidez de Petúnia, eu continuo sonhando com aquele homem. Muitas vezes ele me aconselha, me diz para ter paciência e ser grata, porque assim terei forças para levar adiante o meu compromisso com minha filha. Diz-me ele que muito da agitação e do nervosismo em que eu vivo é por conta da situação em que ela se encontra. Que eu sinto aversão por ela e tento repelir, sem conseguir. Ele me diz para lutar contra essa aversão que eu ainda tenho contra ela. Como pode ser isso, mamãe?

— Não sei o que lhe responder, minha filha, mas o que este ser fala tem muita lógica, pois eu também sinto o desequilíbrio de nossa menina, como ainda um desamor dela por todos nós!

— Por todos nós, não, pois jamais vi uma filha ser tão grudada ao pai quanto ela! A senhora não sabe quanto eu me irrito em vê-la sempre atrás dele!

— Realmente, a preferência dela por ele é declarada. Entretanto, não sei se você percebe, filha, que, apesar de Ângelo ter paciência com os arroubos de Petúnia, ele a trata sempre de forma muito reservada. Você deveria fazer o mesmo! Vejo Petúnia como alguém muito doente em se tratando de sentimentos. Ela tem dificuldades com todo mundo, não é só conosco.

— No entanto, se dá bem com as más companhias. Já percebeu? Que tendência será esta que ela trouxe consigo, mamãe? Às vezes sinto como se odiasse essa minha filha. Quanta diferença de sentimentos despertam em mim ela e o irmão! Fernando é como um ser angelical: doce, afável, fácil de lidar. Mas Petúnia... é isto que a senhora bem sabe.

— Com certeza o seu compromisso maior é com ela!

— Como assim, mamãe?

— Fernando é para você o refrigério, enquanto Petúnia, a prova difícil!

— Às vezes, não me sinto capaz de lidar com ela. Aliás, o receio que eu tive com aquele sonho, creio agora ter sido uma premonição das dificuldades que eu iria ter com Petúnia. Quando olho para ela, vejo aquele ser horrendo que foi arrebanhado daquele charco tenebroso. Pergunto-me: por que eu? Por que tive de receber tal incumbência dos seres angélicos? Que mal eu fiz para ter uma filha com tal índole? Ingrata, interesseira! Quando a olho, sempre me lembro de Cláudia, mas ainda consigo encontrar qualidades naquela minha infeliz amiga; já em Petúnia, não consigo. Parece-me que possui uma alma má!

— Querida, você exagera! É certo que ela é uma menina difícil, mas não chega a esse ponto. Você necessita aprender a aceitá-la assim como é. Talvez ela sinta falta de amor, por isso é tão arisca, tão rebelde!

— Mamãe, a senhora está tentando negar o que vemos diariamente! Vamos aceitar que eu, por não conseguir amá-la como uma filha, tenha certa responsabilidade no seu modo de ser. Será certo então ela ser mal-educada comigo; mas e com a senhora? E com o irmão? Tratá-los mal como ela faz, isso eu não aceito! Tanto a senhora quanto Fernando só fazem amá-la! Auxiliam-na em tudo e, no entanto, só recebem asperezas e ataques selvagens. Ângelo também percebe isso. Noutro dia, ouvi-o chamando a atenção dela nesse sentido. Sabe o que ela lhe respondeu?

"— Papai, desta família, só o senhor se salva; o restante é insuportável. Eu não sou obrigada a fingir algo que não sinto!

"— Você percebeu o que está dizendo, minha filha? Está falando de sua avó, que é uma mulher admirável, de sua mãe, que é gentil e carinhosa, e de seu irmão, tão precioso que será difícil encontrar outro com as mesmas qualidades!

"— Eu creio que é por isso mesmo; são tão cheios de qualidades, não é? Cansam-me! Mamãe pode ser gentil e carinhosa com o senhor e com eles; quanto a mim, trata-me da pior maneira possível!

"O pai deu um suspiro, passando a mão pelo rosto, enquanto respondeu-lhe:

"— Eu não sei mais o que fazer para tentar ajudar vocês duas! Parecem inimigas ferrenhas, e eu não vejo motivos para tal ódio. Até aceito que você não consiga amar a sua família, mas desrespeitá-la, jamais! Isto eu não vou admitir, Petúnia! Não quero ouvir mais a sua mãe reclamando de você e tampouco sabê-la maltratando qualquer um deles!

"A garota, enfadada, deu de ombros, como a dizer que aquele assunto não a interessava.

"— Seja como quiser, papai! Apenas diga a mamãe para parar de implicar comigo. E, já que eu não tenho assunto aqui neste lar, pelo menos me deixe trabalhar fora, então! Eu preciso cuidar de minha vida.

"— Você fala como se não tivesse uma família! Ah, minha filha, se soubesse quanto é triste viver só. Não ter sequer um ente amado com quem contar.

"— Agradeço o que fazem por mim, mas eu não sirvo para viver assim. Sinto-me presa! Não suporto mais! Anseio sair pelo mundo, ver gente e coisas novas, adquirir outros conhecimentos! A vida não há de ser só isso aqui!

"— Mas não quer ter um lar seu, um companheiro, filhos, talvez?

"— Posso ser sincera, papai? Acho que não vale a pena! Por uma suposta felicidade, o que na maioria das vezes acaba virando uma tragédia, a vida em comum com outra pessoa me sufocaria!

"— O que pensa fazer do seu futuro, então?

"— Quero viver o hoje sem pensar no amanhã. É melhor não ter planos ou alguém dependente.

"— Você fala como certos homens que nada querem com as responsabilidades, e não como uma jovem que nada conhece da vida. Isto me assusta, Petúnia!

"A jovem deu uma gargalhada e, abraçando o pai, respondeu:

"— Pensei que o meu pai não fosse de se assustar tão fácil!

"— Quanto à minha pessoa, nada me assusta, mas, em se tratando da família, só não se assusta perante um possível futuro nefasto aquele não a ama ninguém!

"Depois de um prolongado silêncio, o pai, preocupado, continuou:

"— Só quero o melhor para você, minha filha!

"— Deixe por minha conta a minha vida, meu pai! Eu preciso decidir o que é melhor para mim.

"— Certo! Mas com uma condição: seja educada e mais compreensiva com os seus familiares, ouviu?

"Rindo muito, a jovem se põe a beijar o pai, que, com delicada firmeza, afasta-a de si enquanto diz:

"— Vamos, vamos! Chega disso! Prometa-me enfim o que eu lhe pedi, Petúnia!

"— Já que me pede tão educadamente, prometo que procurarei ter mais paciência com eles. Me deixará trabalhar, então?

"— Se é o que quer, eu mesmo verei uma colocação para você.

"A jovem concordou a contragosto, pois queria decidir por si mesma. Contudo, pensou intimamente: *Uma vez saindo de casa já é o primeiro passo. Depois, estarei liberta para fazer de minha vida o que quiser.*"

E Liz continua as suas reminiscências daquela conversa entre o esposo e a filha:

— Conheço-a tão bem, mamãe, que pude ler essa intenção em seu olhar! Os dois tão compenetrados estavam nessa conversa que não me perceberam, e eu me afastei, deixando Ângelo resolver o assunto. Em se tratando de Petúnia, ele se sai bem melhor do que eu. Desde esse dia, ela tem procurado se controlar aqui em casa.

— Eu mesma percebi isto, minha filha. Então, querida, agradeçamos a Deus pela presença de espírito com que Ângelo a trata. Agradeçamos, filha!

E as duas mulheres encerram aquele assunto angustiante e penoso para elas.

CAPÍTULO XIX

A INGRATIDÃO

Pouco tempo depois, Ângelo consegue colocar a filha para trabalhar na casa de um tribuno de nome Célio. O ambiente do lar se acalma sem a presença constante da jovem. Mas, passados apenas alguns meses, Ângelo recebe a visita de uma senhora em seu posto de trabalho, a qual tinha urgência em lhe falar.

— Em que posso servi-la? — pergunta ele, estranhando, pois não a conhecia.

— Sou a esposa do tribuno Célio. Tive recentemente um casal de gêmeos. A meu pedido, meu esposo empregou vossa filha em nossa casa, pois, com o aumento da prole, já tinha dois filhos, passei a precisar de auxílio nos afazeres domésticos.

Entretanto, desde a entrada de sua jovem filha em minha casa, a situação familiar vem se complicando. A cada dia percebia o meu esposo se distanciando de mim. De início, acreditei ser algo natural, até para me poupar em meu resguardo. Mas o quadro se agravou, somando-se a isto uma irritação constante e falta de interesse também nos filhinhos, que sempre lhe foram fonte de prazer e satisfação. O meu coração de esposa e mãe começou a desconfiar de que algo mais estava ocorrendo. De forma discreta, comecei a espreitá-lo e confirmei as suspeitas da pior forma possível. Eu estava sendo traída debaixo do meu próprio teto, pois sua filha se fez amante de meu esposo.

Estarrecido, Ângelo se recusa a acreditar no que ouve:

— Mas... a senhora tem certeza disso? Minha filha ainda é uma menina; é a primeira vez que sai de casa. Se a coloquei para trabalhar fora, foi por insistência dela, mas para mim ainda não passa de criança necessitada de meu apoio e proteção.

— O senhor se engana! Ela nada tem de criança! Assediou o meu marido!

— Neste caso, seu esposo é o responsável pela situação ter chegado a esse ponto, se é que ocorreu mesmo!

— Que essa traição está ocorrendo debaixo do meu teto, disto eu não tenho dúvidas, mas a autora do assédio é ela, pois o meu marido sempre me foi esposo fiel e respeitador. Jamais tive qualquer queixa sobre sua conduta moral. E saiba que tenho muitas amigas assíduas em meu lar, no entanto, jamais percebi qualquer atitude suspeita por parte dele. O senhor me perdoe, mas insisto: sua filha é a maior responsável! É manipuladora, enganadora, enfim, não é pessoa que quero em meu lar! Nada disse sobre a minha descoberta ao meu esposo, mas fui clara com ela, que me destratou em minha própria casa!

— Como assim? — questiona Ângelo, alarmado.

— Quando lhe expus a minha descoberta, ela me respondeu que não tinha culpa se eu não conseguia conter nem satisfazer o meu marido, afirmando que só por isto eu já merecia perdê-lo.

Ângelo se deixa sentar na cadeira próxima, aturdido com o relato daquela mulher.

— Sinto pelo senhor, que me parece um bom pai. Mas peço encarecidamente que a retire do meu lar, por favor! Peço ainda que nada diga ao meu marido sobre isso, pois não quero destruir o meu casamento. Eu e meus filhos necessitamos do esposo e pai!

— Peço-lhe perdão pela minha filha. Assim que encerrar o meu expediente, irei retirá-la do seu lar, senhora.

Assim ele age, mas, em lá chegando, Petúnia já não se encontrava mais. Pegara tudo que era seu, e ainda coisas que não lhe pertenciam, e sumira. Ângelo fica aniquilado ante a verdade nua e crua que lhe desaba nos ombros.

— Senhor, não se preocupe com as coisas que ela levou. Não a delatarei, pois não quero escândalos. Só quero salvar o meu casamento!

Ângelo agradece e vai para casa. Liz está na varanda, sentada no velho banco onde o recebera por tantas vezes na época de namoro. Neste dia, ao vê-lo subindo as escadas, os ombros arqueados como se carregasse um peso enorme, ela sente o coração se apertar. Conhecia-o tão bem, sabia que ele estava sofrendo, e, sem saber do que se tratava, ela já sofria com ele. Abraça-o e em silêncio entram em casa. Reúnem-se com o filho e Laura, e ele relata o ocorrido. Um desalento triste toma conta de todos ao perceberem quanto Petúnia estava distante do sentimento familiar que os unia. Pela primeira vez, Liz se questiona sobre se tinha sido uma boa mãe. Se fizera tudo o que podia para compreender e domar a filha rebelde, e uma ponta de culpa surge em seu íntimo por não ter conseguido amá-la como amava o filho.

Todos passam a procurar a jovem, mas sem resultados. Ângelo não se conforma com aquela situação, sempre sentira quanto a filha era inquieta e dura com os demais familiares, mas jamais a supusera capaz de tamanha insensatez! Como pai prestimoso que era, não perdia uma única oportunidade de procurá-la, averiguando aqui e ali qualquer informação que pudesse lhe esclarecer o paradeiro da filha transviada. Mas o tempo passava e ela não dava notícias...

Inez vai visitar as amigas, compadecida da fuga de Petúnia. Emocionada, recebendo-a à porta, Laura exclama:

— Como fico feliz com sua visita, Inez! Como você tem me feito falta, minha amiga!

— Não poderia deixar de vir, pois jamais me esquecerei de quanto vocês duas me ampararam quando minha filha fez o mesmo que Petúnia.

— Eu não lhe dizia, Inez, que aquela menina tinha uma índole terrível? — exclama Liz com grande revolta.

— Não diga isto, minha filha. É o seu coração magoado quem fala. Nosso amor pelos filhos deve ser maior que as decepções que eles, às vezes, nos causam.

— Você conseguiu perdoar sua filha, então, Inez?

— Jamais deixei de amá-la, Liz! Jamais! Sempre entendi aqueles anseios por liberdade, por uma vida melhor. Sinto ainda hoje por não ter sido capaz de dar a ela o que necessitava.

— Oh, não diga isso, Inez! Você sempre foi uma mãe gentil e maravilhosa! Cláudia, sim, é quem nunca foi uma boa filha. Era só o que faltava você se culpar agora por ela ter sido uma egoísta e pensado só em si! Igual a Petúnia! Uma criaturinha extremamente egoísta! Jamais vou perdoá-la pelo que está nos fazendo passar, principalmente a Ângelo. Precisa vê-lo, Inez! O meu Ângelo parece dez anos mais velho por conta deste desgosto que Petúnia está nos causando.

— Entendo, filha! Mas ainda assim não deve guardar mágoas em seu coração! Lembre-se: faça ela o que fizer, ainda assim continuará sendo sua filha. Perdoe-a, Liz! Perdoe, para ter um pouco de paz!

— Benditas palavras, Inez! Eu venho repetindo isto a Liz todos os dias. Deixe Petúnia tentar a vida aí fora, se é o que quer. Talvez volte, depois de perceber o erro cometido.

— Mas, mamãe, mesmo que ela volte, as coisas jamais serão as mesmas entre nós.

— Na verdade, filha, as coisas entre vocês nunca foram das melhores, não é?

— A senhora me culpa por ela ter feito o que fez?

— Não, minha querida. Mas você não pode negar as dificuldades havidas entre vocês! Sei quanto ela é geniosa e difícil, mas você, por outro lado, nunca teve nenhuma paciência com ela.

A essas palavras da mãe, Liz se põe a chorar, num desabafo ao qual ainda não havia se entregado. Mantinha-se forte para auxiliar Ângelo, que sofria muito com a atitude da filha; entretanto, naquele momento, amparada pelas duas matronas, ela se deixa levar.

— Tem razão, mamãe. Nunca consegui amar Petúnia. Talvez por isso ela se foi!

— Não, querida! Petúnia é uma alma errante! Sinto que nunca encontrará o que procura, até que se volte para os verdadeiros valores. E esse despertar, minha filha, só vem com as experiências, que podem ser dolorosas na maioria das vezes. Deixe-a seguir seu caminho, enquanto nós ficaremos orando por ela para que tenha paz!

— Você, como sempre, Laura, traz conselhos pautados no bom senso e na caridade — diz Inez com emoção.

— Vamos mudar de assunto, minha querida? Fale-nos de você! Como está lá, naquele sítio maravilhoso de Eulália?

— Melhor não poderia estar, Laura. Todos ali me tratam como alguém da família, aliás, como vocês sempre me trataram.

— Você já é familiar a nós, Inez! Nós te amamos! Você é tão parecida com mamãe, como se fosse uma irmã mais velha. É isso, vejo-a como uma tia.

— Os sentimentos fraternos do amor nos ligam de forma poderosa. Creio que é dessa forma que o Mestre quer que nos amemos! Todos numa só família!

— Mas diga-nos: como estão todos? E a nossa pequena Vitória?

— Crescendo rápido! Os anos passam, não é? Nunca imaginei estar por aqui, vendo-a se transformar nessa criança linda e inteligente. Acho que é o amor que faz estes milagres. Vitória é muito amada!

— Por todos nós, Inez!

E as três mulheres passam horas palestrando sobre tudo, deixando para trás assuntos difíceis, que poderiam trazer amarguras e sofrimentos.

Depois da fuga de Petúnia, Ângelo começa a procurá-la por todo canto. Ele, que sempre foi muito diligente, cumpridor de seus deveres, passa até a criar problemas para si mesmo, por estar sempre com preocupação excessiva sobre o paradeiro da filha, só não se complicando dentro da centúria[1] que dirigia por conta da intervenção do Capitão Sebastião.

Certa feita, Flávio lhe chama atenção:

— Ângelo, você precisa se ater mais ao serviço. Sempre foi um exemplo para todos nós da unidade, e agora está abrindo brechas por onde os sem-caráter e interesseiros possam atacá-lo pelas costas. Muitos só querem o seu lugar à frente desta centúria ou rivalizar conosco pelo grande respeito com que nosso Capitão nos trata!

— Que quer que eu faça, Flávio? Que esqueça essa menina sem juízo e siga em frente?

— Não digo esquecê-la, mas você não pode passar os dias a procurá-la como tem feito! Petúnia não é mais uma criança como você sempre a considerou, Ângelo! Não se esqueça de que foi ela quem resolveu se afastar da família.

— Tem razão quanto a isto, mas Liz está sofrendo muito e eu não posso suportar.

— Liz sempre foi muito intensa no que sente e dada a descontroles. Depois, se ela sofre, talvez seja por remorso, por não ter conseguido amar a filha como deveria. Liz é minha irmã e eu a conheço bem. O que ela sente é culpa! Mas vocês não são culpados se Petúnia tomou atitudes incorretas. Deixe-a seguir o seu caminho! Se tiver de ser encontrada ela será, afinal, muita gente está atenta, procurando-a. Não pedimos isto ao pessoal do batalhão? Contudo, se ela não quiser ser encontrada, não será. Depois, Ângelo, se a encontrar, o que fará,

1 Centúria: um agrupamento de cem soldados. Um centurião poderia dirigir uma ou mais, de acordo com sua capacidade.

finalmente? Você a trará à força para casa? Vai prendê-la entre quatro paredes?

— Tem razão, Flávio! Na verdade, eu só queria que a nossa vida voltasse a ser como antes!

— Eu sei, meu cunhado. Não tem sido fácil depois da morte de nossos pais.

— Sei que está feliz vivendo com sua esposa naquele local tranquilo que é a vila de Eulália e Guilherme, mas sinto muito a sua falta lá em casa, Flávio!

— Eu também sinto, Ângelo! Foram bons momentos quando éramos inseparáveis, não é?

— Sim! Foram bons momentos!

E os dois silenciam, imersos nas recordações felizes de um passado que se foi.

— Ângelo! Posso falar com Suelen e retornarmos, pois não é justo você arcar com toda a preocupação, afinal, minha mãe é minha responsabilidade também!

— Não, Flávio. Laura na verdade é quem mais me ajuda. É como uma mãe para mim também. Não se preocupe, meu amigo, isto que estou sentindo há de passar.

Depois daquela conversa com o cunhado, Ângelo passa a se dedicar intensamente ao trabalho e à família. Tudo faz no lar para desanuviar aquela atmosfera pesada e sombria que ali paira. Aos poucos, a vida vai retomando a rotina, quando o trabalho age como remédio saudável, não permitindo tempo ocioso para preocupações sem medidas.

Com a morte do pai, Antônio perdeu o pouco do bom senso e do equilíbrio que possuía. Passou a viver em festas imorais e a beber descontroladamente. Equivocava-se nos negócios, perdendo altas somas, e o grande rebanho de cavalos ia desaparecendo aos poucos, para pagar as dívidas descabidas.

Ariadne se exasperava com o marido. Daquela relação, muito pouco do companheirismo da época do namoro restava, pois ele a cada dia se tornava mais amargo, mais irritadiço e até violento, ciente de que os sonhos de grandeza tão acalentados também se desvaneciam com a riqueza. Os bons negócios tão aguardados por ele se transformaram numa fonte de transtornos e em sorvedouro dos seus haveres. Entretanto, em vez de ele parar para pensar, analisar sua conduta, mais ainda corria atrás da "sorte", apregoada pelos mais espertos, que o exploravam. Mesmo depois de tantos anos, quando Antônio se lembrava da herança do tio que ficara nas mãos de Ângelo, ele ruminava uma raiva crescente. Buscava uma forma de obrigar o irmão a lhe entregar aqueles valores. Mais de uma vez ele foi até o batalhão atrás de Ângelo para falar daquele assunto. Da primeira vez, assim que o pai morreu, ele para lá se debandou, e Ângelo, ainda buscando encontrar nele qualquer traço de irmandade, recebeu-o de maneira amigável. Crendo que ele sofria pela perda do pai, dispôs-se a colocar uma pedra em cima do passado.

— Antônio! Que surpresa, meu irmão! Como está?

— Não muito bem, Ângelo. Ainda me encontro indignado com a questão do tio Jacinto.

— Como assim? — tinha perguntado Ângelo, já sentindo a decepção de ter se enganado com ele mais uma vez.

— Não se faça de desentendido! Você sabe bem que não poderia ter se apossado de tudo como fez!

— Não me apossei! Tio Jacinto me passou tudo dentro da lei, e você sabe bem disso!

— Seja como for, você se aproveitou, pois ele devia estar caducando. Por direito, você deveria me passar a metade de tudo!

— Tudo bem, Antônio. Farei isso quando você dividir toda a herança de nosso pai, inclusive o que gastou naquele seu palacete.

Sabedor de que o irmão tinha razão, não tendo mais nada para restituir daquilo que abarcara, e mais, mesmo que tivesse, jamais entregaria a Ângelo, Antônio rangeu os dentes de raiva. Entretanto, diante da situação desesperadora em que se encontrava, tentou envolver o irmão num sentimentalismo barato, a fim de comovê-lo.

— Sei que tem razão, Ângelo. Mas ainda estou tentando a sorte. Agora mesmo, estou com uma grande soma investida e, assim que me for restituída, minha situação melhorará muito. Poderei então lhe passar alguma coisa. Quanto à casa, ela está lá e também é sua por direito. Se venho a você é porque estou realmente necessitado, pois no momento não posso mexer em nada do que está aplicado.

— Entendo, Antônio! Só que eu não possuo nada aplicado. Os valores a mim passados por tio Jacinto foram todos utilizados na melhoria da casa onde hoje é o meu lar. Quanto à chácara que era dele, estou tentando vender, mas até agora, nada.

E, como de outras vezes, Antônio saiu dali transtornado. Ângelo ficou a observá-lo até sumir de suas vistas. A situação melindrosa do irmão chegou a comovê-lo. Se não o conhecesse profundamente, teria lhe passado às mãos todo o fruto que lhe restava do trabalho árduo do pai e do tio. Mas ele não se deixou enganar pela falácia do outro. Não mais! Ao chegar em casa, ele sempre narrava à sogra e à esposa essas ocorrências, que elas ouviam atenciosamente, mas jamais opinavam a favor ou contra a situação entre ele e o irmão.

Em seu desespero, Antônio acabou fazendo negócios com Pancrácius, homem que conseguia aumentar sua riqueza da forma mais vil e inescrupulosa entre aquelas das quais se tinham notícias naqueles tempos: atuando em segredo, inclusive no comércio de escravos; roubando crianças pequenas, que ainda não sabiam falar, contar quem eram, enfim, dar indicações de sua procedência. Vendia-as não só em Roma, mas também nas cidades circunvizinhas — um dos comércios mais nefandos existentes na época, que obrigariam Pancrácius, assim como muitos daqueles seres envolvidos naquele tipo de negócio, a renascerem futuramente em corpos africanos, a passarem algumas vidas pelas mesmas situações, separados das famílias ainda pequenos, sendo vendidos como escravos. Assim, em plena era do descobrimento da América, com todas as oportunidades oferecidas pelo Novo Mundo, eles para lá seriam levados e se sujeitariam a viver de forma cruel e dolorosa, a fim de quitarem suas dívidas com as terríveis culpas daquele passado delituoso.

Não existem injustiças em cima desta terra! Geralmente, diante do pobre sofredor de hoje, que nos parece criatura cândida, maltratada pela vida, vamos encontrar os antigos algozes do passado, que caminhavam de corações empedrados, sem se comoverem com a dor e o sofrimento daquelas pobres criaturas que lhes caíam nas mãos. Hoje, a maioria seres já conscientes e em busca de redenção, passam pela Terra lutando tenazmente para se melhorarem, única porta existente para a libertação do sofrimento, a porta estreita decretada pelo Cristo! Aquela por onde só passarão os que estão em busca de suas renovação, não importando se caminham entre dores e prantos, pois o reajuste da alma com a luz não é trabalho fácil para irresponsáveis, mas sim para aqueles que seguem firmes e corajosos em sua jornada a caminho da libertação, obtida apenas pela transformação moral. Outros, mais tenazes no mal, ligados ainda a falanges tenebrosas, presas no submundo terreno, lutam ingloriamente contra o Cristo, pois é Ele quem representa na Terra, diante da humanidade, a justiça divina! Mas todos os que quiserem O encontrarão de braços abertos para recebê-los, se tiverem a humildade de reconhecer os erros e enganos, dispondo-se a buscar novos caminhos!

Aquela era uma tarde tranquila no lar dos Tertulianus, onde Eulália e Guilherme, ao lado dos filhos, divertiam-se com as peraltices da pequena Vitória, que se desenvolvia a olhos vistos, cada dia mais bonita e cativante. Era uma cena corriqueira nos entardeceres daquela família equilibrada e feliz! Entretanto, a calma serena é rompida pelo barulho do tropel de cavalos que chegam repentinamente. Todos se precipitam para a entrada a ver do que se tratava. Era Ariadne quem chegava. Descendo abruptamente da viatura, demonstrando nervosismo e descontrole, dirige-se a eles nestes termos:

— Olá a todos! Sinto chegar sem avisar, mas só posso contar com os poucos amigos que me restam!

— É uma surpresa agradável, minha amiga!

— Surpresa pode ser, mas de agradável não tem nada, Eulália — exclama a jovem mulher com exaltação desenfreada.

— Você sabe que é sempre bem-vinda, não importam as condições — diz Guilherme.

— Sente-se aqui e se acalme, Ariadne, vamos! — convida Eulália.

— Não posso me sentar! Na verdade, estou tão nervosa que se não saísse de casa iria fazer uma loucura.

— Mas o que houve que a deixou tão transtornada assim? Algo com Antônio? — questiona Eulália.

— Não é "algo" com ele, mas "ele" é o "algo" que está me atormentando!

— Explique-se, Ariadne! — exclama Guilherme.

— Ah, meus amigos! Vocês não imaginam o inferno que tem sido a minha vida! Antônio deu para querer me seguir e me manter trancada. Às vezes não o reconheço, tão parecido fica a um animal raivoso!

— Você precisa se acalmar, Ariadne! — pondera Eulália.

— Como posso me acalmar, com aquele insuportável tentando me controlar o tempo todo? Ele não quer que eu saia sozinha!

— Mas, Ariadne, a maioria dos homens age assim com suas mulheres — fala Eulália.

— Comigo, não! Não aceitarei! Sempre deixei claro que se isso me ocorresse não iria aguentar. Já falei com papai. Mas justo ele, que sempre me apoiou, agora não quer que eu me separe de Antônio.

— Ariadne, seu pai tem razão. Vocês já estão casados há anos. Está na hora de amadurecer, sedimentar esta relação de vocês! — orienta Eulália.

— Em se tratando de Antônio, só o que pode se sedimentar em nosso relacionamento é o ódio que já sentimos um pelo outro. Vocês não fazem ideia do tamanho da ignorância e da agressividade dele. Só depois de viver com ele debaixo do mesmo teto é que entendo quanto Ângelo sofreu. Vocês não imaginam o ódio atroz que ele nutre pelo irmão. Não posso sequer pronunciar o nome de Ângelo em casa. Até ameaçou me bater um dia destes, quando ousei fazer comparações entre eles, no intuito de fazê-lo perceber que deveria buscar se melhorar, procurar ser como o irmão. Ficou ensandecido! Nunca vi cena tão degradante! Neste dia agradeci aos deuses por meu sogro não se encontrar mais entre nós. Seria um terrível sofrimento ver o filho em tal descontrole!

— Você necessita tomar muito cuidado, minha amiga! — diz Eulália.

— Para acabar de completar, os negócios dele vão de mal a pior! Sei que está totalmente endividado.

— Bem... você não poderia ajudá-lo? Talvez fosse uma forma de torná-lo mais dócil, agradecido — salienta Guilherme.

— Com o quê? Tudo que eu trouxe comigo para esse malfadado casamento já se diluiu como num poço sem fundo. Depois, quando ele coloca algo na cabeça, nunca pede ajuda ou orientação a ninguém. Vem perdendo tudo, e eu sei que dos negócios lícitos ele já está descambando para os ilícitos. Andamos recebendo visitantes nada recomendáveis ultimamente. A meu ver, Antônio é um caso perdido, e eu me recuso a afundar com ele. Sabe quem tem vindo à minha casa com frequência, Guilherme? Aquele seu tio degenerado!

— Tio Pancrácius? O que quererá ele com Antônio?

— São os famosos negócios de Antônio, estes que estão nos levando à miséria! Meus amigos, preciso convencer papai de que a minha separação desse esposo louco e violento, porque Antônio é louco, é a única saída! Por isso vim aqui, Eulália! Necessito de sua ajuda!

Preocupada, a amiga fala:

— Ajudarei no que eu puder. Mas o que quer de mim?

— Que fale com o meu pai! Ele sempre a admirou e respeitou. Tenho certeza de que, se for você a interceder por mim, ele finalmente cederá.

— Mas... Ariadne, não creio que seu pai vá me ouvir! E mais, o que lhe direi eu?

— Conte-lhe tudo o que eu acabei de lhes passar! Que eu vivo como uma prisioneira e estou a ponto de enlouquecer. Que não confio em Antônio e temo por minha vida.

— Tudo bem! Por qualquer outra pessoa, eu não me meteria num assunto tão pessoal quanto é a vida de um casal. Mas... em se tratando de você, Ariadne, jamais me esquecerei de que foi a responsável por eu ter conhecido Guilherme, quando pude ser feliz novamente. Eu falarei com seu pai como me pede, amiga!

Somente depois desse tratado é que Ariadne principia a se acalmar, e logo parte, temerosa de o esposo a estar espreitando. É fato que ali seria difícil, mas, em sua mente alterada, o perigo representado pelo esposo estava em toda parte!

Com ela se vai também a paz daquele lar, pois Guilherme passa a se preocupar com aquela relação entre Antônio e o seu tio criminoso.

— Temo por Ariadne, Eulália. Por onde meu tio passa, deixa sempre um rastro de mortes e sofrimentos.

— Não se torture com tais pressentimentos, meu querido! Seu tio Pancrácius só prejudica quem é fraco, e você não pode enfrentá-lo. Jamais tentará algo contra a nossa amiga, que é de boa família, tendo relações com pessoas importantes dentro da corte real.

E realmente o resultado daquela relação era preocupante. A dívida de Antônio com Pancrácius aumentava assustadoramente. Em desespero, ele corria em todas as direções para levantar empréstimos e quitá-los, sem sucesso. Era do interesse de Pancrácius que Antônio não conseguisse pagar, pois ele queria colocar a mão na vila, principalmente por conta do fabuloso palacete construído por Antônio, mas que em realidade pertencia à família toda! Ainda eram bens da família, muito embora Ângelo não usufruísse em nada daquilo. Aquela mansão, que Antônio não medira esforços para construir, só servira para aguçar a inveja da maioria daqueles que a conheciam. Foi o que aconteceu com Pancrácius. Chegando ali, certo dia, numa das festas proporcionadas por Antônio, inflamou-se de desejos por possuir aquela casa. Fez-se de bom amigo de Antônio, que, crédulo e interesseiro que era, deixou-se, de boa vontade, cair na armadilha engendrada pelo ardiloso homem, que começou lhe emprestando pequenas somas, sem prazo para pagar. Sem que Antônio percebesse, a soma, de pequena, passou a grande, e um dia Pancrácius o chamou de canto, perguntando-lhe:

— E então, meu amigo? Espero que tenha feito bons negócios com os empréstimos que lhe venho fazendo há tanto tempo.

— Não tanto quanto eu desejaria. As coisas não estão nada fáceis, o senhor sabe!

— Mas, amigo! Durante todo este tempo ainda não teve nenhum lucro? Você tinha tantos planos de crescimento! Supus que fosse mais sagaz e inteligente! Vem me dizer que as coisas estão difíceis! O mundo, de maneira geral, é difícil! Para viver neste "nosso nível", temos que estar um passo à frente de todos, do contrário, seremos passados para trás, esmagados aos pés de quem pode mais.

— Compreendo! Só peço que o senhor tenha mais um pouco de paciência, que começarei a quitar os débitos.

— Sinto, mas não posso ficar esperando indefinidamente. Pela nossa amizade, eu lhe darei mais um mês para pagar pelo menos uma parte do que me deve. Nos meses seguintes, o restante!

— Mas... é muito dinheiro! Não conseguirei levantar tal quantia em tão pouco tempo!

— Ora, podemos pensar numa forma de você me pagar, afinal, quem possui uma casa tão interessante não é pobre. Podemos fazer negócio com ela!

— Minha casa? Jamais poderei vendê-la! É patrimônio da família!

— Bem... deveria ter pensado nisso antes de criar uma dívida de tal porte!

Pancrácius se despediu deixando Antônio em desespero, sem saber como iria conseguir pagar aquele credor intratável. Percebeu claramente o interesse do homem pela sua mansão! Passou os dias ruminando aquela preocupação. Entrou num tal estado de revolta e ódio, que acabou fortalecendo laços com os inimigos do invisível; estes só aguardavam aquela brecha para pô-lo a se comprometer de vez.

CAPÍTULO XX

O ASSÉDIO SOMBRIO

Pressionado por Pancrácius, e desesperado, Antônio se debatia atrás de alguém que o auxiliasse. Debalde, os seus esforços eram em vão. Antônio devia a muita gente, pois sustentar o nível de vida que ele sempre almejara e ao qual Ariadne estava acostumada saía muito caro! Seus negócios iam de mal a pior! Diga-se de passagem, ele não possuía "tino" para os negócios. Tudo o que ele tentava redundava em prejuízos. Como não procurava pagar as dívidas, começou a ser malvisto. Não era de estranhar que agora ninguém quisesse lhe emprestar mais nada! Com os pequenos empreendedores com os quais tinha débitos ele não se importava, mas com Pancrácius a situação era outra. O homem era poderoso, possuía muitos comandados que fariam quaisquer coisas que lhes fossem ordenadas. A preocupação de Antônio tinha razão de ser, pois, se Pancrácius não titubeava em dar fim aos próprios familiares, que faria a simples devedores, como era o caso dele?

Sentindo-se cada vez mais ameaçado, principalmente diante da fama de crueldade daquele homem, que lhe chegava aos ouvidos cada dia mais intensamente, Antônio se preocupa intimamente em como se livrar dele, sem deixá-lo colocar as mãos em sua propriedade. Não sendo capaz de resolver a situação com o irmão, seu último recurso é tentar falar mais uma vez com a esposa:

— Você precisa me ajudar, Ariadne!

— Como assim? Eu já lhe dei tudo o que tinha; o que você quer mais?

— Preciso pagar aquele miserável do Pancrácius! Ele está me ameaçando!

— Eu avisei que ele não prestava. Você me ouviu? Não!

— Você nem o conhecia!

— Mas conhecia a fama dele! O homem mandou matar praticamente toda a família, Antônio!

— Isso são conversas do populacho!

— Nunca dei atenção aos falatórios, entretanto, onde há fumaça, há fogo! Se cheguei a alertá-lo sobre ele, é porque conheço um dos sobreviventes dessa família toda destruída por ele. Um insano, é o que ele é!

— Você nunca me apresentou a essa pessoa; como queria que eu acreditasse na sua conversa?

Nesse ponto do assunto, Ariadne silencia, pois, conhecendo bem quem era o marido, se falasse sobre Guilherme, estaria prejudicando o amigo. Tinha certeza de que, para se safar, Antônio não titubearia em entregá-lo ao tio assassino. Para mudar o rumo da conversa, ela pergunta:

— Como posso ajudá-lo?

— O seu pai é a minha última esperança, Ariadne!

— Antônio! Você já deve uma grande soma a papai! Lembre-se de que eu não sou filha única. Tenho mais dois irmãos, e papai é muito previdente quanto a estas coisas.

— Sua família tem muito dinheiro, Ariadne! Peça ao seu pai que lhe dê o restante de sua parte, então!

Ariadne estremece ao ouvir a sugestão descabida do marido. Se ele colocasse as mãos no pouco que lhe restava, e que estava em mãos de seu pai, ela ficaria na miséria. Desesperada, concorda em irem falar com Lucinus, mas discretamente escreve uma nota avisando o pai das intenções de Antônio e pedindo encarecidamente que não entregasse nem um tostão do seu minguado legado às mãos daquele esposo tresloucado que ela arranjara.

Ah! Quanto ela se arrependera daquele casamento desastroso! Todo sonho de felicidade se desvanecera e, para não criar laços ainda maiores com ele, ela impedia toda gravidez iniciada. Não! Não queria ter filhos com Antônio! Tinha certeza de que terminaria sozinha, e não queria carregar maiores fardos que o de cuidar de si mesma.

Em chegando ao antigo lar de Ariadne, depois de rogar a ajuda de Lucinus, Antônio tem que ouvir o sogro lhe admoestar com propriedade:

— Antônio, como pode ter se envolvido com esse homem? Não conhece a fama dele? É um ser amoral, desprovido de caráter. Pelo que se fala, já mandou matar muita gente!

— Justamente por isso estou temeroso!

— Não respondeu a minha pergunta: por que foi se envolver com ele? É homem de relações duvidosas! Vive às voltas com os mais desclassificados e perigosos.

— Logicamente, quando busquei o auxílio dele, não conhecia sua fama! Confiei nele, que se dispôs com muita boa vontade a me auxiliar. Que posso eu fazer se foi o único recurso que me restou quando os negócios estavam tão mal?

— Antônio, não pode negar que eu o ajudei enquanto pude. Também busquei aconselhá-lo acerca de alguns negócios duvidosos. Infelizmente, você não me ouviu!

Antônio mal consegue disfarçar a raiva contida, pois não gostava de ouvir verdades. Entretanto, na situação melindrosa em que se encontrava, busca se revestir de uma humilde aceitação, a qual estava muito longe de sentir, e responde ao sogro:

— O senhor tem razão! Foi um dos poucos que me auxiliou sem cobrar depois. Sou-lhe muito grato, e, se recorro novamente ao senhor, é por não ver outra saída. Ninguém mais me restou! Nem meu próprio irmão se dispõe a me ajudar!

— Antônio, seu irmão tem família para cuidar! Necessita do auxílio da esposa e da sogra, que trabalham arduamente nesse intento. Como poderia ele auxiliá-lo com somas tão altas quais estas que você deve? Veja bem, nem eu mesmo possuo essa condição!

Mas ele fica tão irritado por ver o sogro defendendo o irmão, que sequer se dá ao trabalho de lhe responder, já entrando no assunto que lhe interessava:

— Senhor Lucinus! Sei que é pedir demais, mas o senhor tem aquela vila aonde ninguém mais vai. Não poderia vendê-la para me auxiliar? Em tempo hábil, tenho certeza de que poderei levantar o capital para lhe devolver.

— Na realidade, aquela vila não é minha. Nunca foi! Você não sabe, e agora eu já não me importo em dizer: ali vivem dois rapazes, criados como empregados, mas que na verdade são meus irmãos por parte de pai. Ao morrer, ele deixou a herdade para eles, contudo, eu venho relutando comigo mesmo em lhes entregar. Há pouco tempo, me reuni com os dois, que de nada sabiam, e lhes revelei a verdade, bem como passei-lhes o que lhes pertencia. Nada disse ainda a minha família, pois sei que não reagirão bem, em vista da perda material. Estou no aguardo do momento propício para lhes revelar. Peço-lhe que nada diga a Ariadne ou a quem quer que seja.

Sumamente contrariado, Antônio resmunga entre dentes:

— Este assunto não me interessa! E quanto a Ariadne? Ela não teria algum valor em vossas mãos que me possa emprestar?

— Sinto muito, Antônio! Quando do seu casamento, Ariadne recebeu uma bela soma. O que restou pertence aos irmãos dela, e eu e minha mulher ainda não morremos! Continuar vivendo dá gastos!

Diante da resposta negativa, Antônio não consegue mais disfarçar a sua raiva. Sai dali sem sequer se despedir. Ariadne o segue silenciosa, porém aliviada pelo pai não ter passado ao marido o pouco que lhe restava. Volta para o lar, deixando-o na cidade, já que o marido alegara ter necessidade de buscar ajuda em outra parte. Já na via pública, assessorado por diversas entidades tenebrosas do mundo sombrio, Antônio começa a ruminar uma maneira para acabar com Pancrácius, o seu maior e mais perigoso credor.

Depois de muito pensar, um plano se forma em sua mente, projetado pelas entidades do mal. Visualiza tudo com tal clareza, que até sorri, em perfeita sintonia com os comparsas do Além, diante da facilidade com que tudo se lhe descortina nos pensamentos febricitantes e descontrolados.

Já no dia seguinte começa a colocar em prática o plano macabro. Disfarça-se com roupas do povo, tornando-se irreconhecível, e passa a rondar o homem. Estuda intensamente seus hábitos, sua rotina, para saber a melhor forma de levar a intento o objetivo. Pancrácius gostava de visitar uma casa de prostituição que ficava em local ermo, bem afastado do centro. O caminho de lá até a sua suntuosa residência no Palatino[1] era longo, com vários bosques escuros, locais propícios a uma emboscada. O problema detectado por Antônio era que o homem jamais saía sozinho. Andava sempre acompanhado de dois ou mais guarda-costas. Mas, decidido a dar um fim em Pancrácius para se livrar da dívida, ele sai à busca de aliciar assassinos pagos, que abundavam naquela Roma tão desprovida ainda de moral e honestidade. Um dos primeiros que ele conseguiu contatar foi Ernani, aquele mesmo, o responsável pelo grande incêndio da floresta de pinheiros há muitos anos.

Aquele jovem tivera tudo, menos uma moral edificante, e não soubera valorizar nada do que possuía: família, riqueza, nada. Homem feito, ainda vivia à custa dos pais, e, depois que estes faleceram, não tendo mais nenhum freio, em pouco tempo dissipou o pouco que lhe coubera como herança. Daí para frente, sua caminhada foi de queda em queda, até chegar àquele nível onde se encontrava: aceitar fazer qualquer coisa pelo dinheiro, inclusive matar. Com ele, Antônio encontrou também outro comparsa, que vem a ser Roberval, o antigo encarregado do sogro. Depois do ocorrido na vila, sua vida passou por uma série de ocorrências danosas. Sua fama verídica, de encrenqueiro e ladrão, corria à solta, impedindo-o de conseguir um emprego honesto. Ocorrendo com ele o mesmo que com o primeiro, principiou a descer na escala social, até chegar àquela condição de ser comandado por um bandido como Hernani.

Estando Antônio sempre disfarçado, passando-se por intermediário de um poderoso qualquer, acordos são feitos, planos são traçados! Foi acertada uma parte da paga pelo serviço, e a outra viria depois do fato consumado. O plano tem início e é

---

1 Palatino: uma das sete colinas centrais de Roma onde antigamente os ricos romanos construíam as suas mansões.

levado a cabo numa noite escura, quando, sem sequer sonhar, aquele que mandou matar tanta gente por dinheiro também encontra o seu fim naquela emboscada, e pelo mesmo motivo: dinheiro! Apesar de estarem em igual número, os emboscados não têm nenhuma chance. Os três comparsas são bons de mira e estão bem posicionados. Pancrácius, com seus dois ajudantes, não têm tempo de revidar, tampouco para onde correr. Assim, aquele homem tão poderoso morre da mesma maneira violenta que viveu, e seu corpo é lançado dentro do mato, ao lado dos outros dois.

Satisfeito com o serviço, Antônio se dispõe a pagar o restante aos comparsas, mas Hernani contesta, balançando o alforje com o dinheiro:

— O tratado está aqui, mas o amigo não foi justo conosco!

— Como assim? Não está certo como combinamos?

— Sim! Mas eu reconheci aquele lá! Vai haver investigação de peso. Então, o tratado pode vir a dar prejuízo para nós, que corremos os riscos!

— Não haverá risco algum, desde que cada um pegue sua parte e suma!

Mas ele retruca enraivecido:

— Não fiquei satisfeito com este trabalho. Esse homem é muito rico. Não será você, por acaso, algum parente que irá herdar tudo?

— Nada disso! Paguei para dar cabo dele, mas sou só um contratado, igualmente! Nada tenho a ver com herança! Peguem os seus pagamentos e sumam, do contrário se darão mal. Estou sendo vigiado pelos homens do mandante deste negócio todo, e não faço ideia de quem é ele, no entanto, sei que é bem mais poderoso que aquele ali, ao qual acabamos de dar fim!

Depois disso, os malfeitores viram por bem se conformarem com o que ganharam e se foram. Antônio, entretanto, tomando toda precaução, em vez de ir para a casa, vai para a cidade, buscando os bairros pobres. Acobertado pela noite escura e solitária, numa ruela, livra-se da roupa esfarrapada, se limpa e se troca, já que trazia roupas suas numa sacola. Tomando novamente o cavalo, ruma para o centro, onde se hospeda num local costumeiro.

Já no outro dia, perambula pela cidade, pelos locais de evidência, fazendo questão de ser notado. Faz compras como se não tivesse dívidas e somente ao anoitecer vai para casa. Até aquele momento, nada tinha ouvido sobre o crime. Somente no dia seguinte estoura nos meios públicos a notícia da morte de Pancrácius! Antônio está tranquilo por saber que os contratados não o haviam reconhecido, mesmo porque ele nem era tão conhecido assim. Quando nos meios públicos e nas festas, os convivas só enxergavam Ariadne, que era sempre o centro das atenções. Mesmo assim, certo de que nunca chegariam a ele, resolve se livrar também dos dois malfeitores contratados. A procura pelos culpados se torna intensa, e Antônio resolve ajudar. Escreve uma nota, pondo-se como uma testemunha obscura, escondida, e relata todo o ocorrido. Descreve em minúcias os atacantes e, tão confiante se encontrava, rindo intimamente, se inclui na descrição tal como se disfarçara.

Não demora muito para os dois serem pegos! Sob tortura, confessam tudo o que já haviam feito de errado na vida, e, no caso de Hernani, inclusive o incêndio na floresta, quando ainda era um rapazola. Mas, sobre esse caso, a justiça "silencia", pois como trazer a público o fato de que tinham prendido e condenado pessoas inocentes? Em verdade, este fato foi o que mais pesou na balança para os dois serem, eles também, condenados e levados à morte.

Se aos olhos da justiça humana Antônio se livrou, pois jamais conseguiram encontrar o terceiro homem do trio criminoso, não escapou da justiça divina, atraindo para si os verdugos do plano astral.

Cumprindo o prometido, Eulália vai falar com os pais de Ariadne. De maneira sucinta, expõe a situação da amiga e sua preocupação quanto à condição emocional de Antônio. Como era de esperar, Lucinus passa até mal diante dos fatos, mas Rosália toma a palavra, dizendo:

— Eulália, fico comovida com sua preocupação com minha filha! Não vamos negar que sabemos da situação melindrosa em que vive, mas foi escolha dela. Quantas vezes não a orientei sobre o caráter de Antônio? Nenhum dos nossos amigos se conformou com sua escolha infeliz. Poderia ter se casado com qualquer um, mas não, enfiou na cabeça que tinha de ser ele! E o pior, nem gostava dele o tanto necessário para se casar, que eu sei!

— Do que está falando, Rosália? — pergunta Lucinus, espantado.

— Nada! Nada! Eu já estou falando demais!

— Se sabia que nossa filha não amava Antônio, deveria ter me dito.

— E o que você iria fazer? Impedir? Não conhece a filha que tem?

— Ao menos sabe se ela gostava de outro homem?

— Sempre tive minhas suspeitas, mas nunca a coragem de lhe perguntar abertamente — diz a mulher, trazendo instantaneamente a imagem de Ângelo à cabeça.

— Você errou, Rosália! Como pais, o nosso dever era ter orientado melhor a nossa filha.

A mulher dá de ombros, arrematando:

— Ora, sabe muito bem que essa menina nunca me ouviu, e você ficar sempre do lado dela como fez a vida inteira não ajudou muito. Não me venha cobrar nada agora.

Depois desse desabafo na frente da amiga de longa data, os dois silenciam, sem saber o que fazer. Eulália rompe o momento constrangedor:

— Ariadne está sofrendo e necessitamos pensar numa forma de auxiliá-la!

— Sabemos, mas como ajudar? De dinheiro já não podemos dispor.

— Penso que ela quer o aval de vocês para conseguir a separação.

— Isso nem pensar! Como vamos encarar a sociedade caso isso ocorra? E, depois, Antônio jamais vai aceitar! Não quero este homem batendo na nossa porta atrás de Ariadne, ou buscando se vingar da afronta — diz a mãe, bastante alarmada.

— Sinceramente, Eulália, eu não sei o que fazer neste caso! Não sei o que será pior! Ariadne com ele ou sem ele. Creio que ela jamais conseguirá se livrar dessa algema que criou com Antônio ao consentir nesse malfadado casamento! — exclama Lucinus, desabando pesadamente num divã.

Diante da situação, Eulália se despede dos dois, não sem antes dizer algumas palavras de conforto e de esperança. Contudo, parte carregando tristeza no coração ao pensar naquela família tão bem-conceituada naquela sociedade enganosa, mas tão sem estrutura moral para auxiliar os próprios filhos em suas dificuldades.

Depois daquele crime, passada a euforia de ter se livrado da enorme dívida com Pancrácius, já que ninguém daquela família viera lhe cobrar nada, Antônio começa a ter verdadeiros acessos de loucura, pois os assassinados invadiam a sua psicosfera espiritual e não lhe davam trégua. Passou a ter raiva de tudo e de todos, principalmente de Ariadne, por não conseguir conter as suas saídas. Viviam às turras, mas, conhecendo a força da esposa devido a seu nome familiar, fingia um controle que estava muito longe de sentir.

Ela, em contrapartida, já não suporta sua vida com ele. Passa a odiar os momentos íntimos com o marido e foge às suas carícias, porque começa a se interessar por outro, um jovem de nome Sidnei, que não passava de um reles empregado de Antônio. Pelo seu temperamento intenso e voluntarioso, foi inevitável Ariadne começar a ter um caso com o rapaz.

Mas Antônio disso não desconfia. Ao contrário, tem ciúme doentio dela com o irmão Ângelo, pois Ariadne jamais deixara de visitar a casa do cunhado. Aquela ilusão que ela tinha por Ângelo, com o passar do tempo, transformou-se em admiração e respeito por sabê-lo sempre lutando pela justiça, pelo bem comum a todos. Antônio, dando ouvidos às sugestões inferiores que o assediavam, deixa-se levar pelas criações infelizes de sua mente doentia, nas quais o irmão é sempre o culpado pelas suas desditas, e seu ódio contra ele cresce. Agora já não havia mais o pai para contemporizar, apaziguar o seu coração sempre enfurecido.

Até que um dia, depois de uma das saídas da mulher sem seu consentimento, num acesso mais violento, ele perde o controle, a espanca e a tranca em casa por vários dias. Ruminando um ódio intenso, Ariadne finge se aquietar e, dando mostras de quanto sabia representar, passa a aceitar a presença dele e até a ser carinhosa em suas intimidades com o marido.

Mas... ela também, dando ouvidos às influências trevosas que igualmente a assediavam, começa a arquitetar um plano macabro para dar fim ao esposo.

Passados alguns meses, Ariadne, aproveitando-se de um festejo na cidade, convence Antônio a dar folga aos poucos empregados, enquanto eles mesmos também se aprontam para comparecerem ao evento.

Espreitando o momento em que o marido se dirige à estrebaria para conferir se os funcionários tinham deixado o veículo em ordem, ela o segue escondida portando na mão um porrete com uma ferradura estrategicamente pregada nele. Esconde-se na penumbra do local. Num momento em que ele se abaixa, justamente para conferir se as ferraduras do cavalo atrelado ao coche estavam bem presas, ela se aproxima rapidamente e o golpeia na têmpora. Antônio cai fulminado, e, para conferir, ela lhe dá um segundo golpe.

Totalmente assessorada por seres trevosos, aguarda um tempo, esperando se recompor das emoções violentas após aquele ato. Depois, se aproxima e verifica as condições de Antônio; constatando sua morte, retira o coche dali e traz um cavalo recém-adquirido por ele, um animal truculento e indomável. Posiciona-o meticulosamente, para parecer que ele escoiceara o marido. Com todo cuidado, depois de acalmar o animal, ela se inclina e, erguendo sua pata, o faz bater bem em cima do ferimento.

A seguir, deixa-o ali, amarrado naquele posicionamento, e, depois de observar se tudo estava em ordem, nada havendo que a incriminasse, sai do local, vai até o fogão e coloca o porrete para queimar. Toma uma bebida e um banho para acalmar a mente em ebulição. Aguarda algumas horas, até que a ferradura se solta do porrete. Com cuidado ela a retira, a resfria e a leva consigo para lhe dar um fim posteriormente, deixando o pedaço de pau terminar de queimar.

Somente depois disso ela toma o coche e vai para o evento, dizendo a todos que Antônio ficara de vir mais tarde, preocupado com o valioso cavalo, que se encontrava bastante inquieto. Como todos estavam acostumados a vê-la sem o marido nos eventos sociais, ninguém estranha o fato. Ao anoitecer, ela chega à casa dos pais demonstrando estranheza por Antônio não ter comparecido ao evento. Dizendo-se cansada, resolve pernoitar ali.

Na manhã seguinte, todos são acordados pelo reboliço do encarregado da vila, relatando o encontro no estábulo.

Dando apoio a Ariadne, Ângelo trata de todos os procedimentos legais, sinceramente compadecido da morte do irmão. Sente imensa tristeza ao constatar que já não haveria oportunidade de eles se reconciliarem, mas, no íntimo, não guarda rancor pelas atitudes sempre hostis dele. Antes, considerava-o um homem doente das emoções. Passado um tempo, sente-se liberto de toda opressão que sempre houvera entre eles. Tem a consciência tranquila de que sempre buscara fazer o melhor, de acordo com o seu íntimo.

O fato passa a ser considerado um acidente com o cavalo, aguardando o parecer das autoridades. Contudo, depois disso, Ariadne não tem paz! Além dos obsessores, Antônio também passa a atormentá-la, exigindo vingança por aquele seu ato tresloucado. Ela procura se esquecer do fato, entregando-se àquela sociedade corrupta e arrastando consigo o seu jovem amante. A solução do caso se arrastava, como era fato naqueles tempos, com os encarregados da justiça humana sempre esperando um retorno monetário para os solucionar.

A situação de Ariadne se agrava cada dia mais, levando-a a um desequilíbrio crescente. Ela tem pesadelos terríveis e, um dia, não suportando mais, desabafa com os pais, contando--lhes o que fizera.

A mãe, dotada de muita frieza, procura um meio de auxiliar a filha. Imediatamente, compra, a peso de ouro, todos os encarregados de avaliarem o caso, a fim de que apressem sua resolução, sendo o caso resolvido a favor de Ariadne.

Mas o pai, que amava sua menina com devoção, cai doente diante daquela realidade brutal perpetrada por ela. Ele luta para se recompor, mas não consegue. Sentindo que o fim se aproxima, manda chamar a velha Mirian e seus netos. Para espanto da família, revela-lhes que Gabriel e Haliel eram seus irmãos não reconhecidos pelo pai. Como sua última vontade, apresenta toda a documentação em que lhes deixa a vila onde viveram e trabalharam por toda a vida.

Ainda que a esposa e os filhos não concordem com aquilo, nada podem contestar, e, de certa forma, Lucinus fez justiça aos irmãos. Bastou tirar este peso que lhe atormentou a consciência por toda a vida para que se desprendesse da matéria mais facilmente, despedindo-se do mundo físico, preocupado e temeroso pela sorte da filha, que ficava em meio a uma situação danosa e de difícil solução — situação essa que levaria algumas encarnações para ser resolvida.

Para Ângelo, entretanto, a morte do irmão traz para suas mãos parte dos haveres familiares que lhe pertencia. A Vila dos Drácius, residência de seus pais, assim como o elegante palacete construído pelo irmão, tiveram de ser vendidos, e o valor adquirido foi dividido entre ele e Ariadne. Nessa questão, pelo menos em parte, a justiça foi feita.

Com a morte de Pancrácius, também a situação familiar de Guilherme acaba sendo resolvida, pois a herança da família é finalmente dividida entre todos eles.

Quanto a Ariadne, passa a depender da ajuda constante da mãe, que aos poucos vai deixando de ser a mulher volúvel e materialista, em vista do sofrimento da filha. Ariadne perde completamente a sanidade, vítima de cruel obsessão. Assim viveu até o final de seus dias.

CAPÍTULO XXI

FERNANDO

Ângelo observava o filho Fernando, já com quinze anos, imaginando que este deveria ter entrado para a vida militar, mas Fernando não demonstrava qualquer índole para tal. Jamais expressara ao pai aquele desejo. Ângelo sabia que, se exigisse isso, ele acataria por obediência, mas iria sofrer demasiado em meio à rudeza dessa vida. Em muitos aspectos, parecia a Ângelo que o filho se assemelhava ao Capitão Sebastião, com seu olhar sempre sereno e bondoso! O menino jamais estava ocioso, sempre trabalhador e prestativo a toda a vizinhança. Com o avô materno, aprendeu o ofício da carpintaria, e era sempre visto mexendo com as madeiras, fazendo pequenos reparos, utensílios e até brinquedos para as crianças da vizinhança. Um dia, ouvindo-o conversar com a avó, Ângelo teve um mau pressentimento. Dizia o jovenzinho:

— Sabe, vó Laura, quando estou a mexer com as madeiras, me pego a pensar em Jesus! Ele também era carpinteiro, por isso amo tanto estes pequenos trabalhos. Fico tão entretido quando estou na oficina que não vejo o tempo passar, e sempre o sinto ao meu lado, também trabalhando.

— Sente o seu avô, meu neto?

— Não! Sinto Jesus ao meu lado!

— Sente mesmo isto, meu neto? Não estará só imaginando?

— A senhora vai pensar que decerto eu estou louco, mas converso com ele, que sempre me diz: *Fernando, há muitas formas de servir a Deus! Amando e se dedicando aos seus entes queridos, estará cumprindo uma parte dessa tarefa, mas... eu espero algo mais de ti, meu filho!* Não sei se é imaginação, mas para a senhora eu posso contar: desde a infância...

A estas palavras dele, Laura sorri, pois para ela ele ainda era uma criança, porém não o interrompe, devido à seriedade com que ele falava.

— Ainda bem pequeno, percebia estas pessoas ao meu lado.

— Pessoas? Como assim, meu neto?

— Pessoas, vovó! Estavam sempre ao meu redor, conversavam comigo, mas só fui me dar conta delas quando notei que os outros não as viam como eu. Por isso preferi me calar. Houve um tempo em que principiei a ficar apreensivo, que estivesse mal da cabeça, entende? Mas uma dessas pessoas, um senhor, na verdade, que está sempre ao lado de papai, disse-me que estava tudo bem, que não devia me preocupar! Orientou-me a não contar nada do que via, pois os outros não iriam entender.

A avó, extremamente preocupada com o relato, pergunta-lhe:

— E agora que está crescido, ainda vê essas pessoas?

Depois de guardar silêncio por um tempo, ele confirma:

— Sim, vovó, continuo vendo! Às vezes o que vejo não me é agradável, mas na maioria das vezes são coisas belas e que me deixam feliz! Vovó, não fale disso à mamãe, por favor! Ela não entenderia e iria sofrer muito.

— Não se preocupe, querido! Este será o nosso segredo. Fernando, você pode me dizer se vê algo quando fazemos o Evangelho lá na casa da cristã Irene?

— Há sempre uma grande movimentação lá. Isso é normal. No entanto, quando Sebastião sobe para falar, ocorrem coisas incríveis! Um dia destes vi o próprio Jesus ao lado dele, e ao fundo um grupo de seres angélicos cantavam músicas celestiais!

— Como sabe que era Jesus?

— Porque é o mesmo que vejo às vezes. E ali, antes de ele aparecer, o nome dele retumbava no ar como se centenas de vozes dissessem: *Jesus está chegando! Jesus está chegando!* E ele surgiu bem ao lado de Sebastião! Foi maravilhoso, vovó! Creio que jamais vi algo tão belo em minha vida! Antes eu ia com a senhora pensando em lhe fazer companhia. Mas, depois desse dia, percebi que tenho um compromisso com Jesus. Meu objetivo aqui na Terra não é viver para mim, ter uma família, uma profissão, lutar para ter algo, mas viver para servir Jesus como Ele determinar.

Emocionada, a avó lhe diz:

— Meu querido neto, não sei se me entristeço ou se me alegro por você! Servir Jesus também é o meu desejo, mas em contrapartida trago o coração atrelado aos amores da terra, que são vocês: minha querida filha me é especialmente cara, pois sei quanto necessita de mim! Então me vejo entre a vontade natural de largar tudo e seguir Jesus, como assim fizeram os apóstolos, mas sou constrangida, por amor, a ficar perto daqueles a quem amo! Gostaria de, ao menos uma única vez, ver as maravilhas que você vê, meu neto. Fico feliz por você, e daqui em diante orarei para que consiga seguir o determinado pelo nosso Amado Mestre Jesus!

A tudo isto Ângelo ouviu. Sentiu um nó na garganta. E lágrimas lhe afloraram aos olhos. Desceu para o *cubiculum* das costuras, que estava vazio àquela hora, e ali chorou amargamente, percebendo que a vida, dali para frente, não iria ser fácil. Sentia ânsia de subir, falar com o filho, impedi-lo de seguir a avó nos círculos cristãos, mas uma força maior o paralisava. Nesse desalento, sentiu uma mão suave passar pelos seus cabelos, um perfume inesquecível a evocar lembranças da mãe querida, que se fora há tanto tempo. Tinha certeza absoluta de que ela estava ali ao seu lado! Chorou sentidamente até estancar toda a saudade, toda a falta que ela lhe fazia, e, por fim, entrou num torpor e se viu fora do corpo, abraçado por ela e pelo pai.

— Vamos, meu querido! Queremos lhe mostrar algo! — diziam eles. Rapidamente subiram aos céus, e Ângelo se viu pairando sobre um grande circo romano, lotado de pessoas numa gritaria insana. No centro, uma cruz erguida, e nela uma bela jovem amarrada, esperando o suplício final. Aos pés da cruz, um homem também amarrado e vários lanceiros dispostos ao seu redor. Amparando-o fraternalmente, sua mãe lhe disse:

— Veja, Ângelo! Ali está aquele que hoje é o seu filho Fernando! Lembra-se? É Valério! Ele e Elísia[1] pereceram aqui, neste dia!

---

1 Elísia, companheira de Valério, personagens do livro *Roma na Luz do Anoitecer,* do mesmo autor espiritual e psicografado pela mesma médium.

Morreram para o mundo, mas renasceram em glória para o Espírito! Hoje os dois seguem juntos, trabalhando ativamente pela implantação do Evangelho cristão na Terra. Ela radiante em Espírito, ele, humilde e submisso na carne, mais uma vez aceitaram o sacrifício por Jesus!

Em grande sofrimento, Ângelo só conseguia balbuciar:

— Meu Deus! Meu Deus! Vou perder o meu filho! Que será de nós? Que será de Liz? Ela não suportará!

— Acalme-se, querido! Nós estaremos com vocês! Precisa ser forte, pois ela vai necessitar muito do seu apoio, meu filho! — diz-lhe a mãe.

— Ângelo, muito em breve sua vida vai sofrer mudanças. Precisa aceitar! Também o seu Capitão sofrerá o martírio, está chegando a hora, e ele sabe! Aceite as medidas que ele vai tomar, pois será a seu benefício e de seu cunhado — esclarece seu pai.

Angustiado, ele começa a sentir vertigens e principia a retornar para o corpo, mas ainda ouve o alerta amoroso de sua mãe:

— Não sofra, meu querido! Tudo sempre é para um bem maior! Confie em Jesus e terá forças para seguir adiante. Nós estaremos sempre com você! Lembre-se do seu amigo de longa data, Antares[2]! Ele segue passo a passo auxiliando-o. Nós te amamos muito, meu filho!

Ângelo desperta daquele sono com plena lembrança de tudo o que viu e ouviu. A partir daquele dia, passa a viver com a certeza de que "algo" iria acontecer. Busca o cunhado e, ansioso, coloca-o a par do que sonhou, mas este lhe diz:

— Ângelo, não se deixe levar por essas más impressões. Sonhos não são reais, você sabe!

---

2 Antares, personagem do livro *A Grande Sacerdotisa do Antigo Egito*, do mesmo autor espiritual e psicografado pela mesma médium.

— Só que não foi um sonho, Flávio! Eu estava plenamente lúcido de tudo o que se passava! Estou procurando uma solução para salvar a minha família. Tenho pensado em sair da força militar e de Roma!

— Ir para onde, Ângelo? — questiona o cunhado, alarmado.

— Para qualquer lugar onde possamos viver sem temores.

Em meio àquelas preocupações, ele vai procurar orientação com o Capitão, que o recebe, atencioso como sempre.

— Então, o que o preocupa, meu amigo?

— São tantas as questões, que o melhor seria me perguntar o que não me preocupa!

— Ainda é sobre sua filha?

— Isto também! Mas, ultimamente, minha mente está no meu filho!

— Por que isso? Ele é um bom rapaz. Creio que jamais vai lhe dar qualquer motivo para inquietação.

— A questão é justamente esta; ele é bom demais para estes nossos tempos. Temo pelo seu futuro.

Como o Capitão o olhasse sério, sem interrompê-lo, ele decide por contar o que ouvira do filho, bem como o sonho que tivera dias antes.

— Veja bem, Ângelo! Eu creio que cada um de nós tem um destino. Sei que posso parecer insensível falando assim, entretanto o que parece um mal a você, para ele pode não o ser. Ou melhor, pode ser a vitória que aqui ele veio buscar.

Quando olhamos a vida somente pelo prisma da Terra, muita coisa parece injusta, mas, se entendermos que somos mais que isto aqui, que continuamos a nossa existência mais além, acabaremos por aceitar certas ocorrências, e, embora possam nos trazer sofrimentos, creremos firmemente que elas serão momentâneas, mas nos renderão grandes bênçãos, verdadeiras conquistas espirituais.

Os tesouros da Terra são efêmeros, perecíveis, mas os tesouros do Espírito, estes são eternos e, uma vez conquistados, jamais os perderemos. Talvez seu filho seja um dos que optou pelo tesouro verdadeiro! Seja o que for que venha a ocorrer no futuro, não se revolte ou maldiga a Deus. Antes, agradeça, pois a verdadeira vitória não é conquista material, meu amigo, mas sim aquelas que conseguimos levar adiante, apesar de tudo conspirar contrariamente e de o mundo ainda não entender nem aceitar.

O cristianismo verdadeiramente vivenciado é um destes tesouros! O mundo ainda não o aceita porque não consegue entendê-lo, e, em vista disso, alguns, mais destemidos, dispõem-se a se doar, a doar até a própria vida, se necessário, para que a maioria, tocada pela fé ardente daqueles, desperte da letargia espiritual em que vive, abrindo-se para a verdade maior, a Luz do Nosso Verdadeiro e Único Deus!

Nós somos todos filhos de um mesmo Pai, e, malgrado nos escravizarmos e nos matarmos uns aos outros, chegará o dia em que teremos aprendido a viver em comunhão fraterna, amando-nos como verdadeiros irmãos! Talvez hoje isso nos pareça algo muito distante, mas este dia virá, esteja certo disso!

O importante: todos entenderemos finalmente quem somos nós, o porquê de nossa existência e para onde estamos caminhando. Sim! Assim será!

— Capitão, o senhor fala de maneira difícil de aceitar! Como entenderemos algo que não vamos vivenciar? Pois, se esta transformação vai demorar para ocorrer, com certeza morreremos sem vê-la! Do que nos terá valido então esta vida?

— Estão em erro aqueles que dizem que só se vivem uma vez! Já tivemos muitas existências e viveremos tantas outras quantas se fizerem necessárias para completar o nosso aprendizado.

— O senhor crê mesmo nisso, Capitão? Então acredita no sonho que lhe contei, onde vi este, que hoje é o meu filho, sendo morto na arena como um cristão, há centenas de anos atrás?

— Sim, acredito! Foi um sonho revelador! Talvez para que você aceite que o seu filho decerto tem "outros" planos para si mesmo além de viver como um jovem qualquer.

— Então, segundo este ponto de vista, tudo que nos ocorre são planejamentos nossos, mesmo?

— De certa forma, sim. Mas nem sempre estamos conscientes desses nossos planos.

Como Ângelo o olhasse buscando entender, o Capitão continua:

— Digamos assim: o Plano Maior já está feito, vem de Deus, que quer que todos os seus filhos cresçam em entendimento e amor; que se iluminem! Mas cada um, durante esta longa jornada, também vai fazendo os próprios planejamentos, que, uma vez colocados em ação, irão atraindo as consequências correspondentes. Então... será bom entender que temos a liberdade de agir, e ela não interfere no Plano Maior de Deus, pois, agindo dessa forma ou de outra, finalmente atingiremos a reta final traçada por Ele. Mas também teremos de assumir as responsabilidades pelas nossas escolhas. E é por conta delas que poderemos adiantar ou atrasar a chegada a esta reta final, que é a da perfeição. Entendeu?

— Creio que sim, embora o senhor tenha me dado material para muitas reflexões!

— É assim mesmo, Ângelo. Crescemos de dentro para fora, e não o contrário, como pensa a maioria. Refletir nos leva a avaliar o que é bom ou não para nós, enfim, nos auxilia nas escolhas corretas para o nosso proceder.

Os dois guardam silêncio por alguns instantes, até que o Capitão o interrompe dizendo:

— Ângelo, eu necessito tomar algumas providências, pois o meu tempo também está chegando!

— Como assim, senhor?

— Você verá a seu tempo! Quero que me prometa, por você e pelo seu cunhado, Flávio, que, seja o que for que me ocorrer, vocês não se envolverão.

Ângelo o olha interrogativamente sem entender, mas ele continua:

— É como eu disse, cada qual tem seu caminho e, a despeito de como ele seja, nos pertence! Eu tenho sentido que algo grave se aproxima, não só para mim, mas para muitos desses meus irmãos em Cristo. Serão dias difíceis. Guiando-me pela intuição, resolvi fazer algumas mudanças em meu comando e quero transferir você, seu cunhado e alguns outros mais a quem tenho apreço para outras unidades. Peço-lhe que aceite minha decisão sem questionar, pois a medida será no sentido de preservá-los de futuros problemas. Como você mesmo já me passou sua vontade de sair daqui de Roma, eu o aconselho a seguir em frente. Não será preciso sair da vida militar se não quiser. Posso transferi-los para alguma cidade, estado, algum lugar pequeno e calmo, como preferir.

— Não gostaria de abandoná-lo, senhor!

— Meu amigo, o que eu tenho de passar ninguém passará por mim. Portanto, de modo algum você estará me abandonando; fique tranquilo!

— Se é assim, gostaria mesmo de ir-me daqui, temo pelo meu filho!

Ante suas palavras, o Capitão olha-o profundamente antes de lhe responder:

— Pelo seu filho não poderei fazer nada, pois ele já fez sua escolha! Está entregue a estâncias maiores que as minhas! Mas siga em frente, meu amigo! Se sente em sua alma o desejo de se afastar daqui, vá! Acharemos um lugar calmo, tranquilo, onde poderá viver com sua esposa em relativa paz.

Perante as palavras ambíguas do Capitão, Ângelo sente que seus receios em relação ao filho tinham fundamento, inclusive pelas palavras dos pais, no sonho, em relação ao próprio Capitão, fato que Ângelo viu por bem calar. Despediu-se, ficando acertado que procurariam um local adequado onde ele pudesse continuar servindo Roma, algo que o Capitão, devido à sua alta patente, poderia facilmente arranjar.

Ângelo começa rapidamente a avaliar possibilidades, trocando impressões com o cunhado. Flávio passa suas más impressões para a esposa, que por sua vez transmite-as ao irmão Guilherme. Assim, como se fosse algo já planejado, todos sentem aquele anseio de sair de Roma, indo para uma localidade onde a vida pudesse ser mais amena. Era uma intuição. Uma apreensão subjetiva pelo que estava por desabar em cima dos cristãos e dos simpatizantes daquela causa nobre.

Como prometera, o Capitão consegue transferi-los para uma pequena unidade militar que guardava as fronteiras da Turquia, justamente onde Eulália possuía alguns parentes afastados. Somente Laura não se entusiasmava em sair de Roma. Quanto a Fernando, vivia em silêncio. Para Ângelo e Liz, uma nuvem lhes ofuscava aquela ideia de futura liberdade. Pensar em ir embora deixando a filha sumida para trás... Entrementes, tudo começou a correr vertiginosamente. Saídas as transferências, Ângelo e Flávio se viram obrigados a se debandarem para o novo posto na longínqua Turquia, e Guilherme se incumbiu de ir resolvendo as pendências: vender a chácara que Ângelo herdara do tio, a casa da família de Liz e a grande vila de Eulália, para comprarem novas moradas alhures.

Em ali chegando, os cunhados de imediato simpatizaram muitíssimo com os parentes de Eulália, que os receberam de braços abertos, ansiosos por notícias da capital romana. Gentis, concordaram em hospedá-los até que conseguissem moradia própria. Assim, eles não precisaram ficar alojados no rústico acampamento dos poucos soldados. O lugar, bonito, aprazível e calmo, era muito diferente da agitada e barulhenta capital imperial.

Estavam há apenas três meses naquele novo posto, quando receberam notícias de que o Capitão Sebastião havia sido preso, acusado de ser um cristão. Ângelo, desassossegado, tem ímpetos de retornar a Roma, a ver se poderia fazer algo em prol de Sebastião, e Flávio tenta dissuadi-lo:

— Que pensa você poder fazer, Ângelo?

— Não sei, Flávio! Só não podemos abandoná-lo à própria sorte!

— Você mesmo nos disse que ele já previra certos acontecimentos. Que seria melhor nos afastarmos de Roma... Com certeza ele já sabia o que iria lhe acontecer. Ângelo, aquele homem parece saber tudo: presente, passado, futuro! Você sabe quanto eu devo a ele. Daria a minha vida para salvá-lo se isso fosse possível, mas ele mesmo não disse que cada um de nós tem o seu destino? Que ninguém haveria de passar por ele aquilo que lhe competia?

— Sim! Sei de tudo isso! Mas me parece inacreditável tal ocorrência! Sebastião é pessoa benquista pelos dois governantes, de família patrícia; como pode ter sido preso?

— Por isso mesmo! Penso que os dois diarcas devem estar estarrecidos e furiosos com a acusação! Já pensou? Sebastião, o preferido dos dois, muito conhecido, respeitado, de repente denunciado como um cristão? E nós dois sabemos que a acusação é verdadeira!

— Não posso aceitar que ninguém faça nada por ele!

— Quem sabe alguém importante, do Estado ou de sua família, possa fazer algo? Mas nós, meu cunhado, que poderíamos fazer? Seríamos presos com ele. Não foi para fugir de tal contingência que viemos para tão longe?

Ângelo se dá por vencido ante as palavras de Flávio, mas passa os dias inquieto e amargurado.

Em Roma, Guilherme buscava acelerar o desfecho dos negócios, visto a agitação que tomou conta da cidade depois da prisão de alguém tão importante quanto o Capitão Sebastião. Este passava os dias sendo visitado por eminentes romanos, que tentavam de tudo a fim de dissuadi-lo de sua crença e renegá-la. Contudo, o Capitão, demonstrando controle sobre si mesmo e tranquilidade diante da sua situação, sempre se reafirmava na fé! Já agora falava em alto e bom tom sobre as graças de Jesus e quanto lhe era grato por Ele ter lhe desvendado a realidade espiritual. Dizia para todos que a fé cristã, por mais que fosse perseguida e acossada pelos poderosos; por mais que seus fiéis apóstolos e seguidores fossem massacrados, ela sairia triunfante, e os falsos ídolos cairiam de seus pedestais para darem lugar à presença fulgurante do Cristo, o filho de Deus, Aquele que veio revelar ao mundo o verdadeiro significado da vida humana.

Diante de sua firmeza, das rogativas para que ele capitulasse em sua fé, passaram às ameaças, mas o Capitão, irredutível, continuava firme na sua convicção e respondia-lhes:

— Não temo as vossas ameaças! Sei que nada na terra pode me ferir, pois sou um ser imortal. Mesmo que me sacrifiquem, o meu Espírito deixará este corpo como deixo para trás as minhas vestes sujas todos os dias, e sairei dele renovado, como o próprio Cristo saiu daquela cruz onde a infâmia dos homens o pregou! Desistam de suas vãs tentativas de me fazer renegar o Cristo! Já morri por Ele antes e morrerei tantas vezes mais se fizerem necessárias, pois sei que um dia a verdade resplandecerá diante de todos e a ignorância, assim como a maldade, emudecerão, pois daí para frente quem terá a palavra final será o Cristo, para honra e glória de nosso Deus único!

Muitos dias se passaram desde que o oficial preferido dos imperadores fora preso. Maximiano, sabedor do quanto o regente maior, Diocleciano, gostava do seu Capitão pretoriano, viu por bem avisá-lo do ocorrido. Para Diocleciano, a decepção foi enorme, e o ódio pela famigerada seita cristã lhe obscureceu o raciocínio, tirando-lhe todo o bom senso. Ordenou a Maximiano que tentasse por todas as vias fazer com que Sebastião renegasse o Cristo, e, se este continuasse intransigente quanto à capitulação de sua fé, ele mesmo viria do Oriente para julgá-lo e levá-lo à condenação. Que Sebastião servisse de exemplo a todos os que ousassem seguir o famigerado e herege Nazareno em suas sandices! Demonstrava assim que ninguém estava isento de sofrer as penalidades necessárias, nem mesmo o mais querido dos afetos, se ousassem profanar Roma com a fé malévola dos cristãos!

Tomadas estas resoluções, dias depois chegava aos dois cunhados, em palavras grafadas pela própria Laura, a descrição de como se dera a execução do Capitão.

Depois de um tumultuado julgamento à frente do palácio imperial, onde antes ele mesmo era o responsável pela sua guarda, foi levado para a Via Ápia, uma das principais avenidas de Roma, despido de suas vestes de Capitão da pretoria romana, amarrado a um tronco seco e imediatamente flechado por um grupo de soldados. Dado por morto, foi ali mesmo largado ao abandono!

Assombrado e indignado com a notícia, Ângelo tinha ímpetos de partir para Roma, fazer algo de prático, mas o que poderia fazer ele? Diante dessa impotência, sofria terrivelmente.

Entrementes, Guilherme lhe envia os valores referentes à venda das duas casas, faltando apenas a vila de Eulália, que, por ser de grande porte, não estava sendo fácil de ser vendida. Enquanto isso, todos se encontravam alojados lá. Em comum acordo, decidem comprar uma só moradia, que fosse grande e confortável, assim como a vila de Eulália, onde todos pudessem viver juntos. Somente essa ocupação o impede de pedir licença e se debandar para Roma. Mas os dias se passavam e cada vez mais recebiam notícias alarmantes sobre prisões e mortes de cristãos. Tendo conseguido negociar uma grande propriedade que deveria ser apropriada por todos, nada mais o segura ali. Extremamente preocupado, ele parte para Roma com o objetivo de trazer toda a família, enquanto Flávio ali permanece. Mas... antes mesmo de sua chegada à cidade imperial, suas apreensões vão aumentando pelo que ouvia durante o trajeto.

Neste dia fatídico, estando Laura acompanhada de Fernando no centro comercial de Roma, começa uma grande balbúrdia de populares acusando algumas pessoas reconhecidas como cristãs. Antes mesmo de a milícia chegar ao local, tais pessoas são empurradas e espancadas com paus e pedras, e, entre elas, estavam Laura e Fernando.

Levando uma paulada na cabeça, Laura sucumbe de imediato. Entre assustada e incrédula, se vê fora do corpo, vendo igualmente o físico no chão, sendo pisoteado pelos pobres companheiros, que, sem terem para onde escapar, acuados, vão se espremendo uns contra os outros, para fugirem do ataque das pedradas e pauladas que o grupo furioso lhes atira sem cessar.

Essa sanha selvagem dura algum tempo, até que chegam os policiais, obrigando o grupo a se dispersar. Descem dos cavalos e, sem nenhuma comiseração, põem-se a separar os que jaziam no chão dos que conseguiam se manter em pé. Fernando, ferido e ensanguentado, corre para acudir a avó. Chorando, o garoto abraça a velha matrona, já percebendo que ela sucumbira. Mas, em Espírito, Laura aconchega o neto ao peito, sem se preocupar consigo mesma.

Rudemente, os soldados apartam os poucos sobreviventes e, deixando os mortos e agonizantes ao relento, seguem para a prisão arrastando os demais consigo, entre eles, Fernando. Aos poucos o menino sai do torpor, percebe a situação melindrosa em que se encontra e começa a orar fervorosamente, entregando-se às mãos de Jesus. Uma tranquila e indescritível calma toma conta dele. Fernando passa a perceber toda a movimentação espiritual em derredor. Sentindo o sofrimento da avó, que o acompanha, ele começa a dialogar com ela mentalmente:

Vovó, se acalme! Busque o conforto em Jesus e se sentirá melhor.
Oh, meu neto! Que fiz eu? Por que fui arrastá-lo comigo, meu querido? O que será de você agora?
Vovó, a senhora percebe o que aconteceu?
Não sei! Penso que morri, mas não tenho certeza! Minha cabeça gira!
Acalme-se e a senhora poderá ser ajudada, pois há aqui vários seres celestes amparando a todos nós!
Nada vejo, meu neto! Nada vejo!
Procure pensar em Jesus, e eles a ajudarão!
Não me preocupo comigo, mas com você, Fernando! Não quero que nada de mal lhe ocorra!
Do mal Deus tira o bem, vovó! Não se preocupe, eu estou bem. Veja! Tem um homem perto da senhora, ele quer ajudá-la.
Não o vejo!
Tranquilize o seu coração, procure se fixar em Jesus, que a senhora o verá! Vamos orar juntos!

E o jovem se entrega a sentida prece, buscando harmonizar suas forças, bem como ajudar a avó, que, devido ao desprendimento repentino e por estar muito preocupada com ele, não conseguia a lucidez para concatenar suas ideias e perceber o que lhe ocorrera. Aos poucos ela começa, também, a perceber toda a movimentação no local, inclusive o homem ao seu lado.

— Como se sente, minha irmã?

— Quem é o senhor? Um dos apóstolos do Cristo?

— Um simples trabalhador, minha irmã! Aqui estou para auxiliar estes que, como você, foram chamados a dar testemunho de fé a favor do Cristo!

— Estou me sentindo leve sem o peso do físico, mas muito preocupada com a sorte desse meu neto. O que será dele, meu senhor? Por favor, ajude-o!

— Ele está sendo ajudado, minha irmã. Na verdade, ele está muito bem! Melhor que muitos servidores, que, ao chegar à hora final, acovardam-se e titubeiam em continuar a tarefa escolhida.

— Meu neto não pode morrer, senhor! Que será de minha filha se vier a perder a mãe e o filho de uma só vez? Ela não suportará!

— Você teve sua prova, irmã, e ela terá de passar pela dela, igualmente! Mas perceba que, assim como você está recebendo amparo, ela também receberá. Jamais estará só! Deus não desampara nenhum de seus filhos. Você não quer vir conosco, minha irmã? Poderá tratar dessa ferida na cabeça.

— Não posso abandonar o meu neto nesta situação!

— Está bem! Ficaremos com você, mas a irmã precisa tentar se manter equilibrada. As coisas têm que seguir o seu curso natural.

— Prometo que tentarei, meu senhor! Mas não me afaste de Fernando neste momento!

Assim, eles acompanham a pequena caravana, que logo chega ao seu destino, com os prisioneiros sendo jogados em uma cela sórdida.

Fernando, demonstrando amadurecimento e lucidez inigualáveis, busca animar e fortalecer os companheiros de infortúnio.

— Nada temam, amigos! Os seres de luz estão aqui conosco — diz para um e para outro.

— Por que não fazem um milagre e nos libertam, então? — inquire um jovem, tomado pelo terror.

— Você crê em Jesus, meu irmão? — pergunta Fernando.

— Sim! Sempre busquei segui-Lo!

— Então! Ele mesmo não disse que o Seu reino não era deste mundo?

— Assim está escrito!

— Então não devemos temer esta última hora!

— Mas... eu não estou preparado para morrer! Nunca pensei que passaria por isso! Acreditei que O serviria até a idade chegar. Tracei planos de fundar uma igreja em lugar inóspito! Mas... não passar por isto, ser espancado por estas bestas-feras em forma de gente!

— Mas, meu irmão, devemos buscar servir a Jesus como Ele determinar, como Ele achar melhor, caso contrário, serviremos a nós mesmos, e não a Ele!

“Quando fazemos o que nós desejamos, nem sempre estamos seguindo os ditames do Mestre, pois o que mais alto fala ainda em nós são os desejos egoísticos e pessoais.

“Alguns de nós usam o nome do Mestre, mas estão trabalhando em favor do orgulho e da vaidade. Anseiam ainda pela supremacia do poder.

“Querem brilhar como grandes trabalhadores, sempre à frente das multidões, porém nunca na obscuridade.

“São aqueles a quem o Mestre se referiu, quanto a fazer caridade, que à luz do dia e à frente dos fiéis deslumbrados dariam uma grande soma, mas na solidão com o miserável não dariam uma moeda sequer.

"São estes que, em vencendo os umbrais da morte, reclamarão da situação em que se encontram, e a estes Jesus perguntará: "Irmãos! Estáveis no mundo, tendo a oportunidade de trabalhar em Meu nome; como usastes o tempo? A quem buscastes servir?".

"E mesmo que eles, sem se preocuparem em se autoanalisarem, responderem prontamente: "Buscamos Te servir, Senhor!", Jesus certamente lhes responderá: "Não, meus amigos! O pouco que servistes o fizestes para enaltecer as vossas figuras perante os demais! Fizestes por ostentação e fortalecestes ainda mais o vosso orgulho e a vossa vaidade!

"Em verdade, esquecestes o que aprenderam em Meus Evangelhos: os herdeiros dos benefícios celestiais são os simples e humildes de coração". Então Ele lhes dirá: "Voltem então, pois Deus em sua infinita misericórdia dará sempre uma nova oportunidade a quem Lhe pedir. Voltem e vão aprender de novo a trabalhar em meu nome, lembrando que trabalhar para mim é o fazer sem esperar nada em troca; é abraçar aqueles que sofrem, despertando neles a certeza de que há um mundo melhor, onde todos se amarão e se respeitarão como irmãos, que é o que realmente são!

"E eu estarei convosco!

"Eu os seguirei passo a passo! Portanto, meus irmãos e servidores amados, jamais vos esqueçais de que fora da caridade não há salvação! É a caridade a mais poderosa ferramenta para o vosso entendimento do que é servir a Deus!

"Entre vocês há muitos que dela necessitam, até que algum dia também alcancem a luz, capacitando-se a servir igualmente, não a mim, mas à verdade, segundo a qual só o amor liberta e constrói! E a base desse amor é a caridade!"."

Nessa explanação fervorosa, Fernando se transfigura. Fala e resplandece numa luz suave e bela! Era Elísia, que, em Espírito, envolvera o seu amado numa vibração doce e gentil, facilitando que a faculdade mediúnica do jovem se expandisse e trouxesse para fora os tesouros de conhecimentos evangélicos que ele já possuía em seu íntimo. Todos os presos se achegam a Fernando, ouvindo-o. Enquanto isso, os Espíritos servidores de Jesus buscam auxiliar, fortalecendo-os para o que estava por vir.

Naquela mesma noite, aqueles seres sofridos, mas esperançosos, são levados para fora e conduzidos a um pátio onde num sumário julgamento é perguntado a cada um se desistia da seita nazarena ou preferia a morte. Todos trêmulos, mas fortalecidos por Fernando, que permanece até aquele momento confortando-os, esquecido de si mesmo, respondem, ainda que titubeantes, que preferem ficar com Jesus!

O magistrado condena-os a serem chicoteados até a morte!

Grosseiramente, são amarrados a estacas, e a cada sequência de dez chibatadas é perguntado novamente a cada um se renegam o maldito Nazareno. O primeiro a quem perguntam é Fernando, que sem temores responde:

— Como hei de renegar Jesus, que é todo amor, para aceitar estas leis injustas, que matam sem piedade os filhos do mesmo reino, apenas porque querem ter a liberdade de vivenciar o que lhes vai à alma? Jamais hei de renegar o Mestre! Eu O amo com todas as minhas forças, e O servirei para todo o sempre!

— Então morra, cão maldito! — grita raivoso o soldado e, com brutalidade, o chicoteia sem dó ou piedade.

Fernando, buscando reunir toda a força do íntimo, pensando assim fortalecer os companheiros de provação, começa a cantar um louvor a Deus. E assim continua cantando. Os companheiros tentam segui-lo, mas as forças morais são menores que as dores e, daí a pouco, só se ouvem os seus gritos — mas, em meio a este terror, uma única voz a cantar!

Todos os que assistem ao horrendo espetáculo, inclusive os soldados, não acreditam no que veem. O corpo do garoto é uma massa disforme, mas ele continua cantando!

Em dado momento, o soldado que o chicoteava vai até ele e, agarrando os cabelos cacheados, levanta a cabeça pendida, e Fernando o olha. Um olhar límpido, sereno e tranquilo, onde duas lágrimas rolam, e o soldado percebe que o jovem chora não por si ou pela dor que sofria. Chora por ele, cuja função era a de causar dor e sofrimento em outro ser humano.

O soldado deixa cair o chicote e cambaleia. O seu superior, crendo que ele se cansara, chama outro para tomar o seu lugar. Mas aquele velho soldado nunca mais seria o mesmo. Nunca mais se esqueceria daquele olhar cândido, ainda infantil, que o olhara sem recriminação.

E Fernando canta, canta, até que as forças se esvaem, e lá pelas trezentas chibatadas a voz cessa, e o corpo cede. Ele é o último a morrer, e até o final canta o seu amor a Jesus e a Deus!

CAPÍTULO XXII

O DESESPERO DE LIZ

Na vila, Liz se encontra desesperada com a demora dos entes queridos. Os amigos foram informados do ocorrido, mas não sabem como contar-lhe. No auge do desespero, ela lhes diz:

— Chega! Não suporto mais ficar aqui com as mãos atadas! Aconteceu alguma coisa com mamãe e Fernando. A noite já vai alta e eles não chegam. Quer vocês queiram ou não, vou ao centro comercial buscar notícias deles!

— Aguarde mais um pouco, Liz — diz Guilherme, tentando contê-la. — Tenha calma, Ângelo está para chegar e irá ver o que ocorreu.

— Não! Não posso ficar aqui sem fazer nada, esperando Ângelo chegar. Tenho que fazer algo, afinal, é minha mãe e meu filho!

Neste exato momento, Ângelo chega. Colocado a par das notícias sobre as perseguições aos cristãos, seu coração estremece, pois já na viagem chegaram até ele notícias de muitas perseguições e mortes de cristãos, por onde quer que passasse. Ante os fatos alarmantes, ele sente um peso enorme lhe desabar nos ombros e se deixa cair num divã.

Liz, em desespero, se põe a gritar:

— Ângelo! O que está fazendo? Por que está aí a sentar? Não escutou o que falamos? Mamãe e nosso filho estão desaparecidos desde esta manhã!

— Calma, Liz! Calma! — ele lhe diz.

— Sim, Liz! Não percebe que Ângelo deve estar muito cansado depois de tão longa viagem? — exclama Eulália.

Ela, então, se deixa cair de joelhos, abraçando as pernas do esposo, e, deitando a cabeça em seu colo, se põe a dizer:

— Perdoe-me, Ângelo! Sei que deve estar fatigado, mas estou muito nervosa! Não sei por que aqueles dois tiveram que sair! Nossa capital está fervilhando desde que mataram o Capitão Sebastião. As pessoas parecem ter enlouquecido. Temos ouvido tantas barbaridades! Estou com pressentimentos ruins, Ângelo!

Ele se mantém calado enquanto alisa seus cabelos, mas os seus olhos em desespero pousam nos companheiros, lendo naqueles também a triste realidade de que os entes queridos podem ter sido martirizados junto a tantos outros cristãos. Alheia a essa penosa troca de impressões entre eles, pois queriam poupá-la, Liz continua dizendo a Ângelo:

— Se você preferir, fique aqui descansando, eu irei com Guilherme ao centro atrás dos dois.

— Não, Liz! Procure se acalmar e confiar em Deus! Lembre-se de que estamos todos em Suas mãos.

— Eu tento, mas não consigo deixar de temer o pior!

— Liz, aceitar as Diretrizes Divinas em nossa vida significa aceitar igualmente a vontade de Deus! Ainda que tudo pareça contrário, ou numa forma que não entendemos, temos que aprender a aceitar, pois Deus sabe o que é melhor para cada um de nós!

— Por que está a me falar assim, Ângelo? Acaso já está sabendo de algo? É isso? Algo ruim aconteceu com ele, não foi? Eu não suportarei perder a minha mãe ou o meu filho, Ângelo! Não suportarei!

— Querida minha! Citando as palavras de Sebastião: cada pessoa tem o seu destino! Cada um passará pelo que tiver que passar. Embora os amemos, sejam para nós pessoas muito queridas, não nos pertencem como pensamos; fato esse a nós demonstrado todos os dias, pois quantos estão morrendo neste momento, das mais variadas maneiras, assim como quantos estão nascendo, igualmente? Penso cá comigo que no instante mesmo em que nascemos neste mundo já estamos caminhando para a morte, alguns vivendo mais, outros menos, restando a nós, que cremos nas palavras de Jesus, que nos ensinam que ninguém morre realmente, o consolo de saber que apenas trocamos de mundo! Bem, procure ficar calma enquanto vou averiguar o ocorrido.

— Deixe-me ir com você, Ângelo?

— Não, Liz. Será melhor que fique aqui. Procure descansar um pouco. Eulália, Inez, por favor, cuidem dela para mim!

Com o assentimento das mulheres, que procuram ajudar Liz, inclusive dando-lhe chá calmante, ela acaba cedendo em ficar, mesmo contrariada. Com o coração apertado, Ângelo debanda com Guilherme para o centro de Roma. Seriam duas horas de galope, e pelo caminho já iam recebendo, pelos passantes, bem como de alguns pretorianos conhecidos de Ângelo, informações do que havia ocorrido. Um destes, antigo companheiro e servidor de Sebastião, alerta Ângelo:

— Se é como você diz, meu amigo, que a sua sogra e seu filho podem estar entre as vítimas deste dia, peço-lhe que haja com calma e razão; caso contrário, bem poderá você e o resto dos familiares acabarem presos igualmente. Só sei dizer que as coisas estão feias para os cristãos, pois, se os diarcas não aceitaram ou perdoaram o Capitão, que era afeiçoado dos dois, não perdoarão ninguém mais! Muito cuidado, meu amigo!

— Agradeço o alerta, companheiro!

Em chegando ao centro comercial, já não havia ninguém por ali. A maldade, depois de insuflar os incautos ao mal, assim que consegue os seus intentos, costuma fugir, temerosa das responsabilidades ante as práticas maléficas!

Assim, de forma até fácil, Ângelo chega aos corpos dos entes amados. Apenas alguns guardas montavam plantão junto ao local onde vários corpos estavam amontoados. Ao se dar a conhecer, o responsável o olha interrogativamente:

— A quem procura aqui, oficial?

— Busco minha sogra e o meu filho, que para cá vieram esta manhã, a fim de fazer compras.

— São cristãos? — interroga o servidor, encarando-o.

— De forma alguma! São apenas pessoas comuns!

— Então, por que os procura aqui?

— Já os procurei por toda parte, sem os encontrar. Como me relataram sobre este ocorrido aqui hoje, peço que me deixe verificar os mortos, pois eles podem ter sido confundidos com cristãos.

— Companheiro, você sabe que Roma não costuma se confundir. Contudo, como estes que aí jazem foram pegos pelo populacho, pode, sim, ter alguns entre eles confundidos com os hereges. Fique à vontade para conferir.

Usando de toda sua força moral e auxiliado por Guilherme, os dois encontram o corpo de Laura e, mais afastado, entre os corpos dos supliciados, o de Fernando! Entre lágrimas, Ângelo o abraça, enquanto Guilherme vai conversar com o responsável, notificando-o do encontro.

Aquele, então, aproxima-se de Ângelo, que ainda se encontra abraçado ao corpo do filho.

— Com que então, os encontrou?

Firmando-se nas últimas reservas íntimas, ele busca se recompor para responder ao homem:

— Infelizmente, sim! São os meus familiares!

— Sinto muito! Leve-os logo, pois, se ficar para o amanhecer, você terá que preencher papelada, bem como dar explicações, pois este rapaz que você diz não ser um cristão foi o último a morrer e até o final cantou um hino ao seu Deus! Apresse-se; caso contrário, acabará tendo problemas.

Um dos soldados, compadecido da dor pungente daquele pai sofrido agarrado aos despojos do filho — uma massa sanguinolenta, na qual só se podia reconhecer ali um ser humano pelo belo e delicado rosto, emoldurado pelos cabelos encaracolados, única parte que restava intacta, poupada da fúria das chibatadas —, aproxima-se com um manto e auxilia Ângelo a enrolar nele o filho amado. Enquanto isso, Guilherme conversa com o responsável pela guarda local, certificando-o de que eles não eram cristãos, embora lá no íntimo se remoesse por não poder gritar quanto ele era grato a Deus pelos benefícios prestados à irmã pelas mãos caridosas do Capitão cristão, martirizado dias antes em nome do Cristo.

Diante do sofrimento de Ângelo, o próprio oficial também se dispõe a auxiliar, buscando retirar Laura em meio aos corpos, a fim de se verem o mais rapidamente possível longe daquele horror todo! Ansiavam que os familiares viessem logo buscar os seus, para ficarem livres e poderem ir para suas casas descansar. Mas muitos daqueles corpos sequer seriam retirados, pois o medo faria com que fossem renegados pelos familiares, devido ao receio de virem a sofrer as mesmas penalidades, o que não era de todo impossível. A época citada tornou-se um dos momentos mais tormentosos da era cristã, quando famílias inteiras pereceram pela sua fé. Ou, num outro extremo, familiares entregavam os próprios entes a fim de salvarem a si mesmos. Num futuro longínquo, esta época ficaria conhecida como a última grande perseguição aos cristãos.

Ângelo, naquela triste tarefa de acondicionar os corpos da sogra e do filho numa carroça obtida às pressas, chora. Chora pela amarga perda de Laura, mulher que sempre lhe fora qual uma verdadeira mãe, e chora pelo filho, pelo triste fim de alguém que não chegaria à idade adulta. Nunca mais ele veria o sorriso bondoso, tampouco os olhos serenos do menino, a atendê-lo quando o chamava. Mas Ângelo chora sobretudo ao pensar que chegaria em casa levando aqueles dois corpos para Liz, em vez da mãe, sempre tão forte e generosa a ampará-la, e do filho amado. O companheiro prestativo de todas as horas, com o qual aquela mãe se consolava ao compará-lo com a filha egoísta, que não conseguia amar e tampouco conviver em família, preferindo ser a criatura errante a perambular pelo mundo. O que seria daquela mãe sem os dois seres amados que lhe eram esteio e fortaleza para a sua alma sensível e frágil?

Enquanto isso, na vila, Inez e Eulália, compadecidas da situação de Ângelo, que iria trazer os corpos e ainda ser o autor da triste notícia a Liz, resolvem prepará-la para a situação. Diz-lhe Inez:

— Liz, minha querida, você tem que ser forte! Como disse Ângelo, cada um de nós tem o seu destino.

— Por que está me falando assim, Inez?

— Temos de estar sempre preparados, pois não sabemos o que teremos de enfrentar à frente!

— Não fale assim, Inez; eu já estou com terríveis pressentimentos!

— Nós temos de aprender a confiar em Deus não só quando tudo está bem, mas principalmente quando o sofrimento advém. Este é o momento da provação. Sabemos que este nosso mundo é efêmero. Nada do que construímos aqui será para sempre. E não se esqueça das palavras de Jesus: "O meu reino não é deste mundo!" Então, querida, os que partem, tendo aceitado as Divinas Diretrizes do Nosso Mestre, com certeza estarão indo para um mundo onde quem reina é o Cristo; ao contrário deste, onde reinam todos os tipos de maldades e tormentos. Devemos, sim, ficar felizes quando os nossos entes queridos se entregam com fé e devoção ao Mestre, e não chorarmos a partida deles, pois com certeza pelo menos deixaram de sofrer!

— Inez tem razão, Liz. Querermos reter junto a nós aqueles a quem amamos, quando Jesus os está chamando para perto de si, é egoísmo. É natural sofrermos a dor da separação, mas saber que aqueles a quem amamos estarão bem melhor que nós, já é em si uma grande bênção.

Diante das palavras delas, Liz desata a chorar, balbuciando:

— Não precisam falar mais nada! Os meus dois amados estão mortos, não é?

Como as duas se entreolham sem responder, Liz se entrega ao choro sentido.

— Oh, minha mãe querida! Que hei eu de fazer sem a senhora? Por que há de partir assim e ainda levar o meu menino? O meu querido Fernando! Jamais haverá na terra alguém tão doce e tão amoroso igual a você! Oh, Senhor Jesus! Por que não tiveste piedade de mim, me deixando ao desamparo sem meus dois amados?

— Liz, você não está sozinha! Tem a nós, querida! Tem o seu esposo, que a ama com extremada dedicação! Tem o seu querido irmão! Não, Liz, você não está só, minha filha! — exclama Inez.

Mas ela, de joelhos no chão, chorava agarrada às mãos das duas mulheres, enquanto Suelen observava a cena em um canto, sem saber como auxiliar a cunhada.

— Venha, Liz! Levante, minha querida! Precisa ser forte para poder ajudar Ângelo, que decerto está sofrendo tanto quanto você, pois Laura sempre foi para ele uma verdadeira mãe. E o filho, este ele amava com devoção. Busque ser forte, Liz! — diz Eulália.

— Não consigo, minha amiga! Não consigo! Há um vácuo em minha alma! Parece que me arrancaram um pedaço! Como poderei ser de alguma valia para meu esposo? Sinto-me um farrapo de mulher!

— Isso passará, minha filha! Passará, você verá! É certo que jamais os esqueceremos, mas, com o tempo, conseguiremos aceitar a partida deles — fala Inez de forma resignada.

— Jamais conseguirei aceitar isto! Infelizmente, não possuo a fé e tampouco a fortaleza moral de vocês.

— É a vida, minha querida, que nos obriga a ter forças para superar as provações; pois eu também não tive pai, mãe, aos quais perdi? Isto sem falar da filha, que partiu tão prematuramente! Hoje, se tenho a quem chamar de família, estes são vocês; caso contrário, estaria por aí, perambulando a mendigar, sem ninguém.

Com as palavras das companheiras, ela parece até mais calma. Mas, assim que ouve o barulho da carroça chegando, levanta-se em um pulo e sai gritando desesperada, com as mulheres atrás de si, tentando alcançá-la. Na área afastada ficam os filhos de Eulália, Karina e Adriano, com a pequena neta de Inez, observando compungidos a triste cena.

Ângelo larga a direção e pula da carroça, correndo para conter Liz.

— Minha mãe! Meu filho! O que é feito deles? Como poderei viver sem os dois, Ângelo? Por quê? Por que isto foi acontecer? Eles não podem ter morrido! Por que Jesus permitiu isto, Ângelo? Não dizem que Ele é justo e misericordioso? Por que não teve misericórdia de mim? Acaso serei uma réproba sem nenhum merecimento? Uma alma tão culpada assim, para ficar sem aqueles a quem mais amo?

— Liz, calma! Por favor, tenha calma! — tentava ele inutilmente contê-la.

— Calma? Como posso ter calma quando perdi aqueles a quem mais amo? Como poderei viver sem a minha mãe e sem o meu filho, Ângelo?

— Liz, tente aceitar que eles escolheram dar a vida pelo Cristo!

— Nunca! Nunca hei de entender isto! Nunca hei de aceitar! Por que, meu Deus, se o Senhor existe mesmo, por que fizeste isso comigo? Não tiveste piedade dessa mulher frágil que eu sou, me tirando o sustentáculo de mãe e o amor do filho!

— Liz, não podemos clamar contra Deus, minha querida! Todos nós, um dia, teremos de partir!

— Mas não dessa forma, Ângelo! Não dessa forma!

— Minha querida, você se engana, pois não há forma mais honrosa de morrer do que por amor ao Cristo!

— Não minha mãe, não meu filho! Oh, Ângelo! Que será de mim agora? Que será de nós?

Agarrada ao marido, ela cai de joelhos, sem forças para se manter de pé.

— Não tenho forças! Não tenho!

— Vamos entrar, Liz!

— Não! Quero ver minha mãe e meu filho!

E, num átimo, ela se põe de pé, correndo para os corpos. Atira-se em direção a eles, arrancando os panos. Ao deparar com a mãe, agarra-se a ela, soluçando. Logo após se dirige ao filho, tentando descobri-lo.

— Não, Liz, não o descubra, por favor!

— Por quê? O que fizeram com o meu filho? Quero vê-lo! — grita desesperada.

— Não o descubra, pelo amor de Deus! Você não terá mais paz se o vir! Olhe! Olhe para o seu rostinho! Veja, querida! Mesmo na morte nosso menino se mantém sereno e tranquilo. Guarde-o assim na sua memória!

Inutilmente, ela tenta descobri-lo, mas Ângelo, energicamente, a retira do local, levando-a para dentro. De passagem, pede:

— Guilherme, por favor, arrume-o para mim, não posso deixar Liz vê-lo assim!

Com lágrimas a lhe escorrerem pelas faces, Guilherme e Eulália limpam aquele corpinho em frangalhos. Enrolam-no com bandagens e depois o vestem. Só então Ângelo traz Liz para abraçá-lo.

Horas angustiosas se passam até dar o tempo necessário para levarem os corpos às catacumbas. Liz sucumbe ao desespero e acaba desmaiando, e Ângelo aproveita para acelerar o processo, a fim de tentar diminuir o martírio pelo qual ela passava. Ele age como um autômato. Recebe os pêsames dos poucos amigos que para lá se dirigiram assim que souberam do ocorrido. Laura é uma cidadã antiga e muito conhecida. Para alguns contrários, é uma surpresa estranha a notícia de que ela seria uma cristã. Para outros, que sabiam e que também professavam a mesma crença, um misto de alegria e angústia os atinge. Alegria por pensarem que a boa mulher e o dedicado menino, àquela hora, já deveriam estar ao lado de Jesus. Angústia por sentirem que eles mesmos bem poderiam ser os próximos a sofrerem tal penalidade. De qualquer forma, tudo corre célere. Ângelo mal tem tempo de sofrer a dor da perda, pois sua preocupação com o bem-estar de Liz é enorme.

No momento do enterro, Ângelo percebe alguns companheiros de farda, e, entre eles, um soldado bem transtornado.

Era um homem rústico e selvagem, cuja má fama já tinha chegado a ele. Quando o homem percebe que o pai sofrido o encara, foge rapidamente.

Um dos companheiros se achega a Ângelo e lhe sopra ao ouvido:

— Foi aquele lá quem açoitou o seu filho! Mas não conseguiu ir até o fim!

Um nó de desespero e revolta comprime o coração de Ângelo, enquanto diz:

— O que quererá ele aqui? Já não ficou satisfeito com o dever bem cumprido?

— Ele não está nada bem! Dizem que se transtornou por ter cumprido tal ordem.

Encerradas aquelas providências, Ângelo retorna à vila dos amigos, onde Liz jazia no leito numa situação melindrosa.

— Fernando! Mamãe! Onde estão? Por favor, voltem! Não me deixem! — balbuciava em desespero.

— Liz, querida, acalme-se!

— Cadê eles, Ângelo? Os meus queridos?

— Por favor, se acalme! Aceite a vontade de Deus! Lembre-se de que você não está só! Eu estou ao seu lado! Jamais a abandonarei!

Ela se agarra a ele, chorando até dormir. Um sono cheio de sobressaltos. Assim foram aqueles dias, bastante penosos para Ângelo, que via o momento de reassumir o serviço se aproximando, com Liz sem condições de fazer tão longa viagem.

Certa tarde, Ângelo vê chegar o soldado encarregado de aplicar a penalidade em seu filho. Sente o coração se constranger e faz um esforço enorme para não escorraçar o homem, que, titubeante, se encontrava em grande conflito, sem se decidir em se aproximar ou fugir. Pacientemente, Ângelo aguarda. Vencendo a indecisão, cambaleante, ele se aproxima. O homem treme muito. Em sobressalto, olha para os lados e, como se temesse ser atacado a qualquer momento, balbucia:

— Seu filho está me perseguindo. Não consegui dormir mais desde o dia fatídico!

— Como ele pode estar perseguindo-o se está morto, esqueceu?

— Não! Não está! Eu o vejo em todo lugar. Estou em vias de enlouquecer.

Ao perceber a situação do homem, seu dramático desequilíbrio, Ângelo chega a se penalizar.

— Meu amigo, deve ser a sua consciência que o está acusando, jamais o meu filho, pois nunca teve boca para reclamar de nada! Sempre aceitou tudo com resignação e, embora eu não estivesse presente para protegê-lo, tenho certeza de que não foi diferente no momento de sua morte.

— Ele não morria! Não morria! Por quê? Por mais que o chicoteasse, ele continuava cantando! Ainda escuto sua voz em meus ouvidos!

— O meu filho sempre foi um menino diferente e especial. Eu deveria ter desconfiado de que não viveria muito tempo. Este mundo ainda não está preparado para conviver com pessoas especiais como ele, ou como o Capitão Sebastião. São pessoas de uma envergadura moral tão grande, que amedrontam seres inferiores e infelizes como nós. Daí o mundo querer acabar com eles, pois sentem que eles trazem ventos com prenúncios de mudanças. E as mudanças aterrorizam os que não querem mudar! Por isto mataram Jesus, mataram seus apóstolos e continuam matando os seus seguidores até hoje. O que os move é o medo, o pavor de terem de se adaptar a um novo mundo que se delineia no horizonte!

Com as palavras de Ângelo, intuídas pelas presenças espirituais, o homem se acalma e passa a falar com mais coerência.

— Eu olhei seu filho nos olhos, desde então não tive mais paz!

— Mas por quê? Ele o condenou?

— Não! Exatamente por isso! Não vi em seus olhos o terror daqueles que estão sendo supliciados, tampouco ódio! Não! Ele se manteve impassível, diria até sereno, mesmo sendo açoitado, tendo o corpo todo retalhado. Nem em um soldado vi tamanha coragem, quanto mais em um menino!

— Creio que não era só coragem, mas espírito de aceitação!

— Ele cantou louvores até não aguentar mais! — desabafa o homem, com o olhar perdido naquela cena, à qual ele se mantinha preso. Depois, deixando-se cair aos pés de Ângelo, exclama: — Me perdoe! Me perdoe, eu imploro! Não me amaldiçoe, pois eu só estava cumprindo o meu dever! Você também é um soldado e bem sabe que não podemos fugir ao dever.

— Jamais o amaldiçoarei! Como Jesus disse: não devemos pagar o mal com a mesma moeda. Entretanto, ouso dizer que mesmo no cumprimento do dever não devemos fugir de nossa consciência. Mais vale deixar de cumprir ordens que vão contra a índole do que depois passar a viver em conflito conosco.

— Eu digo que jamais senti tal coisa! Já matei muitos homens e jamais sofri por isso. Na verdade, nem sei bem o que é sentir! Se este desespero que se abateu sobre mim é sentir, prefiro viver sem isto.

— Pois eu já creio que vivemos exatamente para desenvolver o sentimento. Se a morte do meu Fernando serviu para despertar o sentimento em um único ser, tenho certeza de que deve ter valido a pena para a evolução espiritual dele.

— Isso tudo é muito confuso! Sou só um combatente que sobrevive se defendendo ou matando. Jamais parei para analisar essas questões. Mas agora me sinto transtornado e amedrontado. Não sei mais o que farei da vida!

Ângelo o olha verdadeiramente penalizado. Com a confissão do homem, toda a revolta e dor que sentira com a morte violenta e ultrajante do filho se acalmam. Ele percebe ali a forte atuação dos irmãos maiores, que conduziram aquele homem até ele não para agravar o seu sofrimento, mas para lhe mostrar um ser violento e endurecido se quebrar; se dobrar perante a grandeza de um menino que morreu louvando Jesus! Lágrimas descem pela sua face, e ele se dirige ao homem que jazia prostrado aos seus pés:

— Levante-se, meu amigo! Nada tenho a lhe perdoar, e tenho certeza de que tampouco Fernando o culpa. Ele aceitou passar por este sacrifício. Vá e esteja em paz! Procure reavaliar sua vida e suas ações, só isso que lhe peço! — E Ângelo repete: — Esteja em paz!

Demonstrando alívio e lucidez, o homem se despede e parte. Ângelo fica observando-o até sumir no horizonte, meditando. Parecia sentir o filho ao seu lado, feliz por ele ter conseguido perdoar o seu algoz.

CAPÍTULO XXIII

O RETORNO DE SEBASTIÃO

Liz alterna momentos de uma triste lucidez e alucinação, na qual se vê com a mãe e o filho. Na verdade, vivencia mesmo aquelas experiências com eles em nível espiritual. Enquanto isso, Ângelo começa os preparativos para voltar a Éfeso, na Turquia, auxiliado por Guilherme, e desta vez levando toda a família. Encontra-se imerso em tarefas e correrias quando recebe um chamado da cristã Irene, aquela mesma que cedia sua casa aos cultos, dos quais a sogra e Inez participavam. Mesmo estranhando o chamado, num momento de folga, ele para lá se dirige. Em chegando, a digna senhora lhe dá os pêsames pela triste perda do filho e da sogra, aos quais Ângelo simplesmente responde:

— Que há de se fazer, não é, senhora? Na verdade, se formos analisar à luz da realidade, no momento mesmo em que nascemos já iniciamos a caminhada para a morte.

Como ela fica em silêncio, ele complementa:

— Logicamente que isto não impede que soframos as partidas daqueles a quem amamos. Principalmente quando se dá de forma tão violenta quanto estas. Mas... a senhora necessita de algo de minha pessoa?

— Não, meu amigo! Mas alguém que você conhece bem deseja vê-lo.

A mulher o conduz casa adentro e, num pequeno e humilde *cubiculum*, ele depara com um homem deitado sobre um catre. Ângelo sofre um choque ao reconhecê-lo, apesar de extremamente debilitado.

— Capitão Sebastião! Mas... é o senhor mesmo?

— Sim, meu bom amigo!

— Com que então, não o mataram?

— Tentaram! Mas, graças a esta boa mulher e alguns companheiros, que me percebendo ainda vivo, mesmo depois de várias flechadas, e me socorrendo, cá estou eu vivo!

— Capitão! Que alegria e satisfação sinto em vê-lo!

— Igualmente eu, Ângelo! Mas... soube de sua triste perda. Como passa?

— Assim como vê! Tento ser forte, pois minha mulher está sofrendo muito! Há que se entender, não é? Perdeu a mãe e o filho de uma só vez!

— Você se lembra do que lhe falei a respeito de seu filho?

— Sim! Seus alertas me deram forças para suportar!

— Seu filho está em tarefas com o Cristo, assim como eu mesmo. Neste momento, ele aqui se encontra!

— Fernando? Aqui?

— Sim! Quer falar com ele?

— Mas como? — Ângelo exclama espantado.

— Não saberia lhe explicar os mecanismos, mas ele poderá se expressar através de mim.

— Sim, Capitão! Fosse outro a me falar de tais coisas, eu o consideraria um louco, mas, no senhor, que vi operar verdadeiros milagres, creio fielmente. Gostaria muito de ouvir Fernando.

O Capitão cerra os olhos, permanecendo em silêncio, enquanto Ângelo, num tumulto interno, olha-o avidamente, até que:

— Papai!

A essa simples palavra, Ângelo sente a presença inegável do filho! Sente nas fibras mais íntimas do seu ser que Fernando ali está, e se põe a chorar.

— Chore, papai! Isto lhe fará bem! O choro, quando parte de um coração resignado, lava a alma, libertando-a de toda amargura e angústia. Quero lhe pedir perdão, papai! Perdão por ser a causa do pesar de todos vocês! Jamais desejei lhes trazer qualquer tipo de sofrimento, mas minha tarefa exigia que eu partisse logo. Eu pedi assim, pois quero estar preparado para auxiliar os milhares de cristãos que virão nos próximos anos. Assim como Sebastião, responsável por muitos que passarão pela difícil, mas necessária provação deste último tempo de perseguições, também eu pedi para ser um dos primeiros a partir.

— Seus avós recentemente me mostraram, em um sonho, uma visão! Poderia me descrevê-la e dizer-me se é válida; se não foi só um sonho?

— Na verdade, papai, muitos dos chamados sonhos são encontros que temos com nossos afetos ou desafetos, que vivem neste outro mundo. Sobre este específico, lhe afirmo ser verdadeiro. Era eu e minha amada companheira Elísia, que na época era sua sobrinha. Sofremos o martírio na primeira grande perseguição romana aos cristãos.

"Eu também era um soldado, assim como Sebastião e você são hoje, e fui martirizado no circo com Elísia. Ela foi poupada de um sofrimento maior, pois deveria ser sacrificada pelas chamas. Supliquei ao meu oficial superior, um bom amigo, e ele foi o responsável por tê-la flechado, dando-lhe uma morte rápida em vez do sofrimento da fogueira.

"Nem por isso o exemplo firme de Elísia deixou de ser valorizado. Alma pura e bela, se prontificou a seguir os meus passos da espiritualidade quando solicitei o retorno à carne. Foi o influxo de sua presença que, abraçada a mim até o final, fez com que eu mal sentisse as chibatadas.

"Tinha o corpo entorpecido enquanto pela minha mente passavam cenas maravilhosas, em que eu presenciava a caminhada de Jesus por Jerusalém, enquanto Elísia murmurava em meus ouvidos: "Cante! Cante! Louve a Jesus!"

"Eu então cantava e O via! Chegou a tal ponto essa minha entrega, que muito antes do final eu nada mais via desse vosso mundo! Já estava aqui, sentindo e vendo a presença amorosa dos amigos e protetores queridos.

"Não fosse a preocupação com você e mamãe, diria que o momento desse meu suplício foi o mais belo de minha vida!

"Papai, não se preocupe, que a mamãe vai melhorar. Ela não está enlouquecendo como pensam; estamos eu e vovó junto dela, realmente. Assim que começar a aceitar nossa partida, ela melhorará! Seja forte, papai, é só o que eu peço! Nós estaremos do seu lado, sempre! Tem amigos preciosos aqui! Um deles serviu ao próprio Cristo, e, embora não o tendo conhecido pessoalmente, vocês são amigos de longa data. No passado, trazia o nome de uma encarnação distante, Antares, hoje sendo reconhecido como um grande trabalhador da causa do Cristo!

"Procure aprender estas lições preciosas deixadas por Jesus, papai! Elas serão responsáveis por guiar a humanidade no despertar da consciência espiritual, levando-a deste mundo cruel e difícil em que vivemos atualmente para um mundo de intensa regeneração, quando os homens conseguirão transformá-lo num lugar de imensa beleza e conforto para todos, igualmente. Tudo graças ao trabalho transformador de amarem aos outros como a si, e a Deus acima de todas as coisas, pois, em se fixando no todo, conseguirão, quase sem perceber, galgar vários degraus em sua evolução. Ocorre que isso se dará por conseguirem se desvincular dos apegos excessivos do eu materialista e egoísta. Ao fixarmos nossas realizações no bem comum, entramos em contato com o Criador, pois Ele é e permanece sempre unido à Sua criação. Mas... quero falar ao seu coração! Agradeço pelo pai que foi para mim! Sua amorosidade, aliada à sua força moral, muito me ajudam a ser quem eu sou hoje."

Ângelo chora de emoção...

— Meus avós também estão aqui, a lhe ofertarem as luzes de seus belos sentimentos, papai!

— Filho querido! Não sabe quanto são preciosas estas suas palavras. Só vêm trazer a certeza para o que percebo, pois os sinto perfeitamente aqui do meu lado, e ainda uma presença intensamente iluminada, qual a personificação de uma deusa a se manifestar na terra!

— Esta vem a ser exatamente a minha preciosa Elísia, que se aproxima do senhor agora e o abraça. Sinta, papai, este ser que é toda a razão do meu viver!

Ângelo sente com clareza aquele ser esvoaçando à sua volta e, com extrema delicadeza, tocando sua testa escaldante; e toda agitação íntima, toda sensação penosa que ele vinha sentindo, desde que tivera notícias da morte do filho e da sogra, se dilui como se águas puríssimas lhe lavassem a alma, desvanecendo todo o sofrimento.

Pensa em perguntar sobre Laura, como estaria, quando, antes mesmo de o filho se expressar através do Capitão, sente-a também ali, dizendo-lhe nos refolhos da consciência, antes de ouvi-la pela voz do Capitão:

— Ângelo, meu filho! Posso chamá-lo assim, com a licença de sua mãe, que também está aqui, pois você foi verdadeiramente um pouco meu filho. Agradeço pelo seu amor e cuidado com todos nós. E, principalmente, pelo imenso amor que tem pela minha filha Lizbela. Sei que não precisaria dizer nada, mas ainda sou a mãe de sempre, que daqui sofre por sentir o coração magoado de minha querida filha. Peço-lhe: cuide dela! Cuide de minha querida filha! Ângelo, tem em mim, igualmente, uma mãe e protetora, pois o que me for permitido farei para auxiliá-los!

Fernando, tomando novamente a palavra, lhe diz:

— Papai, temos que nos despedir, mas nada receie, pois estaremos ao seu lado, sempre! Que Nosso Mestre Jesus lhe dê forças e muita luz para continuar lucidamente os seus caminhos!

E, assim, o Capitão volta pouco a pouco daquele transe e se põe a olhar para Ângelo, que permanece meditativo e com o olhar ausente. Depois de um tempo, o Capitão questiona:

— E então? — Como Ângelo o olha sem entender, ele volta a perguntar: — O que houve?

— Como assim? O senhor não sabe?

— Não! Nada sei do que se passou! Para mim, é como sair para dar um belo passeio por paisagens magníficas, em nada comparáveis com as da nossa terra!

— Que coisa estranha, mas impressionante, meu Capitão!

Ângelo então descreve tudo o que ali se passou, e, sob o influxo das amoráveis presenças que ali continuavam, ele consegue ser extremamente fiel ao ocorrido. Isso serviu também para gravar melhor na própria mente aquela experiência ímpar, da qual ele se lembraria por toda a vida, e que igualmente o auxiliaria nos momentos de dificuldades e desafios que teria pela frente.

— Que estranho poder o senhor tem, Capitão!

— Não, meu amigo! Não se iluda! Não vejo isso como poder, mas um dom, capaz de trazer algum conforto para quem está sofrendo pela perda de um familiar. E penso eu que o mais importante ainda é nos mostrar que ninguém morre realmente, mas todos vivem exatamente como quando por aqui estavam caminhando entre nós. Isto nos conforta, não é mesmo?

— Sim! Com toda certeza! Para mim foi de um valor inestimável ouvir o meu filho e minha sogra, e sentir a presença querida daqueles a quem tanto amo.

— Saiba, meu amigo, que esta capacidade também tinham e têm os verdadeiros cristãos! Aquele que quer auxiliar a quem sofre, na maioria das vezes, se torna um instrumento dos seres celestiais, que nada mais são que quem nos antecedeu na suposta morte e se encontra vivendo no seu melhor estado espiritual. Os bons sentimentos, Ângelo, eis a chave para estarmos bem, seja aqui, nos arrastando sobre o chão poeirento, ou planando nos jardins celestiais!

— O que dizer então, Capitão, daqueles que em vida viveram insanamente, praticaram todo tipo de crueldade e maldade? Em morrendo, onde estarão eles?

— Cada um está, em vida, construindo o mundo em que viverá na morte, até que a bondade do Pai Maior os conduza para uma nova experiência no corpo. Foi o que quis dizer Jesus com as seguintes palavras: "Na verdade, na verdade te digo que não pode ver o Reino de Deus senão aquele que renascer de novo". Isto nos quer dizer que mesmo o errado terá novas oportunidades de se reajustar. Os bons encontrarão, em morrendo, o céu a que fizeram jus. Isto se entendermos o céu não, como pensa a maioria, como um local de descanso e prazer, mas sim um local para trabalhos, estudos e experiências íntimas de elucidações internas numa busca pela autolapidação. Já os que se comprazem no mal encontrarão lá o verdadeiro inferno, colhendo exatamente tudo o que plantaram.

— Quanto há ainda por saber! Vivemos uma ilusão enganosa.

— É verdade! E isto ainda perdurará por muito tempo! A evolução não dá saltos, você sabe. Ainda partiremos daqui e para cá voltaremos muitas vezes, sempre dando nossa pequenina parcela de contribuição, até que a humanidade desperte e caminhe com as próprias pernas! Para isso, Nosso Senhor Jesus deu a própria vida, e nós outros daremos as nossas, se necessário for, para que a Luz da Verdade resplandeça na terra e nos homens!

Ângelo, extasiado com tudo o que ouvira e sentira, guarda silêncio, até que Sebastião, sorrindo, lhe diz:

— Meu amigo! Guarde as boas impressões deste maravilhoso encontro que você teve. Quanto ao assunto em si, não queira entender tudo de uma só vez, pois é material de estudo para muitas vidas!

Ângelo sorri, perguntando:

— E o senhor? O que fará agora?

— Continuarei minha tarefa!

— Mas não poderá se expor, ou atentarão contra sua vida novamente.

— Com certeza o farão, mas minha tarefa assim o exige!

— Venha conosco para Éfeso, meu Capitão! Lá, naquele recanto tranquilo, poderá falar de Jesus sem perigo.

O Capitão sorri novamente, entretanto, responde de forma grave:

— Éfeso! Deve ser um lugar maravilhoso! Dizem que Maria, a Santíssima Mãe de Jesus, viveu ali os seus últimos anos com o apóstolo João! Amaria poder ir com você, meu amigo, mas ainda não terminei minha tarefa. Saiba que o maior perigo que existe é a maldade e o egoísmo que campeiam pelo mundo. É contra essas pragas, que ameaçam tragar para suas entranhas fétidas e corruptas todas as mentes frágeis e desavisadas que lhes caem nas armadilhas, que devemos lutar. É contra estes males, que corrompem a humanidade, que devemos lutar sem temores! Eu, como bom combatente que sou, já me entreguei às mãos do Cristo! Não, meu amigo, não devo escolher o caminho suave e tranquilo, mas o áspero e pedregoso, onde, ao final, com certeza, encontrarei o martírio. Mas, até chegar lá, disporei cada minuto de minha vida a serviço do Mestre Jesus!

— Sinto-me mal, deixando-o para trás mais uma vez, Capitão!

— Como já lhe disse, esta é a minha tarefa, este é o meu momento. O seu é cuidar de sua família e fazer o seu melhor, sempre. Siga em paz, meu amigo! Como você mesmo constatou, eu nunca estou só! E você também não. Leve os seus entes amados para este lugar pacífico. Lembre-se! Para seguir Jesus, nem sempre precisamos estar na linha de frente como fizeram seu filho, sua sogra e tantos outros. Pode-se ir ladeando as margens, levantando um aqui, alimentando e consolando outro acolá. Seguir minimizando as dores do mundo, sem alarde, e, no silêncio do seu coração, comungará então com o Cristo e viverá em paz, mesmo que em derredor haja guerra!

Ângelo sente que poderia ficar ali horas a fio ouvindo o Capitão, mas tarefas o aguardam, bem como percebe que Sebastião ainda se encontra bastante fragilizado fisicamente, ainda que imbatível em Espírito. Não querendo abusar mais, se dispõe a partir.

— Capitão, não tenho palavras para agradecer o que fez por mim! Gostaria de partir sabendo que o senhor ficará bem!

— Nada tem a me agradecer, e não se preocupe, estou muito bem!

— Nós nos veremos novamente?

— Sim, com certeza! Contudo, não neste mundo!

Ângelo sente um estremecimento penoso ao ouvi-lo falar assim e sorri com tristeza.

— Não sofra, meu amigo! Se pudesse aquilatar quanto eu sou feliz por poder finalmente gritar aos quatro ventos o meu amor por Jesus! Não precisar mais esconder o fato de ser um cristão! Depois, é como eu já disse: minha tarefa ainda não terminou. Vá, Ângelo! Siga em frente fazendo o seu melhor.

É só isso que Jesus espera de nós. Seja grato pelo seu filho, este ser maravilhoso que compartilhou sua vida com vocês, ainda que por poucos anos. São estes laços preciosos que temos além-túmulo que nos dão forças para continuarmos. Um dia estaremos todos juntos, dando graças ao Senhor deste mundo: Jesus!

A partir daquele encontro, os familiares perceberam a mudança de Ângelo: sempre procurando animar a todos, fortalecendo-os, e dessa forma tudo se encaminhou rapidamente para a partida deles.

A sós com Liz, ele lhe diz:

— Não sofra por Fernando, minha querida, pois ele está muito bem.

— Por que fala assim, Ângelo? Fernando está aqui conosco!

— Sim, querida, tem razão!

Agora, com aquelas palavras dela, ele sente um grande conforto, ao contrário de antes, quando a pensava enlouquecendo. Com o tempo e o auxílio dos amados do mundo invisível, ela acabaria aceitando e entendendo. Tranquilo, ele agradecia a Deus o amparo. Questionado pelos outros sobre o que acontecera para mudá-lo tanto, ele responde:

— Assim que chegarmos à nova pátria, vou lhes revelar tudo o que se passou entre mim e o Capitão. É algo tão importante e precioso que eu quero falar somente ali, na nossa nova morada, para sedimentar também uma nova vida para todos nós!

No dia da partida, para surpresa de todos, Petúnia retorna. Chega trêmula e cabisbaixa, procurando primeiramente o pai, que a recebe com carinho e atenção:

— E então, minha filha? Soube do ocorrido com Fernando e sua avó?

— Sim!

— Por isso veio?

— Já há algum tempo queria vir, mas estava sem coragem!

— Por que, Petúnia? Considera-nos assim tão incompreensíveis que a julgaríamos sem aceitá-la?

Para seu espanto, a jovem se põe a chorar.

— Perdoe-me, papai!

— Deve pedir perdão à sua mãe, que tem sofrido terrivelmente desde que sumiu sem deixar rastros!

— Tem razão! Assim o farei. Pobre mamãe, deve estar sofrendo muito com a morte de vovó e Fernando.

— O sofrimento é tanto que ela tem se negado a aceitar a realidade. Mas estou tranquilo. Isso vai passar, e ela ficará bem.

— Papai! Foi um dos seus companheiros pretorianos quem me encontrou e me convenceu a vir. É verdade que estão de partida para longe?

— Sim! Partiremos esta noite, aproveitando o frescor que a hora nos oferece.

— Eu... eu posso ir com vocês?

Ângelo mal acredita no que ouve. Era o que ele mais almejava. Mas, conhecendo bem a filha, não queria que ela viesse e depois voltasse a sumir novamente.

— Petúnia, este sempre foi o meu desejo! Para tanto, eu a procurei por toda essa cidade, incansavelmente.

— Eu sei, papai!

— Sabia? E como teve coragem de nos deixar em tal sofrimento?

— Orgulho, sei lá! Mas sofri muito esse tempo todo longe de vocês.

— Então, Petúnia, sua mãe não pode passar por outro transtorno, entende? Você não pode simplesmente aparecer e depois sumir de novo. Ela não vai aguentar!

— Eu não farei isso, papai! Dou a minha palavra. Não vim só por conta do sofrimento. Pensei muito e percebi que o meu lugar é junto de vocês, não importa o que tivermos que passar. Prometo que farei tudo o que puder por mamãe. Tentarei ser uma boa filha!

Agora é a vez de Ângelo chorar. Deixa-se sentar e fica ali, com a cabeça entre as mãos. Petúnia o olha com o coração apertado. Ele envelhecera prematuramente por conta dos dissabores causados pela filha, e principalmente pelo que acontecera com Fernando. Comovida, ela o abraça, também chorando.

— Papai! Oh, papai, me perdoe! Eu não queria causar tal sofrimento a vocês! Queria ter estado aqui, auxiliando, diante dessa desgraça que se abateu sobre nós!

— Minha filha, sobre isto conversaremos em outra hora. Quero que veja sua mãe. O que ela decidir será o que aceitarei! Vamos, entremos, ela está descansando até a hora de partirmos. Vamos falar com ela, Petúnia!

A jovem acompanha o pai, inquieta e constrangida devido à maneira como havia abandonado o lar. Mas, ao deparar com a mãe sentada num catre, entretida na arrumação de algumas roupas, seu coração se aperta num grande remorso ao constatar que ela também estava envelhecida prematuramente. No íntimo, sente que os cabelos grisalhos a lhe coroarem a fronte com certeza foram motivados pelos inúmeros dissabores que ela, filha ingrata, causara-lhe. Estaca na porta, sem coragem de prosseguir, e só não vira as costas para fugir porque o pai a segura firmemente pelos ombros. A mãe, sentindo as presenças, volta-se e emite um som agudo, enquanto leva a mão ao peito e exclama:

— Petúnia! — A seguir, estende os braços para a filha. — Minha filha, você voltou!

Petúnia corre para a mãe e se atira em seus braços.

— Sim, mamãe! Me perdoe! Senti muita falta da senhora, de todos! Me perdoe, mamãe!

E Liz se põe a chorar, apertando-a nos braços enquanto diz:

— Minha filha, está tudo bem. Agora você está aqui! Não há mais o que perdoar. Veja, Petúnia, o que nos aconteceu! Sua avó, seu irmão... — E Liz chora convulsivamente.

— Sim, mamãe, eu sei! Mas estou aqui. Não os deixarei mais. Juntos vamos superar isto tudo!

— Virá conosco para a Turquia, então?

— Sim, mamãe! Isto se a senhora permitir.

— Como pode ter dúvidas quanto a isso, filha? Ansiei cada minuto pela sua volta! É uma alegria você estar aqui, ainda que seja neste momento de tanto sofrimento.

— Nós vamos superar isto, mamãe!

Ângelo, imensamente feliz por perceber que Liz estava aceitando a realidade, achega-se às duas e, abraçando-as, fala:

— Deus não nos desampara, Liz querida, nós vamos superar, sim! Ao final, só ficará a saudade de nossos queridos, mas na certeza de que eles estão bem!

Logo, toda a família está reunida e feliz pelo retorno de Petúnia. Ela se sente agradecida, pois, ao menos naquele primeiro momento, ninguém lhe cobra ou a acusa de nada.

CAPÍTULO XXIV

VIDA NOVA

A partida deles se dá naquela mesma noite, como o programado, entre ocorrências comuns em viagens como aquela, quais alegrias diante das novidades naturais, cansaço, nervosismo. Enfim, chegam ao lugarejo e à nova residência, onde agora todos habitariam. Todos se surpreendem com a beleza do lugar, bem maior que a antiga residência de Eulália, possibilitando haver *cubiculuns* e gabinetes para todos os casais, ambientes para os jovens, além de áreas comuns, onde todos poderiam se reunir em conversas fraternas. Grandes quintais com árvores frutíferas, jardins e hortas. Enfim, todo o necessário para viverem bem.

Flávio, que ali ficara por conta do trabalho, e para preparar o local a fim de receber os familiares, tudo fizera com imenso carinho. Preocupou-se com cada detalhe de modo a que todos se sentissem bem ali. Cada canto tinha o jeito dos futuros moradores.

Para Eulália e Guilherme, reservou os cômodos mais suntuosos, por saber que eles eram pessoas de famílias mais abastadas, acostumados a viver de forma mais luxuosa.

À sua irmã Liz e Ângelo, a quem sempre considerou um seu igual, reservou os cômodos menores, mas com algo que falaria direto ao coração do casal.

Para si e Suelen, ficou com o menor e mais mimoso, que a seu ver encantaria a companheira, sem dar-lhe tanto trabalho para cuidar. Embora Suelen nunca mais sentisse nada, tendo perfeita saúde, Flávio não conseguia deixar de se preocupar e tentar poupá-la ao máximo. Isso tudo sem esquecer-se de Inez, tampouco da tia de Guilherme e os sobrinhos.

Essa tarefa, que de início o encheu de alegria, veio a ser um grande apoio, quando, dias antes, recebera notícias do lar sobre a morte da mãe e do sobrinho. Ali, sozinho naquela cidade, só podia contar com os novos amigos do regimento, aos quais sequer pôde se abrir, relatando o ocorrido, por não saber qual seria a reação e não querendo se arriscar a levantar suspeitas e preconceitos logo de início, já que era por conta disso que estavam se debandando de Roma.

Muito embora não ouvisse naquela localidade alguém falar sobre cristãos, e tampouco assistira quaisquer manifestações de religiosidade fanática romana, era bom se precaver e manter-se calado. O povo era confiável, mas, mesmo assim, Flávio não sabia até que ponto poderia se abrir com alguém. Aguentou tudo sozinho, e o trabalho mais a reforma da casa auxiliaram-no a suportar e superar enquanto aguardava os familiares.

Hoje, recebendo-os, embora seu coração se contristasse por perceber a ausência do sobrinho e da mãe — até o *cubiculum* aconchegante que reservara para ela o fazia sofrer —, mesmo assim sua felicidade é enorme. Agora não está mais sozinho. Juntos eles superariam a dor da perda daqueles seres tão amados. Com desvelada atenção, leva todos a conhecer cada canto da bela moradia, enquanto comenta preocupado:

— Eu teria preferido que Guilherme tivesse vindo nos ajudar a escolher a casa.

— Melhor que esta, meu cunhado, eu tenho certeza de que não encontraria!

— Tomei a liberdade de separar os aposentos pessoais de vocês, mas fiquem livres para aceitar ou não.

— Flávio, tranquilize-se! Eu e Guilherme não somos melhores que nenhum de vocês, pelo contrário! Quando aceitei virmos morar todos juntos, foi porque entendi ser a melhor solução. Vocês são minha família, ou, melhor dizendo, nós todos agora somos uma só família. Então, vamos todos viver juntos, em paz e harmonia. Tudo será para todos, igualmente. Era assim que viviam os primeiros apóstolos, e quase nada possuíam. Será assim que viveremos também, e, vejam, somos praticamente ricos! Sejamos felizes, então! Aqui poderemos mudar, ampliar, transformar, melhorar; enfim, desejo que cada um possa viver de forma confortável e tranquila. Que possamos também distribuir um pouco do que temos a quem nada tem. Isto me fará muito feliz! Espero que todos pensem como eu — Eulália exclama de forma carinhosa, e todos concordam sorrindo.

Naquela primeira noite no novo lar, todos confortavelmente sentados, Ângelo se dispõe a contar a eles tudo o que viu, ouviu e sentiu naquela última entrevista que tivera com Sebastião, o Capitão cristão.

— O que tenho para lhes dizer é algo tão inacreditável e de tal importância, que tenho guardado comigo para contar somente num momento especial! Creio que não haverá outro como este, quando iniciamos nossa vida neste novo lar, cheios de esperanças para o futuro. São informações de tal significância, que não podem ser desperdiçadas.

Mas todos, só por saberem que eram informações trazidas por intermédio do Capitão, já se encontravam ansiosos por ouvirem, pois, devido ao respeito que tinham por aquele servidor do Cristo, sabiam que só poderia ser algo de suma importância, ainda mais devido ao cuidado com que Ângelo estava tratando o assunto.

Buscando controlar o íntimo, para ter a calma e a serenidade que o assunto exigia, e para não se deixar levar pela excessiva emoção, Ângelo inicia o relato do ocorrido. A fala do filho, da sogra, a presença marcante dos pais.

A emoção é intensa e toma conta de todos, pois, além do que ouviam, podiam sentir uma brisa diferente envolvendo a todos. Sim! Eram eles que ali estavam, os entes queridos de todos, aproveitando aquele momento sublime de aconchego familiar para dispensar energias amorosas e fortalecedoras enquanto os abraçavam, cheios de nostálgicas saudades. Porque os que partem também continuam sentindo a falta dos seres amados, que na pátria física continuam sua caminhada rumo à redenção do Espírito! Por ora, as necessidades individuais obrigam essas separações momentâneas, que, quando aceitas resignadamente, trazem o consolo de se saber que o reencontro será em breve! As lágrimas lhes escorrem pela face.

Liz cai num pranto dolorido de saudade da mãe e do filho, mas já sem o desespero de antes.

Para quebrar um pouco a forte emoção do momento, Guilherme intervém:

— O Capitão não se lembrava mesmo de nada do que se passou, Ângelo?

— Nada, Guilherme! Com firmeza, me pediu que relatasse o ocorrido.

— Nossa! Isso tudo é muito incrível! — comenta Eulália. — Mas eu não estranho, pois sempre tive dessas impressões. Desde menina costumava conversar com os que já partiram. Meu pai até me levou para falar com uma Sibila[1]. Certa vez, tentou me colocar num templo e só não o fez porque minha mãe não concordou. Eu, que não queria ser afastada de minha família, passei a não contar mais nada do que via ou ouvia. Creio firmemente que somos seres de vidas transitórias!

— Transitórias? Como assim, Eulália? — questiona Petúnia, incrédula, só não externando sua opinião abertamente para não desagradar o pai.

— Vidas transitórias é como eu entendo, Petúnia, ora vivendo aqui, ora vivendo em outro mundo, numa outra condição, depois retornando para cá, e assim sucessivamente.

— Mas isso seria muito estranho, não acham?

— Que outra explicação você vê para toda a situação desse nosso mundo controverso, Petúnia? É como estávamos conversando anteriormente, minha filha! — responde Ângelo. — Você mesma não vive questionando o porquê de nossos amados

1 Sibila: entre os antigos, mulher a quem se atribuía o dom da profecia e o conhecimento do futuro.

terem partido, já que foram pessoas boas, enquanto outros verdadeiramente maus acabam ficando sobre a terra? Já pensou que os valores em que nossa sociedade está assentada podem bem estar errados, e este ser um mundo onde estamos somente para aprender, e não para aproveitar a vida, como imaginamos, enquanto há outro mundo, o verdadeiro, onde vamos ajustar as contas com as nossas ações deste mundo? Um mundo onde somos continuamente avaliados e redirecionados a um caminho melhor, de progresso sem fim? Nesse caso, aqueles que para nós parecem ter sido prejudicados, que parecem ter perdido algo de valor, simplesmente por terem morrido, ao contrário, estarão melhor do que nós, que aqui ficamos!

— E como seria, papai, para aqueles que fazem mal o tempo todo e, no final, morrem como todo mundo, mas sem pagarem o que devem?

— Posso responder? — pergunta Eulália.

— À vontade! — diz Ângelo.

— Eu percebo, Petúnia, que há uma justiça maior do que a dos homens! Aqui, as leis ainda servem aos poderosos, enquanto o pobre e o miserável parecem não ter ninguém por eles. Mas é aí que entra essa justiça maior! Se o culpado não pagou em vida o que devia, esta conta ficará pendente para as próximas vidas. Por isto vemos tanta gente sofrendo!

— Estarão pagando então um passado culposo?

— É assim que eu vejo! Para uns, a morte é libertação, pois irão com certeza para uma condição melhor. Já para outros, os grandes carrascos da humanidade, a morte será um grande tormento, pois terão de se haver com os resultados de seus atos. Penso, ainda, que a justiça de Deus não se assenta somente na punição, mas na reconstrução. Quem fez o mal terá de compensar com o bem. Quem destruiu terá de reconstruir, e assim por diante, até que o que hoje fazemos por obrigação, com a evolução crescente, passaremos a fazer como algo natural a todos. Haverá um tempo em que o bem vencerá o mal!

— Muito bem explicado, Eulália — comenta Ângelo.

— Essa é uma filosofia bem perigosa! Os cristãos já são perseguidos e mortos somente por pregarem a crença num Deus único. Imaginem acrescentar que vamos ficar indo daqui para não sei onde, e voltando num outro corpo. Isto é insanidade! Se alguém nos ouve, estaremos todos mortos!

— Petúnia, eu falo isso porque é o que eu sinto! É o que eu tenho percebido na minha vida. E, se comento com vocês, é porque os considero uma família melhor que a minha, pois com eles eu não podia falar nada disso. Analisando o que vosso pai nos contou do ocorrido com o Capitão Sebastião, me parece ser a resposta para todas as minhas questões! Em momento algum pensei em passar isso adiante como uma nova filosofia, ou seja lá o que for. Penso eu que ainda levaremos muito tempo para entender os ensinamentos de Jesus, mas não deixo de notar que estes ensinamentos só se justificam se tivermos outras experiências, outras vidas. Caso contrário, certas palavras Dele não teriam lógica. Por exemplo, esta afirmação: "Na casa do meu pai há muitas moradas!" Talvez estas outras moradas sejam para onde vamos depois de morrer!

— Concordo com Eulália, minha filha.

— Eu consigo entender bem isto. Não me parece algo impossível, pelo contrário. Mas, diante da maioria que não pensa assim, ou sequer cogita sobre isto e jamais aceitariam, é melhor silenciarmos essas questões, para não termos maiores problemas. Tenho certeza de que o ocorrido com nossos entes queridos se deu porque alguém ali conhecia a vovó e sabia que ela era uma cristã. Diante disso, melhor não nos ocuparmos com aquilo que não aguentamos. Já que vocês optaram por virem morar neste local, longe de tudo, é melhor viverem quietos, sem procurar problemas por conta de credos.

— Concordo com Petúnia — diz Flávio. — Se começarmos a falar de Jesus, dos Seus ensinamentos, vamos trazer problemas para este povoado e para nós mesmos.

— Mas... não devemos esquecer o que o Capitão fez por mim, Flávio! — diz Suelen.

— Eu sei, querida! Serei eternamente grato a ele e a Jesus por isso, mas ele mesmo não nos conduziu para cá, a fim de nos livrar do perigo? Vamos pôr tudo a perder agora e sair por aí nos proclamando cristãos?

— Ninguém vai fazer isto, Flávio! Fique tranquilo! — exclama Ângelo. — Mas podemos dar exemplos de cristianismo sem gritar aos quatro ventos nossa fé! Veja, aqui ninguém cobra nada de ninguém! Podemos até frequentar vez ou outra o pequeno templo, a fim de não levantarmos suspeitas sobre nós. E, antes que alguém diga, não estaremos sendo hipócritas, pois no meu entender qualquer local pode ser santificado, desde que frequentado por santos.

— Penso o mesmo, Ângelo! Não é o local que nos faz ser isto ou aquilo, mas a nossa conduta! Vocês estão certos; saímos de Roma para não sermos perseguidos, então vamos fazer do nosso lar o nosso templo. Aqui oraremos, estudaremos e comungaremos em família. Fora daqui, vamos apenas procurar ser cada dia melhores para com o próximo. Vamos ter atitudes cristãs, e para mim basta! — exclama Eulália.

Assim, todos entraram naquele acordo mútuo e buscaram viver com simplicidade.

Algum tempo depois daquela última entrevista que Ângelo tivera com o Capitão Sebastião, novamente recebe notícias dele, por intermédio de Irene. Desta vez, as notícias eram fidedignas. Narra a bondosa cristã que, com sua melhora, o Capitão reiniciou o seu trabalho de evangelizar, comparecendo a todas as reuniões de que se tinham notícias. E, sem nenhum temor, subia às tribunas para enaltecer o seu amor a Jesus! Como sempre, o seu verbo eloquente atraía muitos cristãos para ouvi-lo, bem como gentios para o seio da doutrina.

Depois da suposta morte dele, as perseguições aos cristãos aumentaram muito. Casas estavam sendo invadidas e pessoas, às centenas, sendo presas e martirizadas. Como era de esperar, todos temiam pela própria vida, mas o amor à religião nascente era maior! Irene conta ainda que o filho deles, Fernando, estava sendo seguido como exemplo de coragem e firmeza diante do martírio. Os poucos que viram aquilo pelo que o jovem passara contavam e recontavam o fato, acrescentando coisas aqui, modificando outras ali, e a figura dele ia aos poucos se tornando lendária. Todas essas notícias lhes eram passadas por amigos que continuavam em Roma. Culmina relatando com grande pesar que Sebastião fora preso novamente depois de ter ido falar com Maximiano, acusando-o, e a Diocleciano, de desumanos e cruéis, por perseguirem e matarem pessoas boas e inocentes que só queriam ter a liberdade de seguir aquilo que amavam: os ensinamentos de Jesus!

Mesmo se abeirando trezentos anos de perseguições e sofrimentos, a nova religião vinha se formando. Sua base era forte, firme, pois se erguia não sobre crendices e mitos, mas sobre as colunas dos ensinamentos vigorosos e amorosos deixados pelo Mestre Jesus! Sim! Ainda que erguido sobre dores e lágrimas, o cristianismo se firmava e já se podia antever Roma a seus pés! Não na atitude do Cristo como um anjo vingador a prostrar os inimigos ao chão, mas na atitude de, finalmente, se ajoelhar perante a Verdade Maior trazida por Ele; na aceitação da máxima "Deus é um só, e todos nós, igualmente, somos Seus filhos diletos".

E Sebastião não temia dizer estas verdades a quantos se dispusessem a ouvi-lo.

Conta a cristã Irene que Maximiano foi tomado de surpresa e grande irritação por saber que seu antigo e dileto Capitão ainda se encontrava vivo. Sem demora, manda avisar e perguntar a Diocleciano, o Diarca Maior, quais medidas ele deveria tomar. Este, também surpreso, se recusa a ver Sebastião novamente, deixando a situação nas mãos de Maximiano, que desta vez o condena a morrer a pauladas, desejando também se certificar de que ele esteja realmente morto para dar um fim seguro ao corpo, de modo que ninguém mais veja Sebastião sobre a terra. Novamente, portanto, o ex-Capitão pretoriano é preso, sendo a sentença aplicada sem testemunhas. O bondoso soldado, depois do martírio, teve seus despojos atirados a uma fossa qualquer, longe da cidade. Mas, conta a dedicada cristã, que ele apareceu em sonho para uma conhecida cristã de nome Lucina, contando-lhe onde seu corpo se encontrava. Ela, ao lado de outros féis, conseguira resgatá-lo, dando-lhe um enterro cristão!

É com aperto no coração que toda a família fica sabendo do ocorrido. Inconformada, Suelen diz:

— Por que Sebastião não quis vir morar conosco, Ângelo? Poderia estar aqui, agora, trabalhando anonimamente para o Cristo, como nós fazemos!

— Eu bem que tentei, Suelen. Teria sido a minha maior alegria poder recebê-lo nesta casa, onde ele poderia ter continuado a sua bela missão! Era tão jovem o nosso Capitão, não é, Flávio?

— Sim, Ângelo. Eu serei sempre grato a ele pelo bem que fez a Suelen e por ter sido quem foi, um exemplo de retidão, caráter e bondade! É triste sabê-lo morto!

— Não se entristeçam! — diz Ângelo. — Penso que agora ele está livre. Não se lembram de todo o ocorrido em minha última conversa com ele? Sebastião sabia que a morte é apenas uma passagem para outra vida, mais plena e mais feliz que esta! Lá estão todos que souberam viver bem aqui! Por isso Jesus afirmava que o Reino Dele não era deste mundo, pois aqui vivemos em meio a ignorância, maldades e tristezas sem fim! Entretanto, existe este outro mundo onde seremos mais felizes, se soubermos amar a todos como verdadeiros irmãos. Entendo que não é fácil, mas, segundo sei, teremos outras oportunidades, aqui mesmo sobre a terra, até que finalmente possamos seguir adiante, redimidos pelas boas resoluções em melhorarmos, e confortados pelas presenças amigas que nos seguem passo a passo. Então, vamos nos fortalecer e trabalhar! É esta a tarefa que temos pela frente, até quando Deus assim o determinar!

✦

Passadas aquelas tempestades emocionais, os ânimos foram se acalmando e todos puderam, enfim, perceber mais intimamente o local onde viviam. Concordaram que aquela era realmente uma bela residência, num local maravilhoso, onde os aldeões viviam sua vida em tranquila rotina, longe da turbulência intolerante da grande cidade romana.

O oficial comandante da pequena unidade, que para ali viera há mais de trinta anos, era pessoa simples. Ali constituíra família e vivia igualmente numa rotina metódica e prática. Assim que Ângelo retornou, já se desincumbiu de diversas tarefas, delegando-as a ele. De início, ficou cheio de desconfianças com os dois recém-chegados, passando a vigiá-los, tomado por uma nervosa irritação, com receio de que ali estivessem no intuito de mudar as coisas. Ângelo, conhecedor da natureza humana, de imediato percebeu a preocupação do homem. Numa ocasião, estando a sós com ele, resolveu tentar acalmá-lo, aproveitando um questionamento do superior:

— Não entendo o que você e seu cunhado vieram fazer aqui! Homens fortes, em plena carreira no império...

— Falando por nós dois, oficial Régio, sinceramente, para cá viemos a fim de fugir do rebuliço de Roma. Já estamos servindo o império há muitos anos, e, embora nos veja como homens de carreira, como diz, isto é algo que não nos atrai. Como centurião pretoriano, ouso dizer que trabalhar sempre à disposição dos comandantes do palácio é desgastante e exaustivo. E, particularmente, eu ansiava trazer minha esposa para um local mais tranquilo. Quando surgiu esta oportunidade, contando com a simpatia benévola do nosso superior, conseguimos a transferência. Em verdade, somos homens do campo! Meu pai possuía uma fazenda de cavalos e me apraz deixar as ilusões do comando para trás, para jovens mais capazes, pois, para o meu gosto, prefiro estagiar nestes sítios mais amenos. Se Roma nos ordenar voltar antes do término do nosso tempo de serviço, assim faremos. Porém, de minha parte, serei feliz se puder terminar minha carreira militar nesta bela e tranquila cidadezinha!

Depois daquela conversa, o homem se desarmou, e a cada dia contava mais com o apoio daqueles dois, que vieram liberá-lo da carga que ele carregava já há tantos anos e estava se tornando exaustiva. Ainda não solicitara a sua aposentadoria pelo medo de vir algum oficial truculento substituí-lo. Não! Ele gostava de viver ali, exatamente da mesma forma que encontrara quando ali chegara. Não queria mudanças que viessem perturbar a paz e a vida daquelas pessoas simples às quais se afeiçoara. Para ele, aquele povoado era sua casa, e os camponeses, sua família. Aos poucos, percebeu que Ângelo era um homem de confiança, de boas maneiras, muito diferente da maioria dos oficiais que conhecera. Rapidamente, Ângelo, com o auxílio de Flávio, passou a se incumbir de toda a parte burocrática, uma constante dor de cabeça ao velho servidor, que já não possuía mais condições de acompanhar as mudanças deste setor.

Quanto a Liz, devagar foi se equilibrando, se reestruturando. Com várias mulheres na residência, as tarefas ficaram amenas para todas elas. Cabia a Liz e Eulália verem as necessidades da casa como um todo. As duas criaram o hábito de, depois das tarefas cumpridas, saírem pelo povoado, de início para conhecer, depois para auxiliar as famílias mais pobres que ali existiam, como em qualquer outro lugar. No começo as pessoas estranharam, tratando-as com respeito, mas distanciamento.

Entretanto, aonde chega a caridade, os muros das desconfianças são derrubados. Assim, para as famílias necessitadas, elas eram aguardadas com imensa alegria, tornando-se aos poucos pessoas conhecidas e muito queridas por toda a região.

De forma muito natural, cada um foi se adaptando àquilo que sabia fazer melhor. Enquanto Ângelo e Flávio tinham suas ocupações militares, Guilherme ficou à frente da propriedade, ao lado do sobrinho e do enteado. Amélia, a tia de Guilherme, Inez e Suelen se responsabilizaram pelos afazeres da casa, principalmente na ausência de Liz e Eulália. Tudo era feito de forma tranquila e sem imposições, mas Petúnia ainda encontrava dificuldades em se ambientar. Ora procurava acompanhar a mãe e Eulália em suas saídas, ora preferia ficar em casa fazendo alguma coisa, mas sentia-se inquieta e sem motivação.

O pai, percebendo sua indisposição, certo dia indaga-lhe:

— Como se sente aqui, minha filha?

— É um tanto parado, meu pai! Sinto que ninguém precisa de mim.

— Engano seu! Sempre há algo a ser feito. — Ante o silêncio dela, ele continua: — Você se propôs a vir conosco e a única coisa que lhe peço é que não magoe a sua mãe. Ela já sofreu muito!

— Por que está me dizendo isto?

— Petúnia, eu queria entender o que você fez com sua vida, mas não consigo!

— Não diga isso, papai! Logo o senhor, que é o único que me compreende.

— Engano seu! Eu procurei ser sempre tolerante com seus caprichos, mas nunca entendi essa ânsia que você sente em estar sempre correndo atrás de novidade, atrás do que está distante. Parece-me que quer dirigir a sua vida como alguém que sobe um morro para ver o que há além dele. Só que tais pessoas, depois de constatarem que além não há nada de novo, só um outro morro para subir, sempre poderão retornar à segurança do lar! Já com a vida, ao abandonar o que temos pela ilusão do desconhecido, talvez não possamos mais retorná-la ao que era antes.

— Bem sei! Todavia, mesmo antes, já não sentia prazer com minha vida! O senhor tem razão, estou sempre procurando algo além. Mas que fazer, se a vida se me apresenta insípida?

— Insípida? Foi para dar sabor a ela que você se envolveu com aquele homem casado?

— Justo o senhor vai me cobrar este assunto?

— Sou o seu pai! Quem mais deveria fazê-lo? Crê que quero o seu mal? Não, Petúnia! Só o que faço é querer vê-la feliz e bem ajustada!

— Ajustada? Isto me soa como uma sentença!

— Petúnia, você acha que a vida é um mar de rosas? Uma dança eterna, em que poderemos viver sem nenhuma responsabilidade em relação a nossos atos? Acha realmente que o que você fez naquele lar, levando aquela mulher ao desespero por ver a vida em família prestes a desmoronar, não vai ter cobranças? Não, querida filha, cedo ou tarde, você vai ter de ressarcir este mal causado.

— Ora, o senhor não pode garantir isto! Não vemos todos os dias os maus se darem bem e os bons perecerem na mais triste miséria? Não foi isto que ocorreu com a vó Laura e com meu irmão? Que mal fizeram eles para perecerem daquela forma? Fernando, papai, o que aquele menino fez na vida? Nem amigos ele tinha, mal saía de casa! Só ficava fazendo pequenos objetos de madeira, a maioria, brinquedos para crianças! Por que pereceu daquela forma horrível?

— Esqueceu-se de toda a nossa conversa acerca desse assunto, minha filha? A vida não é só isso aqui não, já lhe falei! Busque valorizar este momento e seja grata a Deus por ele.

Como ela se mantivesse em silêncio, o pai continua:

— Petúnia, procure se firmar. Está na hora de você começar a pensar em formar uma família.

— Formar família? Neste local? Com quem?

— Ora! Uma bela moça como você não há de ter dificuldades nisso! Não percebeu ainda como o filho do Régio olha para você? É um rapaz interessante!

Ela dá de ombros. Contudo, nos dias que se seguem, Ângelo a percebe lançando olhadelas curiosas para o rapaz.

Como era natural, ainda que estivessem felizes naquele lugar ameno e confortável, sentiam falta da capital, afinal, era a Pátria Amada, ainda que a vida lá não fosse fácil para a maioria. Mas aos poucos vão se apegando à nova localidade. Passaram a ser conhecidos como pessoas prósperas, contudo, honradas e generosas. A fama era de que todos em necessidades que por ali passassem seriam bem recebidos na vila, alimentados e cuidados, até que pudessem seguir no caminho ou na vida.

A administração da localidade acabou ficando mesmo a cargo de Ângelo, onde ele era o superior respeitado por sua capacidade e senso de justiça. Aquela família como um todo trouxe crescimento e prosperidade ao local. Suelen e Flávio tiveram dois filhos, aos quais se dedicaram plenamente. Guilherme acabou por adotar também os dois filhos de Eulália, assim como a pequena Vitória, e, além deles, tiveram mais dois meninos, e os jovens o amavam e o respeitavam pelo homem honrado que era. Inez acabou morrendo devido à idade avançada, feliz e muito amada por todos! Petúnia veio a se casar com o filho do oficial Régio, rapaz de boa índole e firmeza de caráter, tendo assim uma nova oportunidade de evoluir espiritualmente. Com ele teve uma prole numerosa, o que veio a ocupar todo o seu tempo e sua mente, não lhe dando ensejos para se perder em devaneios ou ilusões. Ângelo e Liz viveram o resto da vida dela se dedicando à família e aos necessitados, e, principalmente, se amando cada dia mais. Eram plenamente felizes naquele campo de repouso que Deus lhes preparou, depois de muitas vidas de sofrimentos e carências afetivas, até que Liz se foi.

CAPÍTULO XXV

AOS PÉS DA CRUZ

Ângelo viveu longamente para os padrões da época, já que a expectativa de vida variava entre quarenta e cinquenta anos. Aos poucos, todos os entes queridos foram retornando à Pátria Espiritual, e ele se perguntava por que Deus o mantinha preso à gleba terrena. Com tristeza se despediu da esposa amada, dos amigos Guilherme e Eulália, do querido cunhado e companheiro de sempre, Flávio, e também de Suelen. Sentiu-se responsável por cuidar, aconselhar e orientar todos os jovens que ficaram: os filhos do casal amigo, os sobrinhos e os netos, filhos de Petúnia. Ângelo vivia rodeado pelos jovens e todos o amavam e respeitavam profundamente. Sempre comprometido com o que era correto, procurou passar a eles os mesmos valores morais que tinham norteado sua vida. Colocou ordem na administração familiar, delegou deveres e fez repartição dos bens para que não houvesse desavenças no futuro, procurando deixar todos amparados igualmente.

Inúmeras vezes se preparou para sua partida, todavia a morte parecia não o desejar.

Assistiu à queda do antigo Império Tetrarca[1] e a subida de Constantino ao poder. Quando da mudança de poder, em 313 d.C., Constantino reconheceu oficialmente o cristianismo como religião pelo Édito de Milão[2]. Por essa época, Ângelo foi tomado por uma tal inquietação e desejo de rever a pátria, que Petúnia e tampouco os jovens conseguiram conter. Havendo entre eles um dos filhos de Flávio que também tinha esse desejo, pois queria servir em Roma, resolveram todos, por fim, aceitar a partida de Ângelo. Esse sobrinho se incumbiu de levá-lo consigo, já que era realmente o que ele queria. E, assim, para tristeza de todos, Ângelo partiu para a pátria nunca esquecida e sempre amada!

A viagem exaustiva o debilitou bastante, mas mesmo assim ele estava feliz! Pisar novamente naquele chão era algo que jamais sonhara fosse ser possível! Para ele, era como se Roma, agora, tivesse expurgado todos os sofrimentos causados por tantos anos aos cristãos. Ele aspirava profundamente, crendo que o oxigênio era mais puro que antes, e que o céu também brilhava mais. Acreditava verdadeiramente que o próprio Cristo ali estava, iniciando aquela nova fase para a humanidade, quando

1 Império Tetrarca: governo conduzido por quatro imperadores.

2 Édito de Milão: documento promulgado em 13 de junho de 313 d.C. pelo imperador Constantino, que determinava que o Império Romano fosse neutro em relação ao credo religioso, acabando oficialmente com toda a perseguição, especialmente aos cristãos.

as pessoas não precisariam mais sofrer nem morrer somente porque O amavam e aceitavam os Seus ensinamentos. Ângelo antevia que partiria dali o Seu Evangelho de Luz, e que ele se expandiria para toda a humanidade.

A seu pedido, o jovem sobrinho o levou diretamente ao local onde ele costumava trabalhar quando ainda era um pretoriano. Justamente em frente havia grande praça, que naquele momento estava repleta de pessoas. Indagando, vieram a saber que o imperador iria fazer uma aparição pública, a falar das mudanças que estavam ocorrendo no seu governo. E assim, com grande admiração, Ângelo pôde conhecer o homem, ainda que de longe e espremido no meio da multidão, que mudou a religião do império: Constantino!

Foi tomado por uma grande emoção e sentiu que estava a desfalecer. Recostou-se em um canto, a vista turva, as pernas sem aguentar mais o peso do corpo. Desfaleceu. Seu velho coração não aguentou! Suavemente, sentiu-se sendo retirado do corpo inerte e passou a perceber grande movimentação espiritual no local. Sentiu que estava nos braços de sua amada Liz e do filho Fernando, e aos poucos foi reconhecendo todos os familiares, mas sua emoção se dilatou ao perceber o seu querido Capitão lhe sorrindo! Sim! Há vida após a morte! Todos ali lhe atestavam essa maravilhosa realidade! Todos aqueles entes tão amados por ele tinham vindo buscá-lo! Enlaçados em um grande abraço, começaram a subir. Extasiado com tudo, ainda sem poder acreditar que estava morto para o mundo, Ângelo olhou para trás e, deslumbrado, viu uma grandiosa luz no formato de cruz vindo dos Páramos Celestiais, com certeza do próprio Cristo, que espargia Seus reflexos, envolvendo todo o local e as pessoas presentes naquela que seria conhecida futuramente como a Praça São Pedro.

CONSIDERAÇÕES FINAIS

Em Roma dos Meus Amores e Minhas Dores, relembrei a nossa passagem pela ilustre cidade das sete colunas, fase em que eu fortaleci meus sentimentos em relação à minha querida companheira Náira. Mas, acima dos meus sentimentos pessoais, nasceu em mim o amor ao Mártir do calvário! Parti de Roma indo de encontro à Judeia, ali chegando no dia da crucificação de Jesus.

Tive contato com pessoas que se tornaram grandes amigos, e estes vêm buscando nos auxiliar até hoje. Entre eles, encontrei em Lázaro e suas diletas irmãs, Marta e Maria, pessoas do mais alto valor, verdadeiros amigos fraternos.

Junto a Pilatos, Sulpícius Tarquinius, Aulus Perácios, Márcia, entre outros, reencontrei velhos inimigos do passado que, se por um lado me fizeram sofrer amargamente, principalmente as pessoas de Aulus e Márcia, por outro me fizeram aprender com eles a lei da tolerância e do perdão, entendendo que não há faltas ilesas na história humana. Cedo ou tarde, a nossa própria consciência nos levará até os inimigos de outrora para os devidos acertos.

No livro *Roma na Luz do Anoitecer*, relembrei a figura inesquecível do grande apóstolo Pedro, sedimentando com o trabalho de dedicação ao próximo seu importante papel no cristianismo nascente.

Terão os queridos leitores a oportunidade de ver certas passagens citadas no primeiro livro agora ali narradas pela ótica dos algozes, bem como acompanhar também a ocorrência dolorosa do grande incêndio que se alastrou pela cidade, ceifando muitas vidas, marco do início de padecimentos dos primeiros cristãos. Dou-lhes, por intermédio de minhas reminiscências espirituais, uma pálida ideia de quem foi o homem, suas ideias equivocadas e consequências nefastas para ele mesmo, na pessoa de Nero, o então imperador de Roma.

Ao final do segundo livro lhes narro a provação de dois seres de grande valor espiritual nas pessoas de Elísia e Valério. Mostro ainda como a justiça de Deus opera, levando cada um dos culpados ao encontro do próprio destino danoso, que acabam atraindo para si mesmos por suas ações equivocadas e desumanas.

Findando assim esta sequência de Roma na época de Jesus, descrevo como nós, pelo sentimento de revolta e ódio dos algozes, podemos passar décadas atrelados a eles, em espírito, sem sequer saber que já não possuímos mais um corpo físico, bem como mostro também o reencontro com seres amados, quando nos dispomos a perdoar e seguir em frente.

Encerro a trilogia com o livro *Roma aos Pés da Cruz*, retratando o último período de grandes perseguições aos devotados seguidores do Cristo. Não poderia eu deixar de mencionar nesta narrativa um homem que foi um marco em minha vida, por sua postura correta, íntegra, um leal servidor do Cristo, na pessoa do meu oficial superior dentro da força militar romana, cujo nome me abstive de falar, deixando-lhes a grata surpresa por encontrá-lo aqui, em um momento da história humana em que grande parte pensa ter sido ele um mito, um ser alegórico criado por uma religião que se iniciou como cristã, hoje sendo contestada por grande parte da sociedade, devido aos abusos cometidos no passado, quando ela imperava soberana em todo o mundo ocidental, mas a qual devemos respeito e carinho por ter sido o berço do ideário cristão.

Fui um homem feliz na já mencionada encarnação, pois, embora os entraves e perdas de seres queridos, as amarguras tão naturais na vida cotidiana, estive em companhia de amigos e pessoas amadas, em particular minha eterna companheira de jornada, aqui como Lizbela, minha esposa.

Um último aparte dedico à explicação do subtítulo "Aos Pés da Cruz", pois foi logo depois dessa grande perseguição, encetada por Diocleciano e Maximiano, que Roma finalmente se dobra, alquebrada, deixando de ser a esplendorosa capital da opulência, dos prazeres e do poder, para ser finalmente a capital do cristianismo para o mundo! Depois de mais de trezentos anos de cruéis perseguições aos seguidores do Rabi da Galileia, Roma enfim se ajoelhava aos pés da cruz, onde ela mesma colocara o Nazareno um dia!

Julianus Septimus

SÃO SEBASTIÃO[1]

O Capitão Sebastião foi um soldado romano, martirizado por professar e não renegar a fé em Jesus Cristo. Sua história é conhecida apenas pelas atas romanas de sua condenação e martírio. Nelas, os escribas escreviam dando poucos detalhes sobre o martirizado e muitos detalhes sobre as torturas e os sofrimentos antes de morrerem, sendo expostas ao público para desestimular a adesão do povo ao cristianismo.

1 A pesquisa desta grande personalidade do cristianismo foi feita por Clênio de Assis e Silva, pela internet, após a psicografia do livro, a título de comprovar as informações recebidas por intermédio do autor espiritual, bem como para fundamentar os conhecimentos sobre o personagem São Sebastião, venerado por todo o povo cristão.

Sebastião, nome de origem grega, *Sebastós*, que significa divino, venerável, nasceu no ano 256 d.C., na cidade de Narbona, França. Ainda pequeno, mudou-se com sua família para Milão, na Itália, onde cresceu e estudou. Lá, optou por seguir a carreira militar de seu pai.

No exército romano, por sua dedicação e pelo reconhecimento dos amigos e até mesmo do imperador Maximiano, um dos diarcas do Império Romano, chegou a ser capitão da primeira Guarda Pretoriana, cargo que só era ocupado por pessoas ilustres, dignas e corretas. Na época, o Império Romano era governado por dois diarcas: no Oriente por Diocleciano, o primeiro imperador, e no Ocidente por Maximiano, seu comandado.

Maximiano não sabia que Sebastião era cristão, e que, mesmo sendo cumpridor de seus deveres para com o exército romano, não aceitava participar dos martírios nem das manifestações de idolatria dos romanos.

Sebastião não sentia que ser militar fosse a carreira desejada, mas "algo" o impulsionava a fazer aquela escolha. Ele se alistou no exército romano sem abrir mão de afirmar a sua escolha pelo Cristo e fortalecer o coração dos cristãos, enfraquecidos diante das torturas.

Ao tomar conhecimento de cristãos infiltrados no exército romano, Maximiano realizou uma caça a eles, expulsando-os do exército. Denunciado por um soldado, o imperador se sentiu traído e mandou que Sebastião renunciasse a sua fé em Jesus Cristo. Sebastião se negou, e, por esse motivo, Maximiano o condenou à morte para que ele servisse de exemplo e também para desestimular a todos que desejassem optar por esse caminho. Em sua condenação, Maximiano ordenou que Sebastião tivesse uma morte cruel diante do povo.

Os melhores arqueiros do exército romano foram escalados para a execução, a flechadas. Foram tiradas as suas roupas, e o Capitão Sebastião foi amarrado em um poste no Estádio Palatino, e depois os arqueiros lançaram nele as suas flechas. Gravemente ferido, ele foi deixado ali mesmo para que sangrasse até a morte.

Uma cristã muito devota chamada Irene reuniu amigos também cristãos para recolherem o corpo daquele abnegado trabalhador do Cristo, mas ficaram surpresos ao chegarem ao local e perceberem que Sebastião continuava vivo. Com a ajuda desses amigos, Irene o levou para sua casa e então cuidou amorosamente de seus ferimentos.

Curado, Sebastião decidiu continuar evangelizando, e então se apresentou ao imperador Maximiano. Dizia que Jesus Cristo o devolvera à vida para que ele protestasse contra a perseguição aos cristãos, mas desta vez o imperador determinou imediatamente que ele fosse espancado a pauladas até a morte e que seu corpo fosse jogado em uma fossa para que nenhum cristão o encontrasse. Livre de seus despojos, Sebastião apareceu em Espírito a Lucina, uma cristã, e indicou o poço onde ela encontraria seu corpo, pedindo que fosse retirado de lá e enterrado nas catacumbas, junto dos apóstolos.

Acredita-se que Sebastião tenha sido enterrado no jardim da casa de Lucina, na Via Ápia, onde se encontra atualmente a Basílica de São Sebastião.

São Sebastião é conhecido por ter servido a dois exércitos: o de Roma e o de Cristo. Sempre que conseguia uma oportunidade, visitava os cristãos presos e levava ajuda aos que estavam doentes e a outros necessitados.

Desde a Idade Média, a igreja a ele dedicada e que existe até hoje, a Basílica de São Sebastião, é um centro de peregrinação e recebe devotos de todas as partes do mundo. Ele é celebrado, em festa, no dia 20 de janeiro.

O martírio de São Sebastião é um dos temas preferidos dos pintores do Renascimento, e foi retratado por vários desses artistas, entre eles, Botticelli, Perugino, Bernini, e Mantegna, e seu corpo é mostrado normalmente sendo atravessado por flechas.

Dois romances, uma única verdade:

a luz sempre vence. Descubra histórias de resgate e redenção que revelam o poder do amor e da espiritualidade.

Romance | 15,40x22,40cm | 368 páginas

Entre a ambição e a redenção, um novo caminho se revela.
Em busca de sucesso, Fábio troca o sítio pelo crime e acaba atrás das grades. Mas é no confinamento que sua mediunidade desperta, revelando a influência do plano espiritual e o poder transformador do perdão.
Uma história de queda, aprendizado e recomeço, que prova que sempre há chance para a luz.

Romance | 15,50x22,50cm | 240 páginas

Entre a luz e as sombras, uma missão arriscada se inicia.
Celina está em coma, e sua avó busca auxílio espiritual. Mas para salvá-la, será preciso enfrentar a cidadela sombria, um reduto de dor e perdição da era da Inquisição, onde Demostes reina absoluto. Poderá o bem triunfar sobre as forças das trevas?
Uma história de coragem, fé e resgate espiritual que vai prender você do início ao fim.

17 3531.4444 | boanova.net

Levamos o livro espírita cada vez mais longe!

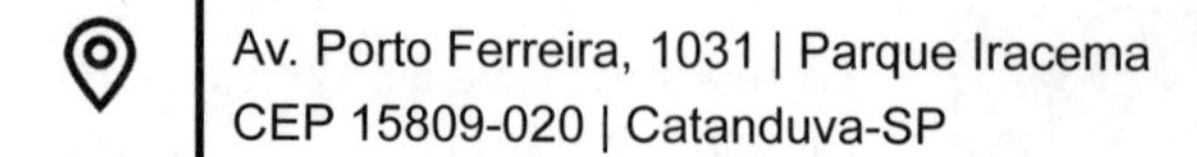

Av. Porto Ferreira, 1031 | Parque Iracema
CEP 15809-020 | Catanduva-SP

www.**boanova**.net

boanova@boanova.net

17 3531.4444

17 99257.5523

Siga-nos em nossas redes sociais.

@boanovaed

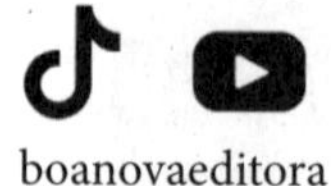

boanovaeditora

CURTA, COMENTE, COMPARTILHE E SALVE.

utilize #boanovaeditora

Acesse nossa loja

Fale pelo whatsapp